LA CABAÑA JUNTO AL LAGO

LA CABAÑA JUNTO AL LAGO

RACHEL CAINE

Traducción de David León

amazon crossing

Título original: *Stillhouse Lake*
Publicado originalmente por Thomas & Mercer, Estados Unidos, 2017

Edición en español publicada por:
Amazon Crossing, Amazon Media EU Sàrl
38, avenue John F. Kennedy, L-1855 Luxembourg
Febrero, 2020

Adaptación de cubierta por lookatcia.com
Imagen de cubierta © vedderman123 / Shutterstock;
© Bill Hinton Photography / Getty Images

Impreso por: Ver última página

Primera edición digital 2020

ISBN Edición tapa blanda: 9782919805037

www.apub.com

SOBRE LA AUTORA

Rachel Caine ha creado más de cincuenta novelas y se ha colocado en lo más alto de las listas de ventas. Suyas son *Morganville Vampires*, superventas de *The New York Times*, y la serie para jóvenes adultos The Great Library. Ha escrito obras de diversos géneros: misterio e intriga, a veces con incursiones en lo paranormal, fantasía urbana, ciencia ficción y también ficción juvenil. Vive en Fort Worth (Texas) con su esposo, R. Cat Conrad, reconocido artista, experto en historia del cómic y actor.

A Lucienne, que creyó enseguida

PRÓLOGO

Gina Royal

Wichita (Kansas)

Gina nunca preguntó por el garaje.

Aquella idea latería caliente contra sus párpados durante años para procurarle una noche en blanco tras otra. «Tendría que haber preguntado. Tenía que haberlo sabido.» Pero no preguntó ni lo supo nunca y, al final, fue eso, más que cualquier otra cosa, lo que la destrozó.

Normalmente llegaba a casa a las tres de la tarde, pero aquel día la había llamado su marido para decirle que le había surgido un imprevisto en el trabajo, de modo que ella no había tenido más remedio que ir a recoger a Brady y a Lily al colegio. En realidad, no le importó, porque tenía tiempo de sobra para arreglar la casa antes de empezar a cenar. Él, siempre tan atento, se había deshecho en disculpas por haberle trastocado el horario. Mel podía ser el mejor, el hombre más encantador del mundo, y ella se lo pensaba compensar. Ya lo había decidido. Le iba a hacer lo que más le gustaba para cenar: higaditos con cebolla, servidos con un *pinot noir* exquisito que ya tenía preparado sobre la encimera. Después, disfrutarían de una velada en familia en el sofá, con los niños y una película en la tele. Puede que esa nueva de superhéroes que no paraban de pedir los dos, aunque Mel tenía siempre mucho cuidado con lo que podían y no podían ver. Lily siempre se acurrucaba, hecha un ovillo bien calentito, al lado de Gina, y Brady acababa apoltronado sobre el regazo de su padre y con la cabeza apoyada en el brazo del sofá, postura imposible si no se cuenta con la flexibilidad de un crío. Para Mel aquello, el tiempo que pasaban en familia, era lo mejor del mundo. No, la verdad: la carpintería iba primero. Ojalá esa noche no buscase una excusa para irse a trastear a su taller.

Una vida normal. Una vida cómoda. Perfecta no, claro, porque, a fin de cuentas, no hay matrimonio perfecto, pero Gina estaba satisfecha la mayor parte del tiempo.

Apenas llevaba media hora fuera de casa, el tiempo justo para llegar a toda prisa a la escuela, recoger a los niños y volver corriendo con ellos. Lo primero que pensó al doblar la esquina y ver las luces intermitentes de los servicios de las sirenas fue «¡Ay, Dios! No habrá un incendio, ¿no?». La idea la horrorizó, como cabía esperar de una ciudadana de bien, aunque al segundo siguiente cruzó su pensamiento un miedo más egoísta: «Vamos a cenar a las tantas». Era una tontería, pero resultaba exasperante.

La calle estaba cortada. Contó tres coches de policía tras el cordón policial. Las luces estroboscópicas bañaban de color rojo sangre y azul cardenal las casas bajas casi idénticas de los alrededores. Más allá se agazapaban una ambulancia y un camión de bomberos, al parecer parados.

—Mamá… —Ese era Brady, su hijo de siete años, desde el asiento de atrás—. Mamá, ¿qué pasa? ¿Es nuestra casa? —Daba la impresión de estar entusiasmado—. ¿Está ardiendo?

Gina redujo la marcha casi hasta ponerse a paso de peatón e intentó asimilar la escena: el césped removido, el parterre de lirios chafados, los arbustos aplastados y el cadáver maltrecho de un buzón tumbado en la cuneta.

Su buzón de correos. Su césped. Su casa.

Al final de aquel rastro de destrucción había un todoterreno granate de cuyo motor salía aún vapor con un silbido. Había ido a empotrar casi la mitad del chasis en el muro de ladrillo de la fachada frontal del garaje, el taller de Mel, y estaba apoyado como un borracho en un montón de escombros que poco antes había sido parte de la casa familiar de sólida construcción. Siempre la había tenido por una casa tan firme, tan sólida, tan normal… Aquella montaña de ladrillos vomitados y trozos rotos de cartón yeso se le hacía indecente. Vulnerable.

Imaginó la trayectoria que había tenido que seguir el todoterreno al saltar por el bordillo, arremeter contra el buzón, irrumpir derrapando en el jardín y estrellarse contra el garaje. Al hacerlo, pisó al fin el freno de su propio vehículo con tal fuerza que la sacudida le recorrió toda la columna vertebral.

—¡Mamá! —gritó Brady a escasa distancia de su oído.

Gina levantó una mano para acallarlo de forma casi instintiva. En el asiento del copiloto, Lily, de diez años, se acababa de quitar los auriculares y se inclinaba hacia delante. Abrió la boca al ver aquel destrozo, pero no dijo nada. La impresión le había hecho abrir los ojos de par en par.

—Lo siento —dijo Gina, sin ser muy consciente de sus propias palabras—. Parece que tenemos un problema, cielo. ¿Lily? ¿Estás bien?

—¿Qué ha pasado? —preguntó la cría.

—Pero ¿estás bien?

—¡Sí! ¿Qué ha pasado?

La madre no respondió. Volvió a centrar su atención en la casa. Al contemplar los daños, se sintió extrañamente frágil, desprotegida. Su hogar siempre le había parecido un lugar muy seguro, como una fortaleza, y en ese momento se le había revelado indefenso. Las medidas de seguridad que tenían instaladas eran una farsa, tan engañosas como los ladrillos, la madera y el yeso.

Los vecinos habían salido de sus viviendas a observar boquiabiertos la escena y chismorrear entre ellos, lo que no hacía mucho por mejorar la situación. Estaba allí hasta la anciana señora Millson, maestra jubilada que raras veces pisaba la calle. Era ella la que se encargaba de hacer cundir los rumores entre el vecindario, siempre dispuesta a hacer conjeturas sobre la vida privada de cualquiera que se cruzase en su campo visual. Llevaba una bata descolorida y apoyaba todo su peso en un andador. Tanto ella como su cuidadora, de pie a su lado, parecían fascinadas.

Un policía se acercó entonces al vehículo de Gina, que corrió a bajar la ventanilla y lo miró con una sonrisa compungida.

—Señor agente —le dijo—, esa, la que tiene el todoterreno empotrado, es mi casa. ¿Puedo dejar aquí el coche? Tengo que ir a ver los destrozos y llamar a mi marido. ¡Es horrible! Espero que el conductor por lo menos no haya sufrido graves daños… ¿Estaba bebido? Esa esquina es muy peligrosa.

La expresión del recién llegado pasó de neutra a atenta mientras la escuchaba sin que ella lograra entender la razón de ese cambio, aunque tenía claro que no era por nada bueno.

—¿Esa es su casa?

—Sí.

—¿Y usted se llama…?

—Royal, Gina Royal. Agente…

Él dio un paso atrás y apoyó la mano en la culata de su pistola.

—Apague el motor, señora —dijo mientras llamaba con un movimiento de cabeza a un compañero, que llegó al trote—. ¡Avisa a la inspectora! ¡Corre!

Gina se mojó los labios.

—Agente, creo que no ha entendido…

—Señora, apague el motor ahora mismo. —Esta vez no había duda del tono perentorio de la orden.

Ella puso el coche en punto muerto y giró la llave. El motor se detuvo y le permitió oír el murmullo de la conversación de los curiosos que se habían congregado en la acera opuesta.

—Quiero ver las dos manos en el volante. No haga movimientos bruscos. ¿Lleva armas en el vehículo?

—Pues claro que no. Señor agente, ¡que tengo aquí a mis hijos!

Él no retiró la mano del arma y ella sintió un arrebato de cólera.

«Esto es absurdo. Nos han tenido que confundir con otros. ¡Yo no he hecho nada!»

—Señora, voy a volver a preguntárselo. ¿Lleva usted armas?

La crispación que notó en la voz del hombre desterró su indignación y la sustituyó por una fría sensación de pánico. Por un segundo, ni siquiera fue capaz de hablar.

—¡No! —consiguió decir al fin—. No tengo armas. Nada.

—¿Qué pasa, mamá? —preguntó Brady alarmado con voz aguda—. ¿Por qué se ha enfadado el policía con nosotros?

—No pasa nada, cielo. Ya verás como no pasa nada.

«Deja las manos en el volante. Las manos en el volante...» Deseaba con desesperación abrazar a su hijo, pero no se atrevía. Sabía que Brady no había creído la falsa tranquilidad de su voz. Ni ella misma se la creía.

—Quédate ahí sentado, ¿vale? No os mováis ninguno de los dos. No os mováis.

Lily tenía la mirada clavada en el agente del otro lado de la ventanilla.

—¿Nos va a disparar, mamá? ¿Nos va a disparar?

Todos habían visto, claro, las noticias de gente a la que mataban de un disparo, gente inocente que se había movido cuando no debía o había dicho algo desafortunado, que había estado en el momento erróneo y el lugar equivocado. Y, por supuesto, en ese instante se le representó la escena de forma muy gráfica en la imaginación: sus hijos muertos sin que ella pudiera hacer nada por impedirlo. Un fogonazo cegador de luz, gritos y oscuridad.

—Pues claro que no va a dispararnos. Pero, por favor, no os mováis. —Se volvió hacia el policía y dijo—: Señor agente, por favor, los está asustando. No tenemos ni idea de lo que pasa.

En ese momento atravesó el cordón policial una mujer con una placa de policía colgada del cuello que, tras sortear al agente, fue directa a la ventanilla de Gina. Tenía el rostro cansado y una mirada nada amable que se hizo con la situación de un solo vistazo.

—¿La señora Royal? ¿Gina Royal?

—Sí, señora.

—¿Es usted la esposa de Melvin Royal?

Mel odiaba que lo llamasen Melvin, pero ese no parecía el mejor momento para hacérselo saber a nadie. Se limitó a asentir con la cabeza por toda respuesta.

—Soy la inspectora Salazar. Quiero que salga del vehículo, por favor, con las dos manos a la vista.

—Mis hijos…

—De momento pueden quedarse donde están. Nos ocuparemos de ellos. Salga, por favor.

—Pero ¿qué es lo que pasa, por Dios bendito? Esa es nuestra casa. Esto es una locura. ¡Nosotros somos las víctimas! —El miedo, por ella misma y por sus hijos, la volvía irracional y el tono extraño que notó en su propia voz le resultó inquietante. Sonaba a trastornada, como esa gente despistada de las noticias que siempre le provocaba una mezcla de lástima y desdén. «Yo nunca actúo así ante un problema.» ¿Cuántas veces había pensado eso? Sin embargo, estaba muy equivocada: sonaba exactamente igual que ellos. El terror se puso a revolotearle en el pecho como una polilla que hubiese quedado allí atrapada y ni siquiera conseguía calmar su respiración. Todo estaba ocurriendo con demasiada rapidez.

—Las víctimas, claro que sí. —La inspectora abrió la puerta—. Salga. —Esta vez, nada de *por favor*.

El agente que había llamado a la inspectora dio un paso atrás sin apartar la mano de la pistola, pero ¿por qué? ¿Por qué la trataban así, como si fuera una delincuente? «Todo esto es un error, nada más. Un error terrible y estúpido.» Por instinto, llevó la mano al bolso, pero Salazar se lo quitó enseguida para dárselo al agente.

—Las manos sobre el capó, señora Royal.

—Pero ¿por qué? No entiendo qué…

La inspectora no la dejó acabar. La hizo girar y la empujó contra el coche. Gina consiguió no caerse extendiendo los brazos y apoyando las manos en el metal caliente del capó. Fue como ponerlas en un quemador de la cocina, pero ni siquiera se atrevió a apartarlas. Estaba aturdida. Todo aquello era un error, un error terrible que apenas duraría un minuto. Después, ellos se disculparían, ella tendría el detalle de perdonar aquel tratamiento tan grosero y todos se reirían de lo ocurrido. Los invitaría a un té frío. Puede que quedase alguna que otra galleta de limón, si es que Mel no se las había comido todas. Cómo le gustaban las galletas de limón…

Ahogó un grito cuando sintió las manos de Salazar moverse con gesto impersonal por zonas de su cuerpo que no tenía derecho a tocar. Intentó resistirse, pero la inspectora se lo impidió con un empellón violento de verdad.

—Señora Royal, no ponga las cosas más difíciles. Escúcheme. Está usted detenida. Tiene derecho a permanecer en silencio…

—¿Que estoy detenida? ¡Oiga, que esta es mi casa! ¡Que ha sido el coche el que se ha estrellado contra mi casa!

Sus hijos estaban delante y pudieron ver toda aquella escena tan humillante. Sus vecinos no perdían un solo detalle y algunos hasta habían sacado el teléfono para hacer fotos. Y para grabar. Para colgar en la Red aquel horrible abuso y que la gente aburrida de todo el mundo pudiera reírse de ella sin que luego importara un bledo que todo hubiese sido un error, ¿no? Lo que hay en Internet se queda ahí para siempre. No se cansaba de repetírselo a Lily.

Salazar siguió hablando, exponiéndole una serie de derechos que ella no estaba en condiciones de entender en ese instante, y Gina no se resistió mientras le ponía las manos a la espalda. Ni siquiera sabía por dónde empezar.

Sintió el metal de las esposas como una bofetada fría en la piel húmeda y tuvo que combatir el zumbido extraño y agudo que le invadió la cabeza. Sintió que le corría el sudor por la cara y por el cuello, pero todo parecía desconectado de ella. Distante. «Esto no está pasando. No puede estar pasando. Llamaré a Mel. Él lo aclarará todo. Seguro que dentro de poco nos estamos riendo de todo esto.» No conseguía entender cómo había pasado en un minuto o dos de tener una vida normal a… aquello.

Brady no dejaba de chillar e intentaba salir del coche, pero el policía se lo impedía. Lily parecía estar demasiado aturdida y asustada como para moverse. Gina los miró y les dijo en un tono de voz sorprendentemente racional:

—Brady, Lily, no pasa nada. No tengáis miedo, por favor. Ya veréis como no pasa nada. Haced lo que os digan. Mamá está bien. Se trata solo de un error, ¿me entendéis? No va a pasar nada. —Entonces, volviéndose hacia Salazar, que la tenía aferrada por el brazo y le hacía un daño terrible, añadió—: Por favor. No sé qué creen que he hecho, pero, sea lo que sea, soy inocente. Por favor, asegúrese de que no les pasa nada a mis hijos.

—Tranquila, que yo me encargo —respondió la inspectora con una amabilidad inesperada—, pero tiene que acompañarme, Gina.

—¿Cree…? ¿Cree que he sido yo, que yo he estrellado esa cosa contra mi casa? ¡Claro que no! Ni estoy borracha, si es eso lo que piensa… —Se detuvo al ver a un hombre sentado en una camilla al lado de la ambulancia con una mascarilla de oxígeno mientras un sanitario le curaba una herida que tenía en la cabeza ante la atenta mirada de un agente de policía—. ¿Es ese? ¿Ese es el conductor? ¿Está borracho?

—Sí —respondió Salazar—. Sí, él ha sido el responsable del accidente, si es que podemos llamar *accidente* a conducir borracho. Se ve que acudió a la *happy hour* antes de la cuenta y luego giró por donde no debía, porque dice que quería volver a la autopista y tomó la curva demasiado rápido. Acabó con el morro incrustado en su garaje.

—Pero… —Aquello dejó a Gina totalmente perdida. Desorientada por completo—. Pero, si lo han detenido a él, ¿por qué…?

—¿Usted ha entrado alguna vez en su garaje, señora Royal?

—Pues no. Cuando montó mi marido su taller, tapamos con muebles la puerta que lo conectaba con la cocina y dejamos solo la puerta lateral, que es la que él usa.

—¿Y la puerta grande no se levanta? ¿Ya no dejan ahí el coche?

—No, mi marido le quitó el motor y ahora hay que entrar por la lateral. Tenemos un aparcamiento techado, así que no necesito… Pero ¿adónde quiere llegar?

Salazar la miró. Ya no parecía furiosa. Tenía una expresión casi arrepentida. Casi.

—Voy a enseñarle algo. Y quiero que me lo explique, ¿de acuerdo?

Bordeó con ella el cordón policial y ambas caminaron por la acera, marcada por rodadas negras que giraban bruscamente antes de atravesar zanjas de lodo en el jardín, hasta llegar a la parte de atrás del todoterreno, que sobresalía de un modo indecoroso entre un revoltijo de ladrillos rojos y escombros. Melvin debía de tener en aquella pared un tablero para las herramientas. Vio una sierra doblada mezclada con el polvo blanco del yeso y durante un segundo solo pudo pensar: «Se va a enfadar mucho. No sé cómo voy a contarle todo esto». A Mel le apasionaba su taller. Era su santuario.

—Eso es lo que quiero que me explique —dijo Salazar señalando con un dedo.

Gina alzó la vista para mirar más allá del capó del todoterreno y vio la muñeca desnuda de tamaño real que colgaba del gancho de un cabrestante en el centro del garaje. Durante un momento extraño, estuvo a punto de echarse a reír por lo discordante de aquel objeto que pendía del cable que llevaba atado al cuello, con unas extremidades que ni siquiera guardaban las proporciones perfectas de las de una muñeca, como si se tratara de un juguete defectuoso, extrañamente descolorido. Además, ¿por qué iba a querer nadie pintarle la cara a una muñeca con ese espantoso tono morado oscuro y presentarla con trozos de piel arrancados, los ojos rojos y desencajados con la mirada perdida y la lengua asomando entre aquellos labios hinchados…?

Entonces fue cuando tomó conciencia con una sacudida pavorosa.

«No es una muñeca.»

Y, a pesar de que intentó evitarlo con todas sus fuerzas, empezó a dar alaridos y fue incapaz de detenerse.

CAPÍTULO 1

Gwen Proctor

Cuatro años después

Stillhouse Lake (Tennessee)

—Adelante.

Respiro hondo. El aire apesta a pólvora quemada y a sudor viejo, me coloco en posición, apunto y aprieto el gatillo. Equilibro el peso de mi cuerpo para prepararme para el retroceso. Hay quien parpadea involuntariamente con cada disparo y yo he descubierto que a mí eso no me pasa. No es por práctica, sino algo de nacimiento, pero me ayuda a tener la sensación de que domino la situación. Agradezco esa ventaja.

La nueve milímetros, pesada y potente, ruge y da una sacudida que se transmite por mi cuerpo con ese latigazo que tan bien conozco, pero yo no tengo puesta la atención en el ruido ni en el movimiento brusco, sino solo en el blanco del otro extremo del campo de tiro. Si me distrajese el sonido, el estruendo constante de los demás hombres, mujeres y hasta adolescentes que ocupan el resto de puestos de tiro, habrían mandado ya a hacer puñetas mi puntería. El rugido incesante de los disparos, aun a través del grueso recubrimiento de los protectores auditivos, recuerda a una tormenta particularmente violenta que no amainara nunca.

Acabo una ronda, saco el tambor, me deshago de los casquillos vacíos y dejo el arma sobre la repisa, todavía abierta y con el cañón apuntando hacia el blanco. Entonces me quito las gafas protectoras y las dejo en su sitio.

—Ya.

Oigo al instructor decir a mis espaldas:

—Dé un paso atrás, por favor.

Obedezco. Él recoge mi arma para examinarla, hace un movimiento afirmativo con la cabeza y pulsa el botón que atraerá el blanco hacia nosotros.

—Sus medidas de seguridad son excelentes. —En todo momento habla en voz muy alta para hacerse oír sobre el ruido y la barrera de los protectores que los dos llevamos puestos. Se nota ya un poco ronca, porque se pasa la mayor parte del día gritando.

—Espero que mi puntería no se haya quedado atrás —respondo también a gritos.

Eso, sin embargo, ya lo sé. Lo veo antes de que el blanco de cartón llegue a la mitad del camino haciendo aletear los jirones que han quedado entre los agujeros, todos dentro del círculo más pequeño, destacado en rojo.

—Justo en el centro —dice el instructor levantando el pulgar—. Un aprobado con nota. Buen trabajo, señorita Proctor.

—Gracias por hacerlo tan sencillo —respondo yo.

Él da un paso atrás para dejarme espacio y yo cierro el tambor y vuelvo a guardar el arma en su funda con cremallera. A salvo.

—Meteremos su puntuación en la base de datos estatal y de aquí a nada recibirá el permiso de armas. —El instructor es un joven de pelo de pincho con experiencia militar. Tiene un acento suave e impreciso que, aunque sureño, carece del deje más marcado del habla de Tennessee. Supongo que podría ser de Georgia. Un muchacho muy salado al menos diez años más joven que los hombres con los que se me ocurriría tener una cita. Si es que en algún momento me cupiese en la cabeza lo de tener una cita con alguien. Tiene una educación exquisita y para él siempre soy *la señorita Proctor*.

Me da la mano y yo respondo sonriente:

—Te veo en la próxima, Javi. —Privilegios de la edad y el sexo. Yo puedo tutearlo. Durante todo un mes estuve llamándolo *señor Esparza*, hasta que él tuvo el detalle de corregirme.

—La próxima… —Algo llama la atención y hace que cambie su actitud relajada por otra de alarma repentina. Mira a lo lejos y grita a voz en cuello—: ¡Alto el fuego! ¡Alto el fuego!

Siento una descarga de adrenalina que tañe cada uno de mis nervios y me quedo muy quieta, evaluando la situación. Sin embargo, aquello no va conmigo. Poco a poco, de forma irregular, se va apagando todo el ruido de tambores del campo de tiro y los tiradores van bajando las armas, con los codos pegados al torso, mientras él recorre cuatro puestos hasta llegar a un hombre fornido con una pistola semiautomática. Le ordena que saque la munición y dé un paso atrás.

—¿Qué he hecho? —pregunta el otro en tono beligerante.

Yo recojo mi funda, con los nervios todavía a flor de piel, y me dirijo hacia la puerta, aunque sin prisa. Me doy cuenta de que el hombre no ha seguido las instrucciones de Javi y ha preferido ponerse a la defensiva. Mala idea. La expresión de Javi se endurece y su lenguaje corporal cambia en consecuencia.

—Desarme la pistola y déjela en el estante, señor. Ya.

—No hay ninguna necesidad. ¡Sé lo que me hago! ¡Llevo años disparando!

—Señor, lo he visto volverse con el arma cargada en dirección a otro tirador. Conoce muy bien las normas. Siempre hay que apuntar hacia el fondo del campo. Y ahora, retire la munición y deje el arma. Si no sigue mis instrucciones, voy a tener que expulsarlo del campo y llamar a la policía. ¿Me ha entendido?

Javier Esparza, el instructor sonriente y tranquilo, se ha transformado en un hombre totalmente distinto y la vehemencia con que da las órdenes resuena en la sala como una granada aturdidora. El tirador insubordinado saca el cargador y lo lanza junto con el arma al estante que tiene ante sí. Veo que el cañón sigue sin apuntar al fondo del campo.

La voz de Javi se ha vuelto ahora más clara y suave:

—Señor, le he dicho que desarme la pistola.

—¡Si ya lo he hecho!

—Dé un paso atrás.

El hombre observa a Javi mientras este toma el arma, saca la bala de la recámara y la coloca en el antepecho, al lado del cargador.

—Así es como ocurren los accidentes que matan a la gente. Si no aprende a vaciar como es debido un arma, tendrá que buscar otro campo de tiro —dice—. Si no sabe obedecer las órdenes del instructor, también. De hecho, a lo mejor prefiere, sin más, buscar otro campo de tiro. Al no hacer caso de las normas de seguridad, se está poniendo en peligro a usted y a todos los que están aquí. ¿Me entiende?

Al hombre se le hincha la cara y se le enrojece hasta un punto que no parece sano mientras aprieta los puños. Javi vuelve a poner la pistola en la posición exacta en que estaba al recogerla, la gira para dejarla apuntando al fondo del campo y la vuelve con gesto marcado para que descanse sobre el lado contrario.

—El expulsor, siempre arriba, señor. —Da un paso atrás y lo mira a los ojos. Lleva vaqueros y un polo azul, y el tirador, una camisa de camuflaje y pantalones de uniforme de los excedentes militares, pero es imposible dudar cuál de los dos ha sido soldado—.

Creo que hoy debería dar por acabada su sesión, señor Getts. No dispare nunca enfadado.

Nunca he visto a un hombre tan al borde de acometer un acto de violencia irreflexiva o sufrir un ataque al corazón fulminante. Tiene la mano crispada y parece estar preguntándose cuánto puede tardar en recuperar la pistola, cargarla y ponerse a disparar. El aire está cargado de una tensión enfermiza y me sorprendo bajando lentamente la cremallera de la funda que llevo en la mano, calculando, como él, los pasos que tendría que seguir para dejar mi arma lista. Soy rápida. Más que él.

Javier no va armado.

La tensión se rompe cuando uno de los hombres que esperan paralizados en sus puestos se aparta del suyo un paso y se coloca entre el hombre cabreado y yo. Es más bajo que Javi y que el tipo de la cara colorada y tiene el pelo rubio. En algún momento ha tenido que tenerlo rapado, pero ahora le ha crecido hasta caerle por encima de las orejas. Parece más ágil que musculoso. Lo he visto por aquí otras veces, pero no sé cómo se llama.

—Oiga, señor, vamos a tranquilizarnos, ¿de acuerdo? —dice con un acento que no parece de Tennessee, sino de algún lugar más del Medio Oeste. Más rústico. El tono de voz es tranquilo y seduce por lo razonable—. El encargado del campo solo está haciendo su trabajo, ¿sabe? Y tiene toda la razón: si se pone a disparar enfadado, nunca se sabe lo que puede pasar.

Es impresionante ver cómo se desinfla la cólera de Getts, como si alguien le hubiera roto una válvula de una patada. Respira hondo un par de veces y consigue que el color le vuelva a algo parecido a lo normal antes de asentir con gesto rígido.

—Mierda —dice—. Es verdad, me he alterado un poco. No volverá a pasar.

El otro responde bajando la barbilla y vuelve a su puesto evitando las miradas de los curiosos. Entonces se pone a comprobar su propia pistola, que había dejado bien orientada, hacia la línea de blancos del fondo.

—Señor Getts, vamos fuera y hablamos —dice Javier, educado y correcto.

Carl, sin embargo, vuelve a arrugar el gesto y de nuevo se le marca la vena de la sien. Hace ademán de ir a protestar y, en ese instante, siente el peso de las miradas de los demás, del resto de tiradores, que aguardan observándolo en silencio. Entra en su cabina y empieza a meter sus cosas en una bolsa con aire irritado.

—Puto espalda mojada con ganas de poder… —masculla mientras camina airado hacia la puerta.

Yo tomo aire con fuerza, pero Javi me pone la mano en el hombro con gesto amable en el momento en que la puerta se cierra de golpe a sus espaldas.

—Es curioso que ese capullo escuche al tipo blanco antes que al responsable del campo —le digo.

Todos aquí somos blancos, menos Javier. En Tennessee no falta gente de color, pero nadie lo diría por la composición de la gente que ocupa en este momento la línea de tiro.

—Carl es un imbécil y, de todas formas, no me hacía ninguna gracia tenerlo por aquí —dice él.

—Da igual. No puedes consentir que te hable así. —Yo, por lo menos, tengo ganas de hundirle los dientes de un puñetazo. Sé que la cosa no saldría bien, pero eso, desde luego, no me quita las ganas.

—Puede hablar como le dé la gana. Son los gajes de vivir en un país libre. —Pese a todo, la actitud de Javi sigue siendo agradable—. De todos modos, tenga por seguro que no se va a librar de las consecuencias. Le llegará una carta que le prohíba volver al campo de tiro, no por lo que ha dicho, sino porque no me parece que sea responsable con los otros tiradores. No es que nos permitan expulsar a la gente por comportamiento poco seguro y agresivo, sino que nos lo exigen. —Su boca dibuja una sonrisa leve, fría y lúgubre—. Y si después quiere cruzar unas palabras conmigo en el aparcamiento, está en su derecho.

—Pero ¿y si lleva a sus amigotes?

—Pues mejor nos lo pasaremos.

—¿Quién era el que ha salido a defenderte? —Señalo con un movimiento rápido de cabeza al hombre, quien ha vuelto a ponerse los protectores en las orejas. Tengo curiosidad, porque no es de los que frecuentan el campo de tiro, por lo menos cuando vengo yo.

—Sam Cade —responde Javi encogiéndose de hombros—. Buen tipo. Es nuevo. La verdad es que me ha sorprendido, la mayoría no lo habría hecho.

Le tiendo la mano y me la estrecha.

—Muchas gracias, caballero. Lleva usted muy bien el campo de tiro.

—Se lo debo a todo el mundo que viene. Tenga cuidado ahí fuera —dice antes de volverse hacia los tiradores que aguardan. Entonces recupera su voz de sargento de instrucción—. ¡El campo está libre! ¡Hagan fuego!

Me escabullo cuando empiezan de nuevo a atronar las balas. Aunque la discusión entre Javi y el otro hombre me ha estropeado un poco el humor, todavía estoy eufórica cuando dejo las orejeras en el perchero de fuera. «Plenamente capacitada.» He estado pensando mucho tiempo sobre eso con cierto temor, sin saber si debería atreverme o no a poner mi nombre en los registros oficiales. Siempre he tenido armas, pero siempre ha sido sin licencia, arriesgándome, y por fin puedo decir que me siento bien para dar el salto.

El teléfono me vibra en el momento en que abro el coche y descuelgo casi a tientas mientras levanto el capó para guardar mi equipo.

—¿Diga?

—¿Señora Proctor?

—Señorita Proctor —corrijo de manera automática antes de mirar la identidad de quien me llama. Tengo que reprimir un gemido al ver que se trata de la secretaría de la escuela, un número cuya familiaridad empieza a deprimirme.

—Siento decirle que su hija, Atlanta…

—Se ha vuelto a meter en un lío —acabo la frase por la mujer del otro lado de la línea—. ¿A que lo he adivinado? —Levanto la alfombrilla del fondo. Debajo tengo una caja de seguridad en la que cabe poco más que la funda de la pistola. La meto dentro antes de cerrarla de golpe y volver a poner el tapete para taparla.

La mujer del otro lado hace un sonido grave de desaprobación con la garganta antes de elevar un pelín la voz.

—No tiene gracia, señora Proctor. La directora quiere tener una charla seria con usted. Este es ya el cuarto incidente en tres meses y no hace falta que le diga que no podemos aceptar semejante comportamiento en una niña de la edad de Lanny.

Lanny tiene catorce años, una edad en la que cabe esperar esa clase de conducta, pero, en vez de replicar, pregunto:

—¿Qué ha hecho? —Mientras espero la respuesta me dirijo a la parte delantera del Jeep y subo al coche. Tengo que dejar la puerta abierta unos instantes para dejar que salga el calor asfixiante, porque no he llegado a tiempo para conseguir uno de los pocos sitios a la sombra que tiene el diminuto aparcamiento del campo de tiro.

—La directora prefiere contárselo en persona. Va a tener que ir a su despacho para recoger a su hija, que estará una semana expulsada.

—¿Una semana? Pero ¿qué ha hecho?

—Como le he dicho, la directora prefiere contárselo personalmente. ¿Le viene bien de aquí a media hora?

En media hora no me da tiempo a ducharme y quitarme de encima el olor del campo de tiro, pero quizá sea mejor así. Lo más seguro es que el perfume a pólvora no me haga ningún mal en esta situación.

—Perfecto —le digo—. Allí estaré. —Y se lo digo con calma. La mayoría de las madres, supongo, habrían respondido airadas y disgustadas, pero en la secuencia de desastres de mi vida, esto apenas merece que levante una ceja.

En cuanto cuelgo, vuelve a vibrar el teléfono con un mensaje de texto. Imagino que será Lanny, ansiosa por contarme su versión de los hechos antes de que oiga la oficial, seguro que menos benévola.

No, no es Lanny. Mientras arranco, veo en la pantalla el nombre de mi hijo. *Connor*. Deslizo la imagen y leo el texto, conciso a más no poder: «Lanny se ha peleado. 1». Aunque me cuesta un segundo traducir esa última parte, está claro que el número significa que ha ganado. No logro determinar si está orgulloso o agitado, orgulloso por ver que su hermana sabe defenderse o agitado por miedo a verse otra vez de patitas en la calle. Es un temor lógico. Este último año ha sido una tregua breve y frágil entre una mudanza y otra, y yo tampoco quiero que nuestra estancia aquí acabe tan pronto y tengamos que ponernos otra vez a embalar cajas. Los críos necesitan un poco de paz y cierta sensación de estabilidad y seguridad. Connor tiene ya problemas de ansiedad y Lanny se porta mal por sistema. Ninguno de nosotros puede decir que esté entero todavía y, por más que intente no culparme a mí misma, resulta muy difícil.

Lo que está claro es que la culpa no es de ellos.

Le envío una respuesta rápida y doy marcha atrás. He cambiado de vehículo con frecuencia en los últimos años, por necesidad, pero este… Este me encanta. Lo compré barato y en metálico por Craigslist, una transacción rápida y anónima, y la verdad es que es perfecto para el terreno escarpado y boscoso del lago y las colinas que se pierden allá donde se extienden las montañas azules y brumosas.

El Jeep es todo un campeón. No ha tenido una vida fácil. La transmisión necesita que le echen un vistazo y la dirección también ha conocido tiempos mejores, pero, con todos sus achaques, ha sobrevivido y sigue en la brecha.

No se me escapa el paralelismo.

Da un respingo cuando lo pongo en dirección a la empinada colina que se abre por entre la sombra fresca de los pinos antes de volver a exponerlo al sol abrasador del mediodía. El campo de tiro está asentado sobre un mirador y, cuando tomo la carretera de bajada, se va haciendo visible poco a poco el lago. La luz se rompe y se dispersa en las ondas del agua azul verdosa. Stillhouse Lake es una joya oculta. Era una urbanización de gente rica con acceso restringido, pero los dueños se arruinaron con la crisis financiera y ahora las barreras están siempre abiertas y en la garita del vigilante hace tiempo que no hay nadie, aparte de arañas y algún que otro mapache. De todos modos, sigue flotando la ilusión del lujo en el ambiente de aquel conjunto de casas altas y de postín, aunque muchas de las otras viviendas se asemejan más a las cabañas pequeñas. Aunque no falta algún que otro navegante aficionado, ni siquiera con el tiempo excelente de hoy puede decirse que haya gente. Los negros pinos arañan el cielo mientras bajo la estrecha carretera ganando velocidad y vuelve a invadirme la sensación de estar bien por fin.

En los últimos años no he encontrado muchos sitios en los que me sienta por lo menos un poco segura y, desde luego, en ninguno me he sentido como… como en casa, pero este lugar —el lago, las colinas, los pinos, el aislamiento medio salvaje…— inspira cierta calma a la parte de mí que ya hace mucho que no llega a relajarse nunca. La primera vez que lo vi pensé: «Aquí es». No creo en las vidas pasadas, pero tuve la sensación de reconocerlo. Aceptación. Cosa del destino.

«Coño, Lanny. No quiero tener que irme de aquí tan pronto porque tú no hayas logrado encajar. No nos hagas esto…»

La de Gwen Proctor es la cuarta identidad que asumo desde que salí de Wichita. Gina Royal yace muerta en el pasado. Hace mucho que no soy esa mujer. De hecho, ya casi no reconozco a aquella criatura débil que se sometía, fingía y alisaba cada problema que surgía como una arruga.

La que fue cómplice y ayudante… sin saberlo.

Gina murió hace mucho y no la lloro. Me he distanciado tanto de mi viejo yo que ya ni lo reconocería si nos cruzáramos por la calle. Me alegro de haber escapado de un infierno que apenas fui capaz de reconocer mientras ardía en sus llamas y me alegro también de haber sacado de allí a los niños.

Ellos, forzosamente, también han tenido que reinventarse. Los he dejado elegir sus propios nombres cada vez que hemos tenido que mudarnos, aunque ha habido que rechazar a regañadientes algunas de las ideas más imaginativas. Esta vez son Connor y Atlanta, o Lanny, para abreviar. Ya casi nunca se nos escapan los que nos pusieron al nacer. «Nuestros nombres de reclusos», los llama Lanny y la verdad es que no se equivoca mucho, aunque odio que mis hijos tengan que pensar algo así de la vida que llevaban antes. Que tengan que odiar a su padre. Él se lo merece, claro, pero ellos no.

Sus nombres es lo único que les dejo elegir mientras los arrastro de ciudad en ciudad, de un colegio a otro, y pongo más distancia y tiempo entre nosotros y los horrores del pasado. Con eso no basta. ¿Cómo va a bastar? Los críos necesitan seguridad y estabilidad y yo no he sido capaz de darles ni una ni otra. Ni siquiera sé si voy a poder darles nunca algo parecido.

Aunque, por lo menos, los he mantenido a salvo de los lobos. La labor más básica e importante de un padre es la de evitar que a su camada se la coman los depredadores.

Incluidos los que no consigo ver.

La carretera me lleva a rodear el lago como si planeara, paso el atajo que lleva a nuestra casa. A diferencia del resto, esta ya no la veo como *la* casa, sino, por fin, como *nuestra* casa. Siento cierto apego por ella. Sé que no es muy inteligente si pienso a largo plazo, pero no puedo evitarlo. Estoy harta de correr, de direcciones de alquiler temporal, de nuevos nombres falsos y nuevas mentiras imperfectas. No dejé pasar la oportunidad. Me hablaron de este lugar y conseguí comprar la casa al contado hace un año en una subasta bancaria a la que había acudido un número increíblemente escaso de postores. Alguna familia con dinero a raudales la compró como lugar de ensueño para sus escapadas rústicas y luego la abandonó a los *okupas*. De hecho, nos la encontramos hecha un desastre. Los niños y yo la limpiamos, la arreglamos y la hicimos nuestra. Pintamos las paredes con nuestros propios colores. Intensos, por lo menos en el cuarto de Connor. «Esta —pensé yo— es la prueba más evidente de que la estamos convirtiendo en un hogar de verdad. Se acabaron las paredes beis y las alfombras sosas de las viviendas de alquiler. Aquí estamos y aquí nos vamos a quedar.»

Lo mejor de todo es el refugio que traía integrado nuestra casa. Para ganarme el entusiasmo de Connor, lo llamo nuestro Búnker Apocalíptico Antizombis y lo hemos provisto del equipo necesario para combatir dicha plaga y con letreros que dicen: PROHIBIDO ARROJAR ZOMBIS. SE DESCUARTIZARÁ A LOS INFRACTORES.

Hago una mueca de dolor e intento no pensar demasiado en eso. Espero, aunque, en realidad, sé que es en vano, que todo lo que conozca Connor de muerte y descuartizamiento sea por las películas y las series de televisión. Dice no recordar mucho del pasado, de cuando era Brady… o, al menos, eso es lo que me dice cuando le pregunto. Después de aquel día no volvió a ir a su escuela de Wichita, de modo que los abusones del patio no tuvieron ocasión de contarle a gritos toda la historia. A Lanny y a él los pusieron bajo la tutela de mi madre, en un lugar remoto y pacífico de Maine. Ella metió su ordenador en un armario con llave y lo usaba muy de vez en cuando. Los niños no se enteraron de mucho durante aquel año y medio. Mi madre los mantuvo alejados de revistas y periódicos y ejerció un control estricto sobre el único televisor que había en la casa.

Aun así, sé que ellos han encontrado modos de desenterrar al menos ciertos detalles de lo que hizo su padre. Yo lo habría hecho en su lugar.

Es posible que la obsesión que tiene ahora Connor con la probabilidad de un apocalipsis zombi sea su modo críptico de asumir la situación.

Lanny es la que me preocupa de verdad. Ya era mayor como para poder recordar. El accidente. Las detenciones. Los juicios. Las conversaciones apresuradas y entre susurros que tuvo que tener mi madre por teléfono con amigos, enemigos y extraños. Seguro que se acuerda de las cartas cargadas de odio que llenaron el buzón de su abuela.

Pero lo que más me preocupa es el recuerdo que guarda de su padre, porque, se quiera o no, se *crea* o no, había sido un padre encantador y los niños lo habían querido con toda el alma.

Claro que, en realidad, él nunca había sido ese hombre. La imagen de buen padre no había sido más que una máscara que había llevado para esconder al monstruo que había debajo. Pero eso no quiere decir que los críos hayan olvidado lo que era sentirse queridos por Melvin Royal. Contra mi voluntad, yo también recuerdo lo afectuoso que podía llegar a parecer, la seguridad que podía dar. Cuando les prestaba atención, lo hacía por completo. Los quería a rabiar, y a mí también. Y parecía de verdad.

Sin embargo, teniendo en cuenta lo que era, aquello no podía ser de verdad. Puede que no me diera cuenta de la diferencia y me enferma pensar en todo lo que entendí mal.

Reduzco la marcha al ver otro vehículo grande doblar una curva cerrada delante de mí. Son los Johansen. Parecen dedicarse a su coche. El todoterreno rezuma perfección a golpe de destello de su acabado negro, que no empaña ni siquiera una capa fina de polvo. Para eso tanto coche de campo… Saludo con la mano a la pareja de viejecitos y ellos me devuelven el gesto.

Me propuse conocer a los vecinos que tenemos más cerca la semana misma que nos mudamos, porque me pareció una buena precaución evaluar si había que temer alguna amenaza o si podían ayudarnos en caso de necesidad. En el caso de los Johansen, ni lo uno ni lo otro. Ellos solo... están ahí. «Al fin y al cabo, la mayoría de las personas solo está para ocupar un espacio.» La frase va y viene en mi cabeza en forma de susurro y eso me asusta, porque detesto recordar la voz de Melvin Royal. Jamás le escuché decir eso en casa ni me lo dijo nunca a mí, pero he visto el vídeo que da fe de que lo dijo en el juicio. Lo dijo con una despreocupación total al hablar de las mujeres a las que había destrozado.

Mel me infectó como un virus y, en lo más hondo, tengo la insalubre seguridad de que nunca voy a recuperarme del todo.

La carretera es tan empinada que se tarda todo un cuarto de hora en llegar a la principal, que serpentea entre los árboles como una cinta ondulada. Los árboles se hacen menos espesos y más pequeños y dispersos, hasta que el Jeep rebasa la rústica señal descolorida por el sol y que anuncia que he llegado a Norton. El ángulo superior derecho del cartel está destrozado por el impacto de un cartucho de postas. Por supuesto, esto no sería de verdad el campo si no hubiera borrachos disparando a las señales.

Norton es el típico municipio pequeñito del sur, con viejos comercios familiares que resisten lúgubres al lado de tiendas de antigüedades reconvertidas, todos ellos pendientes de un frágil hilo económico. Las cadenas se están quedando poco a poco con todo. Old Navy. Starbucks. El azote de los dos arcos amarillos de McDonald's.

La escuela es un conjunto sencillo de tres edificios construido en un triángulo de poca extensión, con un espacio común para las actividades artísticas y deportivas en el centro. Me presento ante el único guardia que hay de servicio en la garita —armado, como es habitual por aquí, con una pistola— y recojo la tarjeta de visitante desteñida que me da antes de seguir adelante.

Ha sonado ya el timbre del almuerzo y por todas partes se ven chiquillos comiendo, riendo, coqueteando, amenazando o bromeando. Lo normal dentro y fuera del centro. Lanny no estará entre ellos y creo conocer lo bastante a mi hijo como para suponer que Connor tampoco. Tengo que llamar al intercomunicador y anunciar mi nombre y el propósito que me ha traído aquí antes de que me abra el conserje haciendo zumbar la puerta. Dentro sale a recibirme de un bofetón el olor característico a zapatillas rancias, a detergente para el suelo con aroma de pino y a cafetería.

Es curioso que todos los centros escolares huelan igual. Vuelvo a tener trece años y a sentirme culpable de lo que sea.

Mientras me dirijo al despacho de administración de secundaria, me encuentro a Connor encorvado en una de las sillas de plástico duro y con la vista clavada en los zapatos. «¿Qué decía yo?»

Levanta la mirada al oír abrir la puerta y veo la expresión de alivio que le invade la carita morena por el sol.

—No ha sido culpa suya —me asegura antes de dejarme decirle siquiera *hola*—. De verdad, mamá.

Ha cumplido ya los once y su hermana, catorce, una edad difícil hasta en circunstancias normales. Está pálido, alterado y preocupado, y eso no me gusta nada. Veo que ha vuelto a morderse las uñas. Hasta tiene sangre en el índice. Tiene la voz ronca, como si hubiera estado llorando, aunque sus ojos no dan esa impresión. «Necesita más sesiones de terapia», pienso, pero eso sería más información para su expediente, lo que supondría más complicaciones, cosa que no podemos permitirnos. Todavía no. Eso sí, si de verdad las necesita, si veo signos de que está regresando al estado en el que estaba hace tres años… habrá que asumir el riesgo. Aunque eso signifique que nos encuentren y que haya que volver a cambiar, una vez más, de nombre y de dirección.

—Ya verás como no es nada —le digo antes de atraerlo hacia mí para darle un abrazo. Me deja, lo que no es habitual, pero, claro, no hay testigos alrededor. De todos modos, lo noto tenso, rígido en mis brazos, y lo suelto antes de lo que quisiera—. Deberías ir a comer. Ya me encargo yo de tu hermana.

—Voy —me dice—. Pero es que no puedo... —No acaba la frase, ni falta que le hace. «No puedo dejarla sola», es lo que quiere decir. Lo mejor que tienen mis hijos es que no se separan. Siempre se mantienen uno al lado del otro, hasta cuando se pelean. No se han alejado desde el día de *Aquello*. Así es como intento pensar en lo que ocurrió, con mayúscula y en cursiva: *Aquello*, como si fuera una película de miedo, algo que no forma parte de nuestras vidas y que podemos llegar a olvidar. Algo ficticio y distante.

A veces, hasta ayuda.

—Venga —le digo con voz suave—. Te vemos esta tarde.

Connor se marcha, pero mirando atrás por encima de un hombro. Puede que no sea objetiva, es verdad, pero a mí me parece un crío muy guapo, con esos ojos ambarinos y ese pelo castaño que necesita un buen repaso de tijeras. Tiene la cara fina, de niño inteligente. Tiene algún que otro amigo aquí, en la escuela de secundaria de Norton, lo que es todo un alivio. Comparten los típicos intereses de los niños de once años: videojuegos, películas, series y libros. Y aunque es verdad que son un poco cerebritos, hay que reconocer que son de la clase de cerebritos que me gusta, de los que tienen un entusiasmo y una imaginación desbordantes.

Lanny es un problema mayor.

Mucho mayor.

Me lleno los pulmones de aire y lo suelto antes de llamar a la puerta de la directora Anne Wilson. Al entrar, encuentro a Lanny sentada en una silla que hay pegada a la pared. Conozco bien esa postura de brazos cruzados y cabeza gacha. Resistencia pasiva y callada.

Mi hija lleva puestos pantalones anchos de color negro con cadenas y correas y una camiseta ajada y desteñida de los Ramones que debe de haberme birlado del armario. Se ha dejado el pelo, recién teñido de negro, suelto sobre la cara a mechones desiguales. Los pinchos de sus muñequeras y del collar de perro que lleva al cuello se ven brillantes y puntiagudos. Son nuevos, como los pantalones.

—Señora Proctor —me dice la directora mientras me invita con un gesto a sentarme en el asiento tapizado que hay frente a su escritorio. Lanny, a un lado, ocupa una de las sillas de plástico duro, la silla de la vergüenza, imagino, de superficie brillante por el roce de docenas, si no cientos, de traseros belicosos—. Creo que ya debe de hacerse cargo de cuál es en parte el problema. Pensaba que habíamos acordado que Atlanta no volvería a venir al centro vestida de ese modo. Tenemos ciertas reglas respecto al vestuario y es nuestro deber hacer que se cumplan. A mí no me gusta más que a usted, créame.

La directora Wilson es una afroamericana de mediana edad con pelo natural y suaves capas de grasa. No es mala persona ni pretende hacer de este asunto nada parecido a una cruzada moral. Tiene que seguir unas normas y Lanny… En fin, a mi hija no se le dan nada bien las normas, ni tampoco los límites.

—Los góticos no son unos capullos violentos —murmura Lanny—. Eso es lo que dicen las campañas en su contra, pero es una mierda.

—¡Atlanta! —le espeta la directora Wilson—. Cuida ese lenguaje. Además, estoy hablando con tu madre.

Mi hija no levanta la cabeza, aunque puedo imaginar que tras la cortina de pelo negro ha hecho ese gesto suyo tan peliculero de poner los ojos en blanco. Me obligo a sonreír.

—Eso no es lo que llevaba puesto esta mañana al salir de casa. Lo siento mucho.

—Pues yo no —replica ella—. ¡Vaya una gilipollez eso de que me digan lo que tengo que ponerme! ¿Esto qué es, un colegio de monjas?

La expresión de la directora Wilson permanece inmutable.

—A eso, claro, hay que sumar la actitud de la niña.

—¿Por qué habla de mí como si no estuviera aquí? ¡Como si no fuese una persona! —exclama Lanny, esta vez levantando la cabeza—. Yo también podría enseñarle a usted educación.

La impresión que me produce verle la cara hace que dé un respingo antes de poder dominarme. Maquillaje blanco con lápiz de ojos grueso y muy negro, pintura de labios de color azul cadáver y pendientes de calavera. Por un momento me quedo sin respiración, porque mi hija se ha transformado en otra cosa, en otra persona, en alguien que cuelga de un cable gordo con un nudo corredizo, el pelo lacio pegado a la cabeza, los ojos desencajados y lo que le queda de piel teñido de ese mismo tono…

«Guárdalo en lo más oscuro de tu memoria y echa la llave. Olvídalo.» Sé muy bien que la puñetera niña lo ha hecho a propósito. La miro. Me desafía. Nos sostenemos la mirada. Tiene una facilidad espeluznante para encontrar y pulsar la tecla adecuada en mi interior. Eso lo ha heredado de su padre. Lo estoy viendo a él en la forma de sus ojos, en la manera de ladear la cabeza.

Y eso me pone los pelos de punta.

—Por si fuera poco —sigue diciendo la directora Wilson—, está la pelea.

Sin apartar la vista de mi hija, pregunto:

—¿Te has hecho daño?

Lanny me enseña el puño derecho. Tiene los nudillos en carne viva. «¡Ay!» A sus labios azules asoma una sonrisa de superioridad.

—Tendrías que ver a la otra.

—La otra —aclara la directora— tiene un ojo morado. Y sus padres son de los que tiran de abogado.

Las dos la obviamos y yo invito a Lanny con una inclinación de cabeza a seguir contándome lo ocurrido.

—Ella me dio primero una bofetada, mamá —me dice—. Y fuerte. Encima me empujó. Según ella, estaba mirando al imbécil de su novio. Es mentira. Ese niño me da asco y, de todos modos, era él quien me estaba mirando a mí. Yo no tengo la culpa.

—¿Dónde está la otra niña? —pregunto mirando a la directora Wilson—. ¿Por qué no está aquí también?

—La han recogido sus padres hace media hora y se la han llevado a casa. Dahlia Brown es una alumna de sobresaliente que jura no haber hecho nada por provocarla y tiene testigos que la apoyan.

En el instituto siempre hay testigos y siempre ven lo que sus amigos quieren que vean. Estoy convencida de que la directora Wilson lo sabe y también sabe que Lanny es la nueva, la que no encaja. Eso se debe a que mi hija ha adoptado ese estilo siniestro en parte como mecanismo de defensa con el que poder apartar a los otros antes de que la aparten a ella. Así, de un modo extraño, consigue lidiar con la película de miedo y secretos que es su infancia.

—Yo no he empezado —insiste Lanny y la creo, aunque sé que lo más seguro es que yo sea la única—. Odio esta mierda de instituto.

Eso también me lo creo. Vuelvo a centrar la atención en la mujer del otro lado del escritorio.

—Entonces va a expulsar a Lanny, pero no a la otra niña. ¿No es así?

—No me queda otro remedio. Entre la violación de las normas sobre vestimenta, la pelea y la actitud que mantiene acerca de todo el incidente… —Wilson se detiene, sin duda previendo la discusión que se avecina, pero yo me limito a asentir.

—De acuerdo. ¿Lleva deberes para casa?

Tendría que estar muy ciega para no ver el alivio que delata la expresión de la directora al enterarse de que esa madre que huele a pólvora no tiene intención de montar un numerito.

—Sí, me encargaré de que así sea. La semana que viene podrá volver a clase.

—Vamos, Lanny —digo poniéndome en pie—. Ya hablaremos de esto en casa.

—Mamá, que yo no…

—En casa.

Deja escapar un suspiro, agarra su mochila y sale encorvada del despacho con la expresión oculta tras el pelo pintado de negro, una expresión que sin duda no debe de ser nada agradable.

—Un momento, por favor. Necesito que se comprometan a cumplir determinadas medidas para dejar que Atlanta vuelva a entrar a clase —dice Wilson—. Aquí no toleramos la violencia y si estoy teniendo un poco de manga ancha es porque sé que es usted una buena persona y quiere que su hija encaje aquí, pero esta es la última oportunidad, señora Proctor. La última oportunidad. Lo siento.

—Por favor, no me llame así. Prefiero *señorita Proctor*, que es lo que soy desde los años setenta, creo. —Me levanto y le tiendo la mano. Ella me la estrecha con gesto formal, como quien cumple con un trámite y nada más. Hace tiempo que considero esa actitud algo positivo—. Ya hablaremos la semana que viene.

Fuera, Lanny ha elegido la misma silla que estaba ocupando antes su hermano y que todavía tiene que guardar parte de su calor corporal. No sé si lo hacen queriendo o es solo por instinto. ¿Estarán empezando a depender demasiado uno del otro? ¿Será eso lo que he conseguido con mi paranoia y mi vigilancia constante?

Tomo aire y lo suelto. Lo último que quiero es analizar a los críos más de la cuenta. Ya han tenido bastante.

—Venga —digo—. Vamos a pirarnos de aquí, como decís vosotros.

Lanny pone cara de pocos amigos.

—¡Puaj! ¿Quién dice eso? —Entonces duda y baja la mirada a sus botas—. ¿No estás cabreada?

—Claro que sí. De hecho, voy a ahogar todas mis penas en Kathy's Kakes. Y tú vas a acompañarme, quieras o no.

Mi hija ha llegado a la edad en la que mostrarse entusiasmada por algo, aunque sea saltarse clases o comer pasteles que rebosan mantequilla, no mola nada, así que se encoge de hombros por toda respuesta.

—Lo que sea, con tal de que me saques de aquí.

—Ni sé si quiero saber de dónde has sacado todo eso que llevas puesto.

—¿Qué es *todo eso*?

—¿En serio, hija mía? ¿Prefieres hacerte la loca?

Lanny pone los ojos en blanco.

—Es solo ropa, mamá. Seguro que todas las chicas de mi edad llevan ropa al instituto.

—Puede que te sorprenda saber que, sin embargo, son muy pocas las que se visten como si fuesen a actuar de teloneras de Marilyn Manson.

—¿De Marilyn qué?

—Gracias por hacerme sentir vieja. ¿Lo has pedido por Internet?

—¿Y qué si lo he hecho?

—Espero que no hayas usado mis tarjetas de crédito. Ya sabes lo peligroso que es eso.

—No soy tonta. He ahorrado y he metido el dinero en una tarjeta virtual, como me enseñaste. Pedí que me lo enviaran al apartado de correos de Boston y me lo reenviasen desde allí. Dos veces.

Esa información hace que se me forme en el pecho un nudo negro de angustia. Asiento con la cabeza.

—Está bien, vamos a hablar de eso mientras zampamos calorías.

En realidad, no hablamos de nada. Las porciones de tarta son enormes y están deliciosas, son caseras, no tiene sentido comérmelas enfadada. Kathy's Kakes tiene mucha fama y las mesas de alrededor están llenas de gente que disfrutan como yo de esta maravilla. Hay un padre con tres chiquillos embobado con su móvil mientras los muy pillos aprovechan su falta de atención para sembrarlo todo de migas y pintarse la cara con glaseado azul. En un rincón hay una joven con una tableta electrónica. Cuando se vuelve para conectarla veo el tatuaje que lleva en el hombro, debajo de la camiseta sin mangas. No sé qué es, pero tiene mucho colorido. Una pareja mayor está sentada en lo que parece una reunión formal de té, con porcelana cara y una bandeja redonda de varias plantas atestada de pastelitos sobre la mesa que tienen entre ambos. Me pregunto si tomar el té exigirá poner cara de estar aburridísimo.

Hasta Lanny cambia de actitud y se muestra más relajada cuando acabamos de comer. De hecho, se le ha ido la pintura de labios cadavérica y casi parece normal mientras hablamos con cautela de la tarta, del fin de semana, de libros... Entonces, cuando estamos de nuevo en la carretera y el vehículo se revoluciona mientras sube la pista en dirección a Stillhouse Lake, me veo obligada a estropear la situación:

—A ver, Lanny. Eres muy lista y sabes que, si te empeñas en destacar de este modo, tus compañeros acabarán por echarte fotos, pasárselas y, al final, las publicarán en las redes sociales. Y no hace falta que te diga que no podemos permitírnoslo.

—¿Desde cuándo tiene que importarle mi vida a toda la familia, mamá? ¡Ah, sí! Espera, que ya me acuerdo: desde siempre.

He hecho todo lo que estaba en mi mano para proteger a mis hijos de *Aquello*, igual que hizo mi madre cuando me estaban juzgando a mí como cómplice. Tenía la esperanza de que, por mucho que recordara mi pequeña, por mucho de lo que hubiera podido enterarse, sería solo un chorrito en comparación con la marea tóxica en la que me había visto sumergida yo. Mi madre se había visto obligada a contar a Lanny y a Connor —entonces Lily y Brady— que su padre era un asesino, que iban a juzgarlo y a meterlo en la cárcel. Que había matado a un montón de jóvenes. No les había revelado los detalles ni yo quería que los supiesen, pero eso fue entonces y ahora soy consciente de que no puedo ocultar por mucho más tiempo a Lanny lo peor de lo ocurrido. Catorce años son muy pocos para hacerse cargo de la depravación de Melvin Royal.

—Todos tenemos que pasar tan inadvertidos como podamos —le digo—. Lo sabes, ¿no, Lanny? Es por nuestra seguridad. Lo entiendes, ¿verdad?

—Claro —responde y aparta la vista con gesto intencionado—. Porque siempre nos están buscando. Esos míticos desconocidos que tanto miedo te dan.

—No son… —Respiro hondo y me recuerdo, una vez más, que discutir no nos va a hacer ningún bien—. Si tenemos que seguir unas normas es por un motivo concreto.

—Son tus normas y tus motivos. —Apoya la cabeza en el asiento del Jeep como si estuviera demasiado cansada para seguir sosteniéndola—. ¿Sabes qué? Que, de todos modos, de gótica no me va a reconocer nadie, porque lo que miran es el maquillaje y no la cara.

Lo que dice Lanny es muy inteligente.

—Puede que no, pero aquí, en Norton, vas a conseguir que te expulsen.

—Todavía hay gente que educa a sus hijos en casa, ¿no?

Esa también sería una respuesta sencilla. Yo la había considerado seriamente muchas veces, pero el papeleo necesario podría tardar siglos y hasta hace poco siempre hemos estado de un lado para otro. Además, quiero que mis hijos aprendan a vivir en sociedad, que formen parte del mundo normal. Ya han tenido que tragar mucha mierda antinatural.

—A lo mejor podemos buscar un punto intermedio —respondo—. La señora Wilson no le ha puesto pegas a tu pelo. A lo mejor si te pones menos maquillaje, te quitas los accesorios y usas ropa que no sea del todo negra… Puedes seguir siendo la rara, pero sin serlo del todo.

De pronto se le ilumina la expresión un instante.

—Entonces, ¿por fin voy a poder hacerme una cuenta de Instagram? ¿Y tener un teléfono de verdad en vez de esta porquería con tapa?

—No te pases.

—Mamá, siempre estás diciendo que quieres que sea normal. Todo el mundo está metido en las redes sociales. ¡Hasta la directora

Wilson tiene una gilipollez de cuenta de Facebook llena de fotos estúpidas de gatitos y memes raros! ¡Por Dios, si tiene hasta una cuenta en Twitter!

—Pues tú eres una rebelde antisistema. Aprovéchalo y sé distinta negándote a seguir la corriente.

La indignación de su mirada me deja claro que no está colando.

—De manera que quieres convertirme en una perfecta leprosa social. Estupendo. Sabes que hay una cosa que se llama *anonimato*, ¿no? Ni siquiera tengo que usar mi nombre. Te juro que voy a asegurarme de que nadie sepa quién soy

—No, porque dos segundos después de que te hagas una cuenta la vas a llenar de *selfies*, que llevarán la etiqueta de tu ubicación. —Lo más difícil de estos tiempos obsesionados con la imagen es evitar que los críos cuelguen sus fotos en la Red. Siempre hay ojos buscándonos y algunos de ellos no se cierran nunca. Ni siquiera parpadean.

—¡Dios! Eres un martillo pilón —masculla Lanny antes de encorvarse para ponerse a mirar al lago por la ventanilla—. Y, por supuesto, tenemos que vivir en el culo del mundo por tu paranoia. Aunque todavía queda la posibilidad de que te dé por hacer otra vez las maletas para mandarnos a un sitio todavía más aislado.

Dejo pasar lo de mi paranoia, porque tiene razón.

—¿No te parece que este culo del mundo es bonito?

Lanny no responde. Por lo menos no se le ha ocurrido ninguna contestación ingeniosa, lo que puedo entender casi como una victoria. Últimamente saboreo hasta las más insignificantes.

Giro para tomar el camino de entrada de gravilla y obligo al Jeep a subir el repecho que llega a la cabaña. Mi hija deja su asiento antes de que haya podido poner el coche en punto muerto.

—¡Está puesta la alarma! —grito a sus espaldas.

—Como siempre, ¿no?

Ya está dentro de la casa y oigo la rápida sucesión de notas musicales del código de seis cifras. La puerta interior se cierra con fuerza antes de que el aparato dé la señal de que se puede pasar, aunque es verdad que Lanny nunca se equivoca al introducir la clave. Connor sí, a veces, porque no se fija tanto. Siempre tiene la cabeza en otra parte. Es curioso cómo se han cambiado los papeles en cuatro años. Ahora es él quien tiene una vida interior más rica y se pasa el día leyendo, mientras ella vive dentro de su armadura, orgullosa de tener el interior bien cerrado a cal y canto y ansiosa por meterse en líos.

—¡Te toca encargarte de la ropa! —digo en cuanto entro tras ella, que, claro, está ya encerrándose en su cuarto con un portazo. Así de categórica—. Además, antes o después, tendremos que hablar de esto. Lo sabes, ¿verdad?

El silencio hosco que sigue a mi pregunta suena a negativa. Me da igual. Nunca cedo cuando es importante y Lanny es más consciente que nadie de ello.

Vuelvo a poner la alarma y me tomo unos minutos para guardar mis cosas y ponerlo todo en su sitio. Hay que tenerlo todo siempre bien ordenado para no perder un segundo en caso de emergencia. A veces apago las luces y hago simulacros. «Hay un incendio en el salón. ¿Por dónde salís? ¿Dónde están vuestras armas?» Ya sé que es obsesivo e insano.

Pero también es práctico de la leche.

Practico mentalmente lo que hacer en caso de que se nos meta un intruso por la puerta del garaje. «Cojo el cuchillo del taco, corro para bloquearlo en la puerta y apuñalo, apuñalo, apuñalo. Mientras se tambalea, un corte en los tendones de los tobillos. Derribado.»

En estos ensayos, siempre es Mel quien nos ataca. Tiene exactamente el mismo aspecto que en el juicio, con el traje gris marengo que le compró su abogado, corbata y pañuelo de seda azul a juego con sus ojos color vaquero, como un hombre normal y bien vestido. El disfraz es perfecto.

Yo no estaba entre el público el día de su comparecencia, cuando, según todo el mundo, se presentó como un hombre totalmente inocente. A mí me habían encerrado en espera de mi propio juicio. Sin embargo, uno de los fotógrafos lo capturó en el preciso instante en que se daba la vuelta para mirar al público, a las familias de las víctimas. Parecía el mismo de siempre, pero sus ojos se habían vuelto planos y sin alma. La contemplación de aquella imagen me dio la sensación espeluznante de que dentro de ese cuerpo había algo frío y desconocido que contemplaba el exterior, una criatura que había dejado de sentir la necesidad de ocultarse.

Cuando imagino a Mel viniendo a por nosotros, es eso mismo lo que nos mira desde su rostro.

Acabado el ejercicio, me aseguro de que todas las puertas tienen la llave echada. Connor tiene su propia clave y, cuando llegue a casa, estaré pendiente del tono y del sonido que indica que ha vuelto a ponerse la alarma. Desde aquí puedo decir si se ha equivocado o la ha olvidado. Llevo siempre en el bolsillo el llavero que pone en marcha todo el sistema de alerta que pondrá sobre aviso a la comisaría de Norton. Es lo primero que tengo que hacer en caso de emergencia.

Me siento frente al ordenador del dormitorio que he convertido en mi despacho. Es un cuarto pequeñito con un armario empotrado no muy ancho en el que guardamos la ropa de invierno y otras provisiones y está dominado por un buró espléndido y maltrecho que rescaté de un anticuario el mismo día que nos mudamos a Norton. Según la fecha que hay escrita con lápiz en el cajón es de 1902. Pesa más que mi coche y alguien lo usó de banco de trabajo en algún momento de su vida, pero es tan espacioso que puedo tener en él el ordenador, el teclado, el ratón y hasta una impresora pequeña.

Introduzco mi clave y pulso la tecla que pondrá en marcha el algoritmo de búsqueda. Se trata de un equipo relativamente nuevo que compré al llegar a Stillhouse Lake, pero me lo ha personalizado con toda clase de inventos de pirata informático un tipo que se hace llamar *Absalón*.

Durante los días, las semanas y los meses que siguieron al juicio de Mel, mientras estaba yo también entre rejas soportando mi propio tormento legal, Absalón formó parte de la jauría furiosa de adictos a las redes que me acosó y analizó hasta el aspecto más insignificante de mi vida en busca de algún atisbo de mi culpa.

Sin embargo, el verdadero chaparrón estalló cuando me declararon inocente.

Absalón no había dejado un solo detalle de mi biografía sin desenterrar y los había hecho accesibles en línea. Había reclutado legiones enteras de troles con el único objetivo de atacarnos a mí, a mis amigos y a mis vecinos. Encontró hasta a mis parientes más lejanos y publicó sus direcciones. También dio con los dos primos de Mel que seguían con vida y llevó a uno de ellos al borde del suicidio.

Sin embargo, cambió de actitud por completo cuando los troles que había azuzado en mi dirección la tomaron con mis hijos. Poco después de que empezara aquella odiosa campaña recibí un mensaje suyo sorprendente, un correo electrónico muy sentido en el que me hablaba de sus propios traumas infantiles y del dolor que había sufrido y me confesaba que había emprendido aquella persecución contra mí para desterrar sus propios demonios. El tren que había puesto en marcha no podía frenarse. La cruzada había cobrado vida propia. Sin embargo, quería ayudarme y, lo que es más importante, podía ayudarme.

A esas alturas habíamos huido ya de Wichita, desesperados y sin saber qué hacer. La mano que me tendía se convirtió en el factor que podía cambiarlo todo. Ese fue el momento en el que volví a tomar las riendas de mi vida con la ayuda de Absalón.

No es mi amigo, no chateamos y sospecho que, en cierto modo, sigue odiándome, pero me ayuda. Nos crea identidades falsas, me busca refugios seguros y hace lo que puede por mantener a raya el continuo acoso digital. Cuando compro un ordenador nuevo, lo configura a partir de copias de seguridad que guarda en una nube segura para que no pierda los datos. Además, se encarga de escribir los algoritmos de búsqueda a medida que me permiten seguir la pista a lo que yo llamo la Psicopatrulla.

Por todos estos favores, claro, le pago. No es necesario que seamos amigos. Lo nuestro es una relación meramente comercial.

Mientras el equipo hace su búsqueda, me preparo una taza de té con miel y le doy un sorbo con los ojos cerrados para prepararme para el reto. En este momento tengo siempre varias cosas al alcance de la mano: un arma cargada; mi móvil, listo para llamar a Absalón en caso de que haya algún problema, y, por último, aunque no por ello menos importante, una bolsa de plástico para basura en la que poder vomitar… si es necesario.

Y aun así debo cumplir con esta tarea. A diario.

Siento la tensión deslizarse en espiral desde mi cerebro, como una serpiente fría que me recorre la columna y los hombros y se me enrosca con fuerza en el estómago. Aunque nunca estoy lista del todo cuando aparecen en la pantalla los resultados de la búsqueda, hoy, como siempre, intento afrontarlo tranquila, observadora, distante.

Hay catorce páginas de resultados. El primer enlace es nuevo. Alguien ha abierto un hilo en Reddit y las descripciones repugnantes, las conjeturas y los aullidos que claman justicia vuelven a cobrar fuerza. Aprieto los dientes y pincho en el enlace.

> ¿Dónde se habrá metido últimamente la secuacilla de Melvin? Me encantaría hacerle una visita a esa putita chupacirios hipócrita.

Les gusta llamarme *chupacirios* porque nuestra familia pertenecía a una de las mayores iglesias baptistas de Wichita, aunque Mel solo iba a veces. Lo normal era que fuésemos los niños y yo. Hay un montón de fotos antitéticas colgadas sobre eso. En la mitad de la pantalla aparecemos los tres en misa y, en la otra, fotos policiales de la mujer del garaje.

Los domingos por la mañana, Mel solía excusarse diciendo que tenía cosas que hacer en su taller. Cosas que hacer. Tengo que cerrar los ojos un instante, por el chiste macabro que encierran esas palabras. Nunca pensó en las jóvenes a las que torturaba y asesinaba como personas. Las consideraba objetos. Cosas.

Abro los ojos, respiro hondo y paso al enlace siguiente.

Espero que a Gina y a sus hijos los violen, los destripen y los cuelguen como carne para que la gente pueda escupirles. Mel el Mutilador no merece una familia.

Este viene acompañado por una foto policial de unos niños a los que han arrojado a una cuneta después de matarlos de un tiro. ¿Se puede ser más falso y más cruel? A este trol no se le ha ocurrido otra cosa que explotar el infierno personal de otro para ilustrar lo que opina de mí. Le dan igual los niños.

Lo que le importa es la venganza.

Repaso el resto con una rapidez que me produce vértigo.

¿Veis a su hija, Lily? Yo la estaría golpeando hasta dejarla tiesa.

Que los quemen vivos y los apaguen con meados.

Tengo una idea. Hay que encontrar una letrina que siga en uso para ahogar en mierda a sus hijos y luego mandarle la ubicación de dónde puede encontrarlos.

¿Cómo podemos hacer que sufra? ¿Alguna idea? ¿Alguien ha visto a esa zorra?

Y así siguen sin descanso, un mensaje tras otro. Dejo Reddit y me voy a Twitter, donde encuentro más amenazas, más odio, más veneno, aunque esta vez en porciones concisas de ciento cuarenta caracteres. De ahí paso a los blogs y a 8chan, los foros de discusión de la crónica negra, las páginas que se han convertido en verdaderos altares de los crímenes de Mel.

En los foros de discusión y los sitios web, la muerte de jóvenes inocentes no son más que piezas pasajeras de entretenimiento. Información histórica. Por lo menos, esos detectives de salón no dan tanto miedo. Para ellos, la familia de Mel no es más que una nota al pie del suceso. No se han consagrado a nuestra destrucción. Los que pueden ser peligrosos de verdad son los otros, los que centran su interés en nosotros, la familia perdida de Melvin Royal.

Y de esos hay cientos o quizá miles, todos compitiendo por superar al resto con modos nuevos y pavorosos de castigarnos a los niños y a mí. A mis niños. Un espectáculo demencial y aterrador sin el menor atisbo de conciencia. Ninguno de ellos parece ser consciente de que está hablando de personas, de personas reales a las que pueden hacer daño. Que sangran. A las que podrían asesinar. Si son conscientes de ello, desde luego, no les importa una mierda.

Algunos, parte de la espuma inquietante de este caldo infame, son verdaderos sociópatas sin sentimientos.

Lo imprimo todo, subrayo los nombres de usuario y las etiquetas y me pongo a interconectarlas en la base de datos que estoy elaborando. Los nombres de la lista son en su mayoría de veteranos, de gente que, por el motivo que sea, se han obsesionado con nosotros, pero también los hay más recientes, acólitos fervorosos que acaban de topar con los crímenes de Mel y buscan aportar su granito de arena a la venganza «por las víctimas», aunque en realidad lo suyo no tiene nada que ver con las desdichadas que cayeron en manos de Mel. De hecho, son raras las veces que mencionan sus nombres. Para esta panda en particular de justicieros, las víctimas no tenían la menor importancia estando vivas ni la tienen ahora. Son solo una excusa para dar rienda suelta a sus impulsos más depravados. Estos troles no se distinguen mucho de Mel en muchos sentidos, aunque, a diferencia de él, probablemente nunca actuarían como les dictan esos impulsos.

Probablemente.

Esa es la razón por la que cuando hago esto tengo siempre la pistola a mi lado: para recordarme en todo momento que, si se les ocurre, si se atreven a acercarse a mis hijos, lo pagarán caro. No pienso dejar que nadie más les haga daño.

Detengo la lectura, porque, sea quien sea el psicópata que está detrás del nombre de usuario *fuckemall2hell*, ha tropezado con un documento judicial mal custodiado en el que figuraba una de nuestras direcciones antiguas y la ha publicado, se ha puesto en contacto con las familias de las víctimas, ha llamado a la prensa y ha enviado a todas partes carteles para imprimir en los que se lee: SE BUSCAN. ¿HA VISTO USTED A ESTAS PERSONAS? Es una de las tácticas que han adoptado hace no mucho estos salvajes para aprovecharse de la gente que se mueve por verdadera humanidad y preocupación. Está sacando tajada de los mejores instintos ajenos para delatarnos y convertirnos en presa fácil de nuestros depredadores.

De todos modos, temo más por la pobre gente inocente que vive ahora en la dirección que ha hecho pública. Lo más seguro es que no tengan ni idea de la que les espera. Envío un correo electrónico anónimo al inspector que lleva aquella zona, aliado mío a regañadientes, para advertirle que han vuelto a hacer circular unas señas y cruzo los dedos. Ojalá la familia que vive en la casa no se despierte un día y se encuentre envases de carne podrida y animales muertos clavados en la puerta ni vea inundados el buzón, la entrada de la casa, el contestador del teléfono ni la taquilla de su trabajo por un aluvión de mensajes sensacionalistas sobre tortura y de amenazas pavorosos. Recuerdo perfectamente la impresión que me produjo descubrir la tromba de insultos que vertieron sobre mi casa vacía, aunque yo estaba bien custodiada entre rejas y los niños escondidos en Maine.

Si los residentes actuales tienen hijos, rezo por que no la tomen con ellos. Los míos no se libraron. Pusieron carteles en los postes de teléfono y hasta enviaron su foto a pornógrafos para ofrecerlos como modelos. No hay límites para el odio, una nube tóxica de escándalo moral y mentalidad gregaria que flota a sus anchas sin pensar a quién puede hacer daño, sino solo en hacerlo.

La dirección que ha descubierto este trol en particular es un callejón sin salida que no puede llevarlo a nuestra puerta ni a nuestros nombres. Que entre la casa que está señalando y la cabaña en la que estoy sentada en este momento haya por lo menos ocho pistas cortadas no me supone ningún alivio. Por pura necesidad he acabado por hacerme muy buena en esto, pero no soy ellos. No me mueven las mismas intenciones pestilentes. Lo único que quiero es seguir con vida y dar a mis hijos toda la seguridad que me sea posible.

Acabo de comprobarlo todo, agito brazos y manos para librarme de la tensión que los atenaza, apuro el té, ya frío, y me levanto para ponerme a andar de un lado a otro del despacho. Me entran ganas de hacerlo con la pistola en la mano, pero sé que es una idea pésima, muy poco segura y paranoica. Clavo la mirada en el discreto brillo que emite, en la seguridad que promete, por más que sepa que es mentira, tanto como cualquiera de las que me contó Mel. Las armas no dan seguridad a nadie: solo lo sitúan en igualdad de condiciones en el terreno de juego.

—¿Mamá?

La voz llega desde el umbral y hace que me vuelva con demasiada rapidez y el corazón sobresaltado, feliz de no tener la pistola, porque darme esta clase de sustos no es buena idea y quien tengo delante es Connor, con la mochila del instituto colgando de la mano izquierda. No parece haberse dado cuenta de que me ha asustado, pero quizá esté ya tan habituado que ni le importa.

—¿Está bien Lanny? —me pregunta y yo me obligo a sonreír y asiento con la cabeza al responder:

—Sí, cariño, sí está bien. ¿Cómo ha ido el instituto? —Lo escucho solo a medias, porque estoy pensando que ni siquiera lo he oído entrar, ni teclear su clave ni la señal de que la alarma vuelve a estar lista. Me he abstraído demasiado y eso es muy peligroso. Tengo que estar más atenta.

De todos modos, no contesta la pregunta. Señala con un gesto la pantalla y dice:

—¿Has acabado con la Psicopatrulla?

Eso me ha pillado por sorpresa.

—¿Dónde has oído eso? —le digo y a continuación me respondo—: Lanny, ¿no?

Connor se encoge de hombros.

—Estás buscando acosadores, ¿verdad?

—Sí.

—A todo el mundo le dicen de todo por Internet, mamá. No te lo tomes muy en serio. Pasa de ellos, ya verás como te dejan en paz.

Resulta irritante, en muchos sentidos, oír decir eso. Como si la Red fuese un mundo de fantasía habitado por gente imaginaria. Como si nosotros fuéramos gente normal. Por encima de todo, decir eso, asumir de forma tan automática que uno está a salvo, es algo demasiado propio de un varón joven. Las mujeres, incluidas las niñas de la edad de Lanny, no piensan así. Los padres, desde luego, no. La gente mayor no. Una afirmación así revela cierta ignorancia ciega de lo peligroso que es el mundo por parte de alguien con derecho a ser así de ignorante.

Se me ocurre —un pensamiento enfermizo, lo sé— que he sido yo quien lo ha ayudado a adoptar esa actitud al haberlo aislado de este modo. Al protegerlo así. Pero ¿qué otra cosa puedo hacer? ¿Tenerlo siempre aterrado? Dudo mucho que eso le sea de ayuda.

—Gracias por la opinión que no te he pedido —le digo—, pero no me importa hacer esto. —Ordeno los papeles y los archivo. Siempre guardo copias electrónicas y en papel, porque la experiencia me dice que la policía prefiere tener las cosas por escrito. Es como si fuese para ellos una prueba más sólida que los datos de una pantalla. De todos modos, en caso de emergencia podría ser que ni siquiera tuviésemos tiempo de recoger los documentos—. Se acabó por hoy la Psicopatrulla —digo antes de cerrar el cajón donde tengo los archivos, echarle la llave y guardármela en el bolsillo. Está metida en el llavero de la alarma, del que nunca me separo. No quiero que Connor ni Lanny ojeen esos papeles. Ni pensarlo. Mi hija tiene su propio portátil, al que he puesto un estricto control parental, de manera que no solo le niega ciertos resultados, sino que me avisa —ya lo ha hecho— cuando intenta buscar ciertas palabras clave relacionadas con su padre o los asesinatos que cometió.

Todavía no puedo arriesgarme a comprarle uno a Connor, pero la presión para que le deje acceder a la Red está creciendo a un ritmo impresionante.

Lanny abre la puerta de su cuarto y pasa revoloteando por delante del despacho y, de camino al salón, esquiva a Connor. Todavía lleva los pantalones góticos y la camiseta de los Ramones, y el aire le agita el pelo negro. Va a la cocina, imagino, para buscar el tentempié de tortitas de arroz y bebida energética de todas las tardes. Él la mira alejarse. No parece sorprendido, sino más bien resignado.

—De todas las hermanas que hay en el mundo me ha tenido que tocar a mí la que se viste como los personajes de *Pesadilla antes de Navidad* —dice—. Está intentando no parecer tan guapa, ¿sabes?

Observación sorprendente para un crío de su edad. Pestañeo mientras tomo plena consciencia de que, bajo esos pantalones enormes, ese pelo revuelto y ese maquillaje de muerto hay una niña preciosa a la que le están creciendo los huesos, una niña cada vez más alta que empieza a desarrollar sus curvas. Como madre, siempre la he visto guapa, pero ahora, además, es normal que se lo parezca a otros. Su actitud cortante los mantiene a cierta distancia y cambia el patrón por el que la juzgarán.

Algo muy inteligente y, al mismo tiempo, desgarrador.

Connor se da la vuelta y se dirige a su habitación.

—¡Espera, Connor! ¿Has vuelto a poner la alarma?

—Claro —responde sin detenerse. Su puerta se cierra entonces de un modo rotundo, aunque sin fuerza. Lanny vuelve con sus tortitas y la bebida energética y se deja caer en el asiento pequeño que hay en un rincón de mi despacho. Deja la bebida e imita un saludo militar antes de anunciar:

—Sin novedad en el frente, mi brigada. —Y a continuación se arrellana en una postura funcionalmente imposible para nadie que haya cumplido los veinticinco—. He estado pensando que quiero buscarme un trabajo.

—No.

—Puedo traer dinero a casa.

—No, tu trabajo es estar en el instituto. —Tengo que morderme el labio para evitar quejarme de que a mi hija antes le gustaba el colegio. A Lily Royal le gustaba ir al colegio. Iba a clases de teatro y de programación, pero Lanny no debe destacar, no debe tener intereses que la hagan especial. No puede hacer amigos y contarles nada que se asemeje a la verdad. No es de extrañar que el instituto le parezca un infierno.

—Esa compañera con la que te has peleado… —le digo—. Entiendes que no puede volver a pasar, ¿verdad? ¿Por qué tienes que meterte en líos?

—¡Que yo no he sido! Empezó ella. ¿Qué quieres, que deje que me peguen? ¿Que me dejen para el arrastre? Pensaba que preferías que nos defendiéramos.

—Lo que quiero es que evites el enfrentamiento.

—Claro, porque eso es lo que harías tú. Es lo único que sabes hacer, irte cuando te amenazan. No, perdona: echar a correr.

No hay nada tan lacerante como el desdén de un adolescente, un aguijón incansable cuyo veneno tarda en desaparecer cuando pica. Intento que no se dé cuenta de que acaba de marcarme unos cuantos puntos, aunque ni siquiera me atrevo a hablar por no delatarme. Recojo la taza de té y me voy a la cocina en busca del consuelo del agua corriente que arrastre los posos. Ella me sigue, aunque no para volver a atacar. Se queda al otro lado del umbral de un modo que sé que se arrepiente de lo que ha dicho, pero no sabe muy bien cómo retirarlo, ni tampoco si quiere.

Mientras coloco la taza y el platillo en el lavavajillas, me dice:

—Estaba pensando en salir a correr…

—Sola no, ya lo sabes —respondo de forma automática antes de darme cuenta de que Lanny ya contaba con ello. Una manera de disculparse sin disculparse. Ya me cuesta dejar que vayan solos en el autobús del instituto, conque ¿arriesgarme a que anden sin mí por el lago? Ni hablar—. Vamos juntas. Espera, que me cambio.

Me pongo unas mallas y una camiseta suelta encima de un sujetador deportivo, unos calcetines gordos y zapatillas buenas de atletismo. Cuando salgo, Lanny está haciendo estiramientos con una agilidad envidiable. Lleva puesto un sujetador deportivo rojo sin nada encima y unas mallas negras con rombos de colores en los lados. Me limito a mirarla hasta que la veo suspirar, tomar una camiseta y ponérsela.

—Eres la única persona que se pone camiseta para correr —me gruñe.

—Quiero que me devuelvas la camiseta de los Ramones. Es un clásico. Además, seguro que ni siquiera puedes nombrarme una canción suya.

—«I Wanna Be Sedated» —me espeta de inmediato.

No le respondo. A Lily la medicaron mucho durante los seis meses que siguieron a *Aquello*. Llevaba días sin poder dormir y cuando, al fin, consiguió conciliar un sueño agitado, se despertaba gritando y llamando a voces a su madre. A la madre que estaba entre rejas.

—A lo mejor prefieres «We're a Happy Family».

Tampoco digo nada, porque sus elecciones no pueden ser más oportunas. Apago la alarma, abro la puerta y le pido a Connor que vuelva a conectarla. Él suelta un gruñido desde donde esté del salón y me deja con la esperanza de que haya dicho que sí.

Lanny se adelanta dando saltitos de liebre, pero consigo alcanzarla al final del camino de gravilla y juntas nos dirigimos hacia el este por la carretera a muy buen ritmo. Es un momento del día perfecto. El aire es cálido, el sol está bajo y agradable. El lago está en calma y salpicado de embarcaciones… Nos cruzamos con otros corredores que van en sentido contrario. Yo voy marcando el ritmo, que Lanny sigue sin dificultad. Los vecinos nos saludan desde los porches de sus casas. «Qué amables.» Respondo agitando el brazo, aunque sé que es todo fachada. Tengo muy claro que si estas buenas gentes conocieran mi pasado y supieran con quién estuve casada, se comportarían exactamente igual que nuestros antiguos vecinos: con recelo, con repulsión y con miedo de estar cerca de nosotros. Y quizá harían bien en estar asustados, porque la sombra de Melvin Royal es negra y muy alargada.

Estamos a medio camino de dar la vuelta al lago cuando Lanny, jadeando, pide que nos paremos y se apoya en un pino que oscila ante su peso. Yo todavía llevo bien la respiración, pero me queman los músculos de las pantorrillas y me duelen las caderas. Me estiro y sigo trotando sin moverme del sitio mientras mi hija recupera el aliento.

—¿Estás bien? —pregunto y, al ver su mirada fulminante añado—: ¿Eso es que sí?

—Pues claro —dice ella—. De todos modos, ¿me explicas por qué tenemos que ir como si entrenásemos para las olimpiadas?

—Lo sabes perfectamente.

Lanny aparta la mirada.

—Por lo mismo por lo que te empeñaste en apuntarme el año pasado a eso del krav magá.

—Pensaba que te gustaba.

Se encoge de hombros sin dejar de estudiar las hojas de helecho que crecen a sus pies.

—No me gusta pensar que voy a necesitarlo.

—A mí tampoco, cariño, pero tenemos que ser realistas. Sabes que hay gente peligrosa y que tenemos que estar preparados. Ya eres mayor para entenderlo.

Lanny se endereza.

—Sí, supongo que estoy lista. Pero intenta no dejarme al borde de un ataque al corazón esta vez, mamá Terminator.

No me resulta nada fácil. Siendo todavía Gina, pero después de *Aquello*, me aficioné a correr. Hasta que desarrollé la resistencia necesaria, fue agotador, extenuante. Ahora, cuando no me contengo, corro como si sintiera a alguien respirándome en la nuca, como si dependiera mi vida de ello. Eso no es sano ni seguro. Soy muy consciente de que machacarme tanto es una forma de castigarme a mí misma y también una expresión del miedo con el que convivo a diario.

Por más que intente evitarlo, se me olvida. Ni siquiera me doy cuenta de que Lanny se queda atrás, resuella, cojea… hasta que doblo una curva y veo que estoy corriendo sola a la sombra de los pinos, sin saber siquiera a qué altura la he perdido.

Acabo estirándome contra un árbol y, por último, me apoyo en una piedra gastada y de altura muy conveniente a esperarla. La veo a lo lejos, caminando lentamente y renqueando un poco y siento una punzada de culpa. «¿Qué clase de madre soy, que tengo a una chiquilla corriendo hasta dejarla en esas condiciones?»

Ese sexto sentido que he desarrollado me inunda de pronto de adrenalina y hace que me incorpore y vuelva la cabeza.

Ahí hay alguien.

Veo a una persona sentada bajo los pinos, a la sombra, y mis nervios, que nunca llegan a relajarse, se tensan. Me alejo de la piedra, adopto una posición de alerta y me encaro con la figura.

—¿Quién hay ahí?

El hombre responde con una risa seca y nerviosa antes de acercarse arrastrando los pasos. Es un hombre mayor. Tiene la piel como el papel seco y oscurecido, las patillas grises y mechones rizados del mismo color pegados al cráneo. Hasta las orejas las tiene caídas y apoya todo su cuerpo en un bastón.

—Perdone, señorita. No quería asustarla. Solo estaba mirando los barcos. Siempre me han gustado sus líneas, aunque no he sido nunca un gran marinero. Siempre he sido más de tierra firme. —Lleva una chaqueta vieja con parches militares. Son de la artillería, no de la segunda guerra mundial, sino de Corea o Vietnam, uno de esos conflictos menos definidos—. Me llamo Ezekiel Claremont y vivo allí mismo, en lo alto de la colina. Llevo allí media eternidad y por esta parte del lago todos me llaman Easy.

Me avergüenzo de haber temido lo peor y doy un paso hacia él para tenderle la mano. El anciano me la estrecha con un apretón firme y seco pese a la impresión de fragilidad que ofrecen sus huesos.

—Hola, Easy. Yo soy Gwen. Nosotros vivimos ahí arriba, cerca de los Johansen.

—¡Ah, sí! Son ustedes nuevos. Me alegro de conocerla. Siento no haber ido por allí, pero últimamente no ando mucho. Todavía no me he recuperado del todo de la fractura de cadera de hace seis meses. Hágame caso y no envejezca, joven. Es un coñazo. —Se vuelve al ver frenar a Lanny unos metros más allá y doblarse sobre sí misma con las manos apoyadas en los muslos—. Hola, ¿está usted bien?

—Muy bien —responde mi hija entre jadeos—. De muerte. Hola.

No me echo a reír de milagro.

—Le presento a mi hija, Atlanta, aunque todos la llaman Lanny. Lanny, el señor Claremont. Easy, por abreviar.

—¿Atlanta? Yo nací en Atlanta. ¡Qué gran ciudad, tan llena de vida y de cultura! A veces la echo de menos. —El señor Claremont la saluda con una inclinación firme de cabeza y ella le devuelve el gesto después de mirarme con aire precavido—. En fin, más me vale ir volviendo a casa. Tardo media vida en subir esa colina. Mi hija no para de insistir en que venda la casa y me mude a un sitio más cómodo, pero yo no estoy dispuesto a renunciar tan pronto a estas vistas. Me entiende, ¿verdad?

Ya lo creo.

—¿Quiere que lo acompañemos? —pregunto, porque desde donde estamos no se ve su casa. Está claro que es una distancia descomunal para un hombre que usa bastón por tener mal la cadera.

—¡No, qué va! Gracias. Uno está viejo, pero no decrépito. Todavía no. Además, el médico dice que me viene bien. —Suelta una carcajada—. Hay que ver, que lo que le viene bien a uno nunca le sienta bien. Por lo menos, esa es mi experiencia.

—¡Y que lo diga! —coincide Lanny—. Encantada de conocerlo, señor Claremont.

—Easy —corrige él mientras emprende su camino colina arriba—. Vayan con cuidado.

—No se preocupe —digo yo antes de sonreír sudorosa a mi hija—. Te echo una carrera hasta llegar a la cabaña.

—¡Venga ya! ¡Pero si estoy muerta!

—Lanny…

—Yo me vuelvo andando, gracias. Corre tú si quieres.

—Estaba de broma.

—Ah.

CAPÍTULO 2

Casi hemos llegado a casa cuando me vibra el teléfono con un mensaje de texto. El número es anónimo, de modo que se me eriza de inmediato el vello de la nuca. Me paro y me aparto de la carretera. Lanny me adelanta trotando con aire satisfecho.

Deslizo la pantalla y abro el mensaje. Es de Absalón, que usa la firma críptica de *Å* como primer carácter. La sigue el texto:

¿Estás cerca de Missoula?

Él nunca pregunta por nuestra ubicación exacta ni yo se la doy, así que respondo:

¿Por qué?

Alguien ha publicado algo. Parece que se han equivocado. Voy a intentar adelantarme y desviar la atención. Pobre, al que le haya tocado ser el blanco. NVÅ.

Esas son las iniciales que suele usar para despedirse («Nos vemos, Absalón»). En efecto, no vuelvo a recibir notificaciones. Supongo que usa teléfonos desechables, igual que yo. Su número cambia cada mes como un reloj, de modo que es imposible reconocerlo, pero su firma es siempre la misma. Yo no puedo permitirme comprar tantos móviles, por lo que mantengo el mismo durante seis meses y no cambio los de los niños hasta el año. Así robamos un poco de estabilidad a este mundo inestable.

Sin embargo, en cuanto alguien se acerca, lo destruyo todo: teléfonos, cuentas de correo electrónico… Todo. Si Absalón sorprende a alguien por segunda vez en los alrededores de donde estamos, me avisa y nosotros hacemos las maletas y nos largamos. Es lo que hemos estado haciendo de manera habitual los últimos años. Es un asco, pero ya nos hemos acostumbrado.

No tenemos más remedio que acostumbrarnos.

Me doy cuenta de que estoy deseando recibir ese ansiado permiso de armas en el buzón casi con hambre canina. No soy de esos imbéciles que necesitan llevar una AR-15 colgada a la espalda para ir a comprar pan, de los que viven en una fantasía distópica en la que son héroes en un mundo plagado de amenazas. En cierto sentido, eso sí, los entiendo. Se sienten impotentes en un entorno lleno de incertidumbres, pero lo suyo no deja de ser una fantasía.

Yo vivo en el mundo real y sé que lo único que se interpone entre mí y un puñado cada vez más numeroso, violento y organizado de hombres iracundos podría ser la pistola que llevo conmigo. No necesito ni quiero hacerlo público. No quiero usarla. Pero estoy preparada y muy dispuesta.

Estoy totalmente entregada a nuestra supervivencia.

Lanny está celebrando su ventaja y yo dejo que disfrute de la victoria. Nos detenemos al llegar al buzón para recoger el correo del día, en su mayoría basura publicitaria. Lanny ha dejado ya de cojear. Se ve que se le ha pasado el calambre, pero sigue caminando mientras yo reviso los sobres. Apenas he ojeado un par cuando me doy cuenta de que hay alguien que camina hacia nosotros por la carretera y siento que mi cuerpo adopta una posición que anuncia un estado distinto de alerta.

Es el hombre del campo de tiro, el hombre que ha rebajado a Carl Getts de asesino a alborotador violento. Sam. Me sorprende encontrármelo aquí y a pie. De pronto, caigo en que tal vez lo haya visto antes por aquí. Quizá de lejos… El caso es que no me resulta demasiado extraño en este contexto. Puede ser que me haya cruzado con él paseando o corriendo como tantos otros.

Sigue avanzando en nuestra dirección con las manos en los bolsillos y los auriculares puestos y, cuando ve que lo estoy mirando, me saluda con la mano y moviendo la cabeza sin dejar de andar hasta que nos rebasa para tomar la misma ruta que hemos usado nosotras para rodear el lago, pero en sentido contrario. No dejo de seguirlo con la vista hasta que sobrepasa la ligera pendiente que lleva a las casas de más arriba, la de los Johansen, algo por encima de la nuestra, y la del agente Graham, y desaparece. Estará paseando simplemente. Pero ¿de dónde ha salido?

Puede que sea un poco obsesivo por mi parte necesitar saberlo.

Cuando entro en la casa, me vuelvo para introducir el código de la alarma. Mis dedos tocan el teclado numérico antes de que me dé cuenta de que no necesito marcar nada, porque la alarma no parpadea.

No está encendida.

Me quedo petrificada, de pie en el umbral e impidiendo la entrada a mi hija. Ella intenta pasar de todos modos y yo la miro con aire furibundo antes de llevarme un dedo a los labios y señalar el teclado.

Su cara, colorada por el ejercicio y el sol, se tensa. Lanny da un paso atrás y luego otro más. Guardo un juego extra de llaves del coche en la maceta que hay dentro del zaguán y las saco para lanzárselas mientras muevo los labios para que lea: «Vete».

Ella no vacila. La tengo bien entrenada. Se vuelve y se lanza a correr hacia el Jeep y yo cierro la puerta tras de mí y echo la llave. Sea lo que sea quien haya podido entrado, quiero que se centre en mí. Dejo el correo en la superficie lisa más cercana con cuidado de no hacer mucho ruido y debo decidir qué hacer. Estudio con rapidez todas las opciones.

Me separan solo cuatro pasos de la cajita de seguridad de debajo del sofá, en la que tengo escondida una pistola. Me pongo de rodillas, aprieto el cierre con el pulgar y la tapa se abre con un resorte acompañada de un leve chasquido metálico. Saco la SIG Sauer, mi arma favorita y la más fiable. Sé que está cargada y lista para disparar, con una bala ya en la recámara. Mantengo el pulso relajado y el dedo fuera del gatillo mientras me dirijo lentamente a la cocina y me dispongo a recorrer el pasillo…

Oigo el coche arrancar y salir con el siseo de las ruedas sobre la gravilla. «Buena chica.» Sabe que si de aquí a cinco minutos no la he llamado para decirle que está despejado, tiene que llamar a la policía, dirigirse al punto de encuentro que hemos acordado, a casi ochenta kilómetros de aquí, y desenterrar la reserva de dinero y documentos de identidad que tendrá que localizar con el GPS. En caso necesario, puede desaparecer sin nosotros.

Trago saliva con dificultad, porque soy consciente de que me he quedado sola con el miedo de que le haya ocurrido algo terrible a mi hijo.

Me acerco a mi dormitorio, me asomo con cautela al interior y veo que no hay nada fuera de lo normal. Está exactamente igual que lo he dejado, hasta con los zapatos tirados con descuido en un rincón.

El siguiente dormitorio es el de Lanny, delante del cuarto de baño principal, que compartimos las dos. Durante un instante horrible me da la impresión de que alguien ha estado revolviendo su cuarto, pero a renglón seguido caigo en la cuenta de que no llegué a revisarlo antes de salir hacia el campo de tiro esta mañana y mi hija ha dejado la cama sin hacer y medio suelo cubierto de ropa que se ha ido quitando.

Connor. Los latidos que siento en la sien se aceleran sin que mis ejercicios de autocontrol puedan hacer nada por apaciguarlos. «Por favor, Dios mío, no te lleves a mi pequeñín. No…»

Tiene la puerta cerrada y ha puesto el cartel de NO ENTRAR. ZOMBI EN EL INTERIOR, pero cuando muevo el pomo lentamente, con cuidado, veo que no está echado el pestillo. Tengo dos opciones: entrar con rapidez o lentamente. Elijo la primera. Abro la puerta de golpe y levanto el arma describiendo un arco suave mientras apoyo un hombro en la madera, que rebota al llegar al tope… y casi mato del susto a mi hijo con el numerito.

Está tumbado en la cama, con los cascos puestos y la música tan alta que la oigo desde donde estoy, pero el estruendo de la puerta contra la pared hace que se incorpore de un salto y se quite los auriculares de un zarpazo. Da un grito al ver la pistola, que yo bajo de inmediato, ya he visto el terror que ha asomado a sus ojos.

Un segundo después, ha cambiado la expresión por una rabia incontenida.

—¡Joder, mamá! ¿Qué leche…?

—Lo siento —digo. El pulso se me ha acelerado ahora de forma irracional, respondiendo a la adrenalina que ha impulsado el sobresalto a mi torrente sanguíneo. Me tiemblan las manos. Dejo con cuidado el arma en la cómoda con el expulsor hacia arriba y el cañón apartado de los dos. Las normas del campo de tiro—. Lo siento, cariño. Pensaba que… —No quiero decirlo en voz alta. Consigo tomar aire con un estremecimiento y me hundo hasta quedar en cuclillas sujetándome la frente con fuerza—. Dios mío. Se te ha olvidado conectar la alarma cuando hemos salido.

Oigo la música cortarse a mitad de un grito y los auriculares caen al suelo con estrépito. La cama cruje cuando Connor se sienta en el borde para mirarme. Al final, me atrevo a devolverle el gesto. Tengo la sensación de tener los ojos rojos y me escuecen, aunque no estoy llorando. Hace mucho tiempo que no lloro.

—¿La alarma? ¿Qué se me ha olvidado conectarla? —Suelta un suspiro y se inclina hacia delante como si le doliera el estómago—. Mamá, tienes que dejar de desvariar de esta manera. Nos vas a matar un día de estos. Lo sabes, ¿no? Estamos en medio de la nada. ¡Si los vecinos ni siquiera cierran la puerta con llave!

No respondo, porque, por supuesto, tiene razón. He exagerado mucho y no es la primera vez. He apuntado a mi hijo con un arma cargada. Es comprensible que esté enfadado y también que haya reaccionado a la defensiva.

Pero él no ha visto las fotos que encuentro cuando hago la ronda de la Psicopatrulla.

Me refiero a uno de los pasatiempos favoritos de un conjunto particular de acosadores en línea. Algunos tienen mucho talento con el Photoshop. Buscan fotografías truculentas de los archivos de la policía y les ponen nuestra cara a las víctimas. Alteran imágenes de pornografía infantil para que vea a mis hijos sufriendo vejaciones inimaginables.

La que más me obsesiona, y sé que va a obsesionarme toda la vida, es la de un crío de la edad de Connor mutilado al que han dejado tumbado en su propia cama sobre un revoltijo de sábanas empapadas en sangre. La colgaron hace poco con un pie de foto que dice: «Así hace justicia Dios con los asesinos».

Es normal que mi hijo se enfade conmigo. Entiendo que se sienta acusado injustamente y asediado por normas estúpidas, innecesarias y paranoicas. Pero eso no puedo evitarlo, porque tengo que defenderlo de monstruos muy reales.

Sin embargo, no puedo explicárselo. No quiero tener que enseñarle ese mundo, la realidad que corre como un río negro por debajo de esta. Quiero que siga viviendo en el mundo en el que un niño puede coleccionar tebeos, poner carteles de seres fantásticos en su cuarto y disfrazarse de zombi en Halloween.

Sin decir nada, me pongo de pie y, cuando veo que me responden las piernas, recojo la pistola. Entonces salgo del cuarto y cierro en silencio la puerta. Del otro lado, lo oigo gritar:

—¡Espera a que llame a servicios sociales!

Supongo que está de broma. Espero.

Me dirijo a la caja de seguridad en la que guardo la SIG, la dejo en su sitio y echo la llave antes de llamar a mi hija y decirle que vuelva. Mientras, conecto la alarma. Ya por costumbre.

Apenas he colgado, recupero el correo y lo llevo a la cocina. Me muero por un vaso de agua. Tengo en la boca un sabor seco y metálico como de sangre antigua. Mientras bebo, voy pasando circulares, solicitudes de asociaciones benéficas, publicidad de comercios locales... Me detengo al llegar a algo que no encaja en nada de eso: un sobre marrón con mi nombre y dirección impresas y un matasellos de Willow Creek (Oregón). Es mi último servicio de reenvíos, de modo que, sea lo que sea lo que hay dentro, ha seguido una pista larga y tortuosa para llegar a mí.

No lo toco. Abro un cajón y saco un par de guantes azules de nitrilo para ponérmelos antes de rasgar con muchísimo cuidado la parte de arriba y sacar el otro, de diez por veinticinco centímetros, que lleva en su interior.

Reconozco de inmediato la dirección del remitente y dejo caer el sobre sin abrir sobre la encimera. No se trata de una decisión consciente, sino de la misma reacción que habría tenido si me hubiese dado cuenta de pronto de que tengo en la mano una cucaracha viva.

La carta viene de El Dorado, la cárcel en la que tienen encerrado a Mel en espera del día de su ejecución. Lleva mucho tiempo esperando y los abogados me han dicho que tendrán que pasar por lo menos diez años para que él agote las apelaciones. Además, en Kansas no se ha ajusticiado a nadie desde hace más de veinte años.

Conque quién sabe cuándo se le impondrá al fin la condena. Hasta entonces, se dedica a sentarse y a pensar. Piensa mucho en mí.

Y escribe cartas. Siguen un patrón que yo ya he descubierto. Por eso de entrada ni siquiera toco esta.

Me quedo mirando el sobre un largo rato. De hecho, me pilla por sorpresa el ruido de la puerta al abrirse y el del pitido de advertencia de la alarma. Los dedos rápidos de Lanny impiden que salte y la vuelven a conectar. Yo no me muevo de donde estoy, como si el sobre pudiera atacar si no lo clavo con la mirada a la encimera.

Lanny deja las llaves del coche en la maceta y pasa a mis espaldas para abrir el frigorífico y sacar una botella de agua, que abre rompiendo el precinto y de la que bebe con sorbos sedientos antes de decir:

—¿A que lo adivino? Al descerebrado de tu hijo se le ha olvidado conectar la alarma. Otra vez. ¿Lo has matado de un tiro?

No respondo. No me muevo. Por el rabillo del ojo veo que me está mirando y que su lenguaje corporal cambia cuando se da cuenta de lo que está ocurriendo. Antes de que pueda imaginar lo que planea, se acerca y recoge el sobre.

—¡No! —Me vuelvo hacia ella, pero ya es demasiado tarde.

Lanny ha metido ya una de sus uñas pintadas de negro bajo la solapa y lo está abriendo, exponiendo el papel de color desvaído que contiene. Alargo la mano para arrebatárselo, pero ella da un paso atrás, tan ágil como furiosa.

—¿Me escribe también a mí? ¿Y a Connor? —me pregunta—. ¿Recibes muchas de estas? ¡Decías que nunca escribía! —Oigo por su voz que se siente traicionada y lo detesto.

—Lanny, dame la carta, por favor. —Intento sonar autoritaria y tranquila, pero por dentro estoy muerta de miedo.

Ella me mira las manos, que sudan bajo los guantes azules.

—¡Por Dios, mamá! Que ya está en la cárcel. No tienes que conservar ninguna puñetera prueba.

—Por favor.

Tira el sobre rasgado y despliega el papel.

—No, por favor —susurro derrotada. Enferma.

Mel sigue una pauta. Manda dos cartas en las que es exactamente, maravilla de las maravillas, el Mel con el que me casé, el Mel de antes, amable, dulce, divertido, considerado y preocupado por todos. En ellas está retratado a la perfección el hombre que fingía ser, hasta la última declaración de su amor. No intenta manifestar su inocencia, porque sabe que no puede, que nadie puso nunca en duda las pruebas, pero sí puede escribir lo que siente por mí y por los niños, poner de relieve su amor y sus inquietudes, y vaya si lo hace.

Dos de cada tres veces.

Esta, sin embargo, es la tercera carta.

Veo el momento exacto en que se desgarran todas las ilusiones de Lanny, el instante en que visualiza al monstruo que hay tras esa caligrafía esmerada. Veo temblar sus manos como la aguja de un sismógrafo cuando registra un terremoto, la mirada paralizada y aterrada de sus ojos.

Y no puedo soportarlo.

Le arranco el papel de las manos, que de pronto han dejado de resistirse, lo doblo y lo lanzo a la encimera antes de rodearla con los brazos. Se queda rígida un instante y, a continuación, se derrumba sobre mí, pega su cara caliente a la mía y deja que le recorran el cuerpo pequeñas convulsiones como un torrente desatado.

—Chsss… —le digo mientras le acaricio el pelo negro como a una cría de seis años con miedo a la oscuridad—. Ya, chiquitina, ya pasó.

Agita la cabeza, se deshace de mi abrazo y se va a su cuarto. Cierra a puerta.

Yo miro el papel doblado y siento una oleada de odio tan fuerte que casi me parte por la mitad. «¿Cómo te atreves…? —pienso dirigiéndome al hombre que ha escrito esas palabras, que le ha hecho eso a mi niña—. ¿Cómo te atreves, desgraciado hijo de puta?»

No leo lo que me ha escrito Melvin Royal. Sé lo que dice, porque ya lo he leído antes. La tercera es la carta en la que se quita la máscara y en ella me habla de cómo lo he defraudado al apartar de él a sus hijos y llenarles la cabeza de ponzoña contra él, antes de describir lo que piensa hacerme si alguna vez se le presenta la ocasión. Es muy imaginativo. Descriptivo. Directo hasta un extremo repulsivo.

Entonces, como si no acabara de amenazar con asesinarme de un modo brutal, cambia por completo de tono para preguntar cómo están los niños y dice que los quiere. Por supuesto que los quiere, porque en su cabeza no son más que reflejos de sí mismo. No son personas reales. Si los conociera ahora, se daría cuenta de que ya no son aquellos muñequitos de plástico a los que tanto quería, sabría que se han convertido en otra cosa. En posibles víctimas, como yo.

Vuelvo a meter la carta en el sobre, cojo un lápiz y escribo en él la fecha antes de volver a colocarlo todo en el sobre del servicio de reenvíos. Me siento mejor una vez después de haber cerrado ese sobre, como quien aparta de sí una bomba. Mañana lo devolveré todo con el sello de Dirección inexistente para que el servicio de reenvíos, siguiendo las instrucciones que dejé hace tiempo, lo haga llegar por mensajería al agente de la Oficina de Investigación de Kansas que lleva el caso de Melvin. Hasta ahora, ese organismo, la KBI, ha sido incapaz de averiguar cómo consigue burlar el proceso habitual de cribado del centro penitenciario, pero yo no pierdo la esperanza.

Lanny se equivoca con lo de los guantes. No me los pongo por mantener la integridad de las pruebas, sino por la misma razón que hace que los uses los médicos: por evitar cualquier infección.

Melvin Royal es una enfermedad contagiosa y mortal.

El resto del día pasa tranquilo, pero eso mismo resulta engañoso. Connor no dice nada del incidente de su dormitorio. Lanny no dice nada de nada. Los dos ponen un videojuego y, mientras se enfrascan en él, soy dueña de mi tiempo. Hago la cena, como una madre normal, y después comemos en silencio.

Al día siguiente, Lanny se enclaustra en su cuarto, ese es el primer día de la expulsión que le han impuesto en el instituto. Yo decido dejarla estar. La oigo darse un atracón de tele. Connor se ha ido ya a clase. Me cuesta mucho dejar que vaya solo a la parada y desde la ventana lo observo hasta verlo entrar. Sé que se pondría furiosísimo si lo acompañara hasta allí y esperase con él.

Cuando vuelve por la tarde, salgo a esperarlo, aunque disimulo fingiendo estar arreglando las flores del jardincito que hay frente a la casa, como si su llegada me encontrase allí de casualidad. Sale del autobús con la pesada carga de su mochila y tras él bajan en avalancha otros dos niños.

Se ponen a hablar los tres y, por un instante, temo que sean abusones, pero parecen tratarse como amigos. Los dos desconocidos son rubios, uno tiene la edad de Connor y el otro, un año o dos más. La corpulencia del mayor es alarmante, pero se despide de mi hijo con una sonrisa y un gesto afable de la mano y echa a trotar con el otro hacia la pista de la izquierda. Desde luego, no son familia de los Johansen, cuyos hijos, ya mayores, los han visitado una sola vez desde que nos vinimos a vivir aquí. No, deben de ser los críos del agente Graham, agente uniformado de la policía de Norton. A diferencia de nosotros, la familia de Graham es de Tennessee de toda la vida. Por lo que tengo entendido, es el último representante de varias generaciones de gente de campo que tenían propiedades aquí, en el lago, mucho antes de que se convirtiera en patio de recreo de los ricacho nes. Todavía tengo pendiente hacerle una visita, presentarme, ver de qué pie cojea e intentar entablar con él una alianza discreta. Puede ser que en algún momento necesite tener de mi lado a las fuerzas del orden. He ido un par de veces, pero no me ha abierto nadie la puerta. Se entiende, los polis tienen unos horarios muy poco normales.

—¡Hola! ¿Cómo te ha ido el instituto? —le pregunto a Connor mientras pasa con aire cansado a mi lado. Aplasto con firmeza la tierra que he removido alrededor de un conjunto de flores.

—Bien —responde él sin entusiasmo—. Tengo que hacer una redacción para mañana.

—¿De qué?

Se recoloca la mochila para estar más cómodo.

—De biología, pero no pasa nada: la tengo casi acabada.

—¿Quieres que la lea cuando acabes?

—No hace falta.

Cuando entra, me pongo de pie y me quito la tierra de las manos. Me preocupa, claro. Me preocupa el susto que le di, y que me di, ayer. Me preocupa que pueda necesitar más terapia. Se ha vuelto un niño muy tranquilo e introvertido y eso me asusta tanto como los arranques de Lanny. La mayor parte del tiempo ni siquiera sé en qué puede estar pensando y, a veces, lo veo ladear la cabeza y mirar con un gesto que me recuerda tanto a su padre que me quedo helada y espero por si veo salir de sus ojos a ese monstruo, pero nunca lo he visto... No creo que esa maldad se herede.

No puedo creerlo.

Hago *pizza* y, después de cenar, cuando estamos viendo juntos una película, suena el timbre de la puerta seguido de una llamada rápida y rotunda con los nudillos, lo que hace que se me encoja la garganta y me levante del sofá de un salto convulsivo. Lanny hace ademán de seguir mi ejemplo, pero yo la detengo con un gesto de alarma y les indico en silencio, a Connor y a ella, que se preparen para plantarse en la otra punta del salón.

Los dos se miran.

Vuelve a sonar la puerta, esta vez más alto y con golpes impacientes. Pienso en la pistola, guardada debajo del sofá, pero a continuación aparto la cortina y miro afuera.

Es la policía, un agente de uniforme plantado delante de nuestro porche, y la sensación de ansiedad que tanto conozco amenaza un instante con ahogarme. Vuelvo a ser Gina Royal. Vuelvo a nuestra calle de Wichita, con las manos esposadas a la espalda y oyéndome gritar mientras observo los trabajos de bricolaje de mi marido.

«Para», me digo y dejo que la orden resuene en mi interior como la de alto el fuego de Javi en el campo de tiro.

Desconecto la alarma y abro la puerta sin darme tiempo a pensar en lo que podría ocurrir a renglón seguido.

Delante de mí tengo a un policía grande y pálido, vestido de manera impoluta con el uniforme pulcro y bien planchado. Es un palmo más alto que yo y tiene los hombros anchos y esa mirada cautelosa e ilegible a la que ya estoy más que acostumbrada. Lleva todas las insignias de rigor.

Le sonrío pese a la sensación de pánico que me atenaza.

—¿En qué puedo ayudarlo, agente?

—Hola. La señora Proctor, ¿verdad? Siento presentarme así. Mi hijo me ha dicho que el suyo se ha dejado esto en el autobús y he pensado que lo mejor era traerlo. —Me entrega un teléfono pequeño con tapa.

Es el de Connor, lo reconozco al instante. Tengo marcados con colores los móviles de los niños para evitar que los confundan y poder distinguirlos de un vistazo. Primero me asalta un latigazo de rabia por los descuidos de mi hijo y, luego, otro de miedo de verdad. Perder el teléfono significa perder el control estricto que tenemos sobre la información, por más que los únicos números que tiene registrados él son los de sus amigos de aquí, el mío y el de Lanny. Es una brecha abierta en nuestra muralla. Una falta de atención.

Al ver que no digo nada de lo que se esperaría en una situación así, ni un *gracias* siquiera, el agente Graham cambia un tanto de actitud. Su cara tiene los rasgos marcados, ojos de color castaño claro y una sonrisita incómoda.

—Hace tiempo que quería venir a presentarme y darle la bienvenida, pero, mire, si no es el mejor momento…

—No, no, qué va. Lo siento. Quiero decir, que no es mal momento y que gracias por devolvernos el móvil.

Lanny se ha adelantado ya para parar la película. Me aparto para dejarlo pasar. Cuando está dentro, cierro la puerta y, por puro reflejo, vuelvo a conectar la alarma.

—¿Puedo ofrecerle un refresco…? Agente Graham, ¿verdad?

—Sí, Lancel Graham, pero si le suena muy formal, puede llamarme Lance. —Tiene un acento marcado de la vieja escuela de Tennessee, el acento propio de quien apenas ha salido de su casa—. Si tiene té frío, me vendría de perlas.

—Por supuesto. ¿Dulce?

—¿Los hacen de otro modo? —Se quita enseguida el sombrero y, al rascarse la cabeza con aire tímido, se despeina un poco—. Después de este día de calor, no se me ocurre nada mejor.

No suelo sentir simpatía por alguien de manera instintiva y este hombre da la impresión de estar haciendo lo posible por resultarme agradable. Eso me pone a la defensiva. Se está desviviendo por ser educado y respetuoso y tiene un modo de comportarse que resta importancia a su anchura y sus músculos. Debe de ser un hacha en su trabajo. Hay algo en el timbre de su voz… Probablemente sea capaz de hacer cambiar de actitud a un sospechoso enfurecido sin ponerle un dedo encima. No confío en los encantadores de serpientes, pero me gusta la sonrisa despreocupada con que saluda a mis hijos... Eso hace mucho.

En ese momento se me ocurre que debería estar muy agradecida de que haya sido un poli quien le haya devuelto el teléfono. Tiene puesta la contraseña, claro, pero, si cae en malas manos, en las de alguien con los conocimientos necesarios, puede hacernos mucho daño.

—Muchas gracias por devolvernos el móvil de Connor —le digo mientras le sirvo té helado de una jarra del frigorífico—. Le juro que es la primera vez que lo pierde. Menos mal que lo ha encontrado su hijo y que sabía de quién era.

—Lo siento, mamá —dice el afectado desde el sofá. Mi hijo parece contenido, nervioso—. Ha sido sin querer. ¡Ni me he dado cuenta de que no lo tenía!

La mayoría de los de su edad echaría de menos su teléfono si se separa de él medio minuto, pero mis hijos se ven obligados a vivir en un mundo ajeno en el que no pueden usarlo para gran cosa más allá de lo básico. Ellos no pueden tener nada parecido a un *smartphone*. De los dos, yo habría dicho que Connor era el que estaba más al día en cosas tecnológicas. Por lo menos tenía amigos, amigos raritos, con los que se escribía. Lanny era… menos sociable.

—No pasa nada —le digo de corazón, porque, qué narices, ya lo he intimidado bastante al pobre esta semana. Para toda una vida. Es verdad que se le olvidó poner la alarma. Es verdad que ha perdido el teléfono. Pero eso son cosas que pasan. En algún momento tenía que empezar a relajarme y a dejar de actuar como si el menor descuido pudiera ser mortal. Esa actitud está consiguiendo sacarme de quicio a mí y a todos.

El agente Graham se sienta en uno de los taburetes altos de la encimera a tomarse el té. Parece sentirse bastante cómodo y me dirige una sonrisa amistosa mientras levanta las cejas con gesto agradecido.

—Está buenísimo, señora —dice—. No sabe el calor que he pasado hoy en el coche patrulla. Esto sienta de maravilla.

—Me alegro, pero, por favor, tutéeme. Para algo somos vecinos, ¿no? Además, sus hijos son amigos de Connor.

Al decir esto miro a mi hijo, pero no consigo leer su expresión. No deja de darle vueltas al teléfono en sus manos. Pienso, con una punzada de culpa, que posiblemente esté preocupado por el rapapolvo que puede caerle cuando se vaya la visita. Reparo, con dolorosa claridad, en que he sido demasiado intransigente con mis niños. Ahora, que por fin nos hemos asentado en un lugar precioso y rodeado de paz, no hay por qué seguir actuando como animales perseguidos. Hay ocho pistas sin conexión entre nosotros y la pista que descubrió en línea ese trol. Ocho. Es hora ya de relajar el nivel de alerta antes de que les cause un daño irreparable a mis hijos.

Lancel Graham está mirando a su alrededor con gesto curioso.

—Desde luego, has hecho un gran trabajo con esta casa —dice—. Tengo entendido que estaba hecha polvo, ¿no? Después de la ejecución hipotecaria.

—Dios, sí, era un completo desastre. —La respuesta de Lanny me sorprende, porque no es de las que participen de manera voluntaria en una conversación con un extraño, sobre todo si va de uniforme—. Habían destruido cuanto habían querido. Tenía que haber visto los cuartos de baño. Un verdadero asco. Tuvimos que ponernos trajes de plástico blanco y mascarillas para entrar. Me pasé varios días potando.

—Entonces es que debían de venir aquí los niñatos a beber —dice Graham—, porque los *okupas* habrían tenido un poco más de cuidado, a no ser que se pasaran el día colocados. Por cierto, tengo que advertirte de que, pese a lo que pueda parecer, aquí también tenemos problemas de drogas. En el monte hay todavía quien fabrica meta, aunque últimamente el gran negocio es sobre todo la heroína. Y la oxicodona. Así que estad muy atentos, porque nunca se sabe quién puede estar consumiendo o vendiendo. —Va a llevarse el vaso a los labios cuando se detiene a mitad de camino—. ¿Encontraron algo aquí durante la limpieza?

—Si había algo, acabó en la basura —respondo, y es cierto—. No abrimos ninguna de las cajas ni las bolsas que encontramos. Sacamos todo lo que no estaba atornillado y lo que sí estaba sujeto a las paredes, lo quitamos y lo cambiamos. Dudo que pueda quedar nada escondido.

—Bien —dice él—. Muy bien. En fin, la mayor parte del trabajo que hago aquí, en Norton, se reduce a eso: drogas y robos relacionados con drogas, además de algún que otro borracho al volante. Por suerte, no hay muchos delitos violentos, señora Proct... Gwen. Habéis llegado a un sitio muy tranquilo.

«Si dejamos a un lado la epidemia de heroína», pienso, aunque no lo digo.

—En fin, siempre es bueno conocer a los vecinos. Dicen que crear lazos firmes es beneficioso para la comunidad, ¿no es así?

—Así es. —Se acaba el té, se levanta y saca una tarjeta del bolsillo, la coloca sobre la encimera y le da unos golpecitos con dos dedos como si quisiera clavarla allí—. Aquí tenéis mi número del trabajo y el de mi móvil. Si tenéis algún problema, cualquiera de vosotros, no dudéis en llamarme, ¿de acuerdo?

—Lo haremos —dice Lanny antes de que me dé tiempo a responder a mí y veo que está estudiando al agente Graham con ojos brillantes.

Me resisto a la necesidad de soltar un suspiro. Tiene catorce años y con esa edad son inevitables los flechazos. Además, él parece sacado del anuncio de lo que puede hacer por uno el gimnasio.

—Gracias, agente.

—No es nada...

—Atlanta —responde ella antes de ponerse de pie para tenderle la mano.

Él se la estrecha con gesto serio. «Nunca se presenta como *Atlanta*», pienso a punto de atragantarme con el té.

—Encantado de conocerte. —Graham se vuelve para darle la mano también al pequeño—. Y tú eres Connor, claro. Les daré recuerdos a mis hijos de tu parte.

—Muy bien. —Él, al contrario que su hermana, está callado. Vigilante. Reservado. Sigue sin soltar su teléfono.

Graham vuelve a ponerse el sombrero y me da la mano a mí por último. Lo acompaño a la puerta y él se da la vuelta como si hubiese olvidado algo mientras desconecto la alarma para dejarlo salir.

—Tengo entendido que vas al campo de tiro, Gwen. ¿Tienes aquí tus armas?

—Casi siempre —respondo—, pero no se preocupe, todas están en cajas fuertes.

—Y créame que todos conocemos muy bien las normas de seguridad al respecto —añade Lanny poniendo los ojos en blanco.

—Seguro que vosotros dos sois buenos disparando —dice.

No me gusta la mirada de complicidad fraterna que se intercambian Connor y Lanny. No los dejo tocar mis pistolas ni que aprendan a disparar y eso ha sido siempre motivo de discordia entre nosotros. Ya tenemos bastante con los simulacros de situación de emergencia que hacemos en plena noche para añadir a esa fórmula armas cargadas.

—Yo voy los jueves y los sábados por la noche, porque estoy enseñando a mis hijos.

Aunque no se trate de ninguna invitación, asiento con la cabeza y le doy las gracias. Unos segundos después, cuando se dirige de nuevo a la calle, se detiene otra vez en el umbral para mirarme y decir:

—¿Puedo hacerle una pregunta, señorita Proctor?

—Por supuesto —respondo yo. Lo acompaño afuera, porque me da la sensación de que prefiere hablar en privado.

—Hay rumores de que esta casa tiene un refugio dentro —dice—. ¿Es verdad?

—Sí.

—Y ha… ¿Ha llegado a entrar?

—Hicimos que la abriese un cerrajero. Dentro no había nada, solo unas cuantas botellas de agua.

—¡Vaya! Yo había creído siempre que podía haber algo interesante allí almacenado, si es que era verdad lo del refugio. Bueno, pues —dice señalando al lugar de la encimera en el que ha dejado la tarjeta—, ya lo saben: llámenme si necesitan algo.

Y se va sin más preguntas.

En cuanto vuelvo a cerrar la puerta, introduzco el código y regreso al sofá, se deshace el nudo angustioso y animal que se había formado en mi interior. Tener a un extraño en la casa hace que me pique todo el cuerpo. Me recuerda a las veladas de sofá que he conocido con mis hijos. Con Mel. Con la cosa que llevaba a Mel como disfraz, como un disfraz tras el que fui incapaz de ver nunca nada. Es verdad que podía mostrarse frío, indiferente y enfadado, pero esos fallos los tiene cualquier ser humano de la faz de la Tierra.

Lo que era Mel en realidad... Eso era otra cosa. ¿O no? ¿Debería haberme dado cuenta?

—Mamá —dice Lanny—. Está bastante bueno. Deberías investigarlo.

—Estoy a punto de vomitar —le asegura Connor—. ¿Quieres verlo?

—A callar todo el mundo —digo yo sentándome entre ambos. Alargo la mano para recuperar el mando a distancia y me vuelvo para mirar a mi hijo—. En cuanto al móvil, Connor...

Él se estremece ante la que piensa que se le viene encima y abre la boca para disculparse, y yo coloco una mano sobre la suya, que sigue agarrando con fuerza el teléfono como si pudiese escaparse.

—Todos cometemos errores. No pasa nada —le digo mirándolo a los ojos para asegurarme de que entiende que se lo digo con total sinceridad—. Siento haber sido una madre tan horrible últimamente. Con los dos. Siento la que monté por lo de la alarma. No deberíais andar con pies de plomo en vuestra propia casa por miedo a que os regañe. Lo siento de verdad, cariño.

No sabe qué responder a nada de eso. Mira con gesto impotente a su hermana, que se inclina hacia delante mientras se aparta el pelo oscuro de la cara y se lo coloca detrás de la oreja.

—Sabemos por qué te pasas el día en tensión —me dice Lanny, y él parece aliviado de oírla tomar la palabra en su nombre—. Mamá, después de lo que he leído, tienes derecho a estar paranoica.

Ha tenido que hablarle a Connor de la carta, porque él no pregunta nada ni parece extrañado. Movida por un impulso, tiendo la mano para tomar la suya. Cómo quiero a estos críos. Los quiero tanto que me dejan sin aliento y me estrujan hasta que no soy nada y hacen que me sienta al mismo tiempo ligera y exaltada.

—Os quiero a los dos.

Connor cambia de postura y me quita el mando a distancia.

—Lo sabemos —dice—. No te pongas cursi, que no me apetece ver unicornios cagando arcoíris.

No tengo más remedio que echarme a reír. Reanuda la reproducción y los tres volvemos a sumergirnos en la ficción, acurrucados y dándonos calor, y me acuerdo de cuando eran tan pequeños que podía acunar a Connor en mis brazos mientras Lanny jugueteaba inquieta a mi lado. Echo de menos esos momentos tan dulces que, sin embargo, también se me presentan empañados, por haber ocurrido en Wichita, en un hogar que yo creía seguro.

Muchas veces, mientras yo jugaba con ellos en familia, Mel estaba ausente. En su garaje. Trabajando en sus «proyectos», de vez en cuando hacía una mesa, una silla o una estantería. O un juguete para los niños. Entre uno y otro de aquellos objetos, en aquel taller cerrado a cal y canto, dejaba suelto al monstruo que llevaba dentro cuando nos tenía a nosotros a tres metros, envueltos en el asombro de una película o gritando emocionados en torno a un juego de mesa. Él recogía y salía sonriente de su taller, yo fui incapaz de darme cuenta de nada. Ni siquiera me extrañaba. Siempre me había parecido algo tan inofensivo… Solo era su pasatiempo. Siempre había necesitado tener tiempo para él, para estar solo, y yo se lo había dado. Decía que le había puesto un candado a la puerta porque tenía herramientas caras.

Y yo me lo había creído todo a pies juntillas. La vida con Mel estaba hecha de mentiras, siempre mentiras, por cómodas y agradables que hubieran parecido.

Esto que tengo ahora es mucho mejor. Estoy mejor que nunca. Mis niños, tan listos, tan despiertos, tal como son. Esta casa que hemos reconstruido con nuestras manos y esta vida a la que hemos renacido.

La nostalgia es para la gente normal.

Y nosotros, por más que finjamos, por más que podamos fingir en el futuro, nunca vamos a volver a ser gente normal.

Me sirvo un vaso de whisky y salgo.

Y fuera es donde me encuentra Connor media hora más tarde. Me encanta el bisbiseo callado del lago, la luz de la luna sobre el agua, la claridad con que brillan las estrellas sobre nosotros. El soplo suave de la brisa hace que se mezan y susurren los pinos. El whisky ofrece un contrapunto perfecto, con recuerdos de humo y de sol. Me gusta acabar así el día, siempre que puedo.

Mi hijo, que todavía llevaba puestos el pantalón y la camiseta, se sienta en el otro sillón del porche y se queda callado un momento antes de decir:

—Mamá, yo no he perdido el teléfono.

Me vuelvo sorprendida hacia él. Veo el whisky agitarse en el vaso y lo dejo a un lado para preguntar:

—¿Qué quieres decir?

—Que no lo he perdido, que me lo ha quitado alguien.

—¿Y sabes quién?

—Sí. Creo que ha sido Kyle.

—Kyle…

—Graham. El hijo del agente Graham. El más alto, ¿sabes? Tiene trece años.

—Cariño, no pasa nada si se te cayó del bolsillo o de la mochila. Ha sido un accidente. Te prometo que no voy a castigarte por eso. ¿Entendido? No tienes que acusar a nadie para…

—¿No me escuchas, mamá? —me dice furioso—. ¡Que yo no lo he perdido!

—Si te lo robó Kyle, ¿por qué te lo iba a devolver?

Connor se encoge de hombros, pálido y tenso, como si tuviera más edad de la que tiene.

—Quizá no fuera capaz de desbloquearlo. A lo mejor lo descubrió su padre. —Vacila—. O… ha conseguido sacar de él lo que quería. El teléfono de Lanny, por ejemplo. Ha estado preguntándome por ella.

Eso es normal, claro. Un chico preguntando por una chica. Quizá haya malinterpretado su actitud amistosa hacia el agente Graham y, en vez de él, quien le llame la atención es su hijo. «Podría ser peor —pienso—, pero ¿y si es verdad que ha robado el móvil? ¿Cómo tengo que tomármelo?»

—Puede que estés equivocado, cielo —digo—. No todo tiene que ser una amenaza ni una conspiración. No pasa nada ni nos va a pasar nada.

Quiere decirme algo más. Lo veo en su lenguaje corporal. Pero teme que me enfade con él. Detesto haber hecho que le dé miedo contarme cosas.

—Connor, cariño, ¿qué te preocupa?

—Es que… —Se muerde el labio—. Nada, mamá. Nada. —Mi hijo está preocupado. Le he creado un mundo en el que lo más normal es buscar una explicación conspiranoica para todo—. ¿Pasa algo si… si no me junto con ellos? Quiero decir con Kyle y con su hermano.

—Si eso es lo que quieres, ¿por qué va a pasar nada? Pero, eso sí, siempre hay que ser educado. ¿De acuerdo?

Él asiente con la cabeza y, tras un segundo, recupero mi vaso de whisky. Él clava la mirada en el lago.

—De todos modos, no necesito amigos.

Es muy joven para decir algo así. Hasta para pensarlo. Quiero decirle que debería hacer todos los amigos que pueda, que el mundo es un lugar seguro y que nadie va a volver a hacerle daño nunca más, que su vida puede estar llena de alegría y de cosas maravillosas. Sin embargo, no puedo, porque no es verdad. Quizá lo sea para otros, pero no para nosotros.

En lugar de decir nada, me acabo el whisky. Entramos. Conecto la alarma y, una vez que Connor está en la cama, llevo todas las armas que tengo a la mesa de la cocina, saco el juego de limpieza y me aseguro de que estoy preparada para cualquier cosa. Limpiar mis pistolas me reconforta tanto como practicar mi puntería. Es como volver a enderezar las cosas.

Y, de todos modos, tengo que estar lista por lo que pueda pasar.

Lanny pasa el resto de su expulsión haciendo deberes y leyendo con la música de los auriculares a todo volumen, aunque también sale un par de veces a correr conmigo. Hasta lo hace voluntariamente, aunque cuando acabamos jura y perjura que es la última vez.

El sábado llamamos a mi madre. Es un ritual familiar en el que los tres nos congregamos alrededor de mi teléfono desechable. Tengo instalada una aplicación que genera un número de IP anónimo para llamadas, de modo que, aunque alguien revise el historial de mi madre, el número no le serviría de gran cosa.

Le tengo miedo a los sábados, pero sé que el ritual es importante para los críos.

—¿Sí? —la voz calmada y un tanto frágil de mi madre me recuerda su edad avanzada.

Siempre me la imagino como era cuando yo era más joven: sana, fuerte, bronceada y esbelta de tanto nadar y pasear en bote. Ahora vive en Newport, Rhode Island, después de dejar atrás Maine. Tuvo que mudarse antes de que se celebrara mi juicio y dos veces más después, pero parece que por fin la están dejando tranquila. También ayuda la actitud cerrada de la ciudad, tan propia de Nueva Inglaterra.

—Hola, mamá —digo sintiendo la incómoda presión que me oprime siempre el pecho—. ¿Cómo estás?

—Muy bien, cariño —responde ella. Nunca dice mi nombre. A sus sesenta y cinco años ha tenido que aprender a ser así de precavida a la hora de hablar con su propia hija—. Feliz de oír tu voz, cielo. ¿Va todo bien? —No pregunta dónde estamos, aunque nunca lo sabe.

—Sí, muy bien —le digo—. Te quiero, mamá.

—Yo a ti también, cielo.

Le pregunto por la vida que lleva allí y ella me habla con fingido entusiasmo de restaurantes, vistas pintorescas y tiendas. Me dice que se ha aficionado a coleccionar recortes de diario, aunque no tengo la menor idea de lo que podrá coleccionar sobre mí. ¿Las toneladas de artículos que se han publicado sobre el monstruo de mi ex? ¿Mi juicio? ¿Mi absolución? Mejor sería que no incluyese nada de eso y se limitara a las fotografías que tiene de mí hasta el momento de mi boda y las de los niños, sin ningún contexto sobre nuestras vidas.

Me pregunto qué clase de elementos decorativos venderán en las tiendas de manualidades para adornar las páginas de los libros de recortes dedicados a asesinos en serie.

Lanny se inclina sobre el teléfono para decir con voz alegre:

—¡Hola, abuela!

Y cuando responde mi madre noto el cambio en aquella voz distante. Eso sí es cordialidad. Eso sí es amor. Eso sí es conexión. Debe de saltar una generación, o, al menos, me ha saltado a mí. Lanny quiere con locura a su abuela y Connor también. Recuerdan los días oscuros y terribles que siguieron a *Aquello*, cuando a mí me metieron en la cárcel y a ellos no les quedó más luz que mi madre, que acudió a su encuentro como un ángel. Los rescató para llevarlos a un lugar parecido a la normalidad, al menos durante un tiempo. Los defendió como una leona y mantuvo a raya a periodistas, curiosos y justicieros cerrándoles la puerta en las narices después de echarlos con palabras afiladas.

Estoy en deuda con ella por eso. Casi se me olvida cuando dice:

—Bueno, chicos, ¿y qué estáis estudiando ahora en el cole?

Parece una pregunta segura y debería serlo, pero cuando Connor abre la boca, me doy cuenta de que una de sus asignaturas es historia de Tennessee y corro a interrumpir diciendo:

—Las clases van muy bien.

Suelta un suspiro y no paso por alto que suena exasperado. Lo odia. Odia que todo tenga que ser tan… vago.

—¿Y tú, cariño? ¿Estás haciendo algo nuevo para entretenerte?

—Qué va.

Hasta ahí llega nuestra conversación. Nunca hemos estado demasiado unidas, ni siquiera cuando yo era niña. Me quiere, lo sé, y yo la quiero, pero no tenemos la clase de apego que veo en otras personas, en otras familias. Es como si guardáramos la distancia por respeto, como si fuésemos extraños a los que ha juntado la vida. Es una cosa rara.

Pero siempre estaré en deuda con ella. Nunca se habría imaginado que tendría que cuidar de mis hijos durante casi un año mientras la fiscalía intentaba reunir el material necesario para inculparme. Me llamaban la Secuacilla de Melvin y mi presunta complicidad en sus crímenes descansaba por completo en el testimonio de una vecina chismosa y vengativa con afán de protagonismo que aseguraba haberme visto una noche ayudando a Melvin a acarrear a una de las víctimas del coche al garaje.

Por supuesto, yo no hice nada así. Jamás habría hecho nada semejante. No me enteré de nada de lo que hacía él. De nada. Sin embargo, pude comprobar horrorizada, furiosa, que nadie, nadie en absoluto, me creía. Ni siquiera mi propia madre. Puede que, en parte, la herida abierta que compartimos ambas se deba al momento en que me preguntó con la cara llena de repulsión y de horror:

—Cariño, ¿es verdad que hiciste eso? ¿Es verdad que te obligó a hacerlo?

Nunca dijo que era mentira. Jamás negó que yo fuese capaz de semejante atrocidad. Lo único que hizo fue tratar de buscar un motivo que me hubiese podido llevar a hacerlo y eso me resultó, me resulta, increíblemente difícil de entender. Puede que fuera por la falta de apego que sentimos ambas durante mi infancia. Tal vez le resultó tan fácil creer lo peor por no haber tenido nunca la sensación de conocerme bien.

Yo jamás les haré nada parecido a mis hijos. Pienso defenderlos con total devoción. Nada de esto ha sido culpa de ellos. Mi madre, por el contrario, no ha dudado nunca en culparme a mí.

—Pues fuiste tú —me dijo una vez— la que quiso casarse con ese hombre.

Si los troles me persiguen con tanta devoción es porque están convencidos de que tuve algo que ver, de que soy una asesina despiadada y sanguinaria que consiguió evadir la justicia y de que ellos son los únicos que pueden aplicar el castigo que merezco.

En cierto sentido, lo entiendo. Mel me encandiló con sus gestos románticos. Me llevaba a pasar veladas fantásticas, me regalaba rosas, me abría las puertas, me mandaba cartas de amor y postales… Yo estaba enamoradísima de él o, al menos, eso creía. Su proposición de matrimonio fue emocionante y la boda, de cuento de hadas. Meses después me había quedado embarazada de Lily y me tenía por la mujer más feliz del mundo, alguien cuyo marido ganaba lo bastante para que ella pudiera quedarse en casa y colmar a sus hijos de amor y de cuidados.

Entonces empezó a aficionarse poco a poco a su pasatiempo.

El taller de Mel había empezado con poca cosa: un banco de trabajo en el garaje al que había ido añadiendo cada vez más herramientas y que había ido ganando espacio hasta que, al final, ni siquiera cupo un solo coche y menos aún dos. Entonces montó fuera el aparcamiento techado y usó como espacio propio todo el garaje. A mí no me hacía demasiada gracia, sobre todo en invierno, pero a esas alturas Mel había quitado la puerta del garaje para tabicarla y añadir una más pequeña que dejaba cerrada con llave y con candado. Por las herramientas caras.

Nunca noté nada extraño. Solo una vez. Debió de ser alrededor de la muerte de su penúltima víctima. Me dijo que se había metido un mapache por el tejado y que había ido a morirse en un rincón y que iba a tardar en irse el olor. Usó un montón de lejía y otros productos de limpieza.

Y yo me lo creí todo. ¿Por qué no iba a creérmelo?

Sin embargo, sigo pensando que tendría que haberme dado cuenta y, en este sentido, entiendo la ira de los troles.

Mi madre está diciendo algo que, por el tono, debe de estar dirigido a mí. Abro los ojos y digo:

—Perdona, ¿qué?

—He dicho que si te has encargado de que los niños vayan a clases de natación. Me preocupa que no quieras, teniendo en cuenta el… los problemas que tienes.

Mi madre adora el agua: lagos, piscinas, mares… Es medio sirena. Le horrorizó especialmente que Melvin se deshiciera en el agua de sus víctimas. A mí también me horroriza la idea. Se me encoge el estómago solo de pensar que tengo que meter un dedo del pie en el lago que tanto admiro desde lejos. Ni siquiera soy capaz de montar en barco sobre esa superficie tan sosegada sin pensar en las víctimas de mi exmarido, encadenadas al fondo por medio de objetos pesados como un jardín mudo y en descomposición que se mece lento con las corrientes. Hasta beber agua del grifo me provoca arcadas.

—A ellos no les llama mucho la atención —le respondo sin delatar la menor aflicción por el hecho de que haya sacado el tema—, pero sí que salimos a correr a menudo.

—Sí, por el sendero que rodea… —empieza a decir Lanny y yo, como un rayo, alargo la mano para pulsar el botón que silencia el micrófono. Ella se da cuenta del error al instante. Ha estado a punto de decir «el lago» y, aunque hay miles por todo el país, no deja de ser una pista. No podemos permitirnos ni siquiera eso—. Perdón.

Vuelvo a conectar el micrófono.

—Quiero decir que salimos mucho a correr —dice mi hija—. Está muy bien.

Aunque se le hace duro no poder proporcionar ningún detalle (la temperatura, los árboles, el lago…), lo deja ahí. Todo muy genérico. Mi madre sabe que no hay que insistir. Es triste, pero así es la vida.

No es la primera vez que me pregunto cómo fue su existencia sin mí. Mi propia experiencia entre rejas fue un infierno, siempre temiendo por mis hijos. La alegría con la que han recibido siempre estas llamadas me hace pensar que la abuela representa un remanso de paz en sus vidas, un descanso de la pavorosa realidad a la que se han visto empujados. Al menos, eso espero.

Espero que no sean tan buenos mintiendo, porque ese es otro de los rasgos característicos de Melvin Royal.

Mi madre nos cuenta historias de Newport y del verano que se acerca y nosotros no podemos contestar contándole cómo será el tiempo por aquí. Ella lo sabe y por eso la conversación termina siendo un monólogo. Me pregunto si a ella le servirán de algo estas llamadas o, en realidad, se lo toma como un deber. Tal vez no se molestaría si fuese solo yo, pero es verdad que quiere con locura a mis hijos y que ellos la quieren a ella igual.

Las caras de los dos se apagan un poco cuando colgamos y guardo el teléfono hasta la próxima. Lanny comenta:

—Ojalá pudiésemos hablar con ella por Skype o algo así para verla.

Connor la mira de inmediato arrugando el ceño.

—Ya sabes que no puede ser —dice—, porque sacarían información. Lo he visto en las series de polis.

—Las series de polis no son la realidad, tonto —le espeta ella—. ¿Qué te crees, que el *CSI* es un documental?

—Ya está bien —intervengo yo—. A mí también me gustaría poder verla. Pero no pasa nada, ¿verdad? Nos las arreglaremos.

—Sí —responde Connor—. No pasa nada.

Lanny no contesta.

En la ronda de la Psicopatrulla que hago al día siguiente no encuentro nada nuevo, aunque tengo que decir que me he acostumbrado tanto al horror generalizado que representa que no sé si sería capaz de reconocerlo en caso de que lo hubiera. Hago algunas labores de edición por cuenta propia, algo de diseño de páginas web y estoy absorta en un fragmento especialmente exigente de programación cuando llaman con energía a la puerta de la cabaña. Pese al sobresalto, el sonido me recuerda a la forma que tiene de llamar el agente Graham, así que experimento cierta alegría al ir a abrir. Cuando miro de quién se trata, compruebo, en efecto, que es Lancel Graham.

Tras la sensación de alivio que me ha asaltado, rezo por que no haya malinterpretado el recibimiento afectuoso de la otra noche como una oportunidad. No estoy yo ahora para romances. Ya tuve bastante con el cortejo perfecto de Mel y con su actuación de marido ejemplar. Ya no confío en mi criterio en ese terreno ni puedo permitirme bajar la guardia como suele ocurrir hasta en las relaciones más informales.

Eso es lo que estoy pensando mientras desactivo la alarma y abro la puerta, aunque la verdad es que esas ideas casi nunca dejan de rondarme la cabeza. Esta vez, sin embargo, hay algo distinto en él. No está sonriendo.

Tampoco está solo.

—Señora. —El hombre que está detrás de él es el primero en hablar. Es un afroamericano de altura media y constitución de jugador de fútbol americano retirado que empieza a echar barriguita. Lleva el pelo cortado a cepillo, tiene párpados espesos y lleva un traje desgastado que parece haber vivido tiempos mejores. También lleva corbata, una roja tan desvaída que apenas contrasta con el gris de la chaqueta—. Soy el inspector Prester y necesito hablar con usted, por favor.

No es ningún ruego.

Me quedo petrificada y, sin querer, miro por encima de mi hombro. Connor y Lanny están en sus cuartos y ninguno ha salido a mirar. Salgo y cierro la puerta a mis espaldas.

—Por supuesto, inspector. ¿De qué se trata? —Gracias a Dios, en este instante no tengo que temer por la seguridad de mis hijos. Sé dónde están y sé que están a salvo, de modo que supongo que debe de ser por otro motivo.

Me pregunto si no habrá estado investigando y ha atado cabos hasta conectar a Gwen Proctor y Gina Royal. Espero, por Dios bendito, que no.

—¿Podemos sentarnos un momento?

En lugar de invitarlos a entrar, les señalo los sillones del porche y ocupamos uno él y otro yo, mientras el agente Graham se mantiene a cierta distancia y se dedica a observar el lago. Sigo su mirada y se me acelera el corazón de golpe.

Hoy, en lugar de las embarcaciones habituales de placer, en medio, más o menos, de la superficie calma del agua no hay más que dos botes pintados con los colores blanco y azul oficiales y con barras de luces estroboscópicas que emiten lentos destellos rojos. Veo un submarinista con su equipo de buceo lanzarse de espaldas por la borda del segundo.

—Han encontrado un cadáver en el lago esta misma mañana —dice el inspector Prester— y tenía la esperanza de que hubiese visto algo u oído algo anoche. ¿No notó nada fuera de lo común?

Corro a ordenar mis ideas. «Un accidente —pienso—, un accidente náutico. Alguien que saldría borracho por la noche y se caería por la borda...»

—Lo siento —contesto—, pero no vi nada extraño.

—¿No oyó nada después de hacerse de noche? ¿Un motor de embarcación, quizá?

—Puede que sí, pero eso es muy normal —digo haciendo lo posible por recordar—. Sí, creo que oí algo alrededor de las nueve. —Mucho después de que oscureciera, cosa que ocurre pronto, porque el sol no tarda en ocultarse tras los pinos—. Pero aquí hay mucha gente que sale a disfrutar de las estrellas o a pescar de noche.

—¿Miró por casualidad al exterior en algún momento? No vería a nadie por el lago, ¿verdad? —Parece cansado, aunque tras esa fachada se oculta una gran perspicacia y no tengo ninguna intención de intentar jugar con ella, de modo que le respondo con toda la sinceridad que me es posible.

—No, lo siento. Anoche estuve trabajando hasta muy tarde con el ordenador y la ventana de mi estudio mira a la colina, no al lago. No salí en ningún momento.

Asiente y toma nota en un cuaderno. Irradia esa serenidad que hace que quien está a su lado se relaje. Sé que eso es peligroso. Ya me he dejado llevar antes a infravalorar a la policía y he pagado las consecuencias.

—¿Había alguien más en la casa anoche, señora?

—Mis hijos —respondo. Él alza la vista y el ámbar oscuro de sus ojos brilla a la luz del sol. Impenetrable. Tras ese disfraz de hombre cansado, algo crispado y saturado de trabajo, es agudo como un escalpelo.

—¿Puedo hablar con ellos, por favor?

—Seguro que no saben nada.

—Por favor.

Sería sospechoso negarme, pero la idea hace que me tense y me ponga muy nerviosa. No sé cómo reaccionarán Lanny y Connor ante otro interrogatorio. Ya los sometieron a muchos durante el juicio de Mel y también durante el mío, y por más cuidado que pusieron los agentes de la policía de Wichita, aquello les dejó secuelas. No sé qué clase de traumas podrá volver a dejarles este episodio. Intento mantener la voz tranquila.

—Preferiría que se lo ahorrásemos, inspector, a no ser que lo considere usted absolutamente necesario.

—Yo diría que lo es, señora.

—¿Por un ahogamiento accidental?

Sus ojos ambarinos se clavan en mí y dan, de nuevo, la impresión de refulgir con el sol. Siento que me escrutan como los focos de una prisión.

—No, señora —responde—. Yo no he dicho que haya sido accidental, ni tampoco un ahogamiento.

No sé qué significa eso, pero siento que se abre la tierra bajo mis pies y me noto caer. Acaba de empezar algo muy malo.

Con poco más que un susurro, consigo decir:

—Voy a buscarlos.

CAPÍTULO 3

Primero le toca a Connor y el inspector lo trata con amabilidad. Se le dan bien los niños. Veo que lleva anillo y me alegro de que no sea como los polis de Kansas. Mis hijos acabaron temiendo muchísimo a la policía y no les faltaban motivos, porque habían visto la furia de los agentes que detuvieron a Mel, una furia que no había hecho más que aumentar cuando se fue revelando el alcance de sus crímenes. Sabían que no tenían que tomarla con los críos, pero era tanta su cólera que inevitablemente alcanzó a mis hijos.

Connor parece tenso y nervioso, aunque responde con frases cortas y eficaces. Anoche no oyó nada excepto, como ya he dicho yo, algún motor de embarcación alrededor de las nueve. No se asomó, porque eso es lo más normal del mundo. No recuerda nada extraño.

Lanny no quiere decir nada. Se queda sentada en silencio, con la cabeza gacha, y responde sí o no con la cabeza, pero sin pronunciar palabra hasta que el inspector se vuelve hacia mí exasperado. Yo le pongo una mano en el hombro y le digo:

—Cariño, no pasa nada. El señor inspector no está aquí para hacerle daño a nadie. Solo tienes que decirle todo lo que sepas, ¿vale?

Lo digo, claro, convencida de que sabe lo mismo que Connor y que yo. Ella me mira dubitativa desde detrás de la cortina de pelo negro y asevera:

—Anoche vi un barco.

La impresión me deja clavada al suelo. Hasta tiemblo un poco, aunque el día se ha levantado caluroso y se oyen cantar los pájaros. «No, por Dios —pienso—. Esto no puede estar pasando. Mi hija no puede haber visto nada.» Bajo mis pies se abre un abismo enfermizo y me la figuro en el estrado testificando. Veo los fogonazos de los fotógrafos y las imágenes que inundan los periódicos. Imagino los titulares: «LA HIJA DE UN ASESINO EN SERIE, TESTIGO EN UN JUICIO POR HOMICIDIO».

De un golpe así no saldríamos nunca.

—¿Qué clase de barco? —pregunta el inspector Prester—. ¿Cómo era de grande? ¿De qué color era?

—No muy grande. Era uno de los de pescar, como… —Se queda pensando y señala a uno que se mece en su pantalán bastante cerca de la cabaña—. Como ese. Era blanco. Lo vi desde mi ventana.

—¿Y lo reconocerías si lo vieses otra vez?

Lanny ha empezado a negar con la cabeza incluso antes de que acabe él de hablar.

—Qué va. Era un barco como todos los demás. No lo vi muy bien. —Se encoge de hombros—. Me pareció igual que todos los que hay por aquí.

Si Prester está decepcionado, no lo manifiesta. Tampoco está entusiasmado, la verdad.

—Así que viste un barco. Bien. Vamos a rebobinar. ¿Qué te hizo mirar por la ventana?

Lanny se queda pensativa un instante.

—Supongo que oí un ruido en el agua.

Eso ha llamado la atención del inspector, la mía también. Noto la boca seca. Prester se inclina un tanto hacia delante.

—Háblame de eso.

—Sí, lo que digo es que oí algo que caía al agua. Tuvo que ser grande para que se oyese en mi cuarto, aunque, como está en la esquina de la casa, la ventana da al lago. La tenía abierta y sonó cuando apagaron el motor. Pensé que se habría caído alguien o se habría tirado, porque a veces la gente va de noche a bañarse desnuda.

—¿Y te asomaste?

—Sí, pero solo vi el barco. Estaba allí y creo que había alguien dentro, porque después de un par de minutos se encendió otra vez el motor. Tampoco vi gran cosa. —Respira hondo antes de preguntar—: ¿Qué es lo que vi? ¿A alguien deshaciéndose de un cadáver?

Prester no responde. Está ocupado escribiendo en su libreta y se oye el bolígrafo rascar el papel con premura.

—¿Viste hacia dónde fue después de encender el motor?

—No. Cerré la ventana. Estaba empezando a soplar mucho viento. Eché la cortina y seguí leyendo.

—Está bien. ¿Cuánto tiempo dirías que sonó el motor antes de que volvieran a apagarlo?

—No lo sé. Me puse los auriculares y me dormí con ellos puestos. Esta mañana me dolían las orejas. He estado toda la noche con la música puesta.

«Dios.» Me cuesta tragar. Miro a Prester esperando que diga algo tranquilizador como «No te preocupes, pequeña, que no ha pasado nada. Ha sido un error», pero no dice nada. No confirma ni niega nada. Se limita a retraer la punta del bolígrafo y guardárselo de nuevo en el bolsillo con la libreta antes de ponerse de pie.

—Gracias, Atlanta. Nos has ayudado mucho. Señora Proctor…

Incapaz de decir nada, solo hago una inclinación de cabeza, igual que Lanny, y las dos lo vemos caminar hasta alcanzar a Graham ante el sedán negro cubierto de polvo que han aparcado en el camino de entrada a la cabaña. Hablan, pero no consigo oír nada y se han puesto de manera que no podamos ver sus caras. Me siento y envuelvo con un brazo a mi hija, que, por una vez, no me rehúye. Le froto con dulzura la espalda con la palma de mi mano y la oigo suspirar.

—Esto no es nada bueno, mamá. Nada bueno. Tenía que haber dicho que no vi nada. Pensaba mentir, de verdad.

Pienso que quizá tenga razón. No sé cómo puede ayudar a la investigación lo que vio ayer, ya que no ha podido identificar el barco, no ha visto a nadie que pueda reconocer y con lo que le ha dicho a Prester solo conseguirá que nos investigue más a fondo. Rezo por que el trabajo que ha hecho Absalón con nuestras identidades falsas se sostenga. No puedo estar cien por cien segura de eso y cualquier escrutinio, la menor filtración puede tener consecuencias espantosas.

«Habría que irse de aquí antes de que pase algo», pienso. Nos imagino haciendo el equipaje a la carrera. Tenemos ya un montón de cosas y no puedo pedirles a mis hijos que sigan abandonando todo aquello que les gusta. Tenemos que llevárnoslo todo y eso es muchísimo más de lo que cabe en el Jeep. Necesitaremos algo más grande. Una furgoneta, quizá. Puedo buscar una, pero no tengo tanto dinero en efectivo y el crédito que tengo con mi nueva identidad es muy limitado, con una sola tarjeta que cumple, sobre todo, la función de guardar las apariencias. No podemos dejarlo todo de un momento para el otro e irnos de aquí sin dejar rastro. Necesitaríamos, por lo menos, un día para organizarlo todo. Me sobresalto al darme cuenta de que, pese a todas mis precauciones paranoicas, no he pensado en cómo conseguir, en el peor de los casos, salir con mis hijos de forma rápida y segura de esta casa. Un día de retraso, que para la mayoría no suele ser gran cosa, para nosotros puede representar la diferencia entre la vida y la muerte.

El Jeep, demasiado pequeño para una evacuación inmediata, era un signo de que estaba echando raíces y acomodándome y ahora resulta que no era el mejor momento. «Mierda.» Caigo en la cuenta de que Lanny ha estado observándome y mirando mi expresión mientras pensaba esto. No dice nada hasta que el agente Graham y el inspector Prester se han metido en el sedán y recorren el camino de la casa seguidos por un remolino de polvo claro. Entonces comenta con una vocecita mortecina:

—Supongo que tenemos que hacer las maletas, ¿no? ¿Solo lo que nos quepa?

En su entonación apagada oigo el daño que les he hecho a los dos. Mi hija está empezando a resignarse a la idea terrible e inhumana de que nunca podrá tener amigos ni familia, ni siquiera cosas por las que sentir apego, y ha aprendido a vivir con eso a la tierna edad de catorce años. No puedo. No puedo volver a hacerles esto.

Esta vez no vamos a salir corriendo. Esta vez voy a confiar en las identidades falsas de Absalón. Esta vez, por una vez, voy a apostar por una vida normal en lugar de destrozar el alma de mis niños por proteger su integridad física.

No es lo que quiero, pero sí lo que tengo que hacer.

—No, cielo —le respondo—. Nos quedamos.

Sea lo que sea lo que esté por venir, me digo, no vamos a huir.

Evito encontrarme con nadie los días siguientes, con bastante éxito. El ritmo que llevamos cuando salimos a correr por el lago no invita a que nadie entable conversaciones con nosotros y tampoco hago visitas de cortesía. Ya no soy la madre que fui en mis mejores días, que hacía galletas y ofrecía a los vecinos. Esa era Gina. Dios la tenga en su gloria.

Lanny vuelve a la escuela y, aunque me paso la mañana en tensión esperando que suene el teléfono de un momento a otro, no se mete en ningún lío los primeros días, ni tampoco los siguientes. La policía tampoco vuelve para preguntar nada y, poco a poco, muy poco a poco, empieza a descender mi nivel de ansiedad.

Al miércoles siguiente recibo un mensaje de Absalón, marcado con su Å distintiva. El texto es solo una dirección de página web, que tecleo en el buscador de mi equipo. Se trata de un artículo periodístico de Knoxville, un lugar bastante alejado de aquí, pero habla de Stillhouse Lake: «ASESINATO CONMOCIONA A MUNICIPIO LACUSTRE».

Siento la boca seca y cierro los ojos un instante, pero las letras destellan en mis párpados de forma aleatoria y, al verme incapaz de desterrarlas, los abro y vuelvo a mirar. El titular sigue ahí. Bajo él, sin pie de autor alguno, se recoge un texto que deben de haber tomado de una agencia de noticias. Bajo poco a poco para saltar los anuncios que piden entre parpadeos que me suscriba, que mire el tiempo, que compre una manta térmica y un par de zapatos de tacón… hasta que llego al artículo en sí, que no es gran cosa:

> Cuando los residentes de la pequeña ciudad de Norton (Tennessee) recibieron al despertar la noticia de la aparición de un cadáver en las aguas del Stillhouse, el lago de los alrededores, ninguno esperaba que fuese un asesinato. «Pensamos que sería un accidente —señala Matt Ryder, encargado del McDonald's local—, que alguien habría sufrido un calambre mientras nadaba. Cosas de esas que pasan. Pero ¿esto? No me lo creía. Esta es una ciudad pequeña y tranquila.»
>
> Difícil encontrar palabras que describan mejor Norton, un municipio muy propio de la región, una localidad aletargada que se afana en reinventarse para hacer frente a los tiempos modernos, en la que el Old Tyme Soda Palace abre sus puertas al lado del café Internet SpaceTime. Uno alimenta la nostalgia por un tiempo pasado y el otro busca todas las ventajas propias de

una ciudad mucho mayor. Si en la superficie parece un lugar próspero, basta ahondar un poco para dar con el problema que acosa a muchas zonas rurales: la adicción a los opiáceos. Norton, según los cálculos de las autoridades locales, tiene un problema serio de adicción y es frecuente el tráfico de drogas. «Hacemos lo que podemos por evitar que se extienda —asegura el jefe de policía Orville Stamps—. Antes, lo peor de todo era la fabricación de meta, pero el problema de la oxicodona y la heroína es harina de otro costal. Cuesta más dar con ellos y también frenarlos.»

El jefe Stamps cree que las drogas pueden tener que ver con la muerte de la mujer sin identificar cuyo cuerpo se encontró flotando en el lago la mañana del domingo. Al parecer, se trata de una mujer blanca con el pelo corto y pelirrojo de entre dieciocho y veintidós años. Presenta una cicatriz pequeña que hace pensar en una extirpación anterior de la vesícula biliar y un tatuaje grande y colorido de una mariposa en el omóplato izquierdo. En el momento de escribir estas líneas no había habido identificación oficial, aunque las fuentes de la comisaría de Norton dicen que es muy probable que la víctima sea de la región.

Si bien no ha trascendido la causa de la muerte, las fuerzas del orden la han calificado de homicidio y están entrevistando a los residentes de los alrededores del lago —antigua zona exclusiva reservada a gentes adineradas que, como la mayor parte del estado, se encuentra en decadencia— para descubrir si alguno puede aportar información que ayude a dar con la identidad de la víctima o su asesino. Se cree que la echaron al agua una vez muerta y dicen que quien lo hizo intentó hundirla poniéndole peso. «No le salió bien de milagro —dice el jefe Stamps—. La habían atado a un bloque de hormigón, pero la hélice del barco tuvo que cortar una de las cuerdas al arrancar el motor y al final la joven salió a la superficie.»

Stillhouse Lake fue una zona de campo hasta poco después del año 2000, cuando una promotora trató de reformarlo como un refugio de lujo para familias de clase alta y media alta que buscaran segundas residencias en sus orillas. Solo logró un éxito parcial y hoy las puertas de la urbanización están abiertas a todo el mundo. Los más ricos huyeron a lugares más exclusivos y aquí se han quedado los lugareños y también jubilados que adquirieron las casas en subastas públicas a buen precio. Pese a la fama de lugar tranquilo de que disfruta, la llegada de residentes nuevos —por compra o alquiler— ha llevado a algunos a inquietarse.

«Estoy convencido de que alguien tuvo que ver algo —dice el jefe Stamps—. Seguro que algún vecino nos dará lo que necesitamos para resolver el caso.» Hasta entonces, las noches de Stillhouse Lake seguirán siendo como siempre: oscuras.

Echo hacia atrás mi silla como si así pudiera alejarme del artículo. «Va sobre nosotros, sobre Stillhouse Lake.» Sin embargo, lo que más me ha llamado la atención es lo mismo que ha debido de atraer la de Absalón: la manera que ha tenido el asesino de deshacerse del cadáver, además de la edad y la descripción de la víctima. Me suena a algo, algo distante que, sin embargo, no consigo vincular a ningún recuerdo concreto.

También está ligado al hecho escalofriante de la edad de las jóvenes que raptó, violó, torturó, mutiló y enterró en el jardín acuático que creó con ellas.

Atándolas a bloques de hormigón.

Intento dominarme, sosegar mis pensamientos, que no dejan de hervir. Tiene que ser una coincidencia, claro. Deshacerse de un cadáver arrojándolo al agua no es precisamente algo original y la mayoría de los asesinos con dos dedos de frente intentan ponerles peso debajo para que tarden más en descubrirlos. Además, los bloques de hormigón, por lo que recuerdo del juicio de Melvin, tampoco son nada originales.

«Pero esa descripción…» No, las jóvenes vulnerables son el blanco favorito de muchos asesinos en serie. Está claro que no es nada definitivo, ni tampoco hay ningún elemento que indique que se trata de un asesino en serie. Puede que haya sido una muerte sospechosa que se haya torcido, fruto del pánico por ocultar un cadáver. Un asesino sin experiencia ni preparación que no había planeado acabar con nadie. El artículo hace pensar de un modo más o menos directo en drogas y, por lo que nos ha dicho el agente Graham, es verdad que en Norton hay problemas con eso. Esta muerte debe de estar, como se ha dicho, relacionada con las drogas.

No tiene nada que ver con nosotros ni con los crímenes de Melvin Royal. «Pero un asesinato casi en nuestras narices, otra vez…» La idea resulta aterradora por muchos motivos. Temo por la seguridad personal de mis hijos, claro, pero también por el tormento que vamos a sufrir si vuelven a marcarnos como la familia Royal. He hecho el propósito de quedarme y soportar el chaparrón, pero ahora que conozco estos detalles resultará más difícil. La Psicopatrulla lo descubrirá. Y estudiará con lupa cada detalle. Buscarán fotos y no puedo hacer nada por controlar las imágenes que tomen otros. Sin duda apareceré en el fondo de alguna de las que se hagan en el parque, en el estacionamiento o en la escuela. Y si no yo, Lanny o Connor.

Esto ha hecho que quedarse aquí suponga afrontar un peligro extraordinario.

Respondo a Absalón:

¿Por qué me lo mandas?

Y él me dice:

Por las similitudes. Tú también las ves, ¿no?

No le había dicho dónde estábamos, pero sospecho que lo sabe. Al fin y al cabo, para comprar esta casa tuve que presentar unos cuantos papeles con la identidad que me consiguió. Para él sería pan comido averiguar mi dirección exacta. La última vez que tuve que huir, se encargó de enviarme listas de posibles destinos. Aun así, me ayuda pensar que ignora dónde vivimos o que no le importa. Nunca nos ha traicionado. Nos auxilia siempre que puede.

Lo cual no significa que pueda creer en él por completo.

No me parece relevante —le digo—, aunque sí un poco raro. ¿Estás pendiente?

Cuenta con ello.

Absalón pone fin a la conversación y yo me paso un buen rato con la vista clavada en las palabras que llenan la pantalla del ordenador. Ojalá pudiera sentir lástima por la pobre desconocida que han encontrado muerta en el lago, pero no es más que un concepto abstracto, un problema. Lo único que puedo pensar es que su muerte va a provocarles daño a mis hijos.

Me he equivocado al tomar la decisión irreflexiva de quedarme aquí. «No bloquees nunca la salida de emergencia.» Ese ha sido mi mantra desde hace años. Puro instinto de supervivencia. Y no es que vaya a dar marcha atrás, pero ese artículo y las similitudes que tiene con los crímenes de mi exmarido… han despertado en mi interior algo incómodo que había aprendido a reprimir.

No pienso desarraigar a mis hijos otra vez y echar a correr por una corazonada, pero tengo que preparar un plan de fuga por si las cosas se ponen feas. Tengo que asegurarme de que mis hijos crezcan en un entorno estable, pero, por encima de todo, tengo que encargarme de que crezcan.

Ante esta noticia no puedo tener ya la seguridad que sentía, pero eso tampoco quiere decir que tenga que huir.

Lo que sí tengo que hacer es prepararme.

Corro a buscar en Google furgonetas en venta en la zona y triunfo a la primera: tienen una grande a pocos kilómetros, en Norton. Pienso en lo que podemos necesitar para embalarlo todo. Tenemos cajas plegables de plástico para algunas cosas, pero voy a necesitar comprar unas cuantas más en el Walmart más cercano. Intento evitar las grandes superficies para no salir en las cámaras de seguridad, pero alrededor de Norton no hay gran cosa para elegir, a no ser que quiera acercarme a Knoxville.

Miro el reloj y decido que no hay tiempo de ponerse paranoica en nivel de alerta máximo. Busco una gorra de visera grande sin distintivos y un par de gafas de sol grandes y me aseguro de que llevo puesta ropa lo más anónima posible. Es lo más parecido a un disfraz que puedo conseguir con tanta prisa.

Mientras saco dinero en efectivo de la caja fuerte oigo el claxon del camión del reparto postal y me asomo. Al ver que ha acabado de llenarme el buzón, salgo a ver lo que hay sin dejar de devanarme los sesos pensando en cómo prepararme para una emergencia. Vender la casa no es lo más urgente, pero tendría que hacerlo después de mudarme. Sí que habría que sacar a los niños del colegio sin avisar ni dar explicaciones, como siempre. Sin embargo, aparte de estas consideraciones, tampoco tenemos más lazos que romper. Los he tenido tanto tiempo de un lado a otro que lo de ir ligeros de equipaje está ya en nuestra naturaleza.

Pensaba que este sería el lugar en el que pondríamos fin a este ciclo. Puede que todavía lo sea, pero tengo que ser práctica. La huida tiene que ser una opción viable. Siempre.

El primer paso es hacerme con la furgoneta.

En el caos de circulares y correo publicitario, hay una carta que parece oficial. Del estado de Tennessee. La abro y encuentro mi licencia de armas. «Gracias a Dios.» Me la guardo en la cartera enseguida, tiro el resto a la basura y saco de la caja la pistola y la pistolera para el hombro. Es reconfortante sentir su tacto y su peso y saber que, a diferencia de otras veces que la he llevado, ahora tengo el documento que demuestra que la ley me lo permite. He practicado muchas veces el acto de desenfundar de esta cartuchera, de modo que no me resulta extraña. Es como tener a mi lado a un viejo amigo.

Me pongo encima una chaqueta ligera para ocultar el arma y salgo en el Jeep a comprar la furgoneta. De los campos de Norton me separa un buen trecho y, aunque llevo impresas las indicaciones detalladas de cómo llegar (el inconveniente de rechazar la revolución de la telefonía inteligente es que hay que depender de mapas y papeles), no deja de ser un lío llegar al destino marcado. Si hay tantas pelis de miedo ambientadas en bosques es por algo, creo: en los bosques se siente una fuerza primitiva y amenazadora, algo que hace pequeño y vulnerable a quien se interna en ellos. Quienes subsisten en su interior son gentes de gran fortaleza.

Me produce una gran sorpresa topar, una vez que he llegado a la dirección en la que venden la furgoneta, con que el apellido que figura en el buzón de la cabaña, una construcción pequeña, sólida y rústica como ella sola, de las que se hacían en los cincuenta, es Esparza. Ni en Norton ni en Stillhouse Lake abunda la población hispana, de modo que esta no tiene más remedio que ser la casa de Javier Esparza, mi instructor del campo de tiro, antiguo marine. Enseguida me siento reconfortada y, al mismo tiempo, culpable. No es que pretenda engañarle con la compraventa, claro, pero detesto imaginar el desengaño y la rabia que sentirá si averigua más adelante quién soy, si pasa lo peor, me voy de aquí y se pregunta si no estaré huyendo con la furgoneta que me vendió por motivos aún peores que el de haber estado casada con un asesino en serie.

No quiero perder la buena opinión que tiene Javi de mí, aunque estoy dispuesta a ello si es por el futuro y la seguridad de mis hijos. Muy dispuesta.

Salgo del coche y me dirijo a la verja, donde sale a recibirme un musculoso conjunto de pelos de color negro y canela, un perro armado con una andanada de ladridos cuyo volumen no tiene nada que envidiar al campo de tiro. Aunque el rottweiler me llega a la cintura, cuando apoya las patas delanteras en lo alto de la valla me iguala en altura. Da la impresión de ser capaz de convertirme en comida de perro en cuestión de segundos, así que tengo cuidado de quedarme quieta donde estoy y no hacer movimientos que puedan resultar amenazantes. No lo miro a los ojos, porque los perros pueden entenderlo como un gesto agresivo.

Los ladridos hacen que Javier salga a la puerta. Lleva puesta una camiseta lisa de color gris apagado por años de colada, vaqueros no menos desgastados y un par de botas resistentes, precaución muy sensata en el campo, donde las serpientes de cascabel y los trozos viejos y olvidados de metal amenazan por igual a los pies desprotegidos. Se está secando las manos con un paño de cocina rojo y, al verme, sonríe y da un silbido. Al oírlo, el perro cambia de actitud y retrocede hasta el porche para tumbarse y ponerse a jadear feliz.

—Hola, señorita Proctor —dice Javi mientras se acerca para abrir la verja—. ¿Le gusta mi sistema de seguridad?

—Muy eficaz —respondo mirando con cautela al perro, que ha adoptado ahora una actitud del todo amigable—. Siento venir a molestar a tu casa, pero tengo entendido que vendes una furgoneta…

—¡Ah, sí! Casi se me olvida, la verdad. Era de mi hermana, pero se deshizo de ella y me la dejó aquí cuando se alistó y se largó el año pasado. La tengo aquí detrás, en el garaje. Venga.

Me lleva al otro lado de la cabaña. Pasamos al lado de un tajo para cortar leña que tiene todavía el hacha clavada en lo alto y de una caseta vieja y maltrecha por las inclemencias del tiempo. Me ve mirarla y se echa a reír.

—Es lo que piensa: lleva décadas sin usarse. Le eché hormigón, le puse solería y ahora la uso para guardar herramientas. Es que me gusta conservar el pasado.

No hace falta que lo diga, porque lo de *garaje* es una denominación muy generosa. Lo que tengo delante, en realidad, es una cuadra que parece tan vieja como la caseta. Supongo que todo es de la misma época. Los compartimentos de los caballos se han echado abajo para que quepa una furgoneta larga y voluminosa. Es un modelo antiguo y la pintura ha perdido el brillo original para volverse lechosa y mate, pero las ruedas están en buenas condiciones y eso me interesa. Las arañas lo han fijado todo al suelo con una tela de hilos muy sutiles.

—Joder —dice Javi mientras se hace con una escoba con la que romper el sedoso entramado—. Perdón, pero hace mucho que no vengo por aquí. De todos modos, no pueden entrar.

Eso suena más a deseo que a hecho comprobado, pero tampoco me importa. Toma una llave de un gancho de la pared, abre la puerta y arranca la furgoneta. El motor responde casi de inmediato y parece estar bien puesto a punto. Me deja subir y lo que veo no me disgusta. No tiene demasiado kilometraje y los indicadores se ven con claridad. Abre el capó para que eche un vistazo y reviso los manguitos para comprobar que no están cuarteados.

—Está estupenda —digo echando mano al bolsillo—. ¿Me lo cambias por el Jeep y mil dólares en metálico?

Parpadea, porque es consciente del cariño que le tengo a mi coche y de lo que he puesto en él. De entrada, sabe que he instalado la caja fuerte para armas en la parte trasera, porque él me ayudó a conseguirla.

—No puede ser. ¿De verdad?

—De verdad.

—No se ofenda, pero… ¿por qué? Pero ¡si es una ganga! Además, el suyo es mucho mejor para el terreno que rodea el lago.

Javi no es tonto, lo que en este momento supone un pequeño contratiempo. Sabe que se va a llevar la mejor parte del trato y yo apenas puedo aducir motivos para cambiar un todoterreno muy apropiado para el entorno en el que vivo por una furgoneta grande y pesada. Para Stillhouse Lake, desde luego, es una locura.

—La verdad es que nunca lo meto por el campo —le digo— y, además, estoy pensando en mudarme antes o después. En caso de que nos vayamos, tenemos demasiadas cosas para que quepan en el Jeep. La furgoneta me parece una opción más lógica.

—Mudarse —repite—. ¡Vaya! No sabía que tuviera esa intención.

Me encojo de hombros sin apartar la vista de la furgoneta y con un gesto tan neutro como me es posible.

—En fin, en esta vida pasa de todo y nunca puedes decir lo que te espera. Dime, ¿qué te parece? ¿Quieres echarle un vistazo al Jeep?

Desecha la idea con un gesto de la mano.

—Ya lo conozco y, además, señorita Proctor, confío en usted. ¿Mil pavos y el Jeep? Mi hermana estará encantada con el dinero y yo puedo quedarme con el todoterreno.

Saco la cartera y cuento el dinero a medida que se lo doy. Es menos de lo que pensaba pagar, de modo que me siento hasta aliviada. Más que tendremos cuando nos toque volver a reinventarnos con otros nombres y otra historia.

Javi acepta y firmamos los papeles necesarios. Más tarde tendré que hacer los trámites oficiales de la transmisión, pero por el momento bastará con esto. Él me extiende un recibo y yo hago otro tanto sentada a la mesita de su cocina. Sigue teniendo sobre el hombro el paño, que, según puedo comprobar, hace juego con otro de cuadros blancos y rojos que cuelga de una repisa situada sobre el fregadero. El lugar parece limpio y ordenado, con apenas unos cuantos adornos y colores en contraste con los tonos beis y castaño oscuro. Sigue habiendo espuma en uno de los dos senos del fregadero, luego mi llegada lo ha sorprendido fregando los platos.

Me gusta este lugar tranquilo y centrado, como su dueño.

—Gracias por todo —le digo de corazón. Javi me ha tratado muy bien desde el principio y eso es muy importante para una persona como yo, que nunca ha sido ella misma para los demás. Siempre me ha tocado ser la hija de mi padre, la mujer de Melvin, la madre de Lily y Brady y, por último, para muchos, un monstruo que ha eludido la justicia. Nunca me han tratado como una persona por mí misma. Nunca. Me ha costado mucho llegar a este punto en el que me siento enteramente yo misma y me gusta. Me gusta ser Gwen Proctor, porque, real o no, es una persona fuerte y completa en la que puedo confiar.

—A ti, Gwen. No sabes lo que te agradezco lo del Jeep —dice él, que por primera vez me está tuteando. Ahora somos iguales para él y eso también me gusta.

Le tiendo la mano y nos damos un apretón que él sostiene un pelín más de lo necesario antes de decir:

—En serio. ¿Te pasa algo? Que sepas que puedes confiar en mí.

—Qué va. Además, no necesito a ningún caballero que acuda a rescatarme, Javi.

—Ya lo sé. Solo quiero decirte que siempre puedes contar conmigo si necesitas ayuda. —Se aclara la garanta—. Hay gente que, por ejemplo, no quiere que nadie sepa adónde va cuando sale de la ciudad, ni tampoco qué vehículo llevan, y a mí me parece bien.

Lo miro con curiosidad.

—¿Aunque me estuviese buscando la policía?

—¡No me digas que has hecho algo malo y te has dado a la fuga! —Su tono, más agudo, me indica que la idea no le hace ninguna gracia.

«Sí a lo primero y sí a lo segundo», pienso, aunque es cierto que, en realidad, el mal que he hecho no deja de ser muy nebuloso y que, además, no huyo de la justicia, sino de gente sin ley.

—Vamos a dejarlo en que, cuando me vaya, podría ser que me buscase alguien —respondo—. Mira, Javi, haz lo que tengas que hacer. No voy a pedirte que traiciones tus principios, te lo juro, y te prometo que no he hecho nada malo.

Asiente moviendo lentamente la cabeza mientras lo considera. Al final se da cuenta de que todavía tiene el paño de cocina y me dedica una sonrisa de disculpa mientras lo lanza al fregadero, donde cae hecho un gurruño. Ojalá no lo hubiese hecho, porque de pronto, sin esperármelo, se me aparece como un trozo informe de carne ensangrentada, fuera de lugar en esta cocina tan limpia. Espiro lentamente mientras apoyo las palmas de las manos sobre la mesa.

—Has superado el proceso de verificación de antecedentes necesario para que te concedieran el permiso de armas —dice—. Por lo que sé, eres más legal que un santo, así que no me va a importar decirle a quien me pregunte que no sé adónde has ido cuando te marches, ni tengo por qué contarles nada de la furgoneta. Vive y deja vivir. ¿Me entiendes?

—Te entiendo.

—Conozco a gente que tiene, digamos, una vida clandestina. ¿Sabes cómo hacerlo?

Asiento sin revelarle cuánto tiempo llevo mudándome de un lado a otro, corriendo, evitando que me encuentren; sin decirle nada, cosa que probablemente él no merece. Javi es de fiar, sin duda, pero no soy capaz de confesarle nada sobre Melvin, sobre mí misma. No quiero defraudarlo.

—Vamos a estar bien. —Consigo forzar una sonrisa—. Este no es nuestro primer rodeo.

—Vaya. —Javi se reclina. Sus ojos parecen más oscuros todavía—. ¿Maltrato?

No pregunta de parte de quién ni si la víctima soy yo, son los niños o somos todos. Lo deja ahí y yo respondo que sí con un lento movimiento de cabeza, porque, en cierto sentido, es verdad. Mel nunca me maltrató en un sentido convencional. Desde luego, es verdad que nunca me puso una mano encima. Ni siquiera me insultó jamás. Sí que me tenía dominada en muchos sentidos, pero yo lo había aceptado como algo normal de la vida de casados. Mel se había encargado siempre de la economía familiar. Yo tenía dinero disponible y tarjetas de crédito, pero él guardaba un registro meticuloso de todo, pasaba una cantidad de tiempo considerable revisando recibos y valorando la necesidad de ciertas compras. En aquel momento yo pensaba simplemente que era un hombre meticuloso, pero ahora me doy cuenta de que se trataba de una forma sutil de manipulación, de hacerme dependiente y poco propensa a hacer nada sin consultárselo, aunque siempre dentro de los límites de lo que parecía normal en un matrimonio o, al menos, eso creía yo.

Sí que había un aspecto de nuestra vida marital sorprendentemente poco normal, pero se trataba de un infierno personal y privado que tuve que revivir durante los interrogatorios policiales. ¿Maltrato? Sí, puede ser, pero el maltrato sexual entre cónyuges es un asunto como mínimo complicado y difuso.

A Mel le gustaba practicar lo que él llamaba «el juego de la respiración». Me ponía un cordón alrededor del cuello y me estrangulaba. Cuidaba de usar uno que fuese suave y blando para no dejar marcas y era todo un experto en su uso. Yo lo detestaba y muchas veces intentaba convencerlo de que lo dejase, pero la única vez que me negué directamente vi en él un destello de algo… más oscuro que me llevó a no volver a hacerlo.

Nunca me ahogaba tanto que me hiciera perder el sentido, aunque llegó a acercarse mucho. Yo lo soporté cada vez que a él se le antojaba, sin saber que, mientras me privaba de oxígeno cuando teníamos relaciones sexuales, pensaba en las mujeres que tenía en el garaje y que luchaban contra el lazo que llevaban al cuello mientras él las subía del suelo y las volvía a bajar.

Puede que no fuera maltrato, pero yo no tenía ninguna duda de que no me gustaba. Visto desde el presente, pensar que me estaba usando para representar sus asesinatos una y otra vez… resulta escalofriante y enfermizo.

—No queremos que nos encuentre cierta persona —le digo al fin—. Si no te importa, prefiero dejarlo ahí.

Javi asiente. Está claro que este tampoco es su primer rodeo. Todo instructor de campo de tiro debe de haber visto a un montón de mujeres asustadas que buscan consuelo en la defensa propia. También sabe que un arma no puede hacer nada por ayudarte si no te proteges también mental y emocionalmente. Lo que importa no es el párrafo, sino el punto final.

—Lo único que digo es que si no tienes papeles, conozco a gente de confianza que ayuda a dar refugio a víctimas que quieren empezar una vida nueva.

Le doy las gracias, pero no necesito a ninguno de sus conocidos. Él podrá confiar en ellos, pero yo no. Lo único que quiero es la furgoneta y los recibos. Después me iré. Es un paso más hacia una nueva mudanza y eso hace que me sienta triste, pero también sé que tengo que estar preparada. Con la furgoneta en mi poder tendré un mayor dominio de la situación. En caso necesario, podemos esfumarnos mucho antes de que aquellos que nos quieren dar caza se organicen para seguir el rastro que lleva a nuestra casa. Estaremos avisados y tendremos un buen medio de fuga. Luego podré vender la furgoneta al contado en Knoxville y usar otra identidad para comprar algo diferente, difuminar de nuevo la pista.

Eso es, por lo menos, lo que me digo.

Me estoy levantando de la mesa cuando me suena el teléfono. Me vibra, en realidad, porque suelo tenerlo en silencio. He visto demasiadas películas en las que las víctimas cometen la insensatez de olvidarse del móvil y una llamada delata su posición ante sus asesinos. Lo miro y veo el nombre de Lanny. En fin, no puedo decir que no me lo esperase. Las salidas de tono de mi hija no van a hacer, creo, sino empeorar. Puede que sea mejor que nos pongamos en marcha antes que después. Puedo darles clases en casa, dondequiera que acabemos la próxima vez.

Cuando respondo, la oigo decir con voz tensa y desafinada de un modo muy poco natural.

—Mamá, no encuentro a Connor.

Durante unos segundos soy incapaz de comprender lo que me dice. Mi cerebro se niega a considerar las posibilidades, la verdad terrible a la que me enfrenta. Entonces, la respiración se me hace cemento, me pesa en el pecho y me da la impresión de que jamás podré volver a respirar. Vuelvo a dominarme y pregunto:

—¿Cómo que no lo encuentras? ¡Si está en clase!

—Se la ha saltado. ¡Mamá! ¡Él nunca falta a la escuela! ¿Dónde puede estar?

—¿Dónde estás tú?

—He ido a buscarlo para darle su estúpido almuerzo, porque ha vuelto a dejárselo en el autobús, pero su tutor me ha dicho que no estaba y que ni siquiera se ha presentado en clase. Mamá, ¿qué hacemos? ¿Estará...? —Lanny está empezando a aterrorizarse. La respiración se le ha acelerado demasiado y le tiembla la voz—. Estoy en casa. He vuelto porque pensaba que podía haber vuelto, pero no lo encuentro...

—Cielo. Cielo, siéntate. ¿Tienes conectada la alarma?

—¿Qué? Pe... ¡Qué más da! ¡Brady no está aquí!

La angustia la ha llevado a llamar a su hermano por su nombre, cosa que lleva años sin hacer. Al oír su nombre siento una conmoción. Intento mantener la calma.

—Lanny. Quiero que vayas a activar la alarma, si no lo has hecho ya, y que te sientes. Respira hondo, despacio y por la nariz y luego echa el aire por la boca. Voy para allá.

—Corre —susurra ella—. Por favor, mamá. Te necesito.

Es la primera vez que dice algo así. Es como si se me clavase un puñal en lo más hondo de mí y cortase algo blando, vulnerable y vital en mi interior.

Cuelgo. Javi ya se ha puesto de pie y tiene la vista clavada en mí.

—¿Necesitas ayuda? —pregunta.

Y yo asiento muda.

—Iremos en el Jeep, que es más rápido.

Javi conduce como si la carretera fuese zona de guerra, a gran velocidad y con rudeza, sin miramientos. Me alegro de que sea él quien lleva el volante, porque ahora mismo yo no estoy en condiciones de hacerlo. Me agarro con fuerza para hacer frente a los baches, porque no aminora la marcha ante ninguno de ellos. Los brincos me sacuden de arriba abajo, pero no son nada en comparación con el terror constante que me agita y no pienso en otra cosa que en la cara de Connor. Me obsesiona la idea de encontrármelo ensangrentado y sin vida en su cama, por más que sepa que no está allí. Lanny ha mirado por toda la casa y no está allí, pero ¿dónde está?

La pregunta sigue muda en mi cabeza cuando Javi frena en el camino de entrada de nuestra casa. Ahora estoy tranquila, lista como cuando tengo delante, a lo lejos, el blanco del campo de tiro. Bajo del Jeep y me dirijo a la puerta, la abro y desconecto la alarma justo antes de que Lanny se lance hacia mí.

Abrazo a mi hija, aspiro el aroma a champú de fresa y a jabón limpio y pienso en lo que sería capaz de hacer por protegerla de todo y de quien pueda querer hacerle daño.

Javi entra detrás de mí y ella se separa de mí ahogando un grito y dando un paso atrás en actitud defensiva. No la culpo. No lo conoce. Para ella no es más que un extraño que cruza el umbral de su casa.

—Lanny, te presento a Javier Esparza —le digo—, el instructor del campo de tiro. Es amigo mío.

Ella levanta un tanto sus cejas negras al oírlo, maravillada porque sabe que no confío con facilidad en las personas, pero no pierde más el tiempo en ello.

—He mirado por toda la casa. No está aquí, mamá, ni parece que haya vuelto en todo el día.

—Está bien. Vamos a respirar hondo —respondo, aunque lo que quiero es gritar. Voy a la cocina, donde tengo en la pared una lista de números de teléfono, de los profesores de mi hijo y de los móviles y los fijos de los padres de sus amigos. Es corta. Empiezo a llamarlos a todos, empezando por sus amigos. Mi angustia va creciendo con cada llamada, cada respuesta, cada negativa. Cuando cuelgo después de la última, me siento vacía. Perdida.

Levanto la vista para mirar a Lanny y veo que tiene los ojos abiertos de par en par y sombríos.

—Mamá —dice—, no será papá. ¿Será…?

—No —respondo de inmediato, rechazando semejante idea sin pensar siquiera. Con el rabillo del ojo, veo que Javi ha tomado nota. Eso ha confirmado sus sospechas de que estoy huyendo de alguien. Mel, sin embargo, está en la cárcel y no saldrá de allí si no es en una caja de pino. Me preocupan más otras personas. Gente furiosa. Los troles de Internet, por no hablar de los amigos y familiares de las mujeres que atormentó y asesinó Mel... Pero ¿cómo nos han encontrado? Vuelvo a recordar las imágenes de hace apenas unos días, las de las caras de mis hijos unidas con Photoshop a cadáveres sangrientos y destrozados, cuerpos maltratados y cargados de sufrimiento.

«Si tuviesen a Connor —pienso—, ya se habrían puesto en contacto conmigo para provocarme.» Eso es lo único que me mantiene cuerda.

—Lo tenías que acompañar a clase después de salir del autobús, Lanny —digo. Ella da un respingo y me esquiva la mirada—. ¿Lanny?

—Te... Tenía cosas que hacer —responde ella en actitud defensiva—. Se adelantó él. No es tan grave. —Se detiene al caer en que sí es grave—. Lo siento. Tenía que haberlo acompañado. Salí con él del autobús. Estaba haciendo el tonto y le grité que se metiera en clase y crucé a la tienda de enfrente. Ya sé cuáles son tus órdenes.

Después de salir del autobús, Connor tuvo que atravesar el triangulo de césped que hay entre los edificios en dirección al de en medio. Durante ese trayecto es más probable que se encuentre con abusones que con un presunto secuestrador, aunque tenía que haber muchos padres dejando a sus hijos delante de la entrada guardada por la garita. No lo sé. No sé qué ha podido hacer, qué le ha podido pasar después de que lo dejara Lanny.

—Mamá. A lo mejor... —Se moja los labios—. A lo mejor ha ido a algún sitio él solo.

La miro fijamente unos segundos antes de preguntar:

—¿Qué quieres decir?

—Pues... —Aparta la mirada con un gesto tan incómodo que me entran ganas de zarandearla para que siga hablando, aunque consigo dominarme. A duras penas—. A veces se va por ahí, porque le gusta estar solo. Puede... puede que haya sido eso.

—Gwen —dice Javi—. Esto parece serio. Deberías llamar a la policía.

Tiene razón. Claro que tiene razón, pero no quiero volver a llamar la atención de las autoridades. Si mi hijo, precisamente mi hijo, se ha estado escabullendo para estar por ahí solo… Ni siquiera puedo explicar el pánico que siento. «A su padre le gustaba estar solo.»

—Lanny, necesito que pienses bien. ¿Hay algún sitio especial al que le guste ir para estar solo? ¿Se te ocurre alguno? En Norton, por aquí…

Niega con la cabeza, asustada sin duda, sin duda sintiéndose culpable por no haberlo acompañado hasta su clase esta mañana, por no haber cumplido con su deber de hermana mayor.

—No lo sé, mamá. Le gusta estar por aquí, por el bosque. Eso es lo único que sé.

Con eso no me basta.

Javi dice sin alterarse:

—Si quieres, puedo dar una vuelta con el coche, a ver qué encuentro.

—Sí —respondo—. Sí, por favor. Hazlo. —Trago con dificultad—. Yo voy a llamar a la policía.

Es lo último que quiero hacer. Es muy peligroso, tanto como el hecho de que Lanny pueda haber sido testigo de la desaparición de un cadáver. Lo último que necesitamos es convertirnos en centro de atención. Sin embargo, cada segundo que desperdicie es un segundo que Connor, herido o, Dios no lo quiera, secuestrado, corre verdadero peligro.

Javi se dirige a la calle y yo empiezo a marcar el número de teléfono.

Y los dos nos detenemos cuando llaman a la puerta.

Javi me mira por encima de su hombro y, al verme asentir con la cabeza, la abre de golpe. La alarma emite un pitido, pero no salta. Con el miedo he olvidado volver a conectarla.

De pie en el umbral está mi hijo. Le ha salido sangre de la nariz y no se la ha limpiado muy bien y a su lado hay un hombre que apenas reconozco.

—¡Connor! —Echo a correr, rebaso a Javi y abrazo con fuerza a mi pequeño, que emite un leve balbuceo de protesta mientras me mancha la camisa de sangre. Me da igual. Lo suelto y me arrodillo para mirarle la nariz—. ¿Qué ha pasado?

—Supongo que se habrá peleado —dice el hombre que me lo ha devuelto, un individuo de altura y peso medios, cabello rubio oscuro y corto, aunque no tanto como el de Javi. Tiene el rostro franco e interesante y clava en los dos la mirada para anunciar—: Hola, soy Sam Cade. Vivo encima de la loma.

Por fin lo recuerdo de haberlo visto en dos ocasiones distintas: cuando se interpuso entre Javi y Carl Getts en el campo de tiro y cuando nos cruzamos en la carretera que pasa delante de casa y nos saludó con los auriculares puestos.

Me tiende la mano, pero yo, en vez de estrechársela, meto a mi hijo en casa, donde Lanny lo agarra por el brazo y se lo lleva para limpiarle la nariz, de la que sigue cayendo sangre oscura. Javi sigue en silencio y con los brazos cruzados. Su presencia callada me resulta muy reconfortante en este momento. Mucho.

—¿Qué estaba haciendo con mi hijo? —le espeto en tono conminatorio.

Veo que la nuez le sube y baja al tragar saliva. Cade, sin embargo, no da un paso atrás.

—Me lo he encontrado en el pantalán y lo he traído a casa. Nada más.

Lo miró fijamente sin saber si puedo confiar en él. De todos modos, ha traído a Connor a casa y él no parece tenerle miedo. Ni mucho menos.

—Yo lo recuerdo. ¿No estaba en el campo de tiro? —La pregunta sigue sonando crispada.

—Efectivamente —responde. Aunque mi tono de voz ha hecho que se ruborice un poco, hace lo posible por no sonar a la defensiva—. Tengo alquilada la cabaña de ahí arriba, la que está más al este. Apenas llevo más de medio año aquí.

—¿Y de qué conocía a mi hijo?

—Se lo acabo de decir: no lo conocía. Me lo he encontrado sentado en el pantalán y estaba sangrando, así que le he limpiado la nariz y lo he traído a casa. No hay más que contar. Espero que esté bien. —Va al grano, pero su voz suena cada vez más firme. Quiere acabar con la conversación.

—¿Y cómo se ha hecho eso?

Cade deja escapar un suspiro y mira al cielo como quien trata de armarse de paciencia.

—Mire, señora, lo único que pretendía era ser educado. Si me pregunta, mi impresión es que ha sido usted la que le ha pegado. ¿Es eso?

La idea me deja de piedra.

—¡No! ¡Claro que no! —Aunque, por supuesto, tiene razón. Si yo me hubiese encontrado a un chiquillo sentado con sangre en la nariz, me habría preguntado si no habría escapado de un padre maltratador. He abordado esto de un modo equivocado y con demasiada agresividad—. Lo siento. Tendría que estar dándole las gracias, señor Cade, en lugar de someterlo a un interrogatorio de tercer grado. Entre, por favor, le invito a té frío. —En el sur, el té frío es la marca distintiva de la hospitalidad, el modo más rápido de dar la bienvenida a alguien y la disculpa para todo—. ¿Le ha dicho Connor algo de lo que le ha podido pasar? ¿Cualquier cosa?

—Solo que han sido los niños de la escuela —responde.

No entra. Sigue de pie en el porche mirando el interior de la casa. Puede que sea por la presencia callada de Javi. No lo sé. Lleno un vaso de té y lo llevo a la puerta. Lo acepta, aunque lo sostiene como si no estuviera seguro de para qué es dicho vaso. Toma un sorbo vacilante. De inmediato me doy cuenta de que no está habituado a las costumbres sureñas, porque se sorprende al notarlo dulce, aunque intenta disimular.

—Lo siento, no le he preguntado siquiera su nombre...

—Soy Gwen Proctor —respondo—. Connor es mi hijo, como ya sabe, y ya ha conocido a Atlanta, mi hija.

Javi se aclara la garganta.

—Gwen, yo creo que debería irme. Me voy andando al campo de tiro. Allí tengo una bici con la que puedo volver a casa. Cuando quieras, te llevas el Jeep y te traes la furgoneta. —Deja las llaves sobre la mesita y saluda a Sam Cade con una inclinación de cabeza—. Señor Cade.

—Señor Esparza —responde él.

No puedo dejar a un extraño ahí de pie con mi vaso de té frío en la mano, claro, ni tampoco pienso echar a correr y dejar a Lanny y a Connor solos en casa. Así que dejo que se vaya Javier, aunque antes lo retengo un instante para mirarlo a la cara y decirle:

—Gracias, Javi. Muchas gracias.

—Me alegro de que haya salido bien —contesta él antes de esquivar a Cade y recorrer sin prisa el camino de entrada para después echar a correr con paso largo y relajado hacia el campo de tiro, situado en lo alto de la loma.

«Marine», recuerdo. Esto no es más que un paseo para él. Ningún esfuerzo.

Vuelvo a centrar la atención en Cade, que observa a Javi con una expresión que no logro interpretar.

—¿Vamos a sentarnos aquí fuera? —Hago de la propuesta una pregunta.

Él parece considerar la idea antes de ocupar uno de los sillones del porche. Se sienta en el borde, listo para ponerse de pie y salir en cualquier momento. Los sorbos que da al té parecen más corteses que agradecidos.

—Lo siento de veras —digo—. Vamos a empezar de cero. Perdone que lo haya acusado de… de lo que sea. He sido muy injusta. Gracias por ayudar a Connor. De verdad. Estaba asustadísima.

—Imagino. En fin, no serían niños si no tuvieran la misión de asustar a sus padres, ¿verdad?

—Verdad —respondo, aunque poco convencida. Puede que eso sea cierto en el caso de los niños normales, pero los míos son diferentes. No tienen más remedio—. Todavía no me creo que no me haya llamado. Tenía que haberme llamado.

—Yo diría… —Cade vacila, como si tuviera una línea en la imaginación y no quisiera cruzarla—. Yo diría que le daba vergüenza. No quería que su madre supiese que se ha peleado y ha perdido.

Consigo soltar una risa hueca y temblorosa.

—¿Eso es normal entre los chicos?

Él se encoge de hombros, lo que interpreto como un sí.

—Javier ha sido marine. Podría pedirle que le enseñara al crío unas cuantas técnicas.

Le doy las gracias, aunque lo que estoy pensando es que Sam Cade también debe de saber defenderse solo. Es un hombre recio, pero no es bajito, y mantiene una tensión que me hace pensar que debe de tener experiencia con verse acosado y tener que devolver el golpe. Mientras que es imposible que nadie pase por alto el aire militar de Javi, Cade da la impresión de ser un tipo normal… con trasfondo.

Movida por un impulso, pregunto:

—¿Ha estado usted en el Ejército de Tierra?

Él me mira sorprendido.

—¡No, por Dios! En la Fuerza Aérea. Hace ya mucho. En Afganistán. ¿Cómo lo ha adivinado?

—Se le ha escapado un ligero retintín al decir *marine*.

—Vaya, pues supongo que soy culpable de rivalidad entre fuerzas. —Esta vez sonríe de manera espontánea, así me resulta más simpático—. De todos modos, sigue en pie el consejo. No dudo que en un mundo ideal no tendríamos que responder a las agresiones, pero lo único que hay más seguro que la muerte y los impuestos son los abusones.

—Lo tendré en cuenta —respondo. Su lenguaje corporal se está relajando poco a poco, músculo a músculo, y por fin da un trago más largo al té—. Entonces, me ha dicho que solo lleva seis meses en la cabaña. Eso es muy poco, ¿no?

—Estoy escribiendo un libro —dice—. No se preocupe, que no la aburriré con el argumento ni nada por el estilo, pero acabo de dejar un trabajo y había pensado que este sería el sitio perfecto para buscar paz y tranquilidad antes de ponerme con lo siguiente.

—¿Y qué es lo siguiente?

Se encoge de hombros.

—No lo sé. Algo interesante. Probablemente lejos. Lo de asentarme no es mi estilo. Me gustan… las experiencias. —Yo daría cualquier cosa por asentarme y evitar más… experiencias, pero no se lo digo. En lugar de eso, nos sumimos en un silencio incómodo unos segundos y él, en cuanto ve vacío el vaso, se levanta para marcharse como quien se ve liberado de una trampa. Le estrecho la mano. Tiene la palma áspera, la mano propia de quien está acostumbrado a una vida de trabajo duro.

—Gracias otra vez por traer a Connor —digo. Él asiente, pero veo que no me está mirando, sino que ha dado un paso atrás y está observando el exterior de la casa—. ¿Qué?

—Nada. Solo estaba pensando… que debería arreglar esa cubierta antes de que llueva si no quiere tener una gotera de mil demonios.

No me había dado cuenta, pero tiene razón. Una de las numerosas tormentas de primavera ha levantado una parte del techo nada desdeñable y se ve el papel asfaltado agitándose al viento.

—¡Vaya! ¿Conoce a algún buen techador? —pregunto por preguntar, porque tengo ya un pie fuera de aquí y no he dejado de planear mi huida para cuando sea necesario, pero él, por su puesto, me toma en serio.

—¿Por aquí? No, pero yo he hecho algún que otro trabajito semejante. Si lo que quiere es una reparación rápida, puedo hacerle muy buen precio.

—Lo pensaré —le digo—. Verá, lo siento mucho, pero tengo que ver a mi hijo. Gracias por ser… tan amable.

El comentario parece incomodarlo.

—Claro que sí, perdón. —Se queda quieto unos instantes, balanceándose como si quisiera decir algo más sin atreverse, y al fin me lanza una mirada fugaz y me dice—: Avíseme.

A continuación se marcha sin mirar atrás, con las manos en los bolsillos, la cabeza gacha y los hombros relajados. Sigue mirando al frente. Yo recojo los vasos, vuelvo a meterme en casa y, en el instante en que estoy cerrando la puerta, veo que Cade se ha detenido en mitad de la pendiente para mirar atrás. Levanto la mano en silencio y él hace otro tanto.

Y cierro la puerta.

Friego los vasos y llamo a la puerta de Connor. Tras unos largos segundos dice:

—Pasa.

Me lo encuentro tirado en la cama y con el mando de la consola en el pecho y la atención puesta en la pantalla del otro extremo de la habitación. Está enfrascado en un juego de carreras y no lo interrumpo. Me agacho al llegar al pie de la cama, con cuidado de no taparle la vista, y me espero a que se estrelle su vehículo. Detiene el juego y yo tiendo la mano para apartarle el pelo de la frente.

Imagino que le va a salir un hematoma impresionante, aunque no parece que vaya a tener ningún ojo morado, porque, de lo contrario, ya habría empezado a oscurecerse tras la ruptura de los capilares.

Tiene otra marca en la mejilla izquierda, justo donde ha debido de llevarse un derechazo, y arañazos en carne viva en las palmas de las manos, probablemente de haber frenado la caída. Las rodillas de los vaqueros se ven desgastadas y manchadas de sangre.

—¿Duele? —le pregunto y él lo niega con un simple movimiento de cabeza—. Perdona, pero tengo que hacerlo. —Me inclino y le toco la nariz para asegurarme de que no palpo nada extraño. No la tiene partida. De todos modos, pediré cita con el médico para quedarme más tranquila.

—¡Ya, mamá! —Connor me aparta la mano y recoge el mando, pero, en vez de reanudar la carrera, se dedica a juguetear con los botones.

—¿Quién ha sido?

Se encoge de hombros, no porque no lo sepa, claro, sino porque no me lo quiere decir. Sigue callado, pero tampoco vuelve al videojuego, y yo pienso que, si no quisiera hablar, habría puesto esa cosa a todo volumen, esa es la técnica que se usa estos días para evitar labores ingratas.

—Si tuvieras un problema me lo contarías, ¿verdad? —le pregunto y, por un segundo, consigo atraer su atención.

—No, porque, si lo tuviera, nos pondrías a hacer las maletas para llevarnos a otra parte, ¿verdad?

Eso me duele. Me duele porque es cierto. Javi me ha dejado el Jeep, pero todavía tengo que ir a cambiarlo por la furgoneta y la presencia de esa mole blanca en el camino de entrada de la casa demostrará que mi hijo está en lo cierto. Peor todavía: ahora creerá que ha sido él quien lo ha provocado, como si la paliza de unos abusones fuera lo que me estuviera obligando a desarraigar a la familia. Espero que Lanny no decida también echarle la culpa a él, porque no hay crueldad mayor que la de privar a una adolescente de lo que quiere y ella quiere quedarse aquí. Lo sé, aunque ella no.

—Si decidiera que tenemos que volver a mudarnos, no sería por nada de lo que podáis hacer tu hermana o tú —le digo—, sino porque es lo mejor y lo más seguro para todos nosotros. ¿Me entiendes, chiquitín? ¿Ha quedado claro?

—Sí —responde—. Mamá, no me llames *chiquitín*, que ya no soy pequeño.

—Perdona, joven.

—No es la primera vez que me pegan, ni tampoco será la última. Por esto no se acaba el mundo. —Tras unos segundos más jugueteando con los botones, pone el mando a un lado y se vuelve hacia mí con la cabeza apoyada en la mano—. En sus cartas, ¿dice algo papá de nosotros?

Lanny le ha tenido que contar algo, pero no habrá podido contárselo todo. Desde luego, lo que ha leído en ese mensaje infame, no. Así que elijo con cuidado mis palabras.

—Sí —contesto con cautela—. A veces.

—¿Y por qué no nos lees por lo menos esas partes?

—Porque no sería justo. No puedo leeros solo las partes en las que finge ser un buen padre.

—Es que era un buen padre. Eso no lo fingía.

Mi hijo lo dice con una calma tan perfecta que hasta duele, duele como una esquirla de hierro lanzada hacia donde debería yo tener el corazón. Por supuesto que tiene razón, desde su punto de vista. Su padre lo quería. Eso es lo que él vio o supo siempre, que su padre era un padrazo, hasta que, de pronto, dejó de serlo para volverse un monstruo. No hubo nunca un término medio ni un periodo de adaptación. La mañana de *Aquello* vio a su padre y lo abrazó y, por la noche, su padre era un asesino y a él no le dejaron llorar su pérdida, echarlo de menos ni quererlo nunca más.

Tengo ganas de llorar, pero me contengo. En lugar de eso respondo:

—Está bien que siga gustándote el tiempo que estuviste con tu padre, pero él era algo más que tu padre y esa otra parte… Esa otra parte era, y sigue siendo, algo que no debería gustarte.

—Sí —dice Connor mientras reanuda la partida. Ha dejado de mirarme—. Ojalá estuviera muerto.

Eso también duele, porque no sé si lo dice por ser consciente de que ese es también mi deseo.

Espero unos segundos y, al ver que no vuelve a detener el juego, insisto por encima del rugido de los efectos de sonido:

¿Seguro que no quieres contarme quién te ha pegado ni por qué?

—Abusones y por nada. ¡Jo, mamá! Déjalo ya, que estoy bien.

—¿Quieres que te enseñe Javi algunas técnicas de defensa personal? O… —Estaba a punto de decir *el señor Cade*, pero me muerdo la lengua. Acabo de conocerlo y no sé, en realidad, qué opina Connor. De hecho, no sé siquiera qué opinión tengo yo sobre él.

—No soy el prota de ninguna película de adolescentes —me contesta—. En la vida real no funciona así, porque, para cuando domine las técnicas, me habré graduado.

—Sí, pero ¿te imaginas, qué combate de graduación tan épico? En medio del auditorio de la escuela, todo el mundo jaleándote mientras les das su merecido a esos abusones…

Ahora sí para el juego.

—Yo me veo más bien sangrando en el hospital mientras nos acusan a todos de agresión. Esa parte nunca sale en las películas.

Sin saber bien cómo preguntarlo, le digo:

—Connor, ¿cómo has conocido al señor Cade?

—Pues, mira, mamá, me ha ofrecido caramelos y me ha invitado a entrar en una furgoneta muy bonita que tiene con los cristales tintados.

—¡Connor!

—¡Que no soy tonto, mamá! —me espeta como si me lanzara un cuchillo y tengo que reconocer que asusta.

Voy a decir algo, pero él no me deja, aunque tampoco despega los ojos de la pantalla mientras su coche cambia de carril, acelera, salta y dobla una curva tras otra.

—Me han pegado, he vuelto a casa, me he sentado en el pantalán y él se ha acercado y me ha preguntado si estaba bien. No hay por qué montarse ninguna película escabrosa de violadores en serie. Solo estaba siendo amable conmigo. ¿Por qué tienen que ser capullos todos los tíos del mundo?

—Yo no he… —Me conmueve no solo lo que dice, sino también la cólera con que lo dice. No me había dado cuenta hasta ahora de cómo ha acumulado su rabia para concentrarla en mí. Es comprensible, claro. ¿Por qué no iba a serlo? Al fin y al cabo, yo estoy aquí para representar la mierda de vida que tiene que afrontar a diario.

Cabría abordar aquí una cuestión más amplia. Es verdad que sospecho de todas las personas con las que me cruzo, más aún si son hombres, pero lo hago por protegernos. Sin embargo, soy consciente de que, al hacerlo, me presento como una persona muy poco razonable a los ojos de mi hijo. A fin de cuentas, si desconfío de esa gente, y sobre todo de los hombres, tiene que preguntarse si no lo miraré algún día a él del mismo modo. No en vano es hijo de su padre.

Me parte el corazón en añicos y siento que se me llenan los ojos de lágrimas. Parpadeo para contenerlas.

—Voy a ponerte hielo en la nariz —le digo antes de irme.

En la cocina me topo con Lanny, que está haciendo comida. Por lo que veo, para todos. Ha hecho un plato de pollo con pasta y lo está especiando con generosidad. Es muy buena cocinera, aunque demasiado generosa con los condimentos. Cuando abro el frigorífico, me tiende el hielo que tenía ya preparado, envuelto en un trapo.

—Toma —dice poniendo los ojos en blanco—, que no quería interrumpir ese momento de complicidad maternofilial.

—Gracias, cielo —respondo yo de corazón—. ¡Qué pinta tiene!

—Pinta, la que vas a tener tú cuando lo pruebes —comenta en tono alegre mientras sigue revolviendo y yo salgo para darle el hielo a Connor.

Mi hijo está ya inmerso por completo en el juego, así que se lo dejo al lado con la esperanza de que se acuerde de aplicárselo antes de que se derrita.

—Lanny —digo mientras pongo la mesa—. Deberías volver a clase esta tarde. Yo llamaré para justificar lo de esta mañana.

—¡Ja! No, yo me quedo aquí.

—Pero ¿no tienes examen de lengua?

—¿Por qué te crees que me quedo aquí?

—Lanny…

—Vale, mamá. Lo que tú digas. —Apaga el fuego con un giro de muñeca innecesariamente violento y deja la sartén con un golpe en el salvamanteles de la mesa—. Ataca.

No tiene sentido discutir.

—Ve a llamar a tu hermano.

Eso, por lo menos, lo hace sin rechistar. La comida está buenísima. Y llena. A Connor le gusta tanto que hasta hace lo posible por sonreír, aunque después pone una mueca de dolor y se palpa la nariz hinchada. Hago unas llamadas, Connor y yo llevamos a Lanny a la escuela y vuelvo a pensar con añoranza en la furgoneta que me espera en casa de Javier.

También pienso que si salimos corriendo volverán a removerse nuestros débiles cimientos y volveremos a acercarnos a nuestra verdadera identidad. Puede que no necesitemos arrancar tan pronto estas raíces que ni siquiera han tenido tiempo de asentarse. Quizá esté exagerando, igual que hice cuando, no hace tanto, apunté a mi hijo con un revólver.

Soy muy consciente de que mi paranoia forma parte de mi rechazo, colosal y abrumador, a volver a soltar las riendas jamás. Y sé que ese mismo impulso puede estar siendo perjudicial para mis hijos.

Como Connor, atrapado entre el amor sin complicaciones de la infancia y el odio adulto y sin ningún término medio en el que asentarse.

Tengo que pensar en ellos, en sus necesidades. De pie en el pasillo, me seco las lágrimas de las mejillas y advierto que quizá en este momento necesiten que yo me plante y confíe en que vamos a superarlo, no necesitan otra fuga nocturna desesperada, otra ciudad y otro puñado de nombres que memorizar hasta que ninguno de nosotros sea ya real. Han visto su infancia incinerada, destruida, y huir sería añadir un tronco más a la pira.

Resulta sarcástico que haya programas de protección de testigos, pero no para nosotros. Para nosotros, nunca.

«Pero ¿y el cadáver del lago?» Me fastidia tener tan cerca algo que llama tanto la atención. Hay similitudes con los crímenes de mi marido, pero me digo que se trata de una forma habitual de deshacerse de un muerto. He investigado casi hasta la obsesión por tratar de entender a Melvin Royal, tratar de entender cómo podía ser aquel asesino el hombre al que yo creía conocer y el hombre al que yo amaba. De nuevo me parece oírlo susurrándome en el cerebro: «A los más listos nunca los encuentran. A mí no me habrían descubierto nunca de no haber sido por ese borracho estúpido que se estampó con el coche. Nuestras vidas habrían seguido igual».

Y sé que eso es cierto.

«Sin embargo, si estoy aquí es por tu culpa.»

Eso es muy cierto. A Mel lo habrían condenado, por supuesto, de un asesinato, pero fui yo quien hizo que se desenmascarase hasta dónde alcanzaba su maldad. La policía, por supuesto, había registrado nuestra casa de arriba abajo, sin dejarse nada, pero no sabían, ni yo tampoco, que Mel había alquilado un trastero a nombre de mi difunto hermano. Solo lo descubrí porque la tarjeta prepago asociada a la cuenta se había quedado sin fondos después de su detención y la empresa de los trasteros me había llamado para advertírmelo. Por lo visto, había cometido el error de poner el número de teléfono de casa en los papeles.

Aquel mensaje de voz me había llevado al trastero, en cuyo interior topé con una variedad sorprendente de ropa de mujer doblada, bolsos y zapatos, además de pequeños contenedores de plástico pulcramente etiquetados con los nombres de las víctimas, que guardaban el contenido de sus bolsos, bolsillos y mochilas.

Y el diario.

Era una carpeta de tres anillas forrada de piel y llena de hojas de cuaderno de rayas colmadas con su letra angulosa y clara... y fotografías impresas. Había dedicado una sección a cada una de sus víctimas.

En cuanto di el primer vistazo, lo tiré al suelo y corrí a llamar a la policía. Me fue imposible soportar siquiera lo que me había revelado aquella ojeada.

Los cargos de Mel pasaron de uno de secuestro, tortura y asesinato a una acusación múltiple. El secretario judicial se quedó ronco antes de acabar de leerlos todos o, por lo menos, eso dijeron los periódicos. A esas alturas, yo había vuelto a la cárcel en espera de mi propio juicio. En una muestra excepcional de rencor, mi marido se había negado a exonerarme de sus crímenes y una vecina fanática y sedienta de su minuto de gloria había declarado que me había visto llevando algo que, según pensó, podía ser un cadáver. Mi abogado, sin embargo, consiguió que desestimaran su declaración y me absolvieran. Al final.

«Ese hombre volverá a matar —dice la voz de Mel y yo me estremezco para echarla, para echarlo de mi cabeza—. Y, cuando lo haga, ¿crees que no van a ir a buscarte? ¿Que no van a investigar? ¿Que no verán tu foto? Esto ya no es como antes, Gina. La búsqueda inversa de imágenes puede llevar a la puerta misma de tu casa a los depredadores.»

Sé que esa voz no es Mel de verdad, pero también sé que tiene razón. Cuanto más tiempo estemos aquí, más nos arricsgamos a acabar formando parte de la investigación del inspector Prester, lo que representa una mecha de acción retardada que, al final, hará estallar por los aires la vida que empezábamos a asentar.

Aun así, apartar a Connor de este hogar no haría sino empeorar la amargura y la rabia con que se defiende. Está empezando a relajarse y a sentirse integrado y llevárselo de aquí porque *podrían* encontrarlo resulta muy cruel.

De todos modos, no es mala idea tener lista la furgoneta.

Respiro hondo y llamo a Javier. Le digo que no tardaré en hacer el intercambio de su vehículo por mi Jeep, pero que en realidad no tengo prisa, y a él le parece bien.

Parece un plan.

Pero una parte de mí sigue sabiendo que no basta.

CAPÍTULO 4

He aprendido a no confiar en nadie. Nunca. Me paso la noche en el ordenador, averiguando cuanto puedo de Sam Cade, quien de veras es veterano de las fuerzas aéreas y sirvió en Afganistán. No aparece en ninguna base de datos de delitos sexuales ni tiene antecedentes y hasta su solvencia crediticia es encomiable. Compruebo los sitios web de parentescos más populares. A veces es fácil encontrar el apellido de alguien en un árbol genealógico y eso permite saber algo más de su vida. Sin embargo, su familia no aparece.

Cade tiene un par de cuentas en las redes sociales y un perfil un tanto anodino en cierta página de búsqueda de pareja, aunque lleva varios años sin actualizarlo. Dudo que la haya mirado siquiera desde hace mucho. Lo que tiene publicado son las clásicas observaciones irónicas de la gente inteligente, con cierta tendencia a citar lemas de apoyo a nuestros soldados, aunque desde un punto de vista apolítico, lo que resulta casi milagroso. No parece profesar ningún fanatismo por nada.

Busco trapos sucios y parece que no tiene.

Podría ponerme en contacto con Absalón para que indague en profundidad, pero la verdad es que recurro a él para trabajos muy concretos, los que están relacionados estrictamente con Mel y con la panda de acosadores que me persigue. Si abuso de nuestra relación frágil y anónima, me arriesgo a perder un recurso vital. Investigar a un vecino no me parece un buen modo de ocupar el tiempo de Absalón. No, no lo es. Lo dejaré para cuando tenga un motivo para sospechar de Cade más sustancioso que mi paranoia de andar por casa. Mientras él me evite, lo evitaré.

De todos modos, resulta un poco inquietante reparar al salir al porche en que desde aquí alcanzo a ver el suyo. Me había dado cuenta antes, claro, pero, cuando nos mudamos, su cabaña estaba vacía y al salir a correr alrededor del lago no había visto que hubiese nunca nadie en casa. Estamos a plena vista el uno del otro, aunque su cabaña es pequeña y está medio oculta entre los árboles de la carretera. De hecho, veo el brillo de las luces del interior a través de las cortinas rojas de las ventanas delanteras.

Sam Cade es ave nocturna como yo.

Me siento en el silencio de la noche y escucho los búhos y el susurro distante de los árboles. El lago forma ondas suaves y refleja quebrada la luz de la luna. Precioso.

Se ha hecho muy tarde, así que apuro mi copa y me voy a la cama.

Llevo a Connor al médico para que le haga radiografías. Tiene contusiones, pero nada roto, por lo cual yo estoy contentísima. Lanny viene con nosotros, aunque se pasa el rato en huelga de silencio, fulminándonos con la mirada a mí y a todo el que posa la vista en ella más de un instante. Vuelvo a preguntarle a mi hijo si quiere hablar de la persona que le ha pegado, pero es una tumba. Lo dejo por imposible. Ya me lo contará cuando él crea que ha llegado el momento. Pienso en proponerles a los dos un curso de defensa personal. Javier da clases en el gimnasio local y, al pasar por allí, lo dejo caer. Ninguno de los dos dice nada.

Se ve que hoy no tienen el día.

Comemos en una cafetería de los alrededores que me encanta por las tartas tan esponjosas de merengue que hacen a diario y, estando allí, veo entrar a Javier Esparza, que ocupa una mesa bastante cerca de la nuestra y hace su pedido. Me ve y me saluda con una inclinación de cabeza y yo imito el mismo gesto.

—Chicos, voy a hablar un momento con el señor Esparza.

Lanny me echa una miradita y Connor frunce el ceño y me dice:

—¡No me apuntes a nada!

Se lo prometo y me levanto del banco corrido. Javier me ve llegar y, mientras la camarera le sirve el café, me ofrece con un gesto el asiento que tiene delante. Yo lo ocupo.

—Hola —me dice antes de dar un sorbo a su taza—. ¿Qué hay? ¿Está bien el crío?

—Connor está bien. Gracias otra vez por salir tan pronto a su rescate.

—*De nada* —responde en español—. Por suerte, no le hizo falta.

—¿Puedo hacerte una pregunta?

Levanta la vista y se encoge de hombros.

—Dispara. No, espera. —La camarera ha vuelto con un cuenco de sopa y una porción de merengue de coco—. Ahora —dice después de aguardar a verla lejos y concentrada en sus cosas.

Aunque no necesito tantas precauciones, lo agradezco.

—¿Conoces al señor Cade? A Sam Cade.

—¿A Sam? Sí, claro. No dispara mal para haber servido en las fuerzas sentadas.

—¿Las fuerzas sentadas?

—Los llamamos así porque hasta en el avión tienen poltrona. —Sonríe para demostrar que no tiene malas intenciones—. Cade parece buen tipo. ¿Por qué? ¿Te está molestando?

—No, qué va. Es solo que… que me ha resultado raro que apareciese así con Connor y quería asegurarme…

Javier se pone serio. Piensa un momento en lo que acabo de decirle mientras llena de sopa la cuchara y deja caer al cuenco el contenido, hasta que, por fin, se la lleva a la boca con el gesto de quien ha tomado una decisión.

—Todos los conocidos que tenemos en común tienen muy buen concepto de él —responde—. Eso no quiere decir que no sea malo, sin duda eso ya lo sabes, pero mi instinto me dice que no hay de qué preocuparse. ¿Quieres que me informe?

—Si puedes…

—De acuerdo. Es lo que tiene de bueno ser el encargado del campo de tiro, que conozco a casi todo bicho viviente de estos andurriales.

Lástima que, por lo que me ha dicho, Sam sea nuevo por aquí. No lleva mucho tiempo en la ciudad y tiene planes de irse cuando acaben los seis meses de su contrato de alquiler. Ahora que me fijo, el dato resulta inquietante y hace sospechar que está huyendo de algún problema.

También puede pasar que, una vez más, me haya dejado llevar por mi irremediable paranoia. ¿Por qué me preocupo tanto? Si puedo evitarlo sin dificultad. Me las he ingeniado para no topar con él hasta ahora y puedo hacerlo igual en adelante.

—Se ha ofrecido a hacer unas reparaciones en casa —le digo a modo de excusa.

—Sí, es muy mañoso. A mí me cambió la cubierta de la cabaña poco después de mudarse. Creo que ha trabajado con su padre en la construcción y de precio no está nada mal. Mejor que cualquiera que hubiese podido buscar en la ciudad. Además de ser todos unos mancos disparando, no conozco a nadie que sea capaz de poner rectas las piezas del tejado.

No pedía una recomendación, pero aquí la tengo. «En fin —me dice una vocecita con no poca razón—, la cubierta hay que arreglarla.»

—Gracias.

Javier agita la cuchara para dar a entender que no hay de qué.

—Los de fuera tenemos que cuidarnos —me responde.

Creo que lo dice de corazón, que considera que él y yo pertenecemos a la misma clase de forasteros. No es así, claro, pero resulta agradable imaginar que sí.

Lo dejo con su pastel y vuelvo al mío —merengue de chocolate— justo a tiempo, porque Lanny y Connor han empezado a sisar de la porción con la esperanza de que no lo note después de acabar la suya.

—No toquéis mi tarta —les digo con gesto severo.

Los dos me miran y ponen los ojos en blanco. Lanny chupa su tenedor.

—Es un crimen.

En el pasado habría añadido: «… que se paga con la horca». Me pregunto si se habrán dado cuenta de que ya no lo digo.

Me acabo el pastel y volvemos a Stillhouse Lake.

Por la tarde, doy un paseo corto colina arriba hasta la cabañita rústica de Sam Cade y llamo a la puerta. Son las tres, una hora que en las inmediaciones del lago parece bastante razonable para una visita y me permite suponer que lo encontraré en casa.

Aunque parece sorprendido al verme, consigue no perder la compostura. Está sin afeitar y la barba dorada que le asoma a la barbilla destella a la luz. Lleva puesta una camisa ligera de tejido vaquero, pantalones viejos de la misma tela y botas de mochilero. Me hace pasar con un gesto de la mano y se vuelve hacia la cocina, que veo a través de un pasaplatos.

—Perdón —dice—. Cierre, ¿le importa? Tengo que darles la vuelta a las tortitas.

—¿Tortitas? —repito—. ¿En serio? ¿A estas horas?

—Nunca es tarde ni pronto para comer tortitas. Si no se lo cree, ya puede dar la vuelta e irse por donde ha venido, porque no podremos llegar a ser amigos.

La ocurrencia hace que se me escape una risotada mientras cierro la puerta, aunque se me corta de inmediato al darme cuenta de que acabo de meterme en una cabaña con un hombre que apenas conozco, la puerta está cerrada y puede ocurrir cualquier cosa. Cualquier cosa.

Miro a mi alrededor con un gesto rápido. El interior es reducido y Sam no tiene gran cosa: un sofá, un sillón, un portátil en un escritorio pequeño de madera situado en un rincón. El ordenador está abierto y muestra uno de esos salvapantallas de auroras boreales. Por lo que veo, no tiene televisor, pero sí un equipo de música con tocadiscos y una colección impresionante de vinilos que debe de ser la leche de incómoda para hacer una mudanza. En una de las paredes hay una estantería atestada de libros. Desde luego, esto no tiene nada que ver con mi actual estilo de vida, en el que no hay nada necesario ni valioso. Lo que veo me da la sensación de que Sam tiene… vida. Modesta y sin lujos, pero real y llena de energía.

Las tortitas tienen un olor delicioso. Lo sigo hasta una cocina pequeña y lo veo agitar la sartén para soltar del fondo la que está haciendo y darle la vuelta en el aire con la destreza y las dotes escénicas de quien ha practicado mucho ese movimiento. Es impresionante. Vuelve a poner la sartén sobre el fuego y me pregunta sonriendo con gesto espontáneo:

—¿Qué me dice? ¿Le gustan las tortitas de arándanos?

—Cómo no —digo porque es cierto y no por la sonrisa, a la que soy inmune—. ¿Sigue en pie la oferta de echarme una mano con el tejado?

—Por supuesto. Me encantan los trabajos manuales y esa techumbre necesita un buen repaso. Podemos acordar un buen precio.

—Si pretende utilizar las tortitas de arándanos como herramienta de negociación, puede que no le funcione, porque hoy ya he comido tarta.

—Tendré que probar. —Observa la que hay al fuego y la retira cuando está perfectamente tostada para añadirla al montón de tres que tiene ya hechas y ofrecerme el plato.

—¡No, no! Las ha hecho para usted…

—Y puedo hacer más. Venga, coma, que se van a enfriar mientras hago otra tanda.

Las acompaño con la mantequilla y el sirope que hay sobre la mesa y, tras pedir permiso, me echo una taza del café que descansa en la base que impide que se enfríe. Está muy cargado, así que le echo azúcar.

Voy por la mitad del plato de tortitas —que ¡vaya, si están buenas!; calientes, esponjosas, gustosas y con esas explosiones agridulces de sabor de los arándanos— cuando él retira una de las sillas que tengo delante y se sirve café.

—¿Están buenas? —pregunta.

Trago lo que tengo en la boca y le digo:

—¿Dónde leche ha aprendido a cocinar? Están riquísimas.

Él se encoge de hombros.

—Me enseñó mi madre. Yo era el mayor de mis hermanos y la pobre no podía con todo. —Su gesto cambia al decirlo, pero tiene la vista clavada en su plato y no logro determinar si es nostalgia, añoranza por su madre o algo totalmente distinto.

Sea lo que sea, se le pasa enseguida y ataca las tortitas con apetito de verdad.

Hace trabajos manuales, le encanta cocinar y no es nada desagradable a la vista. Empiezo a preguntarme qué hace solo en el lago.

De todos modos, es verdad que no a todo el mundo le va seguir la senda vital de amor, matrimonio, hijos. Yo no me arrepiento de mis niños, sí del matrimonio que me los dio. Aun así, puedo entender mejor que la mayoría la vida del solitario.

Y la dureza con la que la juzgan otros.

Comemos sumidos en un cordial silencio la mayor parte del rato, aunque me pregunta por el presupuesto para la obra del tejado y me habla de la posibilidad de añadir una terraza en la parte de atrás de la casa, algo que ya había sopesado yo en mi rico mundo de fantasía, algo que supone un gran paso. La idea de no solo reparar la casa, sino mejorarla, suena sospechosamente a echar raíces de verdad. Regateamos con soltura acerca del precio del tejado, pero renuncio al proyecto de ampliación.

Los planes a largo plazo no son mi fuerte, ni el de Sam Cade, sospecho, porque, cuando le pregunto cuánto tiempo estará por aquí, responde:

—No lo sé. El contrato de alquiler expira en noviembre. Puede que entonces busque otro sitio. Depende de cómo me encuentre, porque el sitio este me gusta mucho. Conque ya veré.

Me pregunto si me estará incluyendo a mí en «el sitio este», pero, por más que intento ver si está coqueteando, no veo ningún signo que lo indique. Da la impresión de ser un ser humano tratando con otro y no un hombre oliscando el aire en torno a una mujer que podría estar libre. Perfecto, porque ni busco una relación ni soporto a los maestros del ligoteo.

Acabo mis tortitas antes que él y, sin preguntar, llevo el plato y el tenedor sucios al fregadero, donde los dejo relucientes antes de colocarlos en el escurreplatos. No hay lavavajillas ni él dice nada hasta que hago ademán de hacer lo mismo con la sartén, que ya se ha enfriado un poco, y la fuente en la que ha hecho la masa.

—No hace falta. Ya me encargo yo de eso. Pero muchas gracias.

Le tomo la palabra y me vuelvo para mirarlo mientras me seco las manos con un trapo de cocina amarillo limón. Parece totalmente relajado y concentrado en las tortitas, que están a punto de desaparecer.

—¿Qué es exactamente lo que estás haciendo aquí, Sam? —pregunto.

Él detiene en seco la mano en la que sostiene el tenedor y deja el trozo de tortita en el aire y goteando sirope unos segundos antes de completar con gesto deliberado la trayectoria hasta su boca. Mastica, traga, toma un buen sorbo de café y luego deja el tenedor sobre la mesa para echar hacia atrás su silla y sostenerme la mirada.

Parece sincero y un pelín molesto.

—Escribir… un… libro —responde recalcando cada palabra—. La pregunta es qué está usted haciendo aquí, señora Proctor, porque que me aspen si no estoy convencido de que esconde usted un montón de secretos. Y a lo mejor no debería meterme, ni siquiera para subirme a su tejado a cambio de unos dólares, pero sus vecinos tampoco saben mucho de usted. El señor Claremont, el anciano del otro lado del lago, dice que es asustadiza y un poco distante y, por más que se siente a mi mesa como se espera de una invitada educada a aceptar mis tortitas y ofrecer conversación agradable, coincido con él.

La respuesta me parece una manera magistral de salirse por la tangente. Me veo a la defensiva cuando hace un instante he adoptado una táctica ofensiva con la esperanza de provocar una reacción que pudiera delatar que Sam Cade no es quien dice ser. Él, en cambio, le ha dado la vuelta a la tortilla y me ha hecho sacar las uñas, un movimiento admirable. Sigue sin merecerme confianza por dicha habilidad, pero, por extraño que resulte, acaba de ganar un par de puntos.

Adopto una expresión casi divertida al responder:

—Así que soy un poco distante. ¡Vaya por Dios! Pues le diré que lo que hago aquí no es de su incumbencia, señor Cade.

—En ese caso, que cada uno siga con su misterio, señora Proctor. —Rebaña el sirope que ha quedado en el plato y chupa el tenedor antes de llevar sus cacharros al fregadero—. Perdone.

Me aparto para dejarlo pasar. Lo friega todo con eficiencia y hace lo mismo con la fuente, la sartén y la paleta. Dejo que el agua corriente ocupe el silencio, me cruzo de brazos y espero hasta que él cierra el grifo, coloca la vajilla en el escurreplatos y toma el paño para secarse antes de decir:

—Pues ya está todo hablado. Nos vemos mañana por lo del tejado. ¿A las nueve de la mañana está bien?

Su semblante, sereno, expresivo e inescrutable, no cambia mucho cuando sonríe y contesta:

—Perfecto. A las nueve. ¿Le parece bien pagarme al final de cada jornada hasta que acabe?

—Perfecto.

Me despido con una inclinación de cabeza. Él no hace nada por darme la mano ni yo se la ofrezco. Sin más, me marcho, bajo los escalones de su cabaña y me detengo en el sendero sinuoso que baja la colina para llenarme lentamente los pulmones del aire denso del lago, húmedo y cargado por el calor calmoso de Tennessee. Hasta cuando espiro percibo aún el olor de las tortitas.

Desde luego, como cocinero es único.

A los niños les queda solo una semana de clase, que viene acompañada de la tensión de los exámenes de última hora. Tensión para Connor, porque Lanny está muy tranquila. Los veo tomar el autobús a las ocho y para las nueve ya he hecho café y sacado una caja de dulces del supermercado, yo no puedo competir con las tortitas de Cade. Él llama a la puerta puntual y lo invito a pasar para dar cuenta del café y los buñuelos mientras estudiamos lo que necesita para hacer el trabajo. Le doy dinero por adelantado para los materiales y vuelve a su cabaña. Quince minutos después lo veo pasar a bordo de una camioneta vieja, pero de construcción sólida en cuya carrocería domina el gris, con manchas de verde desvaído.

En su ausencia, reviso las actividades de la Psicopatrulla. No hay nada nuevo. Cuento el número de entradas y veo que ha vuelto a descender. Tengo una hoja de Excel con estadísticas sobre el interés que suscitan en línea nuestros nombres y me alegra descubrir que, a medida que las atrocidades de Melvin se ven superadas por las de otros —asesinos sexuales, autores de matanzas, fanáticos de una u otra causa, islamistas...—, algunos de nuestros acosadores empiezan a perder interés. Detesto usar la expresión «Cómprate una vida», pero parece que eso es lo que han hecho algunos. Por fin me han dejado en paz.

A lo mejor nosotros también podremos algún día. Es una esperanza remota, pero, pese a todo, representa una sensación desconocida para mí.

Cade regresa en el preciso instante en que estoy imprimiendo y archivando la magra lista de material nuevo. Tengo que dejar un par de documentos en la cola de impresión, cosa que siempre me preocupa, pero no tengo más remedio. Cierro con llave la puerta del despacho y salgo a recibirlo.

Ya ha empezado a apoyar la escalera contra el tejado y se está asegurando de que está bien anclada en el césped. Tiene un rimero de papel asfaltado y planchas de techar y se está ajustando un cinturón de herramientas del que cuelgan martillos y bolsas de clavos. Hasta se ha agenciado, para protegerse del sol, una gorra ajada con visera y un pañuelo que asoma por detrás y le cubre la nuca.

—Tome. —Le tiendo una botella de agua de aluminio cerrada y con mosquetón—. Agua con hielo. ¿Necesita ayuda?

—Qué va —responde mirando hacia la cubierta—. Debería tener acabada esta vertiente antes de esta noche. Haré un descanso a la una más o menos.

—Pues a esa hora tendrá listo el almuerzo —me comprometo—. Entonces, ¿lo dejo solo?

—Me parece bien. —Se engancha la botella al cinturón y recoge la primera tanda de material, que ha atado con cuerda y se echa a los hombros como si fuera una mochila voluminosa. Le sostengo la escalera mientras él trepa cargado con ella como si llevase un saco de plumas y da un paso atrás para asegurarse de que tiene el pie bien asentado. La inclinación del tejado no parece arredrarlo.

Me hace un gesto agitando la mano y yo le respondo del mismo modo antes de darme la vuelta para regresar a la casa. En ese momento veo pasar lentamente por delante un coche de policía que hace crujir la gravilla bajo sus ruedas. Al volante va el agente Graham, que me responde con una inclinación de cabeza cuando levanto una mano en señal de saludo y aumenta la velocidad a medida que poner rumbo al atajo de los Johansen, tras el cual se encuentra también su propia vivienda. Recuerdo que me dio a entender que podía sumarme a él una tarde de estas para practicar tiro, pero pienso también que tendrá con él a sus hijos… y que a mí no me hace ninguna gracia llevar a los míos. Así que me prometo ir a verlo con una lata de galletas o algo que me haga parecer más… pacífica, aunque no interesada.

A la hora de almorzar, he acabado los encargos de dos clientes y aceptado alguno más. Recibo el pago de uno de ellos cuando he acabado de preparar los espaguetis con albóndigas y la ensalada y Sam Cade baja a comer conmigo en la mesa pequeña del comedor. El otro cliente abona la cuenta al final del día, para mí es de agradecer, pues me paso el día pendiente de esos desembolsos. Los ruidos que hace Cade en el tejado resultan extrañamente tranquilizadores cuando me acostumbro a ellos.

Me sorprendo un poco cuando oigo los pitidos agudos e insistentes de la alarma y el sonido que emiten las teclas al introducir el código.

—¡Estamos en casa! —oigo gritar a Lanny desde el salón—. ¡No dispare!

—No seas mala —dice Connor, que a continuación emite un ¡Ay! que hace suponer que acaba de recibir un codazo de su hermana—. ¡Sigue!

—Calla ya, Squirtle, y métete en tus cosas de rarito.

Salgo del despacho y voy a recibirlos. Connor pasa a mi lado sin decir palabra, con gesto arisco, y cierra con firmeza la puerta de su cuarto. Lanny se encoge de hombros cuando la abordo a mitad de camino hacia su dormitorio.

—Yo no tengo la culpa de que sea así de picajoso —se defiende.

—¿Squirtle?

—Es un Pokémon. Son adorables.

—Ya sé que es un Pokémon, pero ¿por qué le dices eso?

—Porque me recuerda a él, con ese caparazón tan duro y el resto tan blandito. —Está eludiendo la respuesta. Se encoge de hombros con gesto exagerado mientras pone los ojos en blanco—. Está cabreado porque la ha pifiado en el examen de…

—¡Me han puesto un notable! —exclama él desde el otro lado de su puerta.

Lanny levanta una ceja y forma con ella un arco tan marcado que me pregunto si no lo habrá practicado delante de un espejo.

—¿Ves? Le han puesto un notable. Está claro que se está echando a perder.

—Ya está bien —digo con firmeza.

Como para subrayar mis palabras, se oyen tres golpes en la madera que tenemos sobre nuestras cabezas. Lanny suelta un chillido y me doy cuenta de que Cade está trabajando ya en la parte de atrás de la casa y, por tanto, Connor y ella no han debido de verlo al entrar.

—Tranquilos —les digo cuando Connor abre su puerta de golpe con los ojos desencajados y la cara pálida por el miedo—. Es el señor Cade, que está arreglando el tejado.

Mi hija respira hondo y mueve la cabeza de un lado a otro mientras me aparta para meterse en su habitación. Su hermano, en cambio, parpadea y cambia el gesto por otro de interés.

—¡Qué chulo! ¿Puedo subir a echarle una mano?

Me paro a pensar y evalúo el peligro de que se caiga de la cubierta o de la escalera antes de sopesar el deseo que veo en sus ojos, la necesidad de estar con un varón adulto, capaz, que además, puede enseñarle algo que yo no puedo enseñarle y representa algo diferente del dolor, el miedo y el horror que representa ahora su padre. ¿Es lo más prudente? Posiblemente no, pero sí es lo correcto.

Tragándome mis temores, me obligo a sonreír mientras respondo:

—Claro.

No voy a mentir: me paso las horas siguientes fuera, recogiendo todos los desechos que van lanzando alegremente Cade y Connor y atenta a cualquier señal que haga pensar que mi hijo se está confiando más de la cuenta y puede perder el equilibrio y hacerse daño… o algo peor.

Sin embargo, se desenvuelve de maravilla. Es ágil y se mantiene estable, se lo está pasando en grande mientras Cade lo instruye en la ciencia de crear una disposición sólida e imbricada de planchas de madera. Me reconforta un poco ver la sonrisa franca y real de Connor y el placer sincero que le está produciendo aquel trabajo. «El día de hoy —pienso— sí que lo va a recordar toda su vida. Se lo está pasando en grande y está formando uno de esos recuerdos que le allanan el camino hacia cosas mucho mejores.»

Detesto, solo un poquito, no ser yo quien esté teniendo esa experiencia con él. A mí mi hijo no me mira con esa misma adoración, más propia de la que se profesa a un héroe, y me temo que nunca lo hará. Lo que nosotros compartimos es amor de verdad, pero nuestro amor de verdad es caótico y complicado. ¿Cómo no va a serlo, con nuestra historia?

Le resulta muy natural estar con Sam Cade, por lo cual estoy muy agradecida. Sigo recogiendo en silencio y, aunque hace quizá demasiado calor, el trabajo me consuela.

Cade insiste en que no está en condiciones de compartir mesa con nadie, pero finalmente lo convencemos para cenar los cuatro juntos. Lanny, que se ha encargado de la cocina, lo conmina con gesto inflexible a que se marche a su casa, se asee y vuelva después, y yo no paso por alto que le divierte ver a esa niña gótica dándole órdenes con un delantal de flores. Obedece y regresa recién duchado. Tiene el pelo aún mojado y pegado al cuello, pero se ha puesto una camisa y unos pantalones limpios. Además, esta vez lleva náuticos.

Lanny ha hecho lasaña, que atacamos los cuatro con hambre rabiosa. Está exquisita y repleta de sabores. Ella lo ha hecho todo menos la pasta, que se ha avenido a comprar en el supermercado. Connor no deja de hablar de lo que ha aprendido hoy y no se refiere a la escuela: ya sabe clavar puntillas rectas de un martillazo, alinear planchas de madera y mantener el equilibrio sobre una superficie inclinada. Su hermana, por supuesto, pone los ojos en blanco, aunque salta a la vista que está feliz de verlo tan entusiasmado.

—O sea que mi chaval se ha portado como un profesional —comento aprovechando que ha tomado aire, y Sam, que tiene la boca llena de lasaña, asiente, mastica y traga.

—Ha nacido para esto —sentencia—. Buen trabajo, colega. —Le ofrece una mano y Connor se la choca—. La próxima vez, nos ponemos con el otro lado. A no ser que haga viento o llueva, en un par de días tendríamos que haber acabado.

Al oírlo, el pequeño pone la cara larga.

—Pero… ¿y la madera, mamá? La que está podrida.

—Es verdad —respondo—. La del lateral de la casa no está sana y posiblemente haya que cambiar también algunas molduras.

—Bueno, pues tres días. —Sam toma con el tenedor otro trozo generoso de lasaña de la que penden hilos de queso—. Puede que estemos toda una semana si se decide a soltar lo que costará la terraza de la parte trasera.

—¡Sí! ¡Mami, por favor! ¿Podemos hacer la terraza? —El entusiasmo de mi hijo me golpea como una ola que arrastra toda la inquietud que aún podía albergar. Todavía pienso recoger la furgoneta de Javi, pero si estaba buscando un motivo para quedarme, lo tengo delante. Está en los ojos de mi hijo. Llevo mucho tiempo preocupada por su carácter introvertido, su naturaleza solitaria y su rabia callada, y por primera vez lo veo abrirse. Ahora, me resulta cruel y nefasto poner fin a todo esto solo por lo que podría pasar.

—Sí, estaría bien hacer la terraza. —Al oírme, mi pequeño levanta los brazos con aire triunfal—. Sam, ¿le importaría empezar a trabajar más tarde, cuando Connor salga de la escuela?

Él se encoge de hombros.

—A mí no me importa, pero tardaremos más. Haciendo media jornada, puede que necesitemos un mes.

—¡Qué va! —corre a decir Connor—. Solo me queda una semana de clase. ¡Cuando acabe podemos trabajar todo el día!

Sam Cade alza las cejas y me mira con aire divertido. Yo levanto las mías mientras tomo otro bocado.

—Estupendo —dice él—. Si a tu madre le parece bien… Pero solo cuando esté ella aquí.

Mi vecino no tiene un pelo de tonto. Sabe que soy muy quisquillosa y precavida y que un hombre soltero que se mete en casa de una familia puede suscitar sospechas desagradables. Leo en su expresión que es muy consciente de eso y que no tiene ningún problema en seguir las pautas que yo quiera marcar.

Tengo que reconocer que eso le da puntos.

La cena es todo un éxito y mientras los críos se ponen a recoger sin rechistar, Sam y yo salimos a tomar una cerveza al porche. El calor del día ha empezado al fin a ceder ante la brisa fresca procedente del lago, todavía no estamos en pleno verano pero ya hace mucho calor. En el agua se ven unas cuantas embarcaciones mientras se acaba de apagar la puesta de sol naranja: un bote de remo deportivo para cuatro, un yate de lujo y dos barcas. Todos se dirigen a la orilla.

Sam pregunta:

—¿Has investigado mi historial?

La sorpresa me deja muda unos instantes en el momento en que me llevaba la botella de cerveza a los labios. Lo miro.

—¿Por qué lo dices?

—Porque pareces de las mujeres que hacen eso.

Me echo a reír, porque tiene razón.

—Sí.

—¿Y he salido muy mal parado?

—No, ni mucho menos.

—Eso es bueno. Tendría que mirarlo más a menudo.

—¿No te ha molestado?

Da un trago a su cerveza. Ni siquiera me está mirando. Se diría que tiene toda su atención puesta en los barcos.

—No —responde al final—. Un poco defraudado, puede ser. Quiero decir que me considero un tipo de fiar.

—Digamos que en el pasado yo he confiado en la gente equivocada. —No puedo evitar comparar la reacción que acaba de tener Sam Cade con la que le imagino a Melvin en caso de que estuviera aquí sentado y nos estuviéramos presentando. Mel se habría puesto furioso. Se habría ofendido y me habría echado en cara que no confiase en él de manera automática. Lo habría intentado disimular, claro, pero yo lo habría notado en la rigidez de su conducta.

En Sam no veo nada de eso. Me está diciendo lo que piensa.

—Es razonable —dice—. Al fin y al cabo, soy tu empleado y tienes derecho a buscar información sobre mí, sobre todo si vas a meterme en tu casa, con tus hijos. Para ser sinceros, es lo más inteligente que podías hacer.

—¿Y tú? ¿Has investigado sobre mí? —pregunto yo.

Eso le sorprende. Se reclina un poco en el sillón y me mira antes de encogerse de hombros y contestar:

—He preguntado por ahí, para comprobar si sueles ser morosa o no, pero si te refieres a buscar tu nombre en Google, no. Cuando lo hacen las mujeres, doy por hecho que es por precaución. Cuando un hombre investiga a una mujer en la Red, suena a…

—Acoso —acabo por él—. Sí. ¿Y qué se dice de mí en la ciudad?

—Lo que te dije: que eres un poco distante —responde con una risotada—. De mí dicen lo mismo.

Le acerco mi cerveza, brindamos y, por un instante bebemos sin más. Los remeros llegan en este momento al pantalán y las barcas ya han echado amarras. El yate es el único que queda en el agua y la brisa apacible nos trae sus risas. Cuando se encienden las luces, distingo cuatro personas. También llega a mí un retazo leve de música. Tres de los pasajeros bailan mientras el que maneja la embarcación pone rumbo a un muelle privado del otro lado del lago. El estilo de vida de los ricos que no saben qué hacer con su tiempo.

—¿Estarán bebiendo champán? —me pregunta Sam con gesto serio.

—Dom Pérignon, con caviar.

—¡Qué vulgaridad! Yo siempre lo acompaño con *pain grillé* y salmón ahumado, pero solo los días que acaban en *es* o en *o*.

—Nunca es conveniente abusar —coincido poniendo mi mejor acento de Nueva Inglaterra, heredado de mi madre—. El champán caro se sube a la cabeza con tanta facilidad...

—Pues no tengo ni idea, porque nunca lo he probado. Creo que una vez tomé uno del barato en una boda. —Levanta su cerveza—. Este es el champán que a mí me gusta.

—Y que lo digas.

—Tu hijo es un figura, ¿sabes?

—Sí que lo sé. —Sonrió, más a la noche que a él—. Lo sé.

Acabamos la cerveza y recojo los cascos. Le pago a Sam la jornada y lo observo mientras salva colina arriba la escasa distancia que separa nuestras cabañas. Veo encenderse las luces de su salón, rojas tras la cortina.

Entro en la mía y echo el vidrio al cubo de reciclar. Encuentro la cocina sumida en el silencio y reluciente. Los críos se han retirado a sus habitaciones, como casi siempre.

La noche está preciosa y tranquila y lo único que pienso mientras cierro la puerta y conecto las alarmas es que esta paz no puede durar.

Pero sí que puede durar. Lo que más me sorprende es que el día siguiente, sábado, pase sin sobresaltos. Hay menos alertas aún de parte de la Psicopatrulla. No viene a vernos la policía. Recibo más encargos. El domingo transcurre igual. El lunes, los niños vuelven a la escuela y a las cuatro en punto de la tarde, Connor y Sam Cade están ya en el tejado dando martillazos. Lanny se queja de que se va a volver loca, aunque lo resuelve subiendo el volumen de los auriculares.

Los días buenos se suceden hasta completar una semana. Mis hijos reciben con entusiasmo el fin de las clases y Cade se convierte en un miembro más de la casa. Desayuna con nosotros y luego se sube con Connor a acabar el tejado. Una vez terminado el mismo, se ponen a retirar las molduras podridas de puertas y ventanas. Yo me retiro a mi despacho a trabajar y vigilar a la Psicopatrulla y me siento… casi incómoda teniendo cerca a alguien en quien puedo confiar, al menos un poco.

Llegado el domingo tenemos ya pintado el exterior de la cabaña y, aunque me paso el día recogiendo los restos, no puedo decir que esté disgustada. Todo lo contrario. Aunque sin aliento y llena de manchas de pintura, me siento más feliz que en mucho tiempo, porque Lanny, Connor y Cade están tan sucios y cansados como yo y juntos hemos hecho algo grande. Sienta muy bien.

Me sorprendo sonriendo con total espontaneidad a Sam y, cuando él responde del mismo modo, su gesto es igual de franco y natural. De pronto, recuerdo, como un fogonazo, la primera sonrisa de Mel y en ese instante reparo en que las suyas nunca eran así. Por más que quisiera representar el papel de marido y padre perfecto, no era más que un actor de método que procuraba no salirse nunca del personaje. Salta a la vista la diferencia con la forma que tiene Sam de hablar a los críos, cómo comete errores y los corrige, mezcla bobadas con comentarios inteligentes… y se comporta como un ser humano real, natural.

Mel jamás era así. Nunca he tenido un referente con el que compararlo y apreciar las diferencias. Mi padre estaba ausente la mayor parte del tiempo y no era muy cariñoso. Los hijos estaban para verlos, pero no para escucharlos. Me he dado cuenta de que, al conocerme, Mel supo descubrir esa sed en mi interior y la necesidad de saciarla. Seguro que se estudió el papel. Había veces que se le caía la máscara y yo las recuerdo todas. Cuando me enfadé con él porque se había perdido el tercer cumpleaños de Brady fue la primera. Se revolvió con una violencia tan brutal y repentina que me hizo retroceder hasta el frigorífico. No me pegaba, pero me sujetaba con las manos puestas a uno y otro lado de la cabeza y clavándome una mirada vacía que me aterraba entonces y me provoca ahora la misma sensación.

Hasta en los momentos en que sabía camuflarse a la perfección, resultaba hueco. Su calma parecía forzada, antinatural, y su afecto también.

Supongo que el verdadero Mel solo salía cuando se metía en el taller. Debía de vivir para cerrar aquella puerta, para echar aquel cerrojo.

Por más que miro a Sam, no veo en él nada de eso. Solo veo una persona. Una persona de verdad.

Me enferma y me entristece darme cuenta de lo poco que supe comprender lo que tuve delante de mis ojos, en mi misma cama, los nueve años de mi matrimonio. Porque era mi matrimonio, no el nuestro. Para Melvin Royal nunca lo fue. Para él fue una herramienta más, como las sierras, los martillos y las cuchillas de su taller. Su camuflaje.

Resulta aterrador y reconfortante entenderlo al fin. Nunca me he dado la ocasión de pensar mucho al respecto, pero ahora, viendo a Sam, viendo a los niños con él, advierto todo lo que tenía de malo y de artificial mi matrimonio.

Por supuesto, a Sam no le cuento nada de esto. La conversación sería rarísima, sobre todo teniendo en cuenta que no pienso contarle, ni muerta, quién soy en realidad. No, por Dios. Sin embargo, que mis hijos le tengan cariño significa mucho. Los dos son muy inteligentes y sé que construir este lugar seguro para que crezcan y aspiren a algo mejor… es muy importante. Es arriesgado, sí, pero necesario. Todavía estoy dispuesta a salir corriendo si hace falta, pero no hasta que sea preciso.

Por el momento, reina la paz, una paz desconocida.

A mediados de junio Connor y Sam han dejado la casa preciosa. Mi hijo está aprendiendo los rudimentos de la construcción. Están planeando nivelar el terreno de detrás de la cabaña. Han empezado a echar cemento y a clavar postes. Lanny ronda siempre por donde están trabajando y propone algunas ideas, hasta que, de pronto, me la encuentro también participando activamente, observando con atención a Sam mientras traza planos con ojo de arquitecto.

Es un proyecto a largo plazo. Nadie tiene ninguna prisa y yo menos que nadie. No dejan de llegarme encargos de mis distintas ocupaciones por cuenta propia, hasta tal punto que he empezado a rechazar algunos. Puedo permitirme ser selectiva y cobrar en consecuencia y mi reputación no deja de crecer. La vida, sin duda, ha empezado a sonreírme.

Por supuesto que no dependo por completo de los ingresos de mi trabajo en línea. No lo necesito, porque Mel, al menos, hizo algo bien: en aquel horrible trastero en el que guardaba sus pavorosos diarios y sus trofeos tenía también su plan de fuga.

Una bolsa de lona llena de dinero.

Casi doscientos mil dólares que había recibido en herencia de sus padres y, según me había hecho creer, había invertido en un fondo de inversión. Llevaban años muertos de risa en aquel sitio, esperando a que decidiera que había llegado el momento de ahuecar el ala. No tuvo ocasión de usarlos, porque fueron a detenerlo a su trabajo y, desde entonces, no volvió a pasar un solo día más en libertad.

Yo, por supuesto, entregué a la policía el contenido de aquel trastero, pero, antes, me hice con esa bolsa y la metí en el maletero de mi coche. Me fui a la otra punta de la ciudad, a uno de esos establecimientos con apartados de correos que hay en los centros comerciales, alquilé una caja con un nombre falso que me inventé allí mismo y, desde una oficina de UPS, hice que la enviaran a mi nuevo apartado. Fue una experiencia aterradora, porque no dejaba de pensar que me descubrirían o, peor aún, que alguien abriría la caja y el dinero desaparecería sin dejar rastro y sin que yo pudiese reclamarlo.

Pero sí que llegó. Estuve siguiendo la pista en línea al envío y pagué una cantidad adicional para que me lo guardasen hasta que pudiera recogerlo. Fue una muy buena precaución, porque dos días después, pese a haber colaborado con las autoridades, me arrestaron y encarcelaron a la espera de juicio.

El apartado de correos tenía todavía la bolsa en su interior un año después, cuando me absolvieron. Seguía criando polvo en el último rincón del establecimiento, que, por suerte, no había cerrado en ese tiempo. Pequeños milagros de la vida.

Antes de que nos mudásemos a Stillhouse Lake había gastado la mitad en procurarnos seguridad, refugio e identidades nuevas. Esta casa me resultó baratísima en una subasta, pero tuve que destinar veinte mil a adquirirla y diez mil más a acondicionarla. Con todo, aún tengo suficiente, con lo que estoy ganando ahora, para gastar algo más. Imagino que Mel tiene que estar furioso por haber perdido la fortuna que con tanto esmero había estado atesorando y eso me alegra muchísimo. Me alivia pensar que estoy usando ese dinero para emprender una vida nueva.

Cuando Cade se ofrece a ayudarme con el jardín, que he dejado que se coman las malas hierbas, acepto encantada, con la condición de que me permita pagarle sus servicios. Él accede. Pasamos horas juntos debatiendo propuestas, eligiendo las variedades concretas y plantándolas; delimitando con piedras los arriates y los senderos, y construyendo un estanque pequeño con inquietos pececillos de colores que destellan al sol.

Poco a poco, me voy dando cuenta de que puedo confiar en Sam Cade. No puedo señalar ningún momento concreto ni nada que diga o haga. Se trata de todo lo que dice y hace. Es el hombre más tranquilo y más natural con el que he tratado y cada vez que lo veo sonreír o hablar a mis hijos o a mí, reparo en lo torpes que han sido las decisiones que he ido tomando hasta ahora, en lo estéril que era mi vida con Melvin Royal, esa vida que yo había creído plena cuando estaba más exenta de vida que la luna.

Antes de que pueda advertirlo han pasado dos semanas más. Mi jardín podría aparecer perfectamente en una revista de hogar y decoración, y hasta Lanny parece relativamente feliz. Modera su imagen siniestra hasta lograr un estilo provocador, pero más relajado y, mira por dónde, un día me dice que tiene una amiga. Al principio solo se mandan mensajes, pero acaba por preguntarme, con su mezcla habitual de rechazo y agresividad, si la puedo llevar al cine, que ha quedado con Dahlia Brown. Dahlia Brown, la niña a la que había tumbado de un guantazo en el instituto.

Aunque el giro de los acontecimientos sigue haciéndome recelar, cuando conozco a Dahlia me parece una niña muy agradable, alta y un poco desgarbada, a lo que se une la timidez que le provoca el hecho de llevar ortodoncia. Resulta que el novio la dejó por el aparato de la boca. Desde luego, eso es lo mejor que le podía haber pasado a la chiquilla.

Connor y yo nos sentamos al fondo de la sala, lejos de Lanny y su amiga, y cuando vamos todos juntos a cenar a casa, Dahlia parece mucho más relajada, igual que mi hija.

El cine se convierte en una actividad más de nuestro verano y Lanny y Dahlia se vuelven inseparables. La amiga se aficiona al pintaúñas negro y a la sombra de ojos de tonos oscuros, mientras mi hija adopta la afición de Dahlia por los pañuelos de flores.

A mediados de julio, las dos son ya como uña y carne y han atraído a otros dos amigos. Yo, por supuesto, estoy al acecho. Uno de los jóvenes no podía ser más gótico y hasta tiene un pendiente en la nariz, pero su novio es un relamido sin remedio y los dos hacen una pareja divina. Y muy divertida, lo que también es bueno para mi hija.

Connor también está muy cambiado. Sus compañeros de juego de rol se han hecho ahora amigos suyos de verdad y, por primera vez, me ha dicho que tiene claro lo que va a estudiar. Quiere ser arquitecto, construir cosas. Cuando me lo cuenta, se me saltan las lágrimas. He deseado con desesperación que tuviera sueños y una vida más allá del constante huir y esconderse, y ahora… los tiene.

Sam Cade le ha hecho albergar aspiraciones que yo no he podido suscitar en él y por eso le estaré eternamente agradecida, aunque ahora se lo agradezca con la boca pequeña. La noche siguiente hablo con él de la nueva pasión de Connor mientras bebemos juntos en el porche. Él me escucha en silencio y, después de un largo rato sin decir nada, se vuelve hacia mí. La noche está nublada, cargada de la energía pesada que anuncia tormenta. Esta parte de Tennessee es propicia a los tornados, aunque, por el momento, no estamos en alerta.

—No hablas mucho del padre de Connor.

En realidad, no le he contado nada de él. No puedo. No pienso hacerlo. Por tanto, me limito a responder:

—Es que no hay mucho que contar de él. Connor necesitaba un referente y tú se lo has dado, Sam.

No veo su expresión en la penumbra ni puedo distinguir si lo he asustado o se siente halagado. Puede que haya conseguido infundir en él ambas sensaciones. Entre los dos ha habido una sospechosa tensión desde hace ya varias semanas, pero, aparte de algún que otro roce de manos casi accidental cuando nos pasamos alguna herramienta o una botella de cerveza, ni siquiera ha habido contacto físico. No sé si voy a poder sentir de nuevo algo romántico por un hombre y tengo la impresión de que a él también hay algo que lo frena. Quizá haya salido escaldado de alguna relación. Un amor perdido… No lo sé, ni pregunto.

—Me alegro de haber ayudado —responde. Su voz suena extraña, aunque no sabría decir por qué con exactitud—. Es muy buen chaval, Gwen.

—Lo sé.

—Lanny también y tú… —Calla unos segundos y, tras un trago de cerveza que creo adivinar convulsivo, acaba la frase—: Eres una madre de la leche.

A lo lejos se oye el murmullo de un trueno, aunque no alcanzamos a ver el relámpago, lo que hace suponer que debe de estar al otro lado de las colinas. Sin embargo, puedo sentir el peso de la lluvia que se avecina. El aire trae un calor pegajoso que no parece natural y me hace querer tiritar y abanicarme a un tiempo.

—Lo he intentado —respondo—. Y tienes razón: no hablamos de su padre, pero es que… era… era un ser repugnante.

La emoción me deja muda cuando intento decir algo más, porque esta mañana ha llegado otra carta de Mel. Ha vuelto a su ciclo habitual, porque en esta se limita a hablar de cosas triviales, a recordar y a preguntar por los niños. Ha conseguido ponerme histérica, porque ahora, después de ser testigo de cómo los trata Sam, consigo ver la diferencia. Él era un «buen padre» de fotografía: se presentaba, sonreía, posaba… pero era todo apariencia. Sé que, fuera lo que fuese lo que sentía, lo que siente ahora, no pasa de ser una sombra hueca de afecto real.

Estoy pensando en Mel mientras estoy sentada con Sam y siento ganas de tender los brazos hacia Sam, disfrutar del calor de sus dedos en los míos, más como talismán que por atracción física. Necesito espantar el fantasma de Mel y dejar de pensar en él. Me sobresalto al darme cuenta de que estoy al borde de revelarle la verdad acerca de Mel. La verdad acerca de mí. Si lo hago, desde luego, será el primero en oírlo de mis labios.

Tan alarmante me resulta que me sorprendo contemplando el perfil de Sam mientras da un trago a su cerveza sin dejar de observar el lago. El coletazo distante de un rayo le ilumina el rostro y, por un instante extraño, me resulta familiar. No como Sam sino como otra persona.

Alguien a quien no consigo situar.

—¿Qué pasa?

Vuelve la cabeza y me mira a los ojos. Yo siento que se me enciende el rostro. Es una sensación tan rara que me desconcierta. No me he ruborizado. Tampoco logro imaginar por qué de pronto me siento torpe, desbordada, sentada en mi propio porche con un hombre al que de pronto creo conocer.

—¿Gwen?

Meneo la cabeza y aparto la mirada, pero soy muy consciente de su atención repentina, como un reflector que me apuntase a la cara, cálido y terriblemente revelador. Doy gracias a las nubes que han hecho que hoy anocheciera antes. Advierto el frío del cristal de la botella que tengo en la mano, de las gotas heladas de condensación que me resbalan por el revés de la mano.

Quiero besar a este hombre y quiero que él me bese.

Lo siento como una conmoción, una conmoción sincera y pavorosa. Hace mucho, muchísimo tiempo que no tenía un impulso así. Pensaba que había perdido esa capacidad, que había ardido en el infierno de los crímenes de Melvin, de su traición a mi confianza, que había dañado cada palmo de mi interior. Y, sin embargo, aquí me tengo, temblando, deseando que Sam Cade presione sus labios contra los míos. Además, estoy convencida de que él también lo siente. Es como un cable invisible que se tensa entre los dos.

A él debe de haberlo asustado igual que a mí, porque de pronto apura su cerveza con tragos rápidos, sedientos.

—Debería irme antes de que llegue la tormenta —dice con voz apagada, distinta, más honda y oscura.

Yo no digo nada, porque me resulta imposible. Ni siquiera sabría qué decir. Por tanto, me limito a asentir mientras él se pone de pie y pasa a mi lado para tomar los escalones.

Va por el segundo cuando consigo al fin dominar mi voz y digo:

—Sam.

Él se detiene. Vuelvo a oír el ronco murmullo de un trueno y veo otro rayo que corta el cielo con un fogonazo claro como el tajo de un cuchillo.

Hago girar la botella entre mis manos y le pregunto:

—¿Volverás mañana?

Él gira solo a medias.

—Si todavía quieres que vuelva…

—Claro —le digo—. Sí.

Él asiente y se marcha a paso acelerado. Cuando avanza se encienden las luces de seguridad que tenemos instaladas, siempre alerta a todo movimiento. Lo veo caminar hasta la verja, hasta la carretera y hasta la mitad de su camino a casa antes de que vuelvan a apagarse.

La lluvia empieza cinco minutos después, al principio indecisa, luego con un repique constante y suave sobre el tejado y por último como una cortina espesa que reluce temblorosa en el límite del porche. Espero que Sam haya tenido tiempo de llegar a casa. Espero que el chaparrón no arramble el jardín.

Me siento en silencio, escuchando el rugido incesante de la lluvia y termino mi cerveza.

«Tengo un problema», pienso.

Porque nunca antes me había sentido tan vulnerable. Al menos, desde que dejé de ser Gina Royal.

Aunque tarda, poco a poco, de forma casi imperceptible en el tramo final de un verano caluroso y húmedo, Sam y yo vamos bajando la guardia y desprendiéndonos de nuestra armadura. Ahora podemos rozarnos la mano sin dar un respingo o sonreír sin premeditación. Nuestra relación parece real y sólida.

Por fin empiezo a sentirme humana en todos los sentidos.

No me engaño pensando que Sam puede arreglar lo que tengo roto en mi interior. Tampoco creo que él se haga ilusiones al respecto.

Los dos tenemos cicatrices, eso me ha parecido evidente desde el principio. Puede ser que los únicos que puedan aceptarse como nos aceptamos nosotros sean quienes han sufrido daño de verdad.

Cada vez pienso menos en Mel.

Me alegro cuando empiezan a bajar las temperaturas bien entrado el mes de septiembre. Comienzan las clases y Connor y Lanny parecen felices. Fueran quienes fuesen los que acosaban a mi hijo (nunca me ha revelado su identidad), su pandilla, cada vez más numerosa, compensa las amarguras. Las noches de los jueves se juntan en casa para jugar al rol y las partidas se prolongan hasta las tantas. Me encantan su entusiasmo, su pasión y su imaginación desbordante. Lanny hace ver que le parece un asco, pero no es verdad: ha empezado a sacar de la biblioteca libros de literatura fantástica y a prestárselos a su hermano cuando los acaba. También ha dejado de llamarle Squirtle, porque a los amigos de su hermano les encantaba el mote.

A finales de septiembre, Sam y yo estamos sentados bien entrada la noche en el salón viendo una película antigua. Los niños hace mucho que se han ido a la cama y yo tengo en la mano una copa de vino y estoy apoyada contra el calor de él. Esta paz es una gozada. En ese momento no estoy pensando en Mel ni en nada. El vino me ayuda a aplacar la ansiedad perenne y vigilante y también mitiga el miedo.

—Oye —me dice al oído. El roce de su aliento resulta seductor—. ¿Estás despierta?

—Mucho —respondo antes de dar un trago. Él me quita la copa y la vacía—. ¡Oye!

—Perdón, es que necesito un poco de valor para lo que te quiero preguntar.

Me quedo de piedra. Ni siquiera puedo respirar. Ni tragar saliva. Ni correr. Así que me quedo sentada esperando a que se quite la máscara.

—¿Te importa si te beso, Gwen? —me pregunta.

Me quedo con la mente en blanco, como una extensión de nieve sobre un glaciar, frío, liso y vacío. Me aturde el silencio que reina en mi interior, el retroceso repentino, violento, del miedo.

Entonces siento el calor. Ocurre en un instante, como si hubiera estado todo el tiempo allí esperando. Respondo:

—Me molestaría que no lo hicieras.

Al principio es una cosa tímida, hasta que los dos tomamos confianza y nos acercamos más. Sus labios son suaves y fuertes al mismo tiempo y no puedo evitar recordar los besos de Mel, siempre tan «plásticos». En los de Sam no hay vestigio alguno de sus movimientos estudiados: Sam besa con entrega. Disfruta de los ricos sabores a cereza madura del burdeos. Todo lo que rodea a su beso me hace darme cuenta de lo poco que sé de la vida, de lo mucho que me perdí al casarme con Melvin Royal. Cuánto tiempo perdí con él.

Es él quien se detiene. Se echa hacia atrás con la respiración alterada y sin decir palabra. Yo me inclino hacia él y él me rodea con sus brazos. En vez de sentirme confinada, me siento incluida, protegida.

—Sam…

Él me susurra al oído:

—Chsss…

Y yo guardo silencio. Se me pasa por la cabeza que a lo mejor él tiene tanto miedo como yo de lo que está pasando.

Lo acompaño afuera después de la película y el beso que vuelve a darme al pie de los peldaños de la casa parece una promesa maravillosa de todo lo bueno que está por venir.

Al día siguiente llega una carta del servicio de reenvíos postales. Siento que se me acelera el pulso, aunque no con las ansias de costumbre. Aun así, tomo todas las precauciones habituales: abro el sobre con cuidado y con los guantes de nitrilo azules y uso utensilios para desplegar y sostener el papel.

Se trata de la segunda del ciclo, tal como suponía. Las palabras de Mel son las anodinas palabras que usa cuando se pone su máscara de humanidad. Hablan de los libros que está leyendo (siempre ha sido un gran lector, por lo común de abstrusa filosofía y de ciencia) y se lamenta de la comida mala e insulsa que sirven allí. Dice que tiene suerte de contar con amigos que le ingresan dinero en su cuenta del economato y le permiten así adquirir cosas que hacen un poco más agradable su experiencia carcelaria. Habla de su abogado.

Entonces, con una leve inquietud, advierto que esta carta tiene algo distinto, algo nuevo.

Lo veo al llegar al final, como el aguijón que remata la cola y que, cuando me ataca, se clava bien hondo en mi piel.

¿Sabes, mi vida? Lo que más lamento es que nunca llegásemos a tener esa casa a orillas del lago de la que tantas veces hablábamos. Es como el paraíso, ¿verdad? Casi puedo verte sentada en el porche a la luz de la luna, observando el lago por la noche. Esa imagen me da paz. Espero que no la compartas con nadie más que conmigo.

Pienso en las noches que he salido al porche a tomarme una cerveza contemplando las ondas del lago al atardecer. «Esa imagen me da paz —dice él en su carta—. Espero que no la compartas con nadie más que conmigo.»

Nos ha visto. Aunque sea en fotografía, nos ha visto a Sam y a mí juntos en el porche.

Sabe dónde estamos.

—Mamá…

El sobresalto me hace soltar de golpe las dos cucharas con las que estoy sosteniendo la carta sobre la encimera. Cuando levanto la vista, veo a Connor en el otro extremo, mirándome fijamente. Detrás tiene a Billy, Trent, Jason y Daryl, sus amigos de la noche de los jueves.

He olvidado qué día era y también que tenía intención de hacerles cubitos de cereales y esponjitas.

Corro a doblar el papel, meterlo de nuevo en el sobre y quitarme los guantes para hacer una canasta de tres en el cubo de la basura del rincón. Entonces me guardo el sobre en el bolsillo trasero de los pantalones y digo:

—¿Os apetece picar algo, chicos?

Y todos se lanzan a dar vivas.

Todos menos Connor, que se ha quedado mudo mirándome. Sabe que algo no va bien. Intento sonreír para tranquilizarlo, pero sé que no lo voy a poder engañar. Con una sensación enfermiza de desesperación, intento poner en orden mis pensamientos mientras mezclo la crema de esponjitas y cereales y la echo en la sartén para deleite de sus compañeros. No puedo concentrarme en lo que estoy haciendo ni tampoco en ellos, sino solo en cómo actuar.

«Corre —me están gritando todos mis instintos—. Ve por la furgoneta. Mete dentro a los niños. Corre. Vuelve a empezar. Que tenga que ponerse otra vez a buscarte.» Pero la cruda realidad es que ya hemos corrido. Hemos corrido y hemos vuelto a correr, una y otra vez. He obligado a mis hijos a llevar una vida antinatural y dañina que los ha separado de familiares, amigos y hasta de ellos mismos. Es verdad que lo he hecho para salvarlos, pero ¿a qué precio? Porque si los miro ahora, ahora que hace ya un año que nos asentamos aquí, los veo florecer. Crecer.

Si huyo, voy a volver a privarlos de todas sus raíces y, antes o después, todo lo que tienen de bueno se atrofiará y se empañará por eso. No quiero volver a salir corriendo. Puede ser la casa, que, pese a mis mejores empeños, se ha convertido en un verdadero hogar, o quizá sea el lago o la paz que siento aquí.

A lo mejor es la atracción frágil, quebradiza y cauta que siento por un buen hombre.

No, no. No pienso ponerme en fuga otra vez. Maldito seas, Mel. Esta vez no. Ha llegado el momento de poner en marcha el plan que tracé hace mucho con la esperanza de no tener que usarlo nunca.

Mientras los críos dan cuenta de sus empalagosas golosinas y lanzan los dados, salgo y marco el número que me dio Absalón hace ya muchos años. No sé de quién es ni tampoco si funcionará. Se trata de una opción desesperada, en teoría a prueba de bombas, que solo puedo usar una vez y que, de hecho, me costó un riñón.

Suena una vez y a la segunda salta de inmediato el buzón de voz. Sin más presentación que un pitido.

—Soy Gina Royal —digo—. Absalón me ha dicho que ya sabe usted lo que necesito. Hágalo.

Cuando cuelgo, me siento mareada y con náuseas, como si estuviera de pie al borde de un despeñadero gigantesco y pronunciado. Ese nombre, Gina Royal, hace que me sienta como si cayese de espaldas a lo más oscuro de un tiempo que desearía que nunca hubiera existido. Hace que me invada la sensación de que todos los progresos que he hecho no han sido más que una ilusión, algo que Melvin puede arrebatarme en cuanto le venga en gana.

Por la mañana, llamo a la cárcel en la que está preso y pido cita para el próximo día de visitas.

CAPÍTULO 5

Tengo que buscar a alguien que se quede con los niños.

Empiezo a darle vueltas y paso varias horas de angustia mirando a la nada y mordiéndome el interior del labio hasta dejármelo en carne viva. Podría pedirles el favor a algunas personas, pocas. Muy pocas. Podría montarlos en un avión y mandarlos con su abuela, pero cuando la llamo me entero de que ha salido de viaje. Tengo que tomar una decisión. No puedo dejar solos a Lanny y a Connor, pero tampoco puedo llevármelos adonde voy.

El que voy a dar es un gran paso, un paso de gigante para alguien que ya no confía en nadie. Quiero pedírselo a Sam, pero también tengo que poner en duda ese deseo, porque Mel me ha enseñado que ni siquiera puedo fiarme de mi propio criterio y lo último que pretendo, lo último, es poner en peligro a mis hijos.

Ojalá conociese a más mujeres, pero las únicas con las que he tenido algún trato en Norton o en los alrededores del lago son frías y antipáticas o, directamente, hostiles con los forasteros.

No sé qué hacer. Semejante indecisión me paraliza hasta que, al fin, Lanny se deja caer en la silla de mi despacho y me mira durante tanto rato que no tengo más remedio que hacerle caso.

—¿Qué pasa, cielo?

—Eso era lo que te iba a preguntar yo, mamá. ¿Qué leches pasa?

—No te entiendo.

—Claro que me entiendes —me dice mirándome más fijamente aún. Entorna los ojos de un modo que, lo sé, ha heredado de mí—. Llevas ahí sentada ni sé ya cuánto tiempo y te vas a pelar el dedo gordo de tanto morderte la uña. Casi no has dormido. ¿Qué pasa? Y no me digas que soy muy joven para entenderlo. Al váter con eso.

La de *al váter con…* es su nueva frase para todo y la verdad es que hace que me ría. Imagino que la cambiará por algo mucho más directo cuando cumpla los dieciséis, pero, de momento, es una expresión divertida y muy útil.

—Tengo que salir de la ciudad —le respondo—. Es solo un día y vosotros estaréis casi todo el rato en la escuela, pero… necesito salir muy temprano y volveré tardísimo. Necesito a alguien que se quede aquí con vosotros. —Respiro hondo—. ¿Tienes alguna propuesta?

Ella parpadea, porque lo más seguro es que no recuerde la última vez que pedí algo así. No puede recordarlo, porque no es algo que haga yo normalmente.

—¿Adónde vas?

—Da igual. Céntrate en lo que te he dicho, por favor.

—A ver a papá, ¿verdad?

Detesto oírla decir eso, como si todavía fuese *papá*, con ese optimista tono ascendente. Me hace sentir escalofríos y sé que ella también lo nota.

—No —miento, modulando la voz del modo más neutro que soy capaz de usar—. Es para una cosa de negocios.

—Ajá. —Ni siquiera soy capaz de decir si mi propia hija me habrá creído—. Está bien. Pues… imagino que Sam podría. Quiero decir que, de todas maneras, se pasa el día en casa arreglando cosas. Connor y él siguen con la terraza.

Oír de ella el nombre de Sam es todo un alivio. Además, tiene razón: está aquí de todos modos. El proyecto de la terraza avanza con pasos muy lentos. Un día hacen esto; al siguiente, lo otro…

—Lo único… Cariño, no me vais a tener aquí, pendiente de vosotros. Si en algún momento no os sentís cómodos…

—Mamá, por favor. —Pone los ojos en blanco con ese gesto tan suyo—. Si pensara que es un rarito, se lo habría dicho a la cara, ¿no? Y a ti también. Desde luego, me habríais oído.

Tiene razón. Lily era tímida, pero Lanny no. Algo se relaja en mi interior, aunque sé que no puedo permitirme depender del criterio de una niña de catorce años, por bueno que me parezca. En esto solo puedo fiarme de mí misma. Tengo que arriesgarme y la idea misma de hacerlo me provoca un estremecimiento. No me importa ponerme en peligro, pero ¿ponerlos a ellos? ¿A ellos?

—Mamá. —Lanny se ha inclinado hacia delante y en su sosegada seriedad veo a la mujer en que se va a convertir—. Mamá, te puedes fiar de Sam. Es buena gente y nosotros también somos buenos. Haz lo que tengas que hacer.

Haz lo que tengas que hacer. Me lleno los pulmones lentamente antes de reclinarme en mi silla y asentir. Lanny sonríe y se cruza de brazos. Le encanta ganar.

—No le voy a quitar el ojo de encima —me asegura— y tendré listo en el móvil el número de Javier y del agente Graham. NTP, mamá.

Ya sé que NTP significa «no te preocupes», aunque la verdad es que tengo motivos. Sin embargo, necesito hacer un acto de fe y esta vez estoy dispuesta. Cojo mi teléfono y vuelvo a mirar a mi hija a los ojos mientras marco el número.

Él contesta al segundo tono.

—Hola, Gwen.

La naturalidad de su respuesta me reconforta y mi voz suena casi normal cuando digo:

—Necesito que me hagas un favor.

Oigo correr el agua, que él corta enseguida y deja lo que tiene en las manos para prestarme toda su atención.

—Cuenta conmigo. Dime.

Así de fácil.

—Voy a estar fuera unas doce horas —le digo la noche del domingo, la víspera del vuelo que tengo que tomar— y te agradecería que te quedaras a dormir. Lanny es responsable, pero...

—Pero tiene catorce años —dice. Bebe de la cerveza que le he ofrecido, una Pecan Porter, que parece que se ha convertido en su favorita.

Las cervezas artesanas son un don divino. Yo estoy tomando una Samuel Adams Organic Chocolate Stout, cremosa y suave, que relaja el nudo que tengo en el estómago.

—No quieres volver a casa y encontrártela patas arriba y con una montaña de latas de cerveza, ¿verdad?

—Eso es —contesto, aunque dudo mucho que a Lanny se le haya pasado siquiera por la cabeza la idea de montar una fiesta. Mi ausencia no hará que se sienta libre como se sentiría la mayoría de las adolescentes. Se sentirá vulnerable y tiene sus motivos. Si su padre ha averiguado dónde estamos, si es verdad que nos están observando por encargo suyo... Intento no pensar en eso. Soy muy consciente de que en este momento podrían estar espiándonos. Hay un par de embarcaciones en el lago que buscan la orilla ahora que se está poniendo el sol. Puede que en una de ellas haya una cámara apuntando al porche de mi casa. La idea hace que se me erice el vello. «Mel va a destrozar esto, porque él lo destruye todo.»

Por eso mismo voy a ir a verlo: para asegurarme, sin lugar a duda, de que entiende qué es lo que nos jugamos en este momento.

No le he dicho a Sam adónde voy, porque ni siquiera sabría cómo sacar la conversación. Tampoco le digo que he instalado cámaras inalámbricas. Hay una apuntando a la puerta de entrada, otra en la parte trasera de la casa, otra en un árbol para que me dé una vista amplia de los alrededores y otra en una rejilla del aparato de aire acondicionado de manera que abarca la zona de la cocina y la del salón. En la tableta que venía con ellas puedo cambiar con facilidad de una a otra y, en caso de necesidad, mandar por correo electrónico el enlace a la policía de Norton.

No es que no confíe en él, sino que necesito tener esa certeza.

Lo que sí le digo es lo siguiente:

—Sam, ¿tienes pistola?

Se lo he preguntado a mitad de un trago y él se vuelve hacia mí con expresión de curiosidad mientras tose. Lo miro levantando una ceja y él se ríe con gesto arrepentido.

—Lo siento —dice—, es que me has pillado desprevenido. Sí, claro que tengo pistola. ¿Por qué?

—¿Te importaría asegurarte de que la llevas encima mientras estás aquí? Es solo porque…

—¿Porque te preocupa dejar aquí a tus hijos? Claro que sí, sin problema. —Con todo, sigue mirándome fijamente y baja la voz para preguntar—: ¿Algún peligro concreto que haya que tener en cuenta, Gwen?

—¿Concreto? No, pero… —Vacilo mientras pienso cómo contárselo—. Tengo la sensación de que nos están observando. ¿Suena a locura?

—¿En Killhouse Lake? Claro que no.

Ha cambiado *still*, «tranquilo, callado», por *kill*, «matanza».

—¿Killhouse?

—No me riñas, que eso es de tu hija. Creo que se le ocurrió a uno de sus amigos siniestros. Gracioso, ¿no?

Pues no. *Stillhouse* ya me resultaba bastante sobrecogedor.

—En fin, cuida de ellos. Es lo único que te pido. No estaré fuera ni veinticuatro horas.

Sam asiente.

—Puede que aproveche para adelantar trabajo con la terraza, si te parece bien.

—Claro, gracias.

Llevada por un impulso, tiendo la mano y él la toma y la sostiene unos instantes. Eso es todo. No es un beso, ni siquiera un abrazo, pero sí algo intenso que hace que los dos nos quedemos unos instantes saboreándolo.

Al final se pone de pie y, tras apurar la Pecan Porter, anuncia:

—Estaré aquí por la mañana, antes de que te vayas. ¿Te parece bien?

—Estupendo —respondo—. Saldré para Knoxville a las cuatro de la madrugada. Los niños tienen que salir a las ocho. Ellos se encargan de levantarse y de tomar el autobús. Tendrás la casa para ti solito hasta que vuelvan a las tres. Yo llegaré por la noche.

—Me parece bien. Me aseguraré de acabar con toda la comida y ver solo las películas más caras. ¿Te importa si compro un par de cosas en los canales de teletienda y hago que lo carguen a tu cuenta?

—Tú sí que te lo montas bien, Sam.

—No lo dudes.

Me dedica una sonrisa de oreja a oreja y, tras salir de casa, echa a andar colina arriba hacia su cabaña. Yo lo miro sin casi darme cuenta de que también estoy sonriendo, como si fuera algo normal.

Lo normal, pienso mientras vuelvo a ponerme seria, resulta ahora muy peligroso. He estado engañándome al pensar que podía vivir en este mundo cuando el mío es el que corre por debajo, el de las sombras, en el que nada es seguro, sensato ni permanente. He estado a punto de olvidarlo con Sam. Si me quedo aquí, estaré ayudando a mis hijos, pero también poniéndolo todo en peligro.

Aunque no hay respuesta alguna satisfactoria, esta vez no solo voy a ser fuerte, sino que pienso devolver el golpe.

Al día siguiente tomo un vuelo de madrugada, tan temprano que hasta se me saltan las lágrimas, de Knoxville a Wichita, donde antaño tuvimos una casa y donde alquilo un coche que me lleva a El Dorado. Aunque el conjunto tiene un extraño toque industrial, como un complejo fabril colosal rodeado por kilómetros de nada, no hay duda alguna de lo que es una vez que se ven las brillantes vallas que lo envuelven, rematadas por alambre de espino. Nunca había estado aquí ni sé cómo hacer lo que vengo a hacer. El aire huele distinto y me recuerda a mi vida de antes, a la casa que perdí hace tanto tiempo, cuando el banco ejecutó la hipoteca estando yo en la cárcel. Un mes después, alguien le metió fuego y las llamas la arrasaron. Ahora hay allí un parque en conmemoración de las víctimas.

Cuando quiero mortificarme, miro en Google Maps el lugar en el que viví durante aquellos años. Intento colocar la casa encima del parque haciendo un esfuerzo de memoria. Tengo la impresión de que el bloque de piedra que han colocado a modo de monumento se encuentra en el centro mismo de lo que era entonces el taller de Mel, su matadero, y me parece muy apropiado.

No doy el rodeo que sería necesario para ir a ver el lugar de camino a El Dorado. No puedo. Estoy concentrada en una sola cosa mientras sigo las instrucciones del guarda sobre dónde debo aparcar y qué puedo llevar conmigo al interior. He dejado la Glock bien guardada en el maletero del Jeep en Knoxville y lo único que tengo ahora son las prendas que visto, una tarjeta prepago con quinientos dólares, el teléfono y la tableta, además del antiguo documento de identidad de Gina Royal.

Soporto el proceso que hay que seguir para que me dejen entrar: estudian a fondo mi identificación, me toman las huellas dactilares y me someten a las miradas y los susurros no solo del personal penitenciario, sino también de otras mujeres que han acudido a ver a sus familiares. Rehúyo la mirada de todos. Soy experta en mostrarme distante. Los guardias parecen muy interesados. Es la primera vez que visito a Melvin. Seguro que lo comentan animadamente por todos los pasillos.

A continuación, me quitan todo lo que llevo excepto la ropa y lo depositan en el puesto de guardia, y luego me desnudan para registrarme a fondo. Es un proceso humillante e invasivo, pero aprieto los dientes y me someto sin protestas. Es importante, pienso. A Mel le gusta jugar al ajedrez. Este movimiento, esta visita, es mi jaque mate. No puedo encogerme de miedo por lo que tengo que sacrificar para lograrlo.

De nuevo vestida, me llevan a otra sala de espera donde paso el tiempo leyendo una revista de cotilleos manoseada que ha dejado aquí otra visitante anterior. Paso aquí toda una hora antes de que aparezca otro guardia para llamarme. Este es joven, de rasgos toscos y mirada clínica. Es afroamericano y da la impresión de ser culturista. Mejor no llevarle la contraria.

Me lleva a un cubículo pequeño y claustrofóbico con una repisa manchada y desgastada, una silla y un teléfono anclado a la pared. Por barrera, una plancha gruesa y arañada de metacrilato. Hay toda una hilera de cabinas similares y en todas ellas hay, encorvadas, gentes desesperadas que buscan cierta paz, cierta humanidad en un lugar que no ofrece nada de eso. Oigo retazos de conversación mientras me dirijo al mío. «Mamá no se encuentra bien…», «A nuestro hermano lo han vuelto a meter por conducir borracho…», «Esta vez no tengo ya para pagarle al abogado…», «Ojalá pudieras volver a casa, Bobby. Te echamos tanto de menos…»

Me dejo caer en la silla sin sentir su tacto, sin pensar, porque estoy mirando a través de la barrera nebulosa de plástico a Melvin Royal. Mi exmarido. El padre de mis hijos. El hombre que me enamoró con sus encantos, que me propuso matrimonio en la cabina de una noria de la feria estatal. Ahora no se me escapa que esperó a verme desamparada y aislada para hacerlo. En aquel momento me pareció un gesto muy romántico. Supongo que debió de hacerle gracia imaginarme cayendo al suelo o excitarse al saber que me tenía por completo a su merced.

Todo lo que ha hecho me parece sucio ahora. Sus sonrisas, mecánicas; sus risas, fabricadas. Todo signo público de afecto estaba destinado a la galería.

Y siempre —siempre— acechaba el monstruo bajo la superficie de todo aquello.

Mel no es muy grande. Su fuerza engaña, pero en el juicio supimos que se servía de trucos y astucias para atraer a las mujeres y de pistolas paralizantes y bridas de plástico para someterlas una vez que las tenía. Ha ganado peso, una capa de grasa suave y temblona que se ha instalado sobre sus músculos alargados y ha difuminado la línea en otro tiempo bien delineada de su mandíbula. Era muy vanidoso en lo que tocaba a su aspecto. Y al mío. Quería siempre que estuviera de punta en blanco para dejarlo a él en buen lugar.

No hay mucho más que alcance a reconocer con facilidad sobre él en este momento, porque lo han dejado hecho una mierda. Me permito contemplar la ruina que tengo delante, los hematomas que ya han asomado a su piel, los cortes, el ojo derecho totalmente cerrado y el izquierdo abierto a duras penas. Tiene unos arañazos horribles alrededor de la garganta en los que se distinguen con claridad marcas de dedos. Lleva un vendaje voluminoso en la oreja izquierda y cuando alarga la mano para tomar el teléfono observo que tiene varios dedos rotos y unidos con esparadrapo para inmovilizarlos.

Ni se imagina lo feliz que me hace verlo así.

Descuelgo el teléfono y me lo llevo a la oreja. Su voz me llega ronca, pero, como siempre, estudiada.

—Hola, Gina. Has tardado.

—Se te ve muy bien —contesto yo, y compruebo sorprendida que mi voz suena totalmente normal. Por dentro estoy temblando y ni siquiera sé si es por miedo visceral o por la salvaje alegría que me produce verlo herido. Ante su silencio, añado—: En serio, Mel, te pega mucho esa imagen.

—Gracias por venir —dice él, como si me hubiera enviado una puta invitación, como si esto fuese una cena—. Ya veo que te llegó la carta.

—Y yo veo que has recibido mi respuesta —respondo inclinándome hacia delante para asegurarme de que me ve bien los ojos y la frialdad que quema como hielo seco. Me da miedo, siempre me da miedo, pero estoy totalmente decidida a no dejar que lo perciba—. Ha sido solo una advertencia, Mel. La próxima vez que juegues conmigo, eres un puto hombre muerto. ¿Te ha quedado claro? ¿Necesitamos otra ronda de amenazas falsas?

No parece asustado. Muestra la misma indiferencia que le recuerdo durante la detención, el juicio y la condena, aunque sigue habiendo una fotografía en particular en la que mira por encima de su hombro en la sala de vistas y deja ver el monstruo que se asoma a sus ojos. Resulta escalofriante precisamente por ser verdad.

Apenas parece estar escuchándome. El ruido de su cabeza, sus fantasías deben de haber cobrado muchísima fuerza en este momento. Me pregunto si se imagina destrozándome mientras grito, despedazando también a nuestros hijos. Creo que sí, porque las pupilas se le han contraído por la codicia hasta adquirir el tamaño de una aguja. Mel es como un agujero negro, que no deja escapar ni la luz.

—Veo que has comprado a algún que otro amigo aquí dentro —dice—. Eso está bien, porque todos necesitamos amigos, ¿verdad? Pero la verdad es que me sorprende, Gina, porque nunca se te ha dado bien hacer amigos.

—No he venido a jugar contigo, gilipollas, sino para asegurarme de que entiendes que tienes que olvidarnos y *dejarnos en paz.* No tenemos nada que ver contigo. Nada. Dilo. —Me sudan las palmas de las manos. Con una tengo agarrado el teléfono y la otra está apoyada con fuerza en el mostrador manchado. No veo muy bien sus ojos y necesito verlos para evaluar lo que sale de ellos.

—Sé que no querías que me hicieran daño de este modo, Gina. Tú no eres una mujer cruel. Nunca lo has sido. —Esa voz… ¡Dios! Es la que oigo todavía dentro de mi cabeza. La misma, una voz totalmente calmada y razonable con cierto dejo de compasión. Ha estado practicando, seguro. Se ha estado escuchando y la ha ajustado para dar en las notas precisas. Es el camuflaje del depredador. Pienso en todas las noches que nos hemos sentado juntos, él rodeando mis hombros con un brazo mientras veíamos una película o charlábamos. En las noches que me acurrucaba contra su calor en nuestra cama y él me decía algo en ese mismo tono tranquilizador.

«Mentiroso de mierda…»

—Sí que quería —le contesto—. Cada cardenal, cada corte… Métetelo en la cabeza, Mel: conmigo ya no te funciona.

—¿A qué te refieres?

—A esta… farsa.

Guarda silencio un instante. Casi llego a creer que he herido sus sentimientos, pero, claro, para eso debería convencerme de que los tiene. No, no tiene nada que pueda reconocer como tales y, si hubiera conseguido magullarlos como su piel, me daría igual.

Cuando vuelve a hablar, su voz ha cambiado. En realidad, la voz es la misma, supongo, pero el tono, el timbre… es muy diferente. Ha dejado caer la máscara, igual que hace con cada tercera carta que me envía.

—No deberías enfadarme, Gina.

Odio oír mi antiguo nombre salir de sus labios. Detesto la forma que tiene de ronronearlo. No respondo, sé que mi silencio lo confunde. Me limito a observarlo, sentada en mi silla, y él se inclina de pronto hacia delante. El guardia que está apostado en su lado de la barrera vuelve la mirada hacia él como un rayo láser y acerca la mano a la pistola eléctrica con que va armado, supongo que por evitar pegarle un tiro a un prisionero delante de sus familiares.

Mel no se da cuenta de la presencia del guardia o no le importa. Baja la voz todavía más para decir:

—¿Sabes? Tus acosadores de Internet siguen buscándote y sería una pena que te encontraran. No quiero imaginarme lo que estarían dispuestos a hacer. ¿Tú sí?

Dejo que el silencio sisee entre nosotros como un cable pelado y entonces me inclino hacia delante lentamente hasta quedar a dos dedos del metacrilato. A cuatro dedos de él.

—A la primera sospecha que tenga de que saben dónde estoy, acabaré contigo.

—¿Me dices cómo piensas hacerlo, Gina?, porque aquí tengo la sartén por el mango. Siempre he tenido la sartén por el mango.

Lo miro fijamente. Tiene el teléfono en la mano derecha, pero la izquierda la ha puesto por debajo del mostrador. Su cuerpo tapa la visión del guardia, que está casi a sus espaldas y que ahora me mira a mí y no a Mel.

Advierto con un sobresalto que Melvin se está acariciando la entrepierna, endureciéndose mientras piensa cómo puede organizar mi asesinato. Siento náuseas, pero no terror. Eso ya lo tengo superado. Aunque no le veo los ojos, sé que quien mira por ellos es el monstruo.

Y me sublevo, me enfurezco.

Manteniendo baja la voz, le digo:

—Quítate las manos de la polla, Melvin. La próxima vez que vengas a fastidiarme, no vas a tener nada que tocarte. ¿Me has entendido?

Él me sonríe sin preocupación alguna.

—Si muero aquí, todo lo que sé saldrá a la Red. Yo también lo tengo todo organizado. Como tú.

No lo dudo. Es lo que cabía esperar de él, que me lanzara un último escupitajo desde la tumba. Ya le da igual destruir a sus hijos. Antes los quería, eso lo tengo claro, pero el suyo era un amor egoísta. Estaba orgulloso de ellos porque estaba orgulloso de sí mismo. Los quería porque ellos lo querían, sin preguntas ni condiciones.

Sin embargo, a fin de cuentas, para él solo existen Mel y carne andante de la que sacar provecho. Yo he tenido que aprenderlo a las malas.

Lo único que entiende es la violencia y por eso le he pedido este favor a Absalón. Quiero que Melvin sienta en sus carnes el riesgo que corre cuando nos persigue. El miedo a la muerte es lo único que puede empujarlo a dejarnos en paz. No sé si teme el dolor. Sé que lo experimenta, pero el miedo, en su caso, es algo complicado. Aun así, si de algo estoy segura es de que no quiere morir ni quedar tullido de por vida... salvo que sea respondiendo a sus propias condiciones. Es capaz de llevar el control a niveles enfermizos, perversos.

—A ver qué te parece el trato —le digo—. Tú nos dejas tranquilos y te olvidas de buscarnos y yo no mando que te metan un barrote de hierro por el culo y te maten a golpes en las duchas. ¿Cómo lo ves?

Aunque tiene los labios partidos e hinchados, me sonríe y, al hacerlo, su piel morada se estira y se abre una raja de color carmesí oscuro de la que le baja hasta la barbilla un chorrito de sangre fresca. Gotea hasta sus dedos partidos y mancha la venda de algodón limpio de rojo. Tengo delante al monstruo. Lo ha poseído por entero y ya no tiene interés alguno en ocultarse. Él no parece notarlo o no le importa.

—Cariño —dice—, nunca me había imaginado que tuvieses toda esa violencia en tu interior y, sinceramente, me resulta muy sensual.

—Que te den por el culo.

—Deja que te cuente lo que va a pasar, Gina. —Le encanta pronunciar mi antiguo nombre, hacerlo rodar en su boca. Saborearlo.

Pues que lo haga todo lo que quiera, porque yo ya no soy Gina—. Te conozco. No tienes más misterio que un muñeco de cuerda. Vas a volver corriendo a tu parcelita rural y te vas a echar a rezar para que no cumpla mi amenaza. Vacilarás un día, quizá dos, y luego te darás cuenta de que no puedes contar con mi buena voluntad, meterás a mis hijos en el coche y huirás de nuevo. Los estás destrozando, lo sabes, con tanto correr y tanto esconderos. ¿Crees que no van a desmoronarse? Brady se está volviendo loco en silencio y tú ni siquiera te das cuenta. Pero yo sí lo veo. De tal palo, tal astilla. Y tú vas a salir corriendo y destrozar sus vidas y condenarlos a bajar un tramo más de la espiral…

Cuelgo en mitad de su sosegado y espeluznante sermón, me levanto y lo miro a través del plástico sucio. Hay quien se ha apoyado en esta barrera, porque distingo el contorno sudoroso de huellas de manos y la impresión vaporosa de lápiz de labios.

Escupo.

La saliva golpea el cristal y desciende. Da la impresión de ser una lágrima de Melvin, si no fuese por la sonrisa constante y enfermiza que me muestra su rostro parecería estar llorando. Por un momento me veo abrumada por cuanto me rodea, por el hedor a desinfectante y sudor de este sitio. La visión de la sangre fresca que corre por su barbilla. El modo terrible y asqueroso que tiene su voz de enroscarse en mi interior y hacer que me estremezca de miedo, de asco y de duda por el hecho de haber confiado en esta cosa en el pasado.

Él sigue hablando por el aparato y yo, en lugar de descolgar de nuevo el otro extremo, apoyo las dos manos en el mostrador y miro fijamente al monstruo. Al hombre con el que me casé. Al padre de mis hijos. Al asesino de más de doce muchachas cuyos cadáveres dejó ondulando en el agua mientras se pudrían lentamente, muy lentamente. A una de ellas no llegaron a identificarla. No es ni siquiera un recuerdo.

Lo odio con tanta fuerza que siento que me muero. También me odio a mí misma.

—Voy a matarte —le digo, vocalizando con tanta claridad que sé que me ha entendido pese a la insonorización—. Sucio monstruo hijo de puta. —Soy muy consciente de que me están grabando con la cámara que hay instalada por encima de nuestras cabezas, envuelta en su burbuja protectora. Me da igual. Si algún día acabo del otro lado de este metacrilato, puede que sea solo el precio que he tenido que pagar para proteger a mis hijos. Puedo vivir sin problema con eso.

Se echa a reír. Separa los labios, abre la boca y alcanzo a ver la caverna oscura y en carne viva de su boca. Recuerdo que mordía a sus víctimas con esos mismos dientes, les arrancaba trozos de piel, seguro que con la misma mirada que me está dedicando a mí ahora, mientras se afana en abrir esos párpados hinchados y morados en un gesto que no tiene nada de humano.

—Corre —lo veo decir, moviendo los labios de manera que pueda leérselos—. Sal corriendo.

En vez de eso, doy la vuelta y echo a andar. Lenta, tranquilamente.

Y a él, que le den.

De camino al aeropuerto, superada la descarga de adrenalina, me acometen tales temblores que tengo que hacerme a un lado para comprar una bebida con azúcar que me calme los nervios. Me la tomo en el aparcamiento y luego decido dar un rodeo. Llevo puestas gafas de sol grandes, una peluca roja y un gorro flexible y ya ha empezado a caer la tarde cuando estaciono para salvar a pie las cuatro manzanas que me separan del solar vacío en el que estaba nuestro hogar familiar.

El parque es muy bonito. Está cubierto de césped verde, tupido y bien cuidado. Hay un seto de flores alegres y un cuadrado austero de mármol con una fuente que borbotea en lo alto. Leo la inscripción, que no dice nada de los crímenes que se cometieron en este lugar. Solo recoge una lista de las víctimas de Mel, una fecha y, al final, la frase: LA PAZ SEA EN ESTE LUGAR.

A muy poca distancia hay un banco que invita a sentarse y, a tres metros, una mesita de hierro forjado con sillas sobre un espacio de cemento. En el mismo lugar en el que había estado nuestro salón.

No me siento. No tengo derecho a ponerme cómoda en este lugar. Solo observo, inclino la cabeza unos instantes y me alejo caminando. Si me están observando, no quiero que me reconozcan ni se acerquen a mí. Solo deseo ser una mujer más que ha salido a pasear para disfrutar de este día espléndido.

Tengo la impresión de que me miran, aunque doy por hecho que será el peso de la culpa que cargo sobre mis hombros. Por aquí tienen que rondar aún fantasmas, hambrientos y furiosos. No puedo echárselo en cara. Yo soy la única responsable.

Cuando llego de nuevo al vehículo, he empezado ya a caminar con prisa. De hecho, arranco quizá demasiado rápido, como si me persiguiera algo. Hasta que llevo recorridos varios kilómetros no vuelvo a sentirme otra vez segura ni me quito el peso sofocante de la peluca y el gorro. Las gafas las dejo en su sitio, porque el ocaso deslumbra demasiado.

Vuelvo a aparcar y saco la tableta. La cobertura no es muy buena y tengo que esperar a que se cargue, pero, por fin, la tengo delante: mi casa desde la puerta principal, la parte trasera, el plano general y el interior. Veo que Sam Cade ha vuelto a salir y está clavando las tablas de la terraza aún sin terminar.

Lo llamo y me dice que todo va bien. Todo hace pensar en un día normal y plácido, sin sobresaltos. La normalidad me suena a cielo, un cielo inalcanzable y prohibido. Soy muy consciente del poder que sigue teniendo Mel sobre nosotros. No sé ni sabré quizá cómo nos ha encontrado. Tiene un confidente, por supuesto, aunque puede ser que este no sepa siquiera el daño que está provocando al pasarle información. Mel miente muy bien y siempre ha sido un maestro de la manipulación, un virus muy contagioso suelto por el mundo. Yo debería haber aprovechado mi cartucho para matar a ese hijo de puta. Si llamo a Absalón para contratar algo más definitivo, seguro que me cuesta más de lo que puedo pagar sin meterme en un lío. Lo sé. Además, cuando pienso en contratar a un asesino, aunque sea para que acabe con la vida de un hombre que está en el corredor de la muerte, hay algo en mi interior que se resiste. Puede que sea solo el miedo a que me descubran y mis hijos se queden solos en el mundo, indefensos y desprotegidos.

Hago el resto del viaje con un cuidado extremo, muy pendiente, hasta la paranoia, de quien pueda estar siguiéndome, aunque desesperada por llegar a casa. Cada minuto que pasa es un minuto que no estoy con mis hijos para protegerlos, para ejercer de escudo. Uso el servicio de devolución rápida del coche de alquiler. Los guardias de seguridad, en cambio, parecen no tener prisa alguna y me entran ganas de ponerme a dar voces a esos idiotas de la cola incapaces de quitarse los zapatos y de sacar los portátiles de su funda y sus teléfonos del bolsillo.

Da igual, porque, una vez que consigo pasar, resulta que se ha cancelado el vuelo a Knoxville. Tengo por delante otras dos horas de espera hasta que salga el siguiente y me encuentro calculando distancias. Siento un impulso frenético de salvarlas en coche, de hacer algo, pero sé, claro, que así tardaría todavía más.

Tengo que esperar y lo hago sentada al lado de un enchufe para cargar la tableta. Observo las imágenes de la casa mientras el sol empieza a ponerse y todo el conjunto se ajusta a una escala de grises cargada de ruido. Paso a la cámara interior y veo a Sam en el sofá, viendo la tele con un vaso en la mano. Lanny está ocupada en la cocina. No veo a Connor, debe de estar en su cuarto.

Sigo observando el exterior de la casa. Por si las moscas. Dejo la pantalla encendida incluso cuando llega, por fin, el momento de embarcar y la apago a regañadientes cuando la auxiliar de vuelo me pide que desconecte mis dispositivos electrónicos. Intento no pensar en lo que puede ocurrir durante el tiempo que estoy en el aire. El vuelo no es muy largo, pero sí lo bastante. Saco el dispositivo en cuanto se nos indica que podemos volver a conectarnos, lo engancho a la valiosa red wifi del avión y vuelvo a comprobarlo todo.

En casa reina la paz, una calma que pone el vello de punta. Pienso en la sonrisa ensangrentada de Mel y me encuentro tiritando como si estuviera helada. Puede que lo esté. Apago el aire que tengo sobre el asiento, pido una manta y sigo observando las imágenes que se cargan lentas y llenas de fallos durante todo el vuelo hasta que nos acercamos al aeropuerto.

Tardo una eternidad en llegar a la salida y desembarcar. En ningún momento aparto la mirada de las cámaras mientras avanzo arrastrando los pies en dirección a la puerta. No bien consigo salir, guardo la tableta y echo a correr por la pasarela de acceso a la terminal y, al llegar a esta, me abro camino entre el resto de pasajeros hasta salir a la calle. Vuelvo a sentir el aliento cálido en la nuca y siento el suave roce de mis dientes rechinando.

Una vez fuera, busco frenética en medio de la húmeda oscuridad el lugar en el que aparqué el Jeep. Cuando lo encuentro, vuelvo a mirar las cámaras y dejo la tableta en funcionamiento sobre el asiento del copiloto mientras me alejo a gran velocidad del aeropuerto y me dirijo a Stillhouse Lake. Llamo a Sam y le digo que voy de camino.

Cada vez que me es posible hacerlo, echo un vistazo a las cámaras y me tranquilizo diciéndome que mis hijos están bien, que no ha dado nadie con ellos… En ningún momento dejo de recordar esa sonrisa fantasmal y abominable del rostro partido de Mel.

Esa sonrisa que me dice que todavía no ha acabado.

Que todavía no hemos acabado.

CAPÍTULO 6

La oscuridad se ha hecho ya con la noche de forma incontestable cuando tomo la carretera que me llevará a Stillhouse Lake. Voy demasiado rápido y acelero en las curvas, negras como boca de lobo, con la esperanza de que no haya ningún peatón a estas horas ni a nadie se le haya ocurrido conducir con las luces apagadas.

No. Todo está tranquilo y, teniendo en cuenta que este hogar, este santuario, ha dejado de ser seguro, al llegar al camino de entrada siento un alivio sin sentido. No es más que una ilusión. Siempre lo ha sido.

Sam Cade está sentado en el porche con una cerveza en la mano cuando aparco y apago las luces. Tiendo la mano para apagar la tableta y me encuentro con que la batería se ha agotado por completo. La guardo y tomo aire un par de veces con la intención de recomponerme. Me doy cuenta de que, en realidad, no esperaba llegar y encontrarlo todo bien.

Aunque ese era mi deseo más ardiente.

Salgo y camino hasta el porche. Sam, sin decir nada, me pone en la mano una Samuel Adams fría, que abro y empiezo a beber agradecida. Sabe de maravilla, como volver a casa.

—Ha sido un viaje relámpago, ¿no? —me dice—. ¿Va todo bien?

Me pregunto qué clase de energía debo de estar irradiando para que pregunte eso.

—Sí, eso creo. Tenía solo que arreglar unos asuntos y ya lo he hecho. —En realidad, no he hecho nada. Pensaba que Mel tomaría nota del mensaje, pero, en realidad, ni siquiera estaba preocupado. No me tiene miedo.

Eso quiere decir que más me vale a mí tenerle miedo a él. Otra vez.

—Pues nosotros hemos acabado de montar la estructura principal de la terraza. Unos cuantos días más poniendo tablas e impermeabilizándolo todo y estará lista. —Vacila antes de añadir—: Gwen, ha venido la policía hace una hora más o menos. Querían hacerte unas preguntas más sobre, en fin, la joven del lago. Les he dicho que los llamarías.

El estómago me da un vuelco, pero asiento con la esperanza de parecer relajada.

—Supongo que estarán desesperados por encontrar alguna pista. Tenía la esperanza de que a estas alturas hubiesen dado con algo.

«¿No será algo nuevo? —pienso—. ¿Algo que ha llegado por cortesía de Mel?»

—Imagino que no, porque todavía no han descubierto a quien la ha matado —dice Sam antes de dar otro trago—. No les estarás ocultando nada, ¿verdad?

—No, claro que no.

—Te lo pregunto solo porque no me ha gustado nada su actitud. Ten cuidado cuando hables con ellos, ¿vale? Quizás deberías ir con un abogado.

«¿Un abogado?» Mi primer impulso es de conmoción y rechazo, pero luego lo pienso mejor. Podría no ser mala idea confesar todo lo relativo a mi pasado a un abogado obligado a guardar secreto profesional. A lo mejor me sienta bien poder librarme al fin del peso que me abruma. O puede que no. Si todavía no he sido capaz de confiar todos mis secretos a Sam, contárselos a un abogado provinciano de Norton me resultaría casi imposible. Esta es una ciudad pequeña y la gente habla mucho.

Cambio de tema.

—¿Cómo están los críos?

—Estupendamente. Han cenado *pizza* y tienen deberes. No les ha hecho mucha gracia. Lo de los deberes, digo, porque la comida les ha encantado.

—No me extraña. —De pronto me doy cuenta de que tengo un hambre canina. Llevo todo el día sin nada más sólido que el café y un refresco—. ¿Ha sobrado?

—¿Con dos adolescentes? Pero ¡si se han comido una familiar entre los dos! —Entonces sonríe levemente—. Por eso mismo he pedido dos. Solo hay que calentarla un poco.

—Me has alegrado el día. ¿Te apuntas?

Y así nos encontramos sentados a la mesa de la cocina en silencio mientras yo doy cuenta de dos porciones y pienso en la tercera. Lanny sale de su cuarto y llega con aire despreocupado para tomar una bebida energética y quitarnos un trozo de *pizza*. Levanta una ceja y dice:

—¿Ya estás aquí?

—No te emociones mucho.

Abre entonces los ojos de par en par y se pone a dar palmaditas mientras exclama con una voz tan aguda y empalagosa que resulta desagradable:

—¡Ya estás aquí! ¡Oh, mamá, cuánto te he echado de menos!

Casi me ahogo con la *pizza*. Lanny sonríe con aire satisfecho y se retira a su cuarto, que cierra de un portazo pese a no haber ninguna necesidad. El ruido hace que Connor asome la cabeza. Me ve y, con una sonrisa discreta, me dice:

—Hola, mamá.

—Hola, cielo. ¿Necesitas ayuda con los deberes?

—No. Lo tengo dominado. Es muy fácil. Me alegro de que hayas vuelto.

A él sí le suena sincero, conque respondo con una sonrisa afectuosa. Que se esfuma cuando mi hijo vuelve a meterse en su cuarto y me deja sola ante una realidad cruda: «Mel sabe dónde estamos. Lo sabe. Ha hablado de Brady. Ha hablado explícitamente de mi hijo.»

La respuesta es obvia: Javier tiene lista la furgoneta. Lo único que tengo que hacer es ir allí con el Jeep y traérmela, subir a los niños y salir de aquí. Encontrar otro lugar en el que empezar de cero. Podemos usar los documentos falsos de identidad que tengo escondidos a ochenta kilómetros de aquí, geolocalizados. También he guardado allí parte del dinero y allí lo voy a dejar por el momento. Todavía tengo conmigo más de treinta mil dólares. A Absalón voy a tener que pagarle en *bitcoins* para que nos consiga papeles y pasados nuevos y limpios una vez que quememos nuestras identidades actuales y eso nos costará, por lo menos, otros diez mil. Por la facilidad con que lo hace, sospecho que debe de trabajar para alguna oscura agencia de espionaje en la que abundan las identidades falsas tanto como abunda el correo publicitario.

Melvin quiere que salga huyendo. Eso me ha dicho. Sin embargo, todos huyen del monstruo. «Todos menos quien tiene que matarlo —me dice una voz en la cabeza. Esta vez no es la de Mel, sino la mía propia. Suena tranquila, fría y muy capaz—. No lo hagas. Aquí eres feliz. No dejes que gane. Le sacas ventaja y él lo sabe. Él no quiere morir y tú siempre puedes recurrir a eso.»

Pienso en esto último mientras apuro la *pizza* y la cerveza. Sam me observa, pero no ha querido romper el silencio. No hace ninguna pregunta y eso me gusta.

Al final soy yo la que dice:

—Sam, tengo que contarte algo. Si te vas, lo entenderé. No te culparé. Pero necesito confiar en alguien y he decidido que vas a ser tú.

Parece un tanto sorprendido, muy poco.

—Gwen —responde. Tengo la sensación de que quiere contarme algo y espero a que lo diga, pero él guarda silencio. Al final, menea la cabeza para contestar:

—Venga. Dispara.

—Vamos fuera. No quiero que puedan oírnos los niños.

Salimos al fresco de la noche y nos sentamos juntos. Hoy flotan sobre el lago volutas de vapor nuboso que le dan un aire escalofriante y misterioso. La luna, aunque en cuarto, reina en un cielo despejado y sembrado de estrellas como una señal rural de tráfico a la que hubiesen disparado con postas, y brilla tanto que nos vemos las caras sin dificultad.

Yo, sin embargo, no lo miro cuando empiezo a hablar. No quiero ver el momento en que reciba la noticia.

—En realidad no me llamo Gwen Proctor —le digo—, sino Gina Royal.

Espero. Con el rabillo del ojo observo su lenguaje corporal y no lo veo cambiar.

—Está bien.

Me doy cuenta de que puede no conocer el nombre.

—La mujer de Melvin Royal. Tienes que acordarte de él, el Terror de Kansas.

Respira hondo y se hunde en su asiento. Se lleva la cerveza a los labios y la acaba de un sorbo. Luego se incorpora en silencio mientras da vueltas a la botella entre sus manos. Oigo una ola que se forma en el lago. Debe de haber alguien navegando en medio de la niebla. No se oye motor ninguno, sino remos. La noche está demasiado oscura, pero hay quien prefiere esa oscuridad para navegar.

—A mí me llevaron a juicio como cómplice. Me llamaban la secuacilla de Melvin, pero no lo era. Yo no sabía nada de lo que había hecho él, aunque eso era lo de menos. Lo importante es que la gente quiso creerlo. Me había casado con un monstruo y dormía en su cama. ¿Cómo era posible que no supiese nada?

—Buena pregunta —dice Sam—. ¿Cómo es que no sabías nada?

En su voz hay un tono severo que me hace daño.

Me cuesta tragar y noto un sabor metálico al fondo de la lengua.

—Ni idea. Solo sé que… a él se le daba muy bien fingir que era un ser humano, un buen padre. Que Dios me perdone, pero no lo vi venir. Pensé solo que era… excéntrico. Que nos habíamos distanciado como hacen muchos matrimonios. Solo lo descubrí cuando aquel todoterreno se estampó contra la pared del garaje y descubrieron allí a su última víctima. Yo la vi, Sam. La vi y no voy a olvidar nunca la escena. —Me detengo y lo miro.

Él ha apartado la vista para clavarla en las ondas del lago y la niebla que se levanta. La falta de expresión de su cara me impide saber qué puede estar pensando.

—Me absolvieron —sigo—, pero eso es lo de menos, porque los que creen que soy culpable no van a cambiar de opinión. Quieren castigarme y lo han conseguido. Hemos tenido que mudarnos, huir y cambiar de nombre más de una vez.

—Puede que tengan algo de razón. —Su voz suena distinta, rígida y severa—. A lo mejor siguen pensando que eres culpable.

—¡Pero es que soy inocente! —Vuelve a dolerme el lugar de mi interior donde pensaba que, en algún momento, crecería la esperanza. Ahora siento su muerte en tiempo real—. ¿Y mis hijos? Ellos no merecen esta mierda. En absoluto.

Él permanece un buen rato en silencio, pero, al menos, no se ha levantado para marcharse. Está pensando. No sé lo que tendrá ahora en la cabeza y da la impresión de ir a hablar por lo menos seis veces, aunque después se arrepiente y deja correr la ocasión.

Cuando por fin habla no es para decir lo que yo esperaba.

—Debe de preocuparte que te encuentren las familias de las víctimas.

—Sí. A todas horas. Me cuesta mucho confiar en nadie. Lo entiendes, ¿verdad? Por fin tenemos aquí un hogar, Sam, y no quiero marcharme, pero…

—¿La mataste tú? —me pregunta—. A la chica del lago. ¿Por eso me estás contando esto ahora?

Me he quedado muda. Miro su perfil y no tengo palabras. No siento nada, igual que ocurre cuando uno sufre una herida profunda. «He cometido un error terrible —pienso—. ¡Qué estúpida eres! ¡Qué estúpida!» Porque nunca habría esperado semejante cambio de actitud de Sam, ni con tanta rapidez.

—No —consigo decir al fin. ¿Qué más puedo decir?—. Nunca he matado a nadie. Ni siquiera he herido a nadie. —Eso no es del todo cierto, pienso recordando las magulladuras y los cortes de Mel, la amarga satisfacción que me ha producido hoy el daño que le han hecho, pero, con esta única excepción particular, sí es verdad—. No sé cómo puedo convencerte de eso.

Él no responde. Pasamos un rato sumidos en el silencio. No es cómodo, pero tampoco seré yo quien acabe con él.

Al final, es Sam.

—Lo siento, Gwen. ¿Quieres que te siga llamando…?

—Sí —respondo—. Siempre. Gina Royal murió hace ya mucho por lo que a mí respecta.

—¿Y… y tu marido?

—Exmarido. Sigue vivo en la prisión de El Dorado, que es adonde he ido hoy.

—¿Todavía vas a visitarlo? —No puedo pasar por alto el tono de repugnancia, la traición, como si acabara de hacer añicos la imagen que podía haberse hecho de mí—. Por Dios, Gwen…

—No, esta es la primera vez que lo veo desde que lo detuvieron. Créeme que prefiero cortarme las venas a mirarlo a los ojos, pero me ha amenazado, ha amenazado a mis hijos. Eso es lo que quería contarte: ha descubierto dónde estamos, Dios sabe cómo. Lo único que tiene que hacer es decírselo a cualquiera de los tipos que nos han estado acechando. Tenía que verlo para dejarle muy claro que no pensaba seguirle el juego.

—¿Y cómo ha ido?

—Como esperaba, más o menos. Y ahora tengo que tomar una decisión enorme. Huir o quedarme aquí. Yo quiero quedarme, Sam, pero…

—Pero sería mucho más inteligente mudarse —dice él—. Mira, no tengo ni idea de lo que has tenido que soportar, pero a mí no me preocuparía tanto un ex en la cárcel como… las familias de las víctimas. Han perdido a un ser querido y quizá piensan que, si consiguen que él sufra una pérdida similar, estarán haciendo justicia.

Eso me preocupa. Me preocupan el dolor y la rabia reales y justificados de esa gente. Me preocupa la malicia estéril e insensible de la Psicopatrulla, para la que todo esto no es sino un ejercicio de sociopatía. Me preocupa todo el mundo.

—Puede ser —respondo—. Dios, si ni siquiera puedo decir que no lo entendería, porque lo comprendo. —Guardo silencio y doy otro trago a mi cerveza con la única intención de quitarme el mal sabor de boca—. Mel está en el corredor de la muerte, pero todavía queda mucho para que lo aten a la camilla y estoy convencida de que se suicidará antes de que eso ocurra. Nunca soltará las riendas.

—Entonces, a lo mejor no deberías huir. Eso es lo que él espera, tenerte asustada y de mudanza continua. —Guarda silencio y, tras dejar la botella en el suelo del porche, prosigue al fin—: ¿Estás asustada?

—Muerta de miedo —le digo. A Mel le habría dicho *acojonada*. Es curioso, pero delante de él he blasfemado como un carretero, porque ha conseguido sacar toda la rabia que tenía contenida. Sin embargo, con Sam no siento ningún deseo de usar ese lenguaje. No estoy a la defensiva ni necesito ese escudo—. No te voy a decir que no me importe lo que me ocurra a mí, porque sí que me asusta, pero mis niños… Ellos ya han tenido que aguantar bastante por el simple hecho de ser hijos de alguien como… él. Ya sé que para ellos es mejor que nos quedemos, pero ¿cómo asumo ese riesgo?

—¿Lo saben? ¿Saben lo de su padre?

—Sí, gran parte. Intento mantenerlos al margen de los detalles más terribles, pero… —digo encogiéndome de hombros con gesto de impotencia— estamos en la era de Internet. Lanny debe de saberlo casi todo a estas alturas y Connor… Dios, espero que no. Si ya es duro para un adulto, no puedo ni imaginar lo que tiene que ser para un crío de su edad.

—Los niños son más fuertes de lo que crees. Morbosos, también —dice Sam—. Yo, por lo menos, lo era. Curioseaba los bichos muertos, contaba historias de miedo… Pero hay una gran diferencia entre la imaginación y la realidad. No dejes nunca que vean las fotos.

En ese momento recuerdo que él sirvió en Afganistán. Me pregunto qué vería allí para que hable en un tono tan funesto. Más que yo, supongo, y eso que yo tuve que enfrentarme a todas esas fotografías aterradoras y al horror y la rabia de las familias de las víctimas durante mi juicio. De las que tuvieron el estómago de asistir, que a esas alturas no fueron muchas. Cuando me absolvieron, hubo solo cuatro que permanecieron en la sala para oír el veredicto.

Tres de ellos amenazaron con matarme.

La mayoría de los familiares habían estado presentes en el proceso de Mel, o eso oí, y aquello los había destrozado. A él, en cambio, le había parecido todo un verdadero aburrimiento. Había estado bostezando e incluso se había dormido. Hasta se echó a reír cuando una madre se desmayó al ver por primera vez la imagen del rostro en descomposición de su hija flotando bajo el agua. Leí los artículos que hablaban de eso.

Para él, el dolor de aquella mujer, el dolor de aquella madre, no valía una mierda.

—Sam… —No sé lo que quiero decirle. Solo sé lo que quiero que diga él: que todo va a salir bien, que me perdona, que la paz que hemos creado entre los dos, esta relación frágil y sin nombre, no ha muerto asesinada por mis palabras.

Se levanta sin dejar de mirar el lago y mete las manos en los bolsillos de sus vaqueros. No necesito ser psicóloga para saber que se trata de una retirada.

—Sé lo difícil que ha sido para ti hablar de esto y no digo que no valore tu confianza, pero… Tengo que pensar en esto —me dice—. No te preocupes, no se lo voy a contar a nadie. Te lo prometo.

—Es que nunca te lo habría contado si hubiese sospechado lo contrario. —Me doy cuenta de que lo más duro no es revelarle la verdad, sino el miedo desgarrador que siento en mi interior a que me dé la espalda, a que sea este el último instante de nuestra amistad o aun de nuestro acuerdo. Nunca pensé que dolería, pero duele ver arrancadas las frágiles raicitas que había estado echando. Quizá sea lo mejor, intento decirme, aunque todo lo que siento es pena.

—Buenas noches, Gwen —dice mientras echa a andar escalones abajo. Sin embargo, no avanza mucho cuando se detiene vacilante y da media vuelta para mirarme. No puedo leer bien su expresión, pero por lo menos veo que no está enfadado—. ¿Estarás bien?

Me suena a despedida. Asiento sin decir nada, porque nada de lo que pueda decir va a ser de ayuda. La paranoia eclosiona en mi interior y empieza a enroscar sus zarcillos a mi alrededor. «¿Y si no mantiene su palabra? ¿Y si lo va contando por ahí? ¿Y si lo comparte en las redes sociales? ¿Y si revela quiénes somos?»

En cierto modo, me doy cuenta de que he tomado la decisión sin tomar ninguna decisión. He descartado opciones con esta conversación. Mel sabe dónde estamos y ahora Sam Cade lo sabe también todo. Amigo o no, aliado o no, no puedo confiar en él. No puedo confiar en nadie. Nunca he podido. Llevo meses engañándome, pero ya he despertado del sueño. Puede que les complique las cosas a mis hijos, pero tengo que pensar primero en su integridad física y luego en la psíquica.

Lo veo sumirse en la oscuridad y, acto seguido, saco el móvil y envío un mensaje a Absalón:

Último msj durante un tiempo —escribo—. Me voy pronto. Hay que destruir identidades y teléfonos. Voy a necesitar nuevos sobre la marcha. Por el momento puedo usar los de repuesto.

Apenas tardo unos segundos en recibir la respuesta. Me pregunto cuándo dormirá Absalón, si es que duerme.

Identidades, mismo precio en *bitcoins*. Pueden tardar un poco. Ya conoces las instrucciones.

Nunca pregunta qué ha pasado para que tengamos que huir. De hecho, ni siquiera estoy segura de que le importe.

Entro para ver cómo están los críos. Están bien, viviendo en sus propios mundos separados. Ojalá pudiésemos conservar esta paz, este lujo. El deleite salvaje y oscuro que he visto en la mirada de Mel has desgarrado todo eso y, ahora que Sam no está, me siento desnuda ante el mundo como nunca antes lo había estado.

Tomo otra cerveza y me siento delante del ordenador. Sigo los pasos que Absalón ha hecho que me aprenda para enviarle el pago. En ese momento se me ocurre que voy a tener que quemar también este equipo. Tiene demasiada información en su interior, de modo que necesitaré llevármelo conmigo, freír el disco duro y reducirlo a trocitos antes de hundirlo en las aguas de un río. Empezar con un ordenador nuevo a partir de la copia de seguridad.

«Empezar de cero», me digo e intento creer que no es solo otra retirada, otra capa de mí misma de la que me estoy despojando. A estas alturas estoy a punto de llegar al hueso.

Me pongo a hacer una lista mental de lo que tengo que destruir, lo que tengo que empaquetar y lo que tengo que dejar atrás, aunque no he avanzado mucho cuando oigo una sucesión de golpes fuertes y firmes en la puerta principal, tan ruidosa y perentoria que hace que me levante de un salto de mi asiento y saque la pistola antes de ir a comprobar las imágenes de la cámara de seguridad para ver quién está ahí fuera.

Es la policía. El agente Graham, alto, fornido y tan acicalado como siempre. Aunque no me hace mucha gracia, vuelvo a guardar el arma en su caja bajo llave antes de abrir la puerta. Ese hombre, al que he tenido en casa de visita y ha comido en mi mesa, ni siquiera me sonríe.

—Señora —me dice—, necesito que me acompañe.

Al mirarlo me pasan por la cabeza varias cosas. En primer lugar, ha tenido que estar vigilándome para saber que he vuelto a casa, aunque también es probable que lo haya avisado Sam. En segundo lugar, lo de venir a estas horas está pensado para asustarme y dejarme fuera de juego. Cuestión de táctica. Sin embargo, conozco las reglas tan bien como él. Estoy convencida.

Espero unos segundos sin responder, sin moverme. Lucho con la irresistible marea de recuerdos y de miedo hasta que, al final, digo:

—Es muy tarde. Puede pasar si tiene preguntas que hacerme, pero no pienso dejar solos a mis hijos. Ni muerta.

—Mandaré a un compañero para que se quede con ellos—responde—, pero tiene que venir conmigo a comisaría, señora Proctor.

Lo miro con aire intimidatorio. Gina Royal, esa pobre mujer débil y estúpida, se habría puesto a temblar y a quejarse, pero lo habría acompañado igualmente con total pasividad. Porque lo suyo era ser pasiva. Por desgracia para el agente Graham, yo no soy Gina Royal.

—La orden judicial —digo en un tono de voz plano y práctico—. ¿La tiene?

Él da un paso atrás. Sus ojos me estudian con más detenimiento, volviendo a evaluar su estrategia de dominio rápido. Lo veo considerar y desechar unas cuantas opciones antes de decir en un tono mucho más amigable:

—Gwen, esto va a ser mucho más fácil si vienes voluntariamente. No hay necesidad de someterte a todo lo que ocurrirá si acabamos consiguiendo una orden judicial. Además, ¿qué pasará si todo esto se complica y acabas con antecedentes penales? ¿Crees que vas a poder conservar a tus hijos?

Ni siquiera pestañeo, aunque reconozco que es una buena línea de ataque. Muy astuta.

—Necesita una orden judicial para obligarme a acompañarlo a comisaría. Hasta entonces, no tengo por qué contestar ninguna pregunta y prefiero no hacerlo. Estoy en mi derecho. Buenas noches, agente Graham.

Empiezo a cerrar la puerta. El pulso se me acelera y se me tensan los músculos cuando golpea la madera con la palma de la mano para mantenerla abierta. Con su peso, podría hacerme caer y entrar. Ya he considerado varias posibilidades. La pistola que está en la caja no me va a servir de nada, porque hasta el candado que se abre con huella digital tarda demasiado y él se me habría echado encima antes de que pudiese quitarlo. Lo mejor que puedo hacer es retirarme a la cocina, donde tengo una ocho milímetros pequeña escondida debajo del cajón de sastre, por no hablar de un bloque erizado de cuchillos. Este cálculo lo hago de manera involuntaria, gracias a años de simulacros paranoicos, aunque, sinceramente, dudo mucho que se vuelva violento.

Simplemente sé cómo reaccionar si eso llegara a suceder.

El agente Graham sigue ahí con la puerta entreabierta y con algo en su gesto que parece pedir disculpas.

—Señora, hemos recibido un soplo anónimo de alguien del vecindario que dice haberla visto en el lago, a bordo de una embarcación, la noche que arrojaron al agua el cadáver de la mujer y da la casualidad de que la descripción coincide con lo que vio su hija. O viene conmigo ahora o en cuestión de media hora tendrá aquí a los inspectores, que seguro que no se conforman con una respuesta negativa. Si necesitan una orden judicial para conseguir que coopere, traerán una. Sería mucho mejor para usted que viniera conmigo, así daría muestra de buena fe de su parte.

—Entonces, lo que me está diciendo es que no tienen nada más que un soplo anónimo —respondo, aunque mi cerebro no deja de decir a gritos: «Sam. ¿Habrá sido capaz Sam de hacerte esto?». Sin embargo, tengo que reconocer con un escalofrío que es más probable que sea Mel quien, de un modo u otro, está detrás de esto—. Suerte con esa orden judicial. No encontrarán nada en mi historial: soy una mujer decente con dos hijos y no pienso ir con usted a ninguna parte.

En ese momento cede y me deja cerrar la puerta, cosa que hago con cuidado, aunque lo que deseo es dar un portazo. Las manos me tiemblan un poco mientras vuelvo a echar todos los cerrojos y activo otra vez la alarma.

Al darme la vuelta, me encuentro a Connor y a Lanny de pie en el pasillo y con la mirada clavada en mí. La mayor se ha colocado delante del pequeño. Lleva un cuchillo de cocina en la mano. En ese instante advierto sobresaltada hasta qué punto les ha afectado mi paranoia, en particular a mi hija, que parece, a todas luces, dispuesta a matar por defender a su hermano, aun en ausencia de una amenaza inmediata. Me alegro de que no haya dado con ninguna pistola.

El agente Graham tiene razón. Tengo que llevarla al campo de tiro y adiestrarla como es debido, porque la conozco y sé que, de aquí a poco, no servirán de nada mis órdenes de no acercarse a las armas. No quiere que yo lo sepa, pero me toma como ejemplo. Al verla con el cuchillo en la mano, blanca y preocupada, aunque sin miedo, la quiero con una intensidad que me resulta dolorosa. También me espanta ver en qué la he convertido.

—No pasa nada —digo con dulzura, aunque no es verdad—. Lanny, por favor, suelta el cuchillo.

—Supongo que no es muy buena idea ir por ahí apuñalando policías —dice ella—, pero, mamá, si…

—Si vuelven con un documento oficial, los acompañaré sin rechistar. Y tú cuidarás de Connor. Connor, harás lo que te diga Lanny. ¿De acuerdo?

—Pero el hombre de la casa soy yo.

La protesta de mi hijo me aterra, porque creo oír en ella un eco de su padre. Sin embargo, a diferencia de él, no expresa asertividad agresiva, sino una simple queja.

Lanny pone los ojos en blanco mientras vuelve a meter el cuchillo en el bloque de madera, aunque no dice nada. En lugar de eso, empuja suavemente a su hermano en dirección a su dormitorio. Él, sin embargo, planta los pies en el suelo y se niega a irse. Está demasiado ocupado mirándome ansioso con ese nudo de inquietud que se le forma en el entrecejo.

—Mamá —me dice—, tendríamos que irnos de aquí. Ya. Irnos sin pensarlo.

—¿Qué? —le espeta Lanny sin poder contenerse y enseguida me doy cuenta de que ella también ha estado dándole vueltas a ello. Ha temido la noticia, que esperaba que llegaría. He tenido a mis hijos haciendo equilibrio sobre el filo de ese cuchillo demasiado tiempo—. No, no. Dime que no. ¿Que nos vamos? ¿Hay que irse? ¿Esta noche?

Salta a la vista que todo su ser es una súplica. Acaba de hacer amigos, algo que perdió en Wichita en medio de un torbellino de horror inimaginable. Ha encontrado, aunque de manera fugaz, una porción de felicidad. Sin embargo, más que un ruego, lo que expresa es una esperanza.

No tengo que responder a la pregunta, porque lo hace ella. Mira al suelo y dice:

—Sí, sí. Claro que hay que irse. No hay más remedio, ¿verdad? En cuanto se ponga a investigar la poli, descubrirán que…

—Si me toman las huellas dactilares, sí, descubrirán quiénes somos. Si les he dado largas es para ganar tiempo. —Respiro hondo, tan hondo que duele—. Recoged solo lo imprescindible. Lo que quepa en una maleta, ¿de acuerdo?

—Vas a sentirte culpable si huimos ahora —me dice mi hija, que, por supuesto, tiene razón.

Yo, sin embargo, no puedo frenar este tren: está fuera de todo control que pueda ejercer yo. Si nos quedamos, corremos peligro de encontrarnos azotados por una tormenta doble. Huir puede hacer que parezcamos culpables, pero, por lo menos, podré apartarlos de todo esto, poner a mis hijos a salvo y volver luego a demostrar mi inocencia.

Connor echa a correr como un perdigón y Lanny me mira en silencio afligido antes de seguirlo.

—Lo siento —le digo yo cuando ya se ha dado la vuelta.

Ella no dice nada.

CAPÍTULO 7

Aunque es tardísimo, llamo a Javier y le pido que me traiga la furgoneta cuanto antes. Le digo que tiene listo el Jeep y que le pagaré una cantidad extra por las molestias. Él no hace preguntas y promete estar con nosotros en media hora. Demasiado justo.

Voy a mi cuarto, desenchufo el portátil y lo meto en mi bolsa de mano para desarmarlo y deshacerme de él más tarde. No paso por alto que, en esto, tengo algo en común con mi exmarido.

«Esta vez es distinto, ¿verdad? —me susurra la voz fantasmagórica de Mel mientras meto en la bolsa el peso extra de cosas que quiero conservar—. Esta vez no huyes de tus acosadores, ni siquiera de mí, sino de la policía. ¿Hasta dónde crees que vas a poder llegar cuando empiecen a buscarte de verdad, cuando te esté buscando todo el mundo?»

Me detengo en el momento de recoger el álbum de fotos que nunca dejo atrás, en el que no hay una sola imagen suya: solo salimos los niños y yo y algunos amigos. Mel bien podría no haber existido nunca. Aunque tiene razón. Si no él, el Mel de mi cabeza. Si huyo y deciden que vale la pena perseguirme, esto terminará siendo un caso totalmente distinto. Dudo que Absalón vaya a ayudarme a burlar la justicia. De hecho, sería el primero en delatarme.

Llaman a la puerta. Meto el álbum, cierro la cremallera y dejo la bolsa sobre la cama. Mis demás posesiones son todas baratas, fáciles de reemplazar y desechables.

Voy a abrir y es Javier quien está de pie ante mí.

—Gracias —le digo—. Voy por tus llaves…

Me interrumpe para decirme con aire apesadumbrado:

—Sí, pero… En fin, nunca he tenido la ocasión de comentártelo, pero que sepas que también trabajo de colaborador de la policía. He oído en la radio que te estaban buscando para interrogarte más o menos cuando me has llamado por lo de la furgoneta. No vas a ir a ninguna parte, Gwen. Entenderás que no he tenido más remedio que llamarlos.

Justo detrás de él está el inspector Prester, que hoy lleva un traje oscuro y una corbata azul con el nudo tan mal hecho que no puedo evitar preguntarme si no se habrá conformado con atarla por el centro. Parece cansado y molesto y tiene en la mano una hoja de papel pulcramente doblada en tres con un sello oficial.

—Estoy muy decepcionado, señora Proctor —me dice—. Pensaba que habíamos tenido una conversación civilizada y nos habíamos entendido, pero estaba a punto de huir de mí y tengo que decirle que esto no pinta nada bien. En absoluto.

Siento cómo me atenaza la trampa, no una de las de cazar osos, sino una hecha con hilos de seda que se entrelazan para formar una red indestructible. Puedo gritar, puedo montar en cólera, pero de esto ya no voy a poder huir.

Sea lo que sea.

Dedico a Javier una sonrisa muy poco sincera y digo:

—Está bien.

Él no me devuelve el gesto. Me está estudiando con muchísimo recelo. Sé que todos son conscientes de que tengo el permiso de armas, de que soy peligrosa, y me pregunto si no tendrán francotiradores ocultos en la oscuridad.

Pienso en mis hijos y levanto las manos.

—No voy armada. Por favor, compruébenlo.

Prester se encarga de hacer los honores tentándome con manos veloces e impersonales. Recuerdo con un destello la primera vez que le ocurrió algo así a Gina Royal, apoyada sobre el capó abrasador del monovolumen familiar. A esa pobre mujer estúpida, a la que aquello le pareció invasivo. No tenía ni idea de lo que le aguardaba.

—No tiene nada —confirma Prester—. Está bien, vamos a intentar hacerlo lo más sencillo posible, ¿de acuerdo?

—Los acompañaré sin rechistar si me dejan hablar primero con mis hijos.

—Muy bien. Javier, entra tú con ella.

Él asiente y saca una funda negra del bolsillo para prendérsela en el cinturón. En ella reluce una estrella de ayudante policial bañada en oro. Ahora está oficialmente de servicio.

Al entrar me encuentro a Lanny y a Connor sentados en tensión en el sofá con la mirada clavada en la puerta. Cuando me ven los noto distenderse aliviados, como si se derritiera su tirantez, pero esta actitud cambia de nuevo cuando entra Javier y se coloca en posición de guardia.

—¿Mamá? —A mi hija se le quiebra la voz—. ¿Pasa algo?

Me hundo en el sofá para envolverlos a ambos con los brazos y atraerlos hacia mí y los beso antes de decirles con la voz tan suave como me es posible:

—Tengo que irme con el inspector Prester. No os preocupéis por nada. Javier se va a quedar aquí con vosotros hasta que vuelva.

Levanto la vista para mirarlo y él asiente y aparta la suya. Lanny no está llorando, pero Connor sí, muy en silencio. Se seca los ojos con las manos y veo que está furioso consigo mismo. Ninguno de los dos dice nada.

—Os quiero muchísimo a los dos —les digo yo antes de levantarme—. Por favor, cuidaos como hermanos hasta que vuelva.

—Si vuelves —señala Lanny con poco más que un susurro.

Yo finjo no haberlo oído, porque sé que, si la miro, voy a derrumbarme y van a tener que alejarme de mis hijos a rastras.

Me las compongo para salir por mi propio pie de la casa, bajar los escalones y llegar hasta Prester, que espera al lado de su coche. Cuando miro dentro, veo a Javier entrar en la cabaña y cerrarla con llave.

—Tranquila, que estarán bien —me asegura el inspector, que me lleva a la parte de atrás y se agacha para entrar conmigo.

Es como compartir un taxi, pienso yo, con la diferencia de que las puertas no se abren desde dentro. Por lo menos la carrera es gratis. Graham se sienta delante para conducir.

Prester no dice nada ni puedo deducir nada de su actitud. Es como estar sentada al lado de un pedazo de granito calentado por el sol que desprende un leve olor a productos de lavado en seco y a Old Spice. No sé a lo que le oleré yo. A miedo, imagino. Al aroma sudoroso de una mujer culpable. Sé cómo piensan los polis y sé que no habrían venido a buscarme si no me considerasen lo que a ellos les gusta llamar «principal sospechoso», que no es otra cosa que un sospechoso al que todavía no pueden acusar formalmente por falta de pruebas. Me preocupa Lanny por la responsabilidad tan grande que se le ha venido encima en un momento tan delicado de su vida. Entonces me doy cuenta de que estoy pensando como lo haría si fuese de veras culpable.

Y no lo soy, ni de la muerte del lago ni de nada. Solo soy culpable de haberme casado con el hombre equivocado y de no haber sido capaz de descubrir que era el demonio con piel de ser humano.

Tomo aire lentamente, lo suelto y digo:

—No sé qué piensan que he hecho, pero se equivocan.

—Yo nunca he dicho que haya hecho usted nada —asevera Prester—. Por usar una frase muy propia de los ingleses, queremos que nos ayude con la investigación. —El acento británico se le da casi tan mal como las corbatas.

—Si no fuera sospechosa, no tendrían una orden judicial contra mí —le digo sin ambages.

Por toda respuesta, Prester despliega el documento que me ha enseñado. El documento es auténtico y el membrete tiene el sello oficial de la capital y las palabras ORDEN DE DETENCIÓN impresas en negrita, pero donde debería estar el texto detallado, no aparecen sino las estupideces que usan los diseñadores gráficos para rellenar espacio: «Lorem ipsum…». Yo las he usado tantas veces que no puedo evitar soltar una risita.

—Con la información que tenemos ahora nunca nos concederían una de verdad, señora Proctor. Eso sí se lo puedo decir.

—Muy bien hecho, el papelito. ¿Siempre funciona tan bien?

—No falla nunca. Los palurdos de aquí le echan un vistazo y piensan que serán latinajos oficiales del Gobierno o alguna gilipollez por el estilo.

Esta vez me echo a reír con ganas mientras imagino a un borracho encabronado intentando descifrar aquello. «Latinajos oficiales del Gobierno.»

—¿Y qué es eso tan urgente que tienen que venir a sacarme de mi casa en mitad de la noche para preguntarme?

La sonrisa casi imaginaria de Prester se desvanece cuando me mira con gesto indescifrable para decirme:

—Su nombre. Lleva un tiempo engañando a todo el mundo y tengo que decirle que no me hace mucha gracia. Hoy hemos recibido una llamada anónima que nos ha revelado su verdadera identidad y hemos sabido que podía estar pensando en poner pies en polvorosa, así que he tenido que actuar con rapidez.

La respuesta me desconcierta un poco, aunque en realidad no me sorprende: cabía esperar una jugada así de mi exmarido, algo que me hiciera la vida más difícil y lamentable. Sería capaz de cualquier cosa, de cualquier maldad por hacerme daño. Con eso, además, me deja aquí, confinada en Norton, y me impide volver a empezar el ciclo. En lugar de contestar, vuelvo la cabeza.

—Se puede imaginar lo extraño que parece todo esto —dice Prester—, ¿verdad?

No respondo. No hay nada que pueda decir para mejorar mi situación. Me limito a esperar mientras el coche patrulla toma con un bote la salida a la carretera principal de Norton y acelera en dirección al municipio.

Ni me inmuto cuando Prester despliega las fotos delante de mí. ¿Por qué iba a hacerlo? A estas alturas he tenido que enfrentarme ya cientos de veces a las repugnantes obras de Melvin Royal. Estoy más que habituada al horror.

Solo hay dos que, pese a todo, hacen que me tiemble el pecho.

La de la joven que cuelga sin vida de un cable en mi antiguo garaje, despojada no solo de su ropa, sino también de parte de su piel.

Y la que tomaron bajo el agua del jardín de Mel, hecho con mujeres que flotaban a oscuras de un modo sobrecogedor con las piernas fuertemente atadas a cadenas que las lastraban al fondo. Algunas eran ya poco más que esqueletos.

Mi exmarido había convertido la eliminación de los cadáveres en toda una ciencia. Había estudiado el peso exacto que debía usar. Lo había calculado mediante ensayo y error con animales muertos hasta estar seguro de cuánto añadir para mantenerlos sujetos al suelo. Todo eso había salido a la luz durante el juicio.

Mel es peor que un monstruo: es un monstruo muy listo.

Sé que no me ayuda mantener una actitud calmada y no estremecerme mientras contemplo todo este horror, pero también soy consciente de que fingirlo se vería artificial. Alzo la mirada más allá del repertorio fotográfico que tengo ante mí para sostener la de Prester.

—Si lo que quiere es impresionarme, va a tener que esforzarse un poco más. Intente imaginar las veces que he tenido que ver ya todo esto.

Por toda respuesta, él coloca una instantánea más a la colección. Enseguida veo que está tomada desde los pantalanes de Stillhouse Lake, probablemente del que no cae muy lejos de la puerta de mi casa. En el cuadro asoman las puntas desgastadas de los mismos zapatos de cuero calado que lleva ahora Prester y unos negros reglamentarios que deben de ser de un agente de uniforme, quizá Graham. Me fijo en los zapatos para evitar centrarme en lo que ocupa el centro de la fotografía.

La joven en la que al fin me obligo a fijar la vista apenas resulta reconocible. Es poco más que un muñeco anatómico de músculos rosados y ligamentos de color amarillo apagado entre los que de cuando en cuando se entrevé el blanco del hueso, ojos hinchados y empañados y una mata de pelo oscuro y húmedo como un alga que oculta parte del rostro despellejado. El hecho de que tenga los labios intactos no hace sino empeorar lo que tiene de impúdico el conjunto. No quiero pensar por qué siguen estando completos, perfectos.

—Le pusieron peso para echarla al fondo —me dice Prester—. Sin embargo, la hélice cortó la cuerda y las bacterias intestinales la hicieron subir a la superficie. En realidad, no habría hecho falta mucho para dejarla abajo, ya que no tiene piel y los gases pueden escapar por muchas partes. Aunque supongo que todo esto se lo sabrá muy bien, ¿verdad? ¿No era eso lo que hacía su marido?

Las víctimas de Mel no habían salido a la superficie. De hecho, habría coleccionado otra docena para su jardín mudo y ondulante si no hubiera sido por *Aquello*. Desde luego, si hubo algo de lo que no fue culpable Mel fue de hacer mal lo que se proponía.

—A Melvin Royal —me limito a responder— le gustaba hacerles esta clase de cosas a las mujeres, si es eso lo que quiere decir.

—Y se deshacía de ellas en el agua, ¿no es así?

Asiento con la cabeza. Ahora que he clavado la mirada en la muchacha muerta no soy capaz de despegarla. Duele tanto como mirar fijamente al sol. Sé que la imagen quedará grabada a fuego en mi cerebro para siempre. Trago saliva y noto un chasquido en la garganta. Toso y de pronto siento una necesidad apremiante de vomitar. Consigo contenerla, no sé cómo, pero siento que me empieza a atravesar el sudor la piel, que de pronto se ha puesto fría.

Prester se da cuenta. Tiene al lado una botella de agua y la empuja para ofrecérmela. La destapo y trago, agradecida por el peso fresco y cristalino que percibo en el estómago. Me bebo la mitad de la botella antes de volver a taparla y dejarla a un lado. Se trata de una maniobra para conseguir mi ADN. Me da igual. Si lo que quiere es esperar, puede pedir información a la policía de Kansas. Allí estoy bien documentada, registrada, fotografiada y archivada y, aunque la antigua Gina Royal esté muerta para mí, seguimos compartiendo sangre, huesos y cuerpo.

—Ya ve el problema que se me presenta —me dice con esa voz cálida y lenta, profunda y monótona que me lleva a pensar en jueces de otro tiempo aficionados a la horca, en caperuzas, sogas, nudos corredizos… Pienso en la joven que pendía del extremo de un cable—. Usted estuvo implicada en un caso como este en Kansas. La juzgaron por su complicidad en los hechos. En mi opinión, no es fácil entender que semejante coincidencia vuelva a ocurrir tan cerca de usted.

—Yo nunca supe nada de lo que hacía Mel. Nunca, hasta el día del accidente.

—No deja de ser curioso que su vecina dijese otra cosa.

Eso hace que me tense pese a todos mis empeños en mantener la calma.

—¿La señora Millson? Esa cotilla redomada solo vio una oportunidad de convertirse en estrella de la telerrealidad. Cometió perjurio para salir en las noticias. Mi abogado desbarató su testimonio en los tribunales. Todo el mundo sabe que mentía y que yo no tuve nada que ver con todo aquello. ¡Me absolvieron!

Prester no pestañea ni cambia su expresión.

—Absuelta o no, esto no la pone en muy buen lugar. Es el mismo crimen y con su mismo sello. Así que vamos a repasarlo todo paso a paso.

Coloca otra fotografía que tapa la primera. En cierto sentido, es tan estremecedora como la otra, porque representa a una joven castaña de aspecto saludable y sonrisa traviesa que está sentada y tiene la cabeza inclinada hasta tocar la de otra mujer de la misma edad, rubia y dotada de una dulce mirada anhelante. Amigas, supongo, porque no se parecen tanto para ser familia.

—Este es el aspecto que tenía Rain Harrington, la muchacha que apareció flotando en nuestro lago. Guapa. Por aquí la querían mucho. Diecinueve añitos tenía. Quería ser veterinaria. —Añade al montón una foto de ella acunando a un perro herido al que han colocado un vendaje. Aunque sé que se trata de una manipulación sentimental descarada, no puedo evitar que me sacuda el interior como un sutil terremoto. Aparto la mirada—. Una chiquilla amable, adorable, sin un puñetero enemigo. ¡No aparte la vista!

Da la orden con un bramido espantosamente elevado, pero, si pretende hacer que me encoja de miedo, se va a llevar un chasco de narices. Si no lo hago en el campo de tiro al sentir en la mano el retroceso de la pistola, no pienso mostrarme débil aquí. La táctica, sin embargo, no es mala. La policía de Kansas podría haber aprendido algo del inspector Prester. Ha cambiado de actitud con tanta naturalidad, con tanta rapidez, que no me cabe duda de que ha tenido que ejercitarse en algún lugar, quizá Baltimore, por su acento. Ha tenido que hacer que se desmoronen delincuentes de verdad.

El problema que tiene ahora es que yo no soy delincuente.

Miro con firmeza las imágenes y mi corazón llora por esa pobre cría, no porque le haya hecho nada, sino porque soy un ser humano.

—Le quitó usted buena parte de la piel estando aún con vida —asevera el inspector con voz suave, casi como una de las muchas que oigo en mi cabeza. Como la de Mel, por ejemplo—. Ni siquiera podía gritar, porque le había cortado las cuerdas vocales. Una verdadera putada. Por lo que hemos podido suponer, tenía atadas todas las articulaciones posibles y la cabeza sujeta con alguna clase de tira de cuero. Empezó por los pies y fue subiendo. Hemos podido averiguar el punto exacto en el que murió por culpa de esa tortura, ¿sabe? El tejido vivo reacciona y el muerto no.

No digo nada. Ni siquiera me muevo. Hago lo posible por no imaginar su pavor, su agonía, el horror sin el menor sentido de lo que le ocurrió.

—¿Lo hace por su marido? ¿Por Mel? ¿La ha empujado a hacerlo él?

—Supongo que debe usted de haberle atribuido algún sentido desquiciado —le digo en el mismo tono y con el mismo volumen. Quizá el inspector Prester también oye voces en su interior. Eso espero—. Mi exmarido es un monstruo. ¿Por qué no iba a serlo yo también? ¿Qué clase de mujer normal se casaría con un hombre así y mucho menos querría seguir conviviendo con él?

Me atraviesa con la mirada cuando levanto la mía. Siento que me quema, pero no la aparto. Que mire. Que vea.

—Cuando me casé con Melvin Royal, lo hice porque me lo pidió. Yo no era especialmente guapa. Tampoco me consideraba especialmente lista. Me habían enseñado que toda mi aportación al mundo consistiría en convertirme en la feliz mujercita de un hombre y engendrar sus hijos. Para él yo era perfecta: una virgen inocente y protegida a la que le habían vendido la fantasía de que un día llegaría un caballero de reluciente armadura dispuesto a amarme y protegerme para siempre.

Prester no dice nada. Da golpecitos con el bolígrafo contra su libreta sin dejar de observarme.

—Lo cierto es que, sí, fui imbécil, que elegí ser la esposa y madre perfecta consagrada a su hogar. Mel ganaba bien, yo le di dos hijos maravillosos y teníamos un hogar feliz. Todo era normal. Ya sé que le parecerá increíble. Pero ¡si me lo parece a mí! Sin embargo, cuando repaso todos esos años de Navidades y cumpleaños, reuniones de asociaciones de padres y espectáculos infantiles de danza, funciones teatrales y partidos de fútbol... durante los que *nadie sospechó nada*... Ese es el don de Mel, inspector: es tan bueno haciendo el papel de ser humano que ni siquiera yo fui capaz de ver la diferencia.

Prester levanta las cejas.

—La defensa de la mujer maltratada ya me la esperaba. ¿No es la explicación más socorrida?

—Puede ser —respondo yo— y puede que la mayoría de esas mujeres sean víctimas. Pero Mel no era... —De pronto me viene un recuerdo fugaz de uno de los momentos en los que, en nuestro dormitorio, apretaba con las manos el cordón de material suave que me ponía al cuello y yo veía la amenaza fría de caimán que asomaba a sus ojos y sabía como por instinto que mi marido no estaba bien—. Mel es un monstruo, pero eso no quiere decir que no pudiera ser buenísimo en ser también todo lo demás. ¿Se imagina cómo sienta saber que una a dormido con eso? ¿Qué ha dejado a sus hijos con eso?

Silencio. Esta vez, Prester no lo rompe.

—Cuando miré dentro de aquel garaje en ruinas y vi la realidad, hubo un cambio. Pude ver. Entender. Cuando miraba hacia atrás, veía los indicios, las cositas que no encajaban, que no tenían sentido, pero sé que entonces era imposible que las viera, teniendo en cuenta mis orígenes y mis creencias. —Vuelvo a dar un trago al agua y la botella cruje como un disparo—. Después de mi absolución tuve que reinventarme y dedicarme a proteger a mis hijos. ¿De verdad cree que puedo querer hacer algo más por Melvin Royal? Lo odio. Lo desprecio. Si volviese a verlo otra vez en carne y hueso, le metería todo un puto cargador de balas en la cabeza hasta que fuera imposible reconocerlo.

Digo de corazón cada palabra y sé que el inspector tiene cierto instinto para reconocer la verdad. No le gusta, pero eso me importa una mierda cuando estoy luchando por mi pellejo, por defender la frágil seguridad que he conseguido construir.

Prester no dice nada. Se limita a estudiarme.

—No tienen pruebas —digo yo al final—, y no porque yo sea tan lista como un Hannibal Lecter, sino porque no le he hecho nada a esa pobre niña. Nunca la había visto. Siento lo que le ha pasado y no, no puedo explicar por qué le ha pasado donde vivo yo. Ojalá tuviera esa información, Dios lo sabe. Lo que quiero decir es que Mel tiene admiradores que idolatran cada palabra que dice, pero ni siquiera así tengo la menor idea de cómo puede haber convencido a nadie para que haga una cosa así por él. No es ningún Rasputin, tampoco un Manson. Yo no sé lo que puede enfermar de esa manera a una persona. ¿Y usted?

—Habrán nacido así —dice en tono neutro—. O se han criado así. Tendrán daños cerebrales. Coño, desde luego, los peores no tienen excusa. —Está hablando de otros y no de mí. Me pregunto si se ha dado cuenta—. ¿Por qué no me dice usted qué fue lo que hizo así a Melvin, ya que ha conocido el caso tan de cerca?

—Ni idea —respondo sinceramente—. Sus padres eran gente encantadora. No nos veíamos con mucha frecuencia y, además, siempre estaban delicados de salud. Ahora que lo pienso, creo que le tenían miedo, pero de eso no me di cuenta antes de que murieran.

—Entonces, ¿qué es lo que la lleva a usted a despedazar de este modo a chiquillas de esta edad?

Suelto un suspiro.

—Inspector, me casé con un monstruo y fui tan tonta que no supe reconocerlo a tiempo. Esa fue mi única falta. Pero esto no lo he hecho yo.

Nos pasamos así unas cuatro horas. No he pedido abogado, porque, aunque la idea me ha cruzado la cabeza, la calidad de los que pueda haber aquí, en Norton, no debe de ser precisamente prometedora. No, lo mejor va a ser que me limite a decir la verdad. Por bueno que sea en lo suyo, el inspector Prester no puede convencerme de algo que no es cierto. Quizá lo hubiera logrado en los tiempos de la impresionable Gina Royal, pero este no es el primer interrogatorio al que me enfrento y él lo sabe. No tiene nada contra mí, solo una llamada anónima que me implica y que bien podría ser de un trol que ha descubierto mi identidad o de cualquier otra persona a la que haya comprado mi marido para alborotar el avispero. Aun así, su instinto no va desencaminado. El que hayan asesinado a esa pobre joven de ese modo y la hayan arrojado al lago justo delante de mi casa no es ninguna coincidencia.

Alguien está mandando un mensaje.

Y tiene que ser Mel.

Aunque pueda sonar extraño, deseo, de hecho, que sea él, porque, por lo menos, a Mel lo conozco y sé dónde está. «Sin embargo —pienso—, lo están ayudando. Y su ayudante está dispuesto a hacer con exactitud lo que le pida.» No voy a mentir: eso me da un miedo atroz. No quiero que la siguiente en morir sea Lanny. No quiero ver a Connor asesinado en su cama. Tampoco quiero morir colgada de un cable, abrasada en la indecible agonía de las víctimas desolladas.

Ya es de madrugada cuando Prester me manda a casa. Norton es un pueblo fantasma en cuyas calles no hay ningún otro vehículo y la noche se hace más negra aún a medida que el coche patrulla avanza hacia el lago. Es el agente Lancel Graham quien me lleva, supongo que porque le pilla de camino a su casa. No dice nada ni yo hago nada por empezar una conversación. Apoyo la cabeza contra el frío cristal y pienso que ojalá pudiera dormir. Sé que no voy a conciliar el sueño hoy y quizá tampoco mañana. Las fotografías de esa joven asesinada van a proyectarse terribles y a todo color contra mis párpados cuando los cierre y por más que pestañee no voy a poder apartarlas.

A Mel no lo atormentan sus víctimas. Siempre ha dormido a pierna suelta y se ha levantado descansado.

Soy yo la que tiene pesadillas.

—Ya estamos aquí —anuncia Graham.

En ese momento me doy cuenta de que se ha detenido el sedán; de que, no sé cómo, he cerrado los ojos y me he dejado llevar a la deriva hacia un sueño inquieto. Le doy las gracias cuando da la vuelta para abrirme la puerta. Hasta me ofrece la mano para salir, lo que tomo por una cortesía, y luego me siento inquieta cuando no la suelta de inmediato. Puedo ver —no, sentir— que me está observando.

—Yo la creo. —Me sorprende—. Prester está siguiendo la pista equivocada, señora Proctor. Sé que no tiene nada que ver con esto y lo siento, porque sé que le está destrozando la vida.

Me pregunto cuánto le habrá contado el inspector y si la noticia relativa a mi otro nombre, a Gina Royal, habrá empezado ya a filtrarse. Lo dudo. Graham no tiene la mirada de una persona que sabe quién es mi exmarido.

Solo parece avergonzado y un poco preocupado.

Vuelvo a darle las gracias, esta vez con más afecto, y él me suelta. Javier sale al porche en el momento en que me acerco. Está jugando a lanzar en el aire las llaves del vehículo y recogerlas a continuación, supongo que impaciente por irse.

—Los niños… —empiezo a decir.

—Bien —me ataja—. Están durmiendo o, por lo menos, haciéndose los dormidos. —Me lanza una mirada inquisitiva y despiadada—. La han tenido mucho rato.

—No he sido yo, Javier, te lo juro.

Él murmura algo que suena a «Claro», pero resulta difícil de distinguir, porque en ese momento arranca Graham su vehículo en el fondo. El destello de los faros traseros pinta de carmesí el rostro de Javier, que parece cansado y se frota la cara como quien intenta limpiar las últimas horas. Me pregunto si esto lo llevará a retirarme su amistad como ha ocurrido, a todas luces, con Sam Cade. Igual que pasará con el agente Graham cuando conozca mi pasado. No es que a él pueda considerarlo amigo mío. Simplemente se muestra amable.

Nadie permanece, ya debería saberlo. Solo los niños, que no tienen elección, porque, como yo, están metidos hasta el cuello en este lodazal.

—Pero ¿en qué diablos se ha metido, mujer? —me pregunta, aunque dudo que quiera saberlo en realidad—. Mire, ya le he dicho que colaboro con la policía. Me cae usted bien, pero si se da el caso…

—Cumplirás con tu deber, como has hecho esta noche. —Bajo la cabeza en señal de asentimiento—. Lo entiendo. Lo que me sorprende es que te ofrecieras a ayudarme a huir de aquí al principio.

—Porque pensaba que estaba huyendo de un ex maltratador. He visto esa mirada muchas veces, aunque no sabía…

—¿Qué no sabías? —Esta vez lo miro a los ojos con gesto desafiante. No consigo interpretar la expresión de su mirada, pero dudo que él pueda interpretar la mía, por lo menos del todo.

—Que estaba implicada en algo así.

—Pero ¡si no estoy implicada!

—Pues no es lo que parece.

—Javi…

—Vamos a ser realistas, señora Proctor. Si la exculpan, los dos tan amigos, pero, hasta entonces, mejor guardamos las distancias. ¿De acuerdo? Y, si quiere mi consejo, lo mejor que puede hacer es sacar todas las armas que tenga en su casa y devolverlas al campo de tiro para que las custodien. Podemos guardárselas allí hasta que se resuelva esto y yo puedo hacer una declaración jurada para la policía. No quiero ni pensar…

—Lo que puede ocurrir si viene la policía y tengo ahí dentro un pequeño arsenal —digo con voz suave—. Los daños colaterales que eso podría ocasionar.

Él asiente con gesto lento. Aunque su lenguaje corporal no tiene nada de hostil, hay en él cierta firmeza, como una energía calmada y masculina que me lleva a desear creer en él, confiar en él. Pero no.

—Pienso quedarme con las armas hasta que vea una orden judicial que me obligue a entregarlas —le digo sin pestañear. Si él lo considera demasiado fuerte, que así sea. En este momento, en ningún momento, puedo permitirme dar la impresión de ser débil. No por mí, sino porque tengo dos menores en la casa y soy responsable de sus vidas, vidas que nunca están a salvo, seguras, y pienso hacer cuanto sea necesario para defenderlos.

Así que no voy a renunciar a mis armas.

Javier se encoge de hombros, como si le diera igual, pero la lentitud apesadumbrada con que lo hace resulta delatora. Por toda despedida, se da la vuelta y se dirige a la furgoneta blanca en la que ha venido, la que ha estado tan cerca de convertirse en mi vía de escape. Antes de que pueda decirle nada, baja la ventanilla y me lanza el justificante de la transferencia de mi todoterreno. No dice que considere roto el trato, pero tampoco le hace falta.

Lo veo llevarse la colosal furgoneta con el papel en la mano y luego me doy la vuelta para meterme de nuevo en la casa.

Está a oscuras y en silencio. Sin hacer ruido, lo compruebo todo y vuelvo a poner la alarma. Los críos están acostumbrados al tono de las teclas, conque dudo mucho que se despierten. Aun así, mientras me dirijo al cuarto de Connor para ver cómo está, se abre la puerta de Lanny. Nos miramos un instante sin decir nada, sumidas las dos en la penumbra, y ella me indica con un gesto que pase a su habitación y cierra la puerta cuando entro.

Mi hija se sienta acurrucada en su cama, con las rodillas en alto y envueltas por sus brazos. Reconozco esa postura, aunque puede que ella no se acuerde. A mí, en cambio, no se me olvidan las muchas veces que me la encontré así los meses que siguieron a mi excarcelación tras el juicio. Se trata de un gesto defensivo que ella, sin embargo, hace parecer muy natural.

—Entonces —me dice—, no te han vuelto a meter.

—Yo no he hecho nada, Lanny.

—Y la última vez, tampoco —señala con toda la razón del mundo—. Esto es un infierno. Connor está muerto de miedo.

—Lo sé. —Me siento en la cama y ella retrae los dedos de los pies para no tocarme. Me parte un poco el corazón, pero me consuelo un poco cuando le apoyo una mano en la rodilla y no da un respingo—. Cariño, no te voy a mentir. Tu padre sabe dónde estamos. Yo quería sacaros de aquí, pero…

—Pero han encontrado a esa muchacha muerta, la policía ha averiguado quién eres y ya no podemos irnos. —Chica lista. No parpadea, pero veo que le brillan los ojos como si fuese a llorar—. No tendría que haber dicho nada. Si no hubiese…

—No, cielo. Hiciste lo que tenías que hacer. ¿Entendido? No pienses eso.

—Si no hubiese dicho nada, a estas alturas estaríamos ya lejos de aquí —sigue diciendo con terquedad sin dejarme acabar—. Estaríamos otra vez sin casa, pero por lo menos seguiríamos a salvo y sin que él supiera dónde encontrarnos. Mamá, si lo sabe…

Deja de hablar y los ojos le brillan más todavía, con lágrimas gruesas que se liberan y le corren por las mejillas. No se las limpia, porque, de hecho, creo que ni siquiera se ha dado cuenta de que está llorando.

—Te va a hacer daño —dice con un susurro frágil antes de inclinar la cabeza hacia delante para apoyarla contra las rodillas.

Me acerco más a ella y la abrazo. A mi niña, convertida en un nudo tieso de músculo, hueso y dolor. Ni siquiera así se relaja. Le aseguro que todo va a salir bien, pero sé que no me cree.

La dejo allí en silencio, encerrada en su ovillo protector, y voy a ver a su hermano. Parece dormido, pero dudo que así sea. Está pálido y tiene bajo los ojos dos borrones de un tono lila delicado semejantes a cardenales que estuvieran sanando. Está muy cansado.

Yo también.

Cierro la puerta sin hacer ruido, me meto en mi dormitorio y me dejo caer en un sueño vasto y sin sueños envuelta en el silencio estrangulador de Stillhouse Lake.

Por la mañana, hay otra chica muerta flotando en el lago

CAPÍTULO 8

Me despierta un chillido. Me incorporo de un salto y salgo de la cama antes incluso de ser consciente de que estoy despierta. Me pongo los vaqueros y la camiseta con eficacia de bombero y me pongo los zapatos mientras me dirijo a la puerta. Cuando salgo me doy cuenta de que quien grita no es ninguno de mis hijos. Ellos también están abriendo las puertas de sus habitaciones. Lanny aparece adormilada y envuelta en su bata de franela y Connor sigue con el pecho descubierto, los pantalones del pijama y el pelo pegado a un lado de la cabeza.

—Quedaos ahí —exclamo mientras corro hacia el salón, retiro las cortinas y miro hacia el lago.

Los gritos vienen de una barquita de remos que anda sin rumbo definido a unos seis metros del pantalán. En su interior hay dos personas, un hombre mayor con gorra y chaleco de pescador y una mujer mayor que yo con el pelo rubio ceniciento pegada a él. Él la está abrazando y el bote se mece con violencia, como si ella se hubiese apartado de la borda con la rapidez suficiente para volcarlo.

Desconecto la alarma y corro al exterior, batiendo con los pies la gravilla y luego la madera del pantalán, donde freno al ver el cadáver.

Ha salido a la superficie desde la oscuridad. Está desnudo y flota boca abajo. El pelo largo ondea a la deriva como un alga a flor de agua.

El color de pollo crudo de sus músculos al descubierto resulta nauseabundo a la luz tenue de la mañana, pero es inconfundible. Le han arrancado la mayor parte de la piel desde las nalgas y la cintura, así como una banda amplia que deja al aire el chocante arranque de su columna vertebral. Esta vez, sin embargo, no le han quitado toda la piel.

La mujer deja de gritar y se lanza hacia la regala para apoyarse en ella y vomitar. El hombre no ha articulado sonido alguno. Solo se ha movido de forma automática para estabilizar la barca, como haría cualquier persona que hubiera pasado la mayor parte de su vida en el agua, aunque en realidad es como si no se encontrara aquí. Presa de la conmoción, tiene la expresión vacía y la mirada clavada en el espacio que tiene delante mientras trata de procesar lo que está viendo.

Saco el móvil y llamo al teléfono de emergencias. No tengo elección. Todo ha ocurrido delante de mi puerta.

Mientras escucho el tono de la llamada, pienso en el hecho horrible, ineludible, de que el cadáver ha estado aguardando bajo la superficie, elevándose con lentitud hacia ella como una burbuja morosa y fantasmal hasta romper el suave abrazo del agua. Ya debía de estar flotando ahí cuando estuve hablando con Javier. Mientras dormía. Puede ser que estuviera acechando bajo la superficie la noche que salí al porche con Sam Cade a beber cerveza y hablarle de Melvin Royal.

La mujer de la embarcación vuelve a vomitar entre sollozos.

Al final recibo una respuesta de la línea de emergencia. Sin pensar siquiera en lo que digo, describo la escena, les dicto la ubicación y doy mi nombre. Sé que mi voz suena demasiado tranquila y sé que eso no me va a beneficiar nada cuando revisen la grabación. Me piden que no cuelgue, pero no hago caso. Corto la comunicación y me guardo el teléfono mientras hago lo posible por pensar.

Una mujer muerta y horriblemente mutilada podría ser una pavorosa coincidencia, pero dos hacen pensar en un plan. La policía no tardará en llegar y cuando lo haga va a querer hablar conmigo. Esta vez el interrogatorio va a ir muy en serio.

Van a detenerme.

Voy a perder a mis hijos.

Suena la alerta que me indica que tengo un mensaje. Saco el móvil y veo que es del número anónimo de Absalón. Arrastro el dedo para leerlo. Es un enlace solamente. Pincho en él y veo el diseño poco refinado de un foro de Internet. Ni siquiera me fijo en cuál es. Me limito a ampliar el texto para leer la primera entrada.

Va sobre mí.

> ¡He encontrado a una puta asesina! ¡Ya te digo! He seguido la pista de la secuacilla de Melvin. Tengo fotos y todo. De buena tinta. Están con ella sus engendros. Se ve que todavía no ha ahogado a esos hijos de perra. ¡¡¡Y lo mejor de todo es que hay un asesinato de por medio!!! Ya daré más detalles.

A esto lo sigue todo un aluvión de respuestas. Cientos. Sin embargo, el que ha abierto el hilo se está haciendo de rogar. Responde con vaguedades e insinuaciones, desmiente rumores... Entonces, cuando he pasado como cinco páginas con el dedo, deja caer un hecho concreto como una losa funesta:

> La puta se ha escondido en el Estado Voluntario.

El acertijo ha tenido que poner al menos a la mitad de los participantes del foro a buscar en Google, pero yo reconozco de inmediato el apodo estatal. Sabe que estoy en Tennessee, lo que quiere decir que sabe casi seguro que estoy en Stillhouse Lake. De hecho, debe de tener las mismas fotos que ha visto Melvin. Puede incluso que sea quien se las ha hecho llegar a él.

Mi movimiento de ajedrez no ha funcionado con el asesino de mi exmarido. Ha dejado caer la guillotina y en este momento me lo imagino tumbado en el camastro de su celda, riéndose mientras piensa en cómo me está arrancando la seguridad, como si fuesen tiras de piel. Y masturbándose ante la idea.

El dolor de esa imagen me deja sin aliento.

Me siento ingrávida un instante. Ni a punto de caer ni inestable. Lo han descubierto. Nos han descubierto. Todos mis esfuerzos, tanto huir, tanto esconderse... Ya está hecho, e Internet es para siempre.

Los troles nunca olvidan.

Oigo sirenas a lo lejos. La policía viene de camino. El cadáver de la joven sube y baja con ritmo constante y los mechones de su cabello se mueven como lentas volutas de humo. El bote de remos ha empezado a andar en dirección al embarcadero. El pescador ha debido de salir del trance. Cuando alzo la vista veo que su cara ha adoptado el color enfermizo que precede a un ataque al corazón y que boga con furia. Su mujer se ha derrumbado contra él y no tiene mejor aspecto. Los dos acaban de ver desplomarse bajo sus pies el mundo seguro y normal que habitaban y se han visto arrojados a un lugar más oscuro. El mismo en el que vivo yo.

Veo las luces de los coches patrulla recorrer la cresta de una colina distante procedentes de Norton. Contesto a Absalón:

Ya da igual. Están a punto de detenerme.

Tras un momento que parece interminable me llega su respuesta con un zumbido y una aguda vibración que la anuncia como una avispa furiosa antes de picar.

Joder. ¿Has sido tú?

¿De verdad tiene que preguntarlo? ¿De verdad tiene que preguntarlo todo el mundo?

Respondo: «No», antes de apagar otra vez el teléfono. El bote da con fuerza contra el pantalán, casi como si se hubiera estrellado, y lanzo un cabo al pescador. Al llegar golpea a su mujer. No era mi intención, aunque ella ni siquiera parece darse cuenta.

Noto que hay alguien más observando y vuelvo la cabeza.

Veo a Sam Cade de pie en el porche de su casa, como a dos estadios de fútbol americano de distancia. Lleva puesto un albornoz de cuadros rojos y negros y pantuflas y me está mirando. A mí y a los pescadores traumatizados. Noto que centra su atención en el cuerpo que flota en el lago y después en mí.

Yo no aparto la mirada ni él tampoco.

Se vuelve y regresa a su cabaña.

Ayudo a desembarcar a la mujer y luego a su marido y los dejo sentados en un banco cercano mientras corro hacia la casa para buscar mantas con que abrigarlos. Se las estoy echando por los hombros cuando frena el primer coche patrulla a pocos pasos de nosotros, con las luces encendidas y girando con urgencia, pero la sirena ahora en silencio. Tras él llega el sedán de líneas cuadradas tras cuyo volante no me extraña ver al inspector Prester. Da la impresión de no haber pegado ojo en toda la noche.

Yo estoy muerta. Entumecida. Me yergo al verlo salir del vehículo. Del primero descienden dos agentes más jóvenes de uniforme. Ninguno es Graham, aunque los conozco de verlos hacer la ronda en Norton. Vienen más de camino, todo un reguero de coches en dirección a nosotros. El amanecer trae cierta sensación de inevitabilidad. Sé que debería preocuparme, pero, de un modo u otro, se me ha evaporado todo el miedo después de ver a esa pobre del lago, abandonada, destrozada. Es como si tuviera la sensación de que esto lleva todo este tiempo anunciándose y de que, en algún sentido, lo veía venir.

Veo acercarse a Prester y me vuelvo hacia él para decir:

—Por favor, asegúrese de que mis hijos están bien. Alguien ha filtrado nuestra ubicación en Internet. Los han amenazado de muerte. Y van muy en serio. Me da igual lo que me pase a mí, pero ellos tienen que estar a salvo.

Aunque tiene el gesto concentrado y severo, asiente en silencio. Se detiene a mi lado y mira a los dos desventurados de la barca. Me doy la vuelta mientras los interroga y miro hacia la cabaña de Sam Cade. Poco después recibo mi recompensa. Lo veo salir de nuevo, vestido con vaqueros desvaídos y una camiseta lisa de color gris. Cierra la puerta con llave —los dos cerrojos, por lo que veo— y desciende lentamente los escalones para caminar hacia nosotros. Los agentes todavía no han tenido tiempo de tender un cordón policial ni tampoco hay necesidad real de hacerlo. Sam viene directo hacia mí y se detiene unos palmos antes de llegar. Estamos unos instantes en silencio. Él se mete las manos en los bolsillos y se balancea hacia delante y hacia atrás con la mirada puesta no en mí, sino en el cadáver que flota en el lago.

—¿Quieres que llame a alguien? —lanza la pregunta al aire, como si se lo preguntara a la joven muerta.

En realidad, yo tampoco lo estoy mirando a él. Se trata de una conversación en la que ninguno de los dos quiere comprometerse a nada. Muy propio de nosotros.

—Creo que ya es tarde. —Lo digo por la muchacha y por mí misma. Las dos hemos perdido y vamos a la deriva, expuestas al mundo sin esperanza alguna de encontrar abrigo. Sin embargo, enseguida me avergüenzo de mí misma por pensar en que podamos ser semejantes en algo. Yo no he pasado horas, quizá días, sufriendo a manos de un sádico y experimentando después el pavor de morir por obra suya. Yo solo he estado casada con uno—. Se lo he pedido ya a Prester, pero si pudieras estar pendiente de que se encarga de que Connor y Lanny estén bien. Se ha cundido la voz, Sam. Han desvelado nuestro paradero. ¿Has sido tú?

Él vuelve la cabeza hacia mí con un sobresalto que parece totalmente natural. Veo su sorpresa y el cambio en cómo se siente.

—¿Cómo?

—¿Has sido tú quien me ha delatado en Internet?

—¡Claro que no! —me espeta con el ceño fruncido y yo lo creo—. A mí ni se me ocurriría hacer algo así, Gwen. Pase lo que pase. Nunca os pondría en peligro de ese modo a los críos y a ti.

Asiento. Dudo mucho que haya sido él, por más que sea el sospechoso más evidente. No, imagino que alguna lumbrera de la comisaría de Norton decidió hacer justicia por su cuenta de forma anónima. Podría ser incluso del personal administrativo. Cualquier persona que esté al tanto de lo que han descubierto de mí y conozca por lo tanto mi antigua identidad, empezando por el inspector Prester. La verdad es que ni siquiera puedo culparlos. Nadie ha olvidado a Melvin Royal.

Nadie ha olvidado tampoco a su secuacilla. La gente siente cierta fascinación rabiosa e insana por los asesinos en serie varones, pero a sus cómplices, cuando son mujeres, las odian mucho más. Es una mezcla tóxica de misoginia, de furia mojigata y del hecho sencillo y delicioso de que está bien destruir a esta mujer cuando no está bien destruir a otras.

Nunca me perdonarán por ser inocente, porque nunca seré inocente.

Sam vuelve a apartar la mirada y pienso, de un modo un tanto irracional, que quiere decirme algo, confesarme algo. Sigue balanceándose mudo hacia delante y hacia atrás, hasta que menea la cabeza y empieza a alejarse en dirección a mi casa.

El inspector Prester le advierte sin volverse ni mudar su atención

—Señor Cade, con usted también voy a tener que hablar.

—Estaré en casa de la señora Proctor —anuncia—. Voy a asegurarme de que los críos están bien.

No paso por alto que Prester se debate entre insistir o dejarlo marchar y que a continuación decide que puede esperar. Al fin y al cabo, tiene al pez gordo en el sedal y no tiene sentido atrapar más piezas de las que puede destripar de una sentada.

Corro a escribir a Lanny para decirle que puede dejar entrar a Sam y, de hecho, cuando él llega a la puerta, mi hija la abre de golpe y se lanza a sus brazos. Connor hace lo mismo. La facilidad con la que le dan la bienvenida resulta sorprendente y he de reconocer que siento una punzada de dolor.

Por primera vez me pregunto si el hecho de que yo siga siendo parte de sus vidas no les estará haciendo muchísimo daño. La duda es tan grande, tan terrible, que hace que el aliento se me quede en la garganta y se hinche en ella de manera dolorosa. Podría ser que la respuesta a esa pregunta no dependiera ya de mí. Mis hijos podrían verse arrastrados al sistema de los servicios sociales y yo podría no verlos nunca más.

«Para ya. Estás pensando como *él* quiere que pienses. Como una víctima indefensa. No dejes que te quite lo que has conseguido. Lucha por ello.» Dejo que se me cierren los ojos y me obligo a olvidar el miedo y el dolor. Noto que se calma mi respiración y, cuando los abro, me encuentro con que el inspector Prester ha acabado de hablar con los dos ancianos que han encontrado el cadáver y viene hacia mí.

Sin esperarlo, me doy la vuelta y pongo rumbo a su sedán. El ligero roce de sus zapatos sobre el embarcadero me indica que lo he tomado desprevenido, pero tampoco me dice que me haya equivocado. Sé que quiere interrogarme en privado.

Accedemos al asiento de atrás. Yo ocupo el lado derecho y él, el que hay tras el puesto del conductor. Me hundo en la tapicería cálida y barata con un suspiro lento. De pronto me encuentro muy cansada. Todavía estoy asustada, muy en el fondo de mi yo animal, pero ya no soy capaz de cambiar cuanto tenga que ocurrir a continuación.

—Me ha dicho que han revelado su paradero en Internet —dice él—. Antes de que empecemos, quiero que sepa que no he sido yo.

De hecho, si ha sido alguien de los nuestros, pienso encargarme de descubrirlo y hacerle otro agujero en salva sea la parte.

—Gracias —digo yo—, pero eso tampoco ayuda ahora, ¿verdad?

Él sabe que no y vacila un segundo solamente antes de sacar una grabadora digital del bolsillo y encenderla.

—Inspector Prester de la comisaría de Norton. La fecha de hoy es… —comprueba su reloj, cosa que encuentro divertida hasta que veo que lleva uno clásico con calendario incorporado— 23 de septiembre. Son las siete y treinta y dos. Me dispongo a interrogar a Gwen Proctor, conocida también como Gina Royal. Señora Proctor, voy a leerle sus derechos. Es solo un formalismo.

No lo es, claro, y dejo asomar un atisbo de sonrisa. Atiendo mientras hace relación de mis derechos con el aire monótono de quien tiene sobrada práctica exponiéndolos y, cuando acaba, le hago saber que he entendido cuanto me ha explicado. Los dos nos alegramos de superar los preámbulos como dos expertos en estas lides.

La voz de Prester se transforma en algo más semejante a un murmullo sordo cuando me pregunta:

—¿Prefiere que la llame Gwen?

—Ese es mi nombre.

—Gwen, esta mañana ha aparecido un segundo cadáver flotando en el lago a la vista de la puerta de su casa. Tiene que entender que esto no tiene buena pinta dado su… en fin, su pasado. Su marido es Melvin Royal, un hombre que tiene un historial muy concreto. La primera joven que encontramos en el lago podía hacer pensar, lo reconozco, en una extraña coincidencia, pero ¿dos? Dos hacen pensar en un plan.

—En un plan que no es mío —replico—. Inspector, puede hacerme un millón de preguntas de un millón de formas diferentes, pero yo le voy a contar directamente todo lo que sé. Oí el grito, que me despertó y me sacó de la cama. Salí de mi dormitorio a la vez que mis hijos. Ellos pueden atestiguarlo. Vine aquí para ver qué pasaba y vi a las dos personas de la barca y el cadáver que flotaba en el agua. Eso es todo lo que sé de esta situación. Todo. Y sobre el primer cuerpo sé todavía menos.

—Gwen. —Su voz está tan cargada de reproche como la de un padre al que han defraudado. Desde un punto de vista intelectual no puedo menos de valorar esa táctica. Lo normal es que los inspectores me ataquen con severidad, pero él sabe, de manera instintiva, que lo que me desarma, lo que no sé parar, es la amabilidad—. Los dos sabemos que esto no puede acabar aquí, ¿verdad? Así que vamos a volver al principio.

—Ese era el principio.

—No de esta mañana. Quiero volver a la primera vez que vio usted un cuerpo mutilado de esta forma. He leído las actas procesales y he visto todas las grabaciones que he podido encontrar. Sé lo que vio aquel día al llegar al garaje de su casa. ¿Qué sintió?

Conozco la técnica cognitiva. Intenta hacerme regresar a un momento traumático, colocarme en esa sensación de horror desamparado. Me tomo unos instantes y luego respondo:

—Que toda mi vida se desplomaba a mis pies, que había vivido en el infierno sin saberlo siquiera. Me sentí aterrada. Nunca había visto nada parecido. Ni siquiera lo había podido imaginar.

—¿Y cuando se dio cuenta de que su marido era culpable no solo de aquel asesinato, sino de otros más?

Destemplo la voz al decir:

—¿Cómo cree que me sentí, cómo cree que me siento todavía?

—Ni idea, señora Proctor. Supongo que tan mal que hasta se cambió el nombre. ¿O eso fue solo para hacer que dejaran de acosarla?

Lo fulmino con la mirada, aunque, por supuesto, por más que le haya restado importancia, tiene razón. Para la mayoría de los que viven en el mundo normal, el mundo común y corriente, la idea de tomar en serio las amenazas de la turba de Internet es un signo de debilidad y puede que Prester no sea distinto. De pronto me alegra mucho que Sam esté con los niños, porque, si el teléfono empieza a sonar, él puede encargarse del aluvión de insultos. Seguro que lo abruman la intensidad y el volumen de estos. A la mayoría de los hombres les pasa.

Me siento extrañamente vacía y muy cansada para que me importe eso. Pienso en todo el dinero y todos los esfuerzos que hemos invertido y llego a la conclusión de que quizá teníamos que habernos quedado en Kansas y dejar que esos capullos se desquitaran a sus anchas. Si la cosa va a acabar igual de todos modos, ¿qué sentido tiene dedicar tanto tiempo y tanta energía en tratar de construir una vida nueva y segura?

Prester me está preguntando algo y ni siquiera lo he escuchado. Tengo que pedirle que me lo repita y él se muestra paciente. Los buenos inspectores siempre se muestran pacientes, por lo menos al principio.

—Hágame un repaso de cómo ha sido su vida desde la semana pasada.

—¿Desde qué día?

—Vamos a empezar, por ejemplo, por el domingo pasado.

Obedezco, aunque el punto de partida me parece arbitrario. No es difícil. Mi vida no suele ser un torbellino de actividad. Imagino que la segunda víctima debió de desaparecer el domingo o algún día cercano, a juzgar por el estado en que se encuentra el cadáver. Lo cuento todo con pormenores, pero, a medida que avanzo, reparo en que tengo que tomar una decisión. El vuelo que tomé para ir a ver a Melvin en El Dorado cae dentro de este periodo. ¿Le cuento a Prester que fui a hacer una visita a mi ex, el asesino en serie, o miento con la esperanza de que no descubra la verdad? En realidad, tengo que reconocer que no hay opción que valga. El inspector es bueno en lo suyo y seguro que comprueba el registro de visitas de Kansas. Entonces sabrá que he ido a ver a Mel. Y, lo que es peor, verá que fue justo antes de que apareciera el cuerpo.

No puedo hacer gran cosa. Tengo la sensación de que la fuerza invisible que me está empujando, sea cual sea, también ha designado este momento para mí. Me miro las manos y luego levanto la vista para observar lo que hay más allá del parabrisas del sedán. Aquí dentro hace calor y huele a café antiguo y rancio. Conozco las salas de interrogatorio y sé que podría ser peor.

Me vuelvo para mirar a Prester y le hablo de mi visita a El Dorado, de las copias de las cartas de Melvin Royal que encontrará en mi casa, del aluvión de insultos y amenazas que recibo a diario sin descanso. No hago ningún drama de todo esto. No lloro, ni tirito ni doy ninguna otra muestra de debilidad. Tampoco creo que vaya a cambiar mucho las cosas.

Él asiente como si ya lo supiera todo. Quizá es eso. También puede que sea un gran jugador de póker.

—Señora Proctor, va a tener que acompañarme a comisaría. ¿Lo entiende?

Hago una señal afirmativa con la cabeza. Él saca las esposas que tiene a la espalda, en un estuche viejo y desgastado sujeto al cinturón y yo me vuelvo sin protestar y dejo que me las ponga. Mientras, me informa de que estoy detenida por sospechosa de asesinato.

No puedo decir que me sorprenda.

Tampoco que me irrite.

El interrogatorio se vuelve muy borroso. Dura horas. Bebo café del malo y agua y en determinado momento me tomo un bocadillo frío de pavo y queso. Casi me duermo, porque estoy cansadísima, hasta que al fin se va el entumecimiento y empiezo a sentir miedo, tanto que se vuelve una tormenta constante y fría en mi interior. Sé que la noticia no tardará en difundirse si es que no lo ha hecho ya. Será cuestión de unas horas y apenas necesitará un día para dar la vuelta al mundo. El ciclo inagotable de las noticias que alimenta un hambre inagotable de violencia y crea miles de reclutas nuevos y entusiastas para castigarme.

Mis hijos están expuestos a todo eso, son frágiles y todo es por mi culpa.

Me ciño a mi historia, que a estas alturas es ya toda la verdad. Me dicen que hay testigos que juran haberme visto en la ciudad el día que desapareció la primera muchacha. Da la casualidad de que estaba comiendo también con nosotros en la pastelería a la que fuimos Lanny y yo a darnos el festín cuando la expulsaron de la escuela. Casi no la recuerdo, pero era la chica del rincón, la del iPad y el tatuaje. En realidad, yo no estaba concentrada más que en mi hija y en mis problemas insustanciales.

Siento escalofríos por la columna vertebral al pensar que nadie la vio después de salir de allí, que alguien la secuestró en el aparcamiento, quizá cuando nosotras seguíamos dentro del local o tal vez poco después de habernos ido.

Quien haya hecho eso, pienso, tuvo que pasarse mucho tiempo observándonos o, lo que es peor, siguiéndonos o siguiéndome, esperando a que estuviese cerca de una víctima a la que poder raptar sin peligro. Aun así, debió de correr un riesgo enorme. No es obra de un aficionado. Hasta en una ciudad pequeña —o, mejor dicho, especialmente en una ciudad pequeña— la gente nota cualquier cosa que se salga de lo habitual. Secuestrar a una mujer a plena luz del día…

Se me escapa algo, algo importante, pero estoy demasiado cansada para tratar de buscarle sentido. Prester quiere que volvamos a empezar desde el principio. Repaso toda mi vida desde que hui de Wichita. Describo con detalle todos mis movimientos desde el instante en que desapareció la primera joven hasta el momento en que asomó a la superficie del lago la segunda. Le cuento todo lo que recuerdo de la conversación que mantuve con mi exmarido. Nada de lo que digo le sirve de gran cosa, pero estoy haciendo cuanto puedo y sé que él es consciente de ello.

Llaman a la puerta y otro inspector nos ofrece un bocadillo y un refresco. Yo acepto y Prester también. Comemos juntos y él intenta entablar una charla informal. A mí no me apetece y, además, sé que es una técnica y no me interesa. Así que acabamos en silencio el bocadillo y estamos a punto de reanudar el interrogatorio cuando vuelven a llamar.

Prester se reclina en su asiento con el ceno fruncido mientras el otro agente asoma medio cuerpo. No lo conozco. Es también afroamericano, aunque mucho más joven que Prester. Ni siquiera parece tener la edad necesaria para haber terminado la universidad. Me mira y centra su atención en el inspector.

—Perdón, señor —dice—. Ha pasado algo. Debería oír esto.

Prester parece irritado, pero se separa de la mesa y lo sigue. Antes de que se cierre la puerta, veo que están llevando a alguien por el pasillo. Es solo un instante, pero consigo atisbar a un hombre blanco esposado y tengo la impresión inmediata de reconocerlo mucho antes de que pueda pensar en quién es.

Cuando lo hago, apoyo la espalda con fuerza en mi silla y aprieto la lata medio vacía de Coca-Cola con tanta fuerza que cruje por la presión.

¿Qué coño hace aquí detenido Sam Cade?

¿Y dónde coño están mis hijos?

CAPÍTULO 9

La puerta de la sala de interrogatorios está cerrada con llave, claro, y por más que la golpeo y grito, hasta quedarme ronca y con los nudillos rojos, nadie me responde.

Es Prester quien, al fin, quita el cerrojo y corre a interponerse entre la puerta y yo para evitar que salga corriendo de allí. Casi no llego a tocarlo. Doy un paso atrás, respirando con dificultad, y pregunto con la voz áspera y rugiente que he desarrollado:

—¿Dónde están mis hijos?

—Están bien —me responde en ese tono grave y tranquilizador mientras cierra la puerta tras de sí—. Vamos, señora Proctor, siéntese. Siéntese. Está cansada y voy a contarle cuanto desee saber.

Me encuentro hundiéndome de nuevo en la silla, recelosa y tensa, apretando los puños contra los muslos. Él me mira unos segundos antes de sentarse e inclinarse hacia delante apoyado en sus codos.

—Supongo que habrá visto que han traído al señor Cade hace un momento.

Asiento. Tengo la mirada clavada en la suya, deseando con desesperación ser capaz de leer en su interior.

—¿Les… les ha hecho algo a mis hijos?

Él distiende la cara y a continuación vuelve a tensarla para negar con la cabeza.

—No, Gwen, qué va. Están bien. No les ha pasado nada, aunque deben de estar un poco asustados por lo que está pasando y por estar aquí.

—Entonces, ¿por qué han detenido a Sam?

Prester me mira, esta vez un largo rato mientras trata de escrutarme. Veo que lleva un expediente en la mano, diferente del anterior. El exterior de este es de color beis y ni siquiera tiene etiqueta.

Lo deja sobre la mesa, aunque no lo abre.

—¿Qué sabe usted exactamente de Sam Cade? —me pregunta.

—Yo… —Yo lo que quiero es gritarle que me lo diga de una puñetera vez, pero sé que tengo que seguirle el juego, conque domino mi voz y digo—: Comprobé si podía tener antecedentes o algo así. Su solvencia crediticia y esas cosas. Lo hago con todas las personas que se nos acercan a mí o a mis hijos. Estaba limpio. Es veterano y ha servido en Afganistán, como me dijo.

—Todo eso es verdad —me dice. Abre la carpeta y saca una fotografía formal de las fuerzas armadas. Es Sam Cade, algo más joven y más arreglado, con un uniforme bien planchado de la fuerza aérea—. Piloto de helicóptero condecorado. Sirvió durante cuatro misiones en Iraq y Afganistán y al volver a casa se encontró con que su querida hermana había muerto. —Entonces abre mi expediente, saca la instantánea de mis pesadillas, la de la joven muerta que cuelga de la lazada hecha con el cable de acero.

De pronto vuelvo a encontrarme allí, de pie al sol sobre el césped maltrecho y observando el santuario destrozado del santuario del garaje de Mel. Percibo el hedor a carne muerta y tengo que hacer un esfuerzo indecible por no cerrar los ojos y esconderme de todo.

—Esta —anuncia Prester dando un golpecito en la foto con una uña gruesa— es su hermana, Callie. No es raro que no haya podido relacionarlo con ella, porque los dos quedaron huérfanos en un accidente de tráfico cuando él tenía ocho años y ella solo cuatro. Los enviaron a casas de acogida diferentes. Él mantuvo el apellido familiar, pero ella no, porque la adoptaron y creció sin conocerlo siquiera. Empezaron a mantener correspondencia postal cuando él se alistó. Supongo que estaría deseando encontrarse con ella de nuevo cuando volviese a casa. Y resulta que regresa, después de haber servido a su patria, y se encuentra con esto.

Se me ha secado la boca. Pienso en lo cerca que estuve de descubrir la conexión entre ambos, en las búsquedas en línea sin resultados. Debe de haberse esmerado por no aparecer en la Red o puede que contratase a alguien para que limpiara todo registro suyo.

Sam Cade ha estado acechándome. Ahora no me cabe la menor duda. Se mudó después que yo a aquella cabaña y trató de hacer ver que no coincidió conmigo hasta mucho después. Hizo que pareciera algo natural. Se afanó en entrar en mi casa, en mi vida y en la de mis hijos, y yo ni me di cuenta.

Me han entrado ganas de vomitar. Gwen Proctor no era una persona nueva, sino solo Gina Royal 2.0, dispuesta a creer cualquier cosa que le cuente un hombre de cara bonita y sonrisa fácil. «Lo he dejado con mis hijos. Jesús. Dios, perdóname.»

No consigo dominar la respiración. Soy consciente de que estoy inhalando con demasiada rapidez. Agacho la cabeza e intento guardar el equilibrio. Me encuentro mareada y oigo arrastrarse la silla de Prester cuando se pone de pie y da la vuelta para apoyar una mano suavemente en mi espalda.

—Tranquila —dice—. Tome el aire más despacio. Respire hondo. Dentro, fuera… Bien.

Hago caso omiso de su consejo y casi escupo la pregunta:

—¿Qué ha hecho? —Lo que necesito es rabia. La rabia me afianza, me asienta, me da un objetivo y me ayuda a expulsar el pánico. Me enderezo y pestañeo para desempañarme los ojos. Él da un paso atrás y me pregunto qué debe de haber visto en mi cara—. ¿Ha sido él? ¿Ha sido Sam el que ha matado a esas chiquillas? —Desde luego, eso sería extraordinario: Gina Royal, seducida por un asesino en serie, no una vez, sino dos. ¿Quién puede negar que siento debilidad por ellos?

—Estamos investigándolo —responde él—. Ahora mismo, el señor Cade es sospechoso y estamos sometiéndolo a interrogatorio. Siento habérselo revelado tan de sopetón, pero quería saber…

—Quería ver si ya sabía quién era —le espeto—. ¡Pues claro que no tenía ni la más remota idea, joder! Si no, ¿cree usted que se me habría ocurrido dejar a mis hijos con él?

Puedo verlo jugar con la idea. Ni muerta dejaría entrar conscientemente en mi vida y en mi casa al familiar de una víctima. Prester está intentando dar con alguna teoría que incluya una posible colaboración entre Sam Cade y yo, pero las piezas no le encajan. Es más, no son siquiera del mismo dichoso rompecabezas. A esas jóvenes puedo haberlas matado yo; puede haberlas matado Sam, en algún intento desquiciado de implicarme y hacerme pagar con la pena de cárcel que, según cree, he eludido de manera injusta, o puede haberlas matado otra persona, pero está claro que no lo hemos hecho juntos, al menos eso es lo que dicen los hechos que tiene delante.

Al inspector no le hace ninguna gracia. Lo veo rumiar al respecto y no puedo culparlo de tener aspecto de necesitar una botella de bourbon y un día de descanso.

—Si esto lo ha hecho Cade —le digo—, cuélguelo de sus partes. Hágalo, por el amor de Dios.

Él deja escapar un suspiro. Le espera otro día largo y salta a la vista que lo sabe. Vuelve a hojear el expediente y yo dejo que medite.

Cuando al fin se levanta, recoge sus carpetas y sus fotografías. Puedo ver que ha tomado una determinación y, como hay Dios, me abre la puerta y me dice:

—Sus hijos están al final del pasillo, a la derecha, en la sala de descanso. Los ha traído Javier en su Jeep. Llévelos a casa, pero no salga de la ciudad. Si lo hace, me encargaré personalmente de poner al FBI tras su pista y arruinarle lo que le quede de vida. ¿Me entiende?

Asiento sin palabras. No le doy las gracias, porque, en realidad, no me está haciendo ningún favor. Sabe que apenas tiene base para retenerme y que cualquier buen abogado —uno de Knoxville, por ejemplo— mandaría sus alegaciones a la papelera sin el menor esfuerzo y más teniendo a Sam Cade ocultándose a plena vista. ¡Dios! En este momento hasta me da un poco de pena Prester.

Aunque no tanta como para vacilar. Al segundo siguiente estoy saliendo por la puerta y paso por la estrecha sala principal de la comisaría de Norton. Veo al agente Graham rellenando papeles y sé que levanta la mirada al verme pasar, pero no saludo con la cabeza ni sonrío, porque estoy demasiado centrada en la puerta de la sala de descanso, de cristal transparente con persianas venecianas dispuestas en un ángulo extraño por cuyos huecos veo a Lanny y a Connor sentados juntos ante una mesa blanca y cuadrada mientras toman sin mucho entusiasmo palomitas de maíz de una bolsa que tienen abierta entre los dos. Respiro hondo, porque verlos vivos, sanos y enteros me sienta tan bien que hasta duele físicamente.

Abro la puerta y entro. Lanny se levanta con tanta rapidez que hace que la silla se deslice hacia atrás sobre las losetas y esté a punto de volcarse. Corre hacia mí y se acuerda de que es la mayor justo a tiempo para evitar lanzarse a mis brazos. Connor, en cambio, la rebasa como una bala y se arroja hacia mí. Lo envuelvo con fuerza y abro un brazo para abarcarla también a ella, que acepta a regañadientes. Siento que la punzada de alivio empieza a derretirse para dar paso a algo más dulce, más cálido y amable.

—Te han detenido —dice mi hija. Mi cuerpo le amortigua la voz, pero se aparta para mirarme a los ojos al decir la última palabra—. ¿Por qué?

—Creen que podría ser responsable de…

No termino la frase, pero ella sí:

—De los asesinatos. Claro. Por papá. —Lo dice como si fuera la conclusión más lógica del mundo. Quizá lo es—. Pero tú no has sido.

En sus palabras hay cierta convicción despreocupada que hace que sienta una oleada de amor por ella, por esa confianza irreflexiva. Suele mostrar tanto recelo respecto a mis razones que ver que me concede esto significa más de lo que puedo aspirar a comprender.

Connor se separa entonces de mí para decir:

—¡Mamá, han venido a por nosotros! Yo he dicho que no debíamos, pero Lanny…

—Lanny ha dicho que era una estupidez pelearse con la policía —dice ella—. Por eso hemos hecho caso. Además, no han venido exactamente a por nosotros. Lo que pasa es que no podían dejarnos allí solos. Les hice traer el Jeep para que pudiéramos volver a casa. —Duda un momento e intenta que la siguiente pregunta suene despreocupada—. Y… ¿te han dicho para qué querían hablar con Sam? ¿Por algo que les has contado tú?

No quiero sacar el tema de lo que hizo su padre, de a cuánta gente destrozó y de cuántas familias hizo añicos, incluida la suya propia, pero, al mismo tiempo, sé que tengo que dar explicaciones. Ya no son niños y el instinto me dice que las cosas todavía pueden ponerse mucho peores para todos nosotros.

Sin embargo, tampoco quiero destruir la imagen que tienen de Sam Cade. Le tienen mucho cariño y, por lo que puedo decir, él también los quiere a ellos. Eso sí, yo pensaba que quien le gustaba era yo.

Puede ser que forme parte de la conjura que les ha costado la vida a esas dos muchachas. Todavía sigo sin poder imaginármelo matándolas y, con todo… Con todo, no me cuesta entender que el dolor, la rabia y la pena empujen a alguien a traspasar límites que nunca se habría imaginado capaz de cruzar. Yo destruí a la antigua

Gina Royal y me rehíce a partir de sus cenizas. Él ha proyectado su cólera al exterior, a mí, su enemigo imaginario. Tal vez las jóvenes no fueran para él sino daños colaterales, elementos de frías matemáticas militares destinadas a alcanzar un objetivo. Casi —casi— alcanzo a creerlo.

—¿Mamá?

Parpadeo. Connor me está mirando con cara de verdadera preocupación y me pregunto cuánto tiempo llevaré sumida en mis pensamientos. Estoy cansadísima. Pese al bocadillo, tengo un hambre voraz y tantas ganas de orinar que temo que me reviente la vejiga antes de poder llegar al baño. Es curioso, pero todo eso eran detalles sin importancia hasta que he sabido que los niños estaban a salvo.

—Ya hablaremos de camino a casa —le digo—. Hago una parada en boxes y nos vamos. ¿Vale?

Él asiente con un gesto poco convencido. Le preocupa Sam, creo, y detesto tener que romperle otra vez el corazón, pero en esta ocasión, eso sí, no es culpa mía.

Llego a tiempo al cuarto de aseo y tiemblo y lloro en silencio al sentarme. Aun así, cuando me lavo la cara y las manos y respiro hondo un par de veces, la cara que me mira desde el espejo parece casi normal. Casi. Reparo en que necesito darme un corte de pelo y volver a teñirme, porque están empezando a aparecer, inoportunos, unos cuantos mechones grises. «Curioso. Siempre había pensado que no llegaría a vieja.» Eso me lo ha susurrado la antigua Gina, que concibió el día de *Aquello* como el fin de toda su vida. Odio a la antigua Gina, la que creyó ingenuamente en el poder del amor verdadero y tuvo la engreída certidumbre de que ella era una buena mujer y su marido, un buen hombre, y que merecía todo eso sin tener que hacer esfuerzo alguno.

La odio mucho más ahora que me he dado cuenta de que, pese a todo lo ocurrido, sigo pareciéndome mucho a ella.

El viaje a casa comienza en silencio, pero el ambiente está tenso. Los niños quieren saberlo todo. Yo quiero contárselo. Lo que pasa es que no encuentro las palabras, así que alargo la mano y toqueteo los mandos de la radio del coche y salto de una emisora de *country* moderno a otra de *rock* sureño, luego a una de *country* clásico y por fin doy con algo que suena a *folk* metálico, hasta que Lanny se inclina hacia delante y la apaga con un dedo decidido.

—Ya está bien —dice—. Venga, cuéntalo. ¿Qué pasa con Sam?

Dios, no quiero empezar. Sin embargo, trago saliva para vencer este impulso de cobardía y digo:

—La hermana de Sam… Resulta que Sam no es quien dice ser. En fin, sí que lo es, pero no nos contó toda la verdad.

—Lo que estás diciendo no tienen ningún sentido, mamá —me dice Connor, quizá con razón—. Espera. La del lago no será la hermana de Sam, ¿no? ¿Ha matado a su hermana?

—¡Oye! —le espeta Lanny—. Vamos a olvidarnos de eso de matar hermanas, ¿vale? ¡Sam no ha matado a nadie!

Me pregunto por qué no me he dado cuenta antes, porque en este momento, solo con mirarla a la cara, advierto que está airada, agitada y muy a la defensiva. Si con el agente Graham sintió un flechazo a primera vista, esto es diferente. No se trata de ningún enamoramiento, sino de una necesidad. Sam, que se ha convertido en una presencia tranquila en su vida, una presencia fuerte, amable y firme, es lo más parecido que tiene a un padre.

—No —le digo y, al tender la mano para estrechar la suya un instante, noto que se pone tensa—, claro que no. Connor, lo han llevado a comisaría porque han descubierto que tiene conexión con nosotros. De antes.

Lanny se aparta de mí para apoyarse contra la puerta del coche y no paso por alto que Connor también se reclina en su asiento.

—¿De antes? —pregunta mi hijo con voz suave y un poco temblorosa—. ¿Te refieres a cuando éramos otros?

—Sí —digo aliviada, pero con cierta sensación de culpa, por no tener que explicarlo todo—. Cuando vivíamos en Kansas. Su hermana fue una de las personas a las que mató vuestro padre.

No les digo que fue la última, porque eso, no sé la razón, lo hace aún peor.

—Ah —responde Lanny casi sin voz. Suena a hueco—. O sea, que nos ha seguido aquí, ¿no? En realidad no ha sido nunca nuestro amigo. Solo quería observarnos, hacernos daño porque estaba furioso con lo que hizo papi.

«¡Oh, Dios! Lo ha llamado *papi.*» Eso me hiere como un puñal y me angustia hasta el ahogo.

—Cielo…

—Tiene razón —dice Connor desde el asiento de atrás. Por el retrovisor lo veo con la mirada puesta al otro lado de la ventanilla y en ese momento noto que guarda un parecido espeluznante con su padre, tanto que lo observo unos instantes más de lo prudente y tengo que corregir con cierta brusquedad la dirección para volver a mi carril mientras avanzamos por la sinuosa carretera en dirección al lago—. No era nuestro amigo. Nosotros no tenemos amigos. Hemos sido tontos al pensar que sí.

—Oye, que eso no es verdad —replica Lanny—. Tú tienes a los del pelotón friqui con los que juegas a cosas de raritos. ¿Y qué me dices de Kyle y Lee, los Graham? Siempre te están pidiendo que hagas cosas…

—He dicho que no tengo amigos, solo gente con la que juego. —En su voz hay un dejo que no había oído nunca y que no me gusta nada. Nada—. Los Graham tampoco me caen muy bien. Solo finjo que sí para que no vuelvan a pegarme.

Por el gesto que hace mi hija deduzco que ella tampoco lo sabía hasta este instante. Supongo que Connor ha debido de confiárselo a Sam y la traición de este ha hecho que deje de tener sentido guardar el secreto. Me siento helada. Recuerdo la tirantez de mi hijo cuando estaba cerca de los Graham. Recuerdo cuando, aquella primera vez, insistió en que no había perdido el teléfono, sino que debía de habérselo quitado uno de ellos. Me odio por no haberle hecho más caso. Tan centrada he estado en los acontecimientos que se precipitaban, tan preocupada por lo que estaba haciendo Mel y por el asesinato que se me había olvidado. He fallado a mi hijo.

Cuando Sam lo encontró, la sangre de la nariz y las magulladuras habían sido obra de los hermanos Graham.

Aprieto los dientes y paso callada el resto del camino. Lanny y Connor tampoco parecen querer hablar. Me detengo al tomar el camino de entrada, paro el motor y me vuelvo a mirarlos.

—No puedo arreglar lo que nos ha ido mal. Ha pasado y se acabó. Tampoco sé de quién es la culpa ni me importa ya demasiado, pero os prometo una cosa: voy a cuidar de vosotros, de los dos, y si alguien intenta haceros daño, tendrá que vérselas primero conmigo. ¿Entendido?

Claro que sí. Sin embargo, veo que todavía hay algo muy tenso en su interior.

—Pero tú no siempre estás aquí, mamá. Ya sé que quieres estar siempre con nosotros, pero a veces tenemos que cuidar de nosotros mismos y sería mucho mejor si me dejaras tener el código de la...

—No, Lanny.

—Pero...

Sé que lo que quiere es tener acceso a la caja fuerte del arma y yo no estoy dispuesta a dárselo. Nunca he querido esto. Jamás he querido criar a mis hijos para que tengan que ser pistoleros, guerreros, niños soldado.

Mientras esté en posición de protegerlos, no lo permitiré.

Vuelvo a poner en marcha el Jeep en medio del tenso silencio que se ha impuesto y oigo crujir a nuestros pies la gravilla del camino que lleva a la cabaña.

Cuando la iluminan los faros, veo sangre. Eso es todo lo que distingo de entrada en mi precipitación: una salpicadura roja de color rojo vivo sobre la puerta del garaje, manchas, chorreos y gotas. Freno en seco, lo que nos lanza con violencia hacia delante hasta que nos retienen los cinturones. Los halógenos lo iluminan y me doy cuenta de que, en realidad, no debe de ser sangre. Es demasiado rojo, demasiado espeso. Sigue fresco y reluciente a la luz y, al fijar la vista, veo que una de las gotas sigue descendiendo, prolongando su trazo. No hace mucho que lo han hecho.

—Mami —susurra Connor.

Yo ni siquiera lo miro. Tengo la vista clavada en las palabras que han escrito sobre nuestras ventanas, sobre el ladrillo y sobre la puerta principal de nuestra casa.

ASESINA

ZORRA

ESCORIA

CRIMINAL

PUTA

VETE A TOMAR POR CULO

MUÉRETE

—¡Mami! —La mano de mi hijo me agarra con fuerza el hombro y oigo el pánico que tiñe su voz, un miedo muy real—. ¡Mami!

Meto la marcha atrás y, haciendo saltar la gravilla, echo a correr por el camino de entrada hacia la carretera. Tengo que frenar de golpe al ver que hay vehículos cortándonos el paso. Son dos: un todoterreno Mercedes impecable sin una mota de polvo y una camioneta sucia de carrocería alta que debe de ser roja bajo la capa de barro que la cubre. Nos han dejado encerrados.

Los Johansen, el matrimonio encantador y discreto de lo alto de la loma al que fui a presentarme cuando me mudé, están dentro de su todoterreno y ni siquiera me miran. Tienen la vista clavada en la carretera, como si hubieran bloqueado por puñetero accidente el camino de mi casa. Como si no tuvieran nada que ver.

El gilipollas de la camioneta mugrienta y sus amigos no tienen tantos escrúpulos. Están encantados con hacerse notar. De la ancha cabina salen tres y de la caja bajan con aire descuidado otros tres. Borrachos, lo sé por sus movimientos torpes, y orgullosos de estarlo al parecer. Reconozco a uno de ellos. Es Carl Getts, el capullo al que echó Javier del campo de tiro por su comportamiento.

Se han puesto a avanzar hacia nosotros y, en ese momento, me doy cuenta con un escalofrío de que tengo conmigo a mis hijos y estoy desarmada. Además, la policía, por Dios bendito, ni siquiera se ha molestado en dejar un coche patrulla en las inmediaciones para espantar a los posibles acosadores. Bravo por las buenas intenciones de Prester, si es que tenía alguna. Todavía no ha pasado un día desde que nos han delatado y ya tememos por nuestras vidas.

Por eso me compré el Jeep.

Pongo una marcha corta, subo un tanto la colina y entonces lo echo a andar entre botes pendiente abajo, sobre una pradera silvestre sembrada de piedras que sobresalen puntiagudas. Voy esquivando las peores, pero tengo que acelerar al ver que los tipos de la camioneta han vuelto a su vehículo. Ellos también tienen tracción en las cuatro ruedas y van a perseguirnos con tanta rapidez como les sea posible. Tengo que poner distancia de por medio.

«Necesito mi pistola», pienso desesperada. Ahora mismo no llevo la del maletero, porque la había sacado para entregarle el Jeep a Javier. «Da igual», me digo. No es bueno depender de nada ni de nadie. Me tengo solo a mí misma, hoy, mañana y siempre. Esa es la lección que me enseñó Mel.

Primero, tengo que ponernos a salvo. Luego, hay que reagruparse. Por último, alejar a mis hijos de este sitio, sea como sea.

Casi, solo casi, llego a la carretera y la seguridad que nos ofrece. Lo que ocurre es lo siguiente: tengo que dar un volantazo para evitar una roca que sobresale oculta tras un matorral espeso y, al hacerlo, meto la rueda derecha en una zanja ancha que no había visto. El coche se inclina y, por un instante de infarto, pienso en la frecuencia con que se producen accidentes por vuelco. Entonces rebotamos y salimos del hoyo antes incluso de que llegue a mis oídos el alarido de Lanny. «Nos hemos salvado», pienso.

Pero no, no nos hemos salvado.

La rueda izquierda da en una piedra a medio enterrar, rebota y gira bruscamente sobre ella. Oigo el crujido metálico del choque, tiembla todo el sistema de dirección y el volante se me escapa de las manos con un movimiento brutal. Vuelvo a aferrarme a él con el corazón batiendo acelerado contra mi pecho y advierto que se ha partido el eje. He perdido el control de las ruedas delanteras y la dirección.

Por eso no puedo esquivar el peñasco siguiente, que es lo bastante grande para golpear el centro del capó del Jeep y proyectarnos a todos hacia delante hasta donde lo permiten los cinturones de seguridad, con tanta fuerza que sé que nos dejará cardenales. También sé que han saltado los *airbags* porque oigo como una ráfaga el sonido que hace al darme en la cara y siento el impacto y el olor a quemado del gas propelente. Siento dolor y el calor de la sangre y la fricción, aunque soy más consciente de la sensación de sorpresa que del daño. Mi primera reacción instintiva no va dirigida a mí misma. Me doy la vuelta en el asiento para mirar con gesto frenético a Lanny y a Connor. Los dos parecen aturdidos, pero se diría que están bien. Mi hija deja escapar un sollozo y se palpa la nariz, que está sangrando. Me doy cuenta de que los estoy cosiendo a preguntas: «¿Estáis bien? ¿Os ha pasado algo?», pero ni siquiera escucho lo que me responden. Agarro a puñados un pañuelo de papel tras otro para taponar la sangre de la mayor mientras miro angustiada al pequeño. Parece que no le pasa nada, que está mejor que Lanny, aunque tiene una mancha colorada en la frente. Sobre el hombro le cae la flácida seda blanca del *airbag*. «Los laterales», recuerdo. El de Lanny también ha saltado. Por eso le sangra la nariz.

El mío habrá saltado también, pero me da igual.

Vuelvo a ser consciente de que no hemos sufrido un accidente de tráfico común, de que hay una camioneta llena de borrachos botando por esta misma pendiente, persiguiéndonos. La he cagado. He puesto a mis hijos en peligro mortal.

Y tengo que arreglarlo.

Salgo como puedo del todoterreno y a punto estoy de caer al suelo. Me aferro a la puerta y veo que estoy manchando de sangre la camisa blanca, sobre cuya pechera se está formando una línea roja irregular. Da igual. Sacudo la cabeza y con ella unas cuantas gotas más y me dirijo a tientas a la parte trasera del Jeep. Lo que sí tengo es una llave y una linterna aturdidora de emergencia que emite luces blancas y rojas muy desorientadoras con solo apretar un botón y hasta un sonido muy potente de sirena. Tiene las pilas nuevas, porque se las cambié la semana pasada. Las saco de la caja de herramientas y aún no he tenido tiempo de volver a cerrar la puerta del conductor cuando encuentro mi teléfono y se lo doy a Connor, que parece estar más entero.

—Llama al 911 y diles que nos están atacando. Cerrad bien las puertas.

—¡Mamá, no te quedes ahí fuera! —exclama él.

Temiendo que no cierre, que dude y lo saquen del coche, abro la puerta y las bloqueo. Me lo confirma un ruido sordo y sólido.

Entonces subo las ventanillas para dejar dentro a mi hijo, a Lanny y las llaves.

Me vuelvo con la llave de desmontar los neumáticos en la mano derecha y la linterna en la izquierda a esperar a que se acerque la camioneta.

No lo consigue. A mitad de pendiente chocan contra algo y patinan hacia un lado. Dos de los que van en la caja se arrojan al suelo gritando cuando el vehículo vuelca por la ladera. El alarido de uno de ellos me hace pensar que debe de haberse partido o torcido algo de un modo muy doloroso, pero los otros dos se ponen de pie con el movimiento como sin huesos propio de los borrachos. La camioneta rueda con un largo chillido metálico y el golpe de platillo que producen los cristales al romperse, pero deja de bajar por la colina. Se ha detenido sobre uno de sus costados. Las ruedas siguen girando y el motor ruge como si el conductor no hubiese tenido el sentido común de levantar el pie del acelerador. Los tres de dentro se ponen a gritar pidiendo ayuda y los dos tipos de la caja que siguen en pie corren a ayudarlos. Están a punto de hacer que el trasto pierda el equilibrio y se precipite de nuevo colina abajo. Parece casi una comedia.

El todoterreno de los Johansen arranca de pronto y sale a toda prisa por la carretera, como si acabaran de recordar que llegan tarde a su propia fiesta. Supongo que se marearán con la sangre, aunque esa sangre sea la mía. Sé que no van a llamar a la policía, pero eso me importa poco, Connor ya lo ha hecho. Lo único que tengo que hacer, me digo, es mantener ocupado a quien pretenda hacernos daño hasta que aparezcan las luces y las sirenas. No he hecho nada malo.

Por lo menos todavía.

Uno de los borrachos se separa del resto para echar a andar hacia mí y no me sorprende, ni muchísimo menos, que se trate de Carl, el tipo del campo de tiro. El tipo que insultó a Javi. Está gritándome algo, aunque no le estoy prestando atención. Lo único que me interesa es ver si lleva un arma. Si la lleva, estoy perdida, porque desde donde está no solo puede matarme, sino asegurar que lo ataqué con esta llave tan práctica y disparó en legítima defensa. Por lo poco que conozco de Norton sé que apenas tardarán cinco minutos en absolver a ese cabronazo, aunque tenga en contra el testimonio de mis hijos. «Temía por mi vida», dirá. Esa es la defensa habitual de los asesinos cobardes, pero también —y ahí está el problema— la de la gente que está de veras asustada. Como yo.

Qué alivio. Parece que no lleva arma. Por lo menos yo no veo ninguna y tampoco creo que sea de los que se cortan en mostrarla. Si llevara una, estaría agitándola en el aire. Eso convierte mi llave en una amenaza real.

Se detiene y veo que Connor está dando golpes en la ventanilla para llamar mi atención. Me arriesgo a mirarlo. Tiene la cara pálida y con gesto desesperado me grita:

—¡Ya he llamado a la policía, mamá! ¡Dicen que vienen para acá!

«Ya lo sé, cariño.» Le sonrío. Es una sonrisa de verdad, porque sé que podría ser la última que le regalo.

Entonces me vuelvo hacia el borracho, cuyo amigo también viene hacia nosotros, y les digo:

—Atrás, hijos de puta.

Los dos se echan a reír. El que acaba de llegar es un poco más ancho y un poco más alto que el primero, pero también está más bebido todavía y se tiene que apoyar en él para esquivar las piedras que va encontrando bajo sus pies. Son Hernández y Fernández, pero la violencia que están dispuestos a ejercer no tiene nada de cómico ni de ficticio.

—Nos has jodido la camioneta —dice— y vas a pagar por ello, puta asesina.

En la camioneta volcada ha empezado a abrirse la puerta del copiloto como la escotilla de un carro de combate, pero, a diferencia de estas, por más que estos tontos del bote no lo quieran creer, las puertas de los coches no están diseñadas para abrirse hacia atrás hasta la horizontal. La fuerza con que la abren e intentan apartarla de su camino hace que rebote al llegar al tope de los goznes y caiga con gran velocidad contra el hombre que la empuja. Con un grito, se suelta justo a tiempo para evitar aplastarse los dedos. Me haría gracia si no estuviese cagadita de miedo ni fuera responsable de dos niños inocentes, mientras que estos gilipollas ni siquiera son capaces de responsabilizarse de sí mismos.

Cuando los dos vienen hacia mí y deciden atacar, enciendo la función aturdidora de la linterna y la aparto para que apunte lejos de mí. De todos modos, la impresión es tremenda, como un ladrillazo en la cara. Si las luces estroboscópicas, asimétricas e increíblemente brillantes, y el chillido, que amenaza con destrozarme los tímpanos, resultan desagradables desde atrás, no quiero imaginar lo que supondrá para los dos que tengo delante.

Carl y su amigo se caen de culo, con la boca abierta para dar gritos frenéticos que no logro oír por encima del estruendo. Siento una descarga amarga y fabulosa de adrenalina que me hace desear molerlos a palos a los dos con la llave y asegurarme, fuera de toda duda, de que esos capullos no volverán nunca a amenazar a mis hijos.

Pero no lo hago. Y si no lo hago es porque, cuando estoy a punto de dar rienda suelta a mis impulsos, me detiene pensar que estoy a punto de demostrar que Prester tenía razón, de demostrar que soy una asesina y tengo las manos manchadas de sangre de mis vecinos. Con la misma rapidez con que absolverían a quien me pegase un tiro me tendrían atada a la camilla para administrarme la inyección letal si se me ocurriera golpear a esos dos prendas estando en el suelo. Eso y solo eso es lo que me retiene aquí de pie, apuntándolos con la luz y la sirena en lugar de acabar con esto de una vez por todas.

Aunque yo también estoy cegada, sé que está llegando la policía cuando Connor baja la ventanilla y me toma del brazo. Está señalando a la carretera y cuando miro hacia allá veo un coche patrulla que hiere las tinieblas con sus luces. Se detiene y salen de él dos figuras que empiezan a ascender hacia donde estamos, haciendo subir y bajar sus linternas e iluminando con ellas llamativas manchas de maleza y rocas de una palidez ósea.

Apago la función de defensa propia de la mía y mantengo el haz halógeno fijo en los dos borrachos, que se ponen de rodillas para incorporarse mientras echan pestes por la boca. Siguen con los oídos tapados. Uno de ellos se inclina y vomita un chorro de cerveza rubia, pero el otro, Carl, sigue clavándome la mirada. Veo el odio que lo invade. Con él no hay razonamiento que valga, ni tampoco manera alguna de sentirme segura.

—Ya está aquí la policía —le digo.

Él echa un vistazo como si no se hubiera dado cuenta —cosa muy probable— y la expresión de furia que asoma un instante a su rostro me lleva a apretar la llave de nuevo. Quiere hacerme daño, matarme quizá. Hasta puede que quiera descargar su ira también con mis hijos.

—Zorra de mierda —dice.

Pienso en el crujido tan satisfactorio que podría regalarme la llave en contacto con sus dientes. Delante de mí tengo un metro y setenta y pico de mal aliento y fachada asquerosa y dudo muchísimo que este planeta vaya a ser más triste si me deshago de él, pero supongo que tendrá a alguien que le quiera.

Hasta yo tengo quien me quiere.

El agente Graham es el primero en llegar a mi lado. Me alegro de verlo. Es más alto y más fuerte y da la impresión de poder intimidar hasta mancharle los pantalones a quienquiera si decide probar. Estudia la situación, frunce el ceño y pregunta:

—¿Qué coño está pasando aquí?

Me interesa que escuche primero mi versión, así que corro a decir:

—Estos idiotas han decidido hacerme una visita poco amistosa. Nos han bloqueado el camino de salida. Alguien, supongo que ellos, nos ha dejado la casa hecha un desastre. He intentado meterme por el bosque para huir, pero una piedra me ha dejado sin dirección. Tenía que intentar mantenerlos alejados de mis hijos.

—Puta mentirosa…

Graham extiende la mano hacia el borracho sin apartar de mí su mirada.

—A vosotros —le dice— os va a tomar declaración la agente Claremont. ¿Kez?

Esta noche, la compañera de Graham es una afroamericana alta y esbelta con el pelo muy corto y el dinamismo de quien no se anda con tonterías. Lleva a los dos borrachos hasta la camioneta siniestrada y llama a los servicios de rescate y a una ambulancia para que se ocupen de los tres que están encerrados en la cabina y del que se ha roto lo que sea más arriba. Todos farfullan con voz tan aguda como perentoria, arrastrando las palabras, y dudo mucho que se estén divirtiendo.

—De manera que me está diciendo que todo esto ha pasado sin provocación alguna de su parte —dice Graham.

Yo me vuelvo para mirarlo y luego me inclino para besar la frente de Connor a través de la ventanilla.

—¿Lanny? ¿Estás bien, cariño?

Ella levanta el pulgar y echa hacia atrás la cabeza para cortar la hemorragia de la nariz.

—¿Le importaría soltar la llave? —me pide Graham con voz seca y yo caigo en la cuenta de que la estoy apretando con todas mis fuerzas, como si aún tuviera que hacer frente a una amenaza.

También sigo con el pulgar apoyado en el botón que activa la función aturdidora de la linterna. Me aparto de aquel precipicio invisible y dejo las dos cosas al lado del Jeep antes de alejarme unos pasos.

—Bien. Buen comienzo. Ahora, vamos a ver: dice que no la dejaban salir. ¿Tuvo palabras con ellos?

—Si ni siquiera los conozco. Pero supongo que debe de haberse corrido la voz sobre mi ex. Imagino que usted también lo sabe ya.

Aunque su expresión no delata mucho, veo que algo se revuelve en lo más hondo de su mirada y que pone algo rígida la boca. Se afana en relajarla.

—Por lo que tengo entendido, su marido es un asesino convicto.

—Mi exmarido.

—Ajá. Un asesino en serie, si no me equivoco.

—Lo sabe muy bien —respondo—. Las noticias vuelan. Era de esperar en una ciudad pequeña como esta. Por eso le pedí al inspector Prester algún tipo de destacamento de protección para mis hijos.

—Veníamos de camino para eso. Íbamos a pasarnos la noche aparcados frente a su casa.

—Supongo que para entonces se habría secado la pintura.

—¿Qué pintura?

—Si le apetece, asómese a mi casa cuando acabe con esto. Lo ve el más miope. —Estoy agotada y empiezo a notar el daño del golpe. Me duele el hombro izquierdo, probablemente por el cinturón de seguridad. Tengo el cuello rígido y me ha empezado a hacer daño el puente de la nariz. Ya no me sangra, al menos, ni noto que se mueva nada ahí dentro al tocarla, así que no debo de tener nada roto. Estoy bien, pienso. Mejor de lo que merezco—. Esto no ha sido más que el primer asalto. Por eso decía que necesitábamos protección.

—Señora Proctor, debería tener en cuenta que, de los seis que la perseguían, por lo menos cuatro tienen algún tipo de lesión —dice Graham, no sin cierto tono de simpatía—. Creo que podemos decir que este asalto lo ha ganado usted, si quiere llevar la cuenta.

—Qué va —miento. Me alegro de ver esa asquerosa camioneta de medio lado y manchando el suelo de líquido de radiador. Me alegro de que cuatro de ellos vayan a tener la ocasión de lamerse las heridas mientras piensan en lo poco que les conviene volver a acercarse a mí. Lo que lamento es que no hayan quedado tan maltrechos que no puedan hacer nada parecido en su vida—. No va a arrestarme.

—Ni siquiera lo ha dicho en tono de pregunta.

—Cualquier abogado defensor decente lo haría picadillo. Una madre con sus hijos, atacados por seis capullos borrachos… ¿En serio? Me convertiría en heroína de Twitter en cuestión de media hora.

Él deja escapar un suspiro largo cuyo sonido se mezcla con el de las ondas que, más abajo, lamen la orilla del lago. La bruma ha empezado ya a alzarse desde la superficie del agua, pues ha refrescado lo bastante para comenzar el ciclo, como fantasmas que escaparan en millares de volutas. «El lago de las muertas», pienso intentando no mirarlo. La belleza de Stillhouse Lake ha quedado arruinada para mí.

—No —responde Graham al fin—, no voy a arrestarla. Los voy a detener a ellos por vandalismo y al bueno de Bobby por conducir ebrio. ¿Le parece bien?

Claro que no. Quiero que los detengan por agresión, pero la palabra ni siquiera ha asomado a sus labios. Con todo, debe de haber sabido que iba a protestar, porque levanta una mano para evitarlo.

—Mire, no le han puesto una mano encima. Al menos uno de ellos está lo bastante sereno como para declarar que la vieron estrellarse y bajaron a ayudar y usted se puso paranoica y accionó ese cacharro del diablo, sea lo que sea, contra ellos. A menos que encontremos pintura u otra prueba en su ropa o en la camioneta, también pueden decir que no tenían la menor idea de los grafitis de su casa…

—¿Grafitis? Pero ¿qué se piensa que es? ¿Una obra de Banksy?

—Está bien, destrozos. La cosa es que no lo tienen difícil para negar todos los cargos relacionados con acoso o agresión y usted era la que llevaba una llave en la mano. Hasta donde alcanza mi conocimiento, esos hombres no iban armados.

Seis contra una no necesitan armas y él lo sabe, pero tiene razón, claro. Los abogados defensores sirven tanto para unos como para otros.

Me apoyo sin fuerzas en lo que queda de mi Jeep.

—Vamos a necesitar una grúa —le digo— para quitar de aquí mi coche.

—Yo me encargaré de pedir una. Mientras, vamos a sacar de ahí a los críos y a volver a su casa. Hay que asegurarse de que no ha entrado nadie.

Ya sé que no. Tengo contratado el servicio de notificación móvil del sistema de alarma y si salta puedo mirar de inmediato la tableta y volver a ver la grabación para saber quién ha estado allí. Aunque nadie ha roto ninguna ventana ni echado abajo ninguna puerta, el último lugar al que quiero llevar a mis hijos en este momento es a la cabaña, embadurnada de pintura roja fresca. Supongo que han elegido a propósito el garaje para hacer las salpicaduras sin forma y recordarme cuál era el lugar favorito de Melvin para llevar a cabo su repugnante obra.

Lo cierto, sin embargo, es que no tenemos elección. Por la expresión de Graham tengo muy claro que no piensa llevarnos a pasar la noche a ningún motel de Norton y también motivos de peso para sospechar que el inspector Prester no responderá si se me ocurre llamarlo. Con el todoterreno destrozado, solo puedo depender de la hospitalidad de algún extraño, cosa impensable para una paranoica como yo. Mis vecinos más cercanos, los Johansen, han ayudado a cortarme la salida, Sam Cade me ha estado engañando desde el principio y Javier, además de ser colaborador voluntario de la policía, tampoco estará muy dispuesto a responder a mis llamadas.

Alargo la mano hacia la ventanilla abierta del Jeep para desbloquear las puertas, recuperar mis llaves y ayudar a salir a Lanny. Ya casi no le sangra la nariz y tampoco parece estar rota, pero puede que le salgan cardenales. A todos podrían salirnos. Culpa mía.

La sujeto mientras los tres seguimos lentamente al agente Graham colina arriba en dirección a una casa que ha dejado ya de ser nuestro hogar.

CAPÍTULO 10

El agente Graham toma con diligencia fotos de los daños. Lo rojo no es sangre, porque sigue presentando un color vivo y la sangre se habría oxidado y puesto marrón a estas alturas. Es pintura. De hecho, la mayor parte de las palabras está escrita con aerosol, a excepción de *asesina*, que presenta goterones siniestrísimos de una brocha que los vándalos han mojado con generosidad. Abro la puerta y desconecto la alarma para que Graham compruebe a fondo todo el interior. No encuentra nada, aunque, repito, yo eso ya lo sabía.

—Está bien —dice enfundando su pistola mientras vuelve al salón, donde lo estamos esperando—. Necesitaré sus armas, señora Proctor.

—¿Tiene una orden judicial? —pregunto y, al ver su mirada, añado—: Si eso es un no, declino cooperar. Venga con una orden judicial.

Su expresión no ha cambiado, pero su lenguaje corporal sí. Se ha adelantado un poco, su actitud parece una pizca más combativa, al menos esa es mi sensación. Recuerdo lo que me ha dicho Connor durante el viaje de vuelta: los hijos de Graham fueron los que le pegaron. Me pregunto qué les habrá enseñado su padre. Quiero confiar en este hombre, que lleva placa y es lo único que se interpone en realidad entre yo y la gente iracunda que viene a por mí, pero lo miro y no acabo de convencerme de que deba hacerlo.

Quizá no pueda confiar ya en nadie: me he estado equivocando desde el principio.

—De acuerdo —dice, aunque salta a la vista que no lo está—. Cierre las puertas y active la alarma. ¿Suena en comisaría?

«¿Para qué? ¿Para que podáis pasar de ella?»

—Suena allí directamente —contesto—. Si se corta la corriente, también salta.

—¿Y qué me dice del refugio? —Al ver que me limito a mirarlo en lugar de decir nada, se encoge de hombros—. Es solo para asegurarme de que tiene un modo de recibir ayuda si está dentro. No servirá de mucho si no sabemos que se ha metido ahí.

—Tiene una línea telefónica independiente —le comunico—. Estaremos bien.

Al comprobar que no pienso ir más allá, hace al fin un gesto de asentimiento y se dirige a la salida. Le abro para despedirlo e intento no mirar los daños que presenta nuestra puerta. Una vez que la cierre, puedo fingir, al menos un poco, que todo sigue siendo normal. Introduzco la clave de la alarma y el suave pitido que indica que está conectada logra calmar una parte de mi interior que ni siquiera había notado que estaba temblando. Echo todos los cerrojos y me vuelvo para apoyar la espalda contra la madera.

Lanny está sentada en el sofá con las rodillas en alto y abrazadas. Otra vez su postura defensiva. Connor está apoyado en ella. Mi hija tiene manchas de sangre en la barbilla. Voy a la cocina, mojo una toalla de mano y vuelvo para limpiárselas con cuidado. Cuando acabo, toma la toalla y, sin decir nada, hace lo mismo conmigo. Ni siquiera me he dado cuenta de haberme hecho tanto. La felpa blanca acaba con marcas rojas muy llamativas. El pequeño es el único que no necesita limpiarse, conque dejo la toalla y me siento con mis niños, abrazándolos y meciéndome con ellos lentamente. Ninguno tenemos nada que decir.

Ninguno necesitamos decir nada.

Al final, recojo la tolla sucia y la enjuago con agua fría en el fregadero. Lanny viene a la cocina a coger el cartón de zumo de naranja y bebe con tragos sedientos. Connor la releva cuando acaba. Yo ni siquiera tengo la energía necesaria para decirles que usen vasos. Me limito a menear la cabeza y a apurar un vaso tras otro de agua.

—¿Queréis comer algo? —les pregunto y, cuando los dos murmuran que no, sigo diciendo—: Entonces, id a dormir un poco. Si me necesitáis, estaré en la ducha. Hoy voy a dormir aquí, en el salón. ¿De acuerdo?

No les sorprende. Supongo que todavía deben de recordar que, después de mi absolución y antes de que dejáramos Kansas, pasé las noches durmiendo en el viejo sofá de la sala de estar vacía de la casa que habíamos alquilado con una pistola a mi lado. Nos lanzaban ladrillos a las ventanas y una vez hasta un cóctel molotov que se consumió sin incendiar nada. El vandalismo se convirtió en una constante en nuestra existencia hasta nuestra segunda mudanza.

Fue entonces cuando aprendí que no podía contar con la ayuda de los vecinos. Ni con la de la policía.

La ducha me sabe a gloria, como un respiro dulce, cálido y normal frente al infierno de este día. Me seco el pelo con la toalla y me pongo un sujetador deportivo y unas bragas limpias antes de buscar el par de pantalones de deporte más suaves que tengo, una camiseta de microfibra y calcetines. Quiero estar tan vestida como me sea posible, a excepción, claro, de las zapatillas de deporte, a las que he colocado cordones elásticos para poder ponérmelas en un instante en caso de emergencia. El sofá es bastante cómodo y tengo la pistola donde puedo alcanzarla, pero apuntando lejos de mí. Son muchos los paranoicos que han omitido esta norma básica de seguridad.

No me lo esperaba, pero logro dormirme y ni siquiera sueño. Quizá esté demasiado cansada. Me despierto ante el suave pitido de la cafetera automática, que se ha puesto a hacer la jarra de la mañana, y, aún adormilada, me digo que debo recordarle a Lanny que, si vuelven a detenerme, apague ese condenado chisme. Fuera todavía no hay luz. Encuentro mi pistolera de hombro y me la coloco sobre la camiseta, meto el arma y voy a servirme café. Aunque voy en calcetines y sin hacer ruido, oigo el crujido de una puerta que se abre en el pasillo.

Es Lanny. Me basta verla para saber que no ha dormido mucho, porque se ha puesto ya unos pantalones negros con bolsillos y una camiseta gris con una calavera llena de agujeros por los que asoma la camiseta de tirantes negra que lleva debajo. De aquí a dos años, pienso, tendré que pelearme con ella para que se ponga algo debajo. Se ha cepillado el pelo, pero sigue teniéndolo revuelto y su leve ondulado natural brilla a la luz cuando se mueve. Las magulladuras rojizas que tenía bajo los ojos se han vuelto de color carmesí vivo tirando a marrón y tiene la nariz un poco hinchada, aunque no tanto como yo temía.

Hasta así está guapa, tanto que se me corta el aliento con una pena inesperada y tengo que ocuparme en remover el azúcar que le he echado al café para que no me lo note. Ni siquiera yo sé por qué me siento así. Me ha asaltado como una oleada cálida y abrumadora que me hace querer destruir el mundo entero antes de que sufra más daños.

—Quita —dice ella enfadada y yo me aparto para que eche mano a una taza de la estantería. La comprueba (gesto que hace de manera automática desde que, a los doce, encontró una cucaracha en una casa de alquiler) y se sirve café. Ella lo toma solo, no porque le guste, sino por creer que tiene que tomarlo así—. Entonces seguimos vivos.

—Seguimos vivos —coincido.

—¿Has hecho la ronda de la Psicopatrulla?

Temo hacerlo, pero tiene razón. Será el siguiente paso.

—No, pero estoy a punto.

Suelta una risotada amarga.

—Imagino que hoy no hay cole.

No está vestida para ir, pienso, y, por supuesto, tiene razón.

—No. A lo mejor ha llegado el momento de empezar a daros clase aquí.

—Vaya, qué bien. No vamos a salir de casa nunca más. Y habrá que comprobar si el fulano de UPS tiene antecedentes en los archivos federales antes de dejar que nos entregue un paquete.

Está de un humor de perros y se muere por empezar una discusión. Levanto las cejas.

—No, por favor —le digo y ella me lanza una mirada asesina—. Voy a necesitar tu ayuda, Lanny.

Mi ruego hace que ponga los ojos en blanco sin dejar de fulminarme con ellos, movimiento que sospecho que solo puede dominar de veras una adolescente.

—Deja que lo adivine. Quieres que me encargue de Connor. A sus órdenes, señora directora de la prisión. Debería usted darme una placa y, ya sabe… —Señala la pistolera que llevo al hombro con un gesto vago pero significativo.

—No —le digo—, quiero que vengas conmigo y me ayudes a repasar los correos electrónicos. Ve por tu portátil, voy a enseñarte lo que tienes que hacer. Cuando acabemos, decidiremos el siguiente paso.

Por un momento se queda sin palabras, toda una novedad, y a continuación deja la taza, traga saliva y dice:

—Ya era hora.

—Sí, ya era hora. Pero créeme que ojalá pudiera mantenerte para siempre al margen.

Una mañana dura de trabajo mientras la inicio lentamente a las cotas de depravación que encontrará y le enseño a clasificarlas y categorizarlas. Hago una selección previa de lo que le envío y dejo fuera todas las imágenes pornográficas de violaciones y los montajes de víctimas de asesinato con nuestras caras. No puedo hacerle algo así. Quizá no tarde en verlos, pero será por no haber podido evitarlo yo, no porque lo haya permitido.

Esta mañana nos recibe todo un tsunami de odio y, pese a su ayuda, estamos un buen rato examinando mensajes y reenviándolos a las diversas agencias encargadas de perseguir abusos. La mayor parte del material es el de siempre, amenazas de muerte. Al final llega una que hace que mi hija se detenga y aparte la silla de su ordenador con las manos en alto como si hubiera tocado un bicho muerto. Me mira sin palabras y puedo percibir que algo se apaga en su interior. Un trocito de esperanza, de fe en que el mundo puede ser algo amable también para nosotros.

—Son solo palabras —le digo—, palabras de hombrecillos que se sienten valientes detrás de un teclado y un nombre de usuario. Pero sé cómo te sientes.

—Es horrible. —Su voz suena más a la de una niña pequeña que a la de la adulta que intenta ser. Se aclara la garganta para hacer un segundo intento—. Esta gente es repugnante.

—Sí. —No puedo más que coincidir mientras apoyo la mano en su hombro—. Les da igual que puedas sentirte herida por lo que dicen. De hecho, les importa poco que lo leas o no. Para ellos, lo importante es escribirlo. Es normal que tengas miedo y te sientas hasta violada. Es la sensación que tengo yo siempre.

—¿Pero…? —Mi hija sabe que hay un pero...

—Pero eres tú la que tiene la sartén por el mango y puedes apagar ese ordenador y marcharte cuando quieras. Son solo píxeles en una pantalla. Los que escriben son gilipollas que pueden estar en la otra punta del mundo, o del país, y si no, piensa que las probabilidades de que alguno haga nunca nada que no tenga que ver con gritarle a una pantalla de ordenador son ínfimas. ¿Entendido?

Eso parece calmarla un poco.

—Entendido —dice—. Pero ¿y si alguno se sale de la estadística?

—Para eso me tienes a mí… y yo tengo esto. —Palpo la pistolera de hombro—. No me gustan las armas de fuego ni soy ninguna justiciera. De hecho, ojalá fuesen más difíciles de conseguir y me bastara con una pistola eléctrica y un bate de béisbol, pero el mundo en el que vivimos no es así, cielo, de manera que si quieres aprender a disparar, nos pondremos con ello y, si no, también me parece bien. Yo preferiría que no, créeme, porque las probabilidades de que te disparen son muchísimo mayores si vas armada. Si yo llevo pistola es más por desviar hacia mí los tiros y defenderos así a tu hermano y a ti que por devolverlos. ¿Me entiendes?

Sí que me entiende. Salta a la vista. Por primera vez, ve el revólver más como un peligro que como un escudo. Perfecto. Es la lección más dura que tiene que aprender quien cree que las armas son la respuesta: que solo lo son a un conjunto de problemas puro, simple y directo. Matar a alguien.

Nunca he querido que ella tuviese que hacerlo y tampoco quiero tener que hacerlo yo.

Vuelvo a conectar su portátil y las dos seguimos aún trabajando en silencio cuando asoma Connor por la puerta, aún con los pantalones del pijama y bostezando. Tiene un moratón ancho y oscuro en el hombro, pero, por lo demás, parece estar bien. Nos mira abriendo y cerrando los ojos mientras intenta atusarse el pelo con los dedos.

—Ya estáis levantadas —dice—. ¿Y el desayuno?

—Calla ya —contesta Lanny, aunque solo por reflejo—. ¡Qué niño! Aprende a hacer tortitas, que no es ninguna ciencia arcana.

Connor da otro bostezo y me mira apenado.

—Mami…

Está claro que hoy quiere que lo trate como al niño que es, lo mime, lo consienta y haga que se sienta seguro. Al contrario que Lanny, quien prefiere encarar la situación. Esto también está bien. Él es más pequeño y, al cabo, se trata de su elección. Ella también ha podido elegir.

Así que me tomo un descanso frente a la torrencial lluvia ácida de odio y me levanto para mezclar con agua el preparado, al que añado unas nueces que, de todos modos, tenía que gastar. Estamos a mitad de lo que parece un desayuno sorprendentemente normal cuando llaman de manera enérgica a la puerta desfigurada de nuestra casa.

Me levanto. Lanny ya ha soltado el tenedor y se dispone a dejar su silla cuando le indico con un gesto que se vuelva a sentar. Connor deja de masticar y me mira mientras en mi mente se amontonan las posibilidades. Hoy, precisamente, nos enfrentamos a todo un mundo de peligros. Podría ser el cartero, un tío con una escopeta dispuesto a volarme la cara en cuanto asome o alguien que ha venido a dejarme un animalillo mutilado delante de la puerta. Sin mirar es imposible adivinarlo. Así que busco mi tableta para encenderla y en ese instante recuerdo que está muerta, sin batería. «Puñeteros trastos tecnológicos.»

—No pasa nada —les digo a mis hijos, aunque no tengo modo alguno de saberlo. Voy a la puerta y, con mucho cuidado, me asomo a la mirilla para ver a una mujer de piel oscura y aspecto cansado. Me suena su cara, pero tardo unos segundos en ubicarla, ya que, la última vez que la vi, apenas me fijé e iba de uniforme.

Es la agente que estaba anoche con Graham y se encargó de los borrachos mientras él hablaba con nosotros.

Desconecto la alarma y abro la puerta. Ella queda petrificada unos instantes al reparar en la pistolera.

—¿Sí? —pregunto sin invitarla ni rechazarla. Sus ojos, de color castaño intenso, ascienden para clavarse en los míos mientras me demuestra con mucho cuidado que no lleva nada en las manos.

—Soy Claremont —anuncia.

—La agente Claremont. La recuerdo de anoche.

—Vaya. Mi padre vive al otro lado del lago. Dice que las conoció a usted y a su hija un día que salieron a correr.

El anciano, Ezekiel Claremont. Claro. Vacilo antes de tenderle la mano, que ella estrecha con un apretón firme, seco y formal. De cerca y de paisano, por la ropa, el corte de pelo y su manicura, advierto que es una mujer elegante. No es lo que habría esperado de la policía de Norton.

—¿Puedo entrar? —pregunta—. Me gustaría echar una mano.

Así, sin más. Tiene la mirada firme y su forma de hablar es a un tiempo relajada y contundente.

Yo, sin embargo, salgo y cierro la puerta a mi espalda.

—Lo siento —me excuso—, pero no la conozco. Ni siquiera sé cómo se llama.

Si mi falta de hospitalidad y de cortesía le han llamado la atención, no lo demuestra. Entorna los ojos solo una pizca, solo un segundo, y luego sonríe diciendo:

—Kezia, aunque me llaman Kez.

—Encantada —respondo por simple educación. Sigo preguntándome qué leche está haciendo aquí.

—Mi padre quería que viniera a ver cómo están. Se ha enterado del altercado de anoche. No es que sea muy devoto de la policía de Norton.

—Las comidas de los domingos deben de ser tensas.

—No se hace usted una idea.

Señalo con un gesto los sillones del porche y ella ocupa, según compruebo con una punzada aguda y oblicua de dolor, la que siempre elegía Sam Cade. Me pesa darme cuenta de que echo de menos a ese hijo de puta. «No, echo de menos a alguien que, de entrada, no existió nunca, como nunca existió mi Mel.» El verdadero Sam Cade es, como mínimo, un acosador embustero.

—Qué bonita es la vista desde aquí —señala mientras contempla el lago. Seguro que también está pensando, como todos los demás, lo bien que debe verse desde aquí a quien arroje un cadáver al agua—. Mi padre tiene muchos más árboles delante. Eso sí, ese tramo es más barato. No me canso de intentar que se mude a una parte más baja para no tener que subir tanta cuesta, pero…

—Me encantaría seguir charlando con usted —la atajo—, pero se me están enfriando las tortitas. ¿Qué es lo que quiere saber?

Menea la cabeza solo un poco sin dejar de mirar al lago.

—¿Sabe que no pone nada fácil que la ayuden? Dada su situación, debería cambiar de actitud, porque va a necesitar amigos.

—Esta actitud es la que me mantiene con vida. Gracias por su visita.

Hago ademán de ponerme en pie otra vez, pero ella tiende una mano de manicura perfecta para detenerme y al final se vuelve para mirarme a los ojos.

—Creo que podría ayudarla a averiguar quién le está haciendo esto —me dice—, porque las dos sabemos que es alguien cercano, algún lugareño y alguien que tiene un motivo.

—Sam Cade, sin ir más lejos.

—Yo he ayudado a confirmar su coartada para los días de la desaparición de las dos jóvenes. Le puedo asegurar que no fue él. De hecho, ya lo han soltado.

—¿Qué lo han soltado? —Miro la pintura que ensucia mi garaje, las palabras escritas con aerosol en un arrebato rojo de ira sobre el ladrillo—. Perfecto. Entonces creo que sé cómo explicar esto.

—Dudo mucho…

—Mire, Kez, gracias por intentarlo, pero es imposible que pueda ayudarme si lo que pretende es convencerme de que Sam Cade es un buen hombre. Me ha estado acechando.

—Es cierto. Él mismo lo ha reconocido. Decía que estaba furioso y buscaba venganza, pero luego se dio cuenta de que no era usted lo que él pensaba. Si hubiese querido hacerle daño, oportunidades no le han faltado, ¿no cree? Yo estoy convencida de que es alguien totalmente distinto y, de hecho, he estado siguiendo una pista. Pero ¿quiere conocer mi opinión o no?

Resulta tentador decir que no, levantarme del sillón y marcharme, pero no soy capaz. Kezia Claremont podría tener otros motivos ocultos, pero su ofrecimiento parece sincero y es verdad que necesito un amigo, aunque sea alguien en quien no pueda confiar más de lo que puedo saltar, más de lo que puedo confiar en Sam.

—La escucho —digo al fin.

—De acuerdo. Stillhouse Lake siempre ha sido una comunidad muy cerrada en sí misma. Casi todos eran blancos y acomodados, la gran mayoría ricos.

—Hasta la recesión, cuando ejecutaron la hipoteca de todas estas casas.

—Es verdad. El año pasado se vendió o se puso en alquiler una tercera parte más o menos de las propiedades. Si eliminamos a los residentes originarios del lago, nos quedan unas treinta casas. Si eliminamos la suya, veintinueve. Espero que no le importe que descarte también la de mi padre. Nos quedan veintiocho.

No estoy dispuesta a conceder mucho, aunque puedo admitir como hipótesis que no ha sido Easy Claremont. Si la idea de subir la cuesta que lleva a su casa no le había hecho mucha gracia, no me lo imagino secuestrando a dos muchachas sanas y fuertes, matándolas y deshaciéndose de sus cadáveres. De acuerdo, lo acepto. «Veintiocho casas.» En ellas se incluye la de Sam Cade, a quien la policía ya ha tachado de la lista de sospechosos, por lo que, a regañadientes, supongo que yo debería hacer lo mismo. Pues veintisiete. Se trata de un número manejable.

—¿Tiene los nombres? —le pregunto. Ella asiente y saca del bolsillo una hoja doblada para tendérmela. El papel es el habitual de la impresora de cualquier despacho y tiene una lista de nombres, direcciones y números de teléfono. Ha sido muy exhaustiva. Al lado de algunos hay un asterisco, veo que sirve para indicar que esos nombres tienen antecedentes penales. No recelo en particular de los dos fulanos a los que condenaron por fabricar meta y comparten una cabaña colina arriba, aunque sin duda es bueno saberlo. También hay un delincuente sexual, pero la nota manuscrita de Kezia me hace saber que ya lo han sometido a un interrogatorio pormenorizado y, aunque no lo han eliminado como sospechoso, es muy poco probable que haya sido él.

—Habría seguido sola, pero he supuesto que le vendría bien tener algo con lo que distraerse. Todo esto lo he hecho en mi tiempo libre. No hay constancia en ninguna parte.

La miro y veo que no está sonriendo. Hay algo inexorable en ella, algo que se arquea sin romperse y que yo reconozco muy bien, porque también lo siento en mí.

—Sabe quién soy. ¿Por qué quiere ayudarme?

—Porque lo necesita y porque me lo ha pedido Easy, pero también… —Agita la cabeza y aparta la mirada—. Sé muy bien lo que es verse juzgada por algo sobre lo que no tiene una control ninguno.

Trago saliva con fuerza y noto el fantasma efímero de las tortitas con sirope que se me están enfriando. Me muero por un café.

—¿Quiere entrar en casa? —le pregunto—. Estamos tomando tortitas y hay bastantes para un plato más.

Me ofrece una sonrisa lenta y afable.

—No me importaría.

CAPÍTULO 11

Resulta que Kezia Claremont tiene un éxito brutal con mis hijos. Al principio están cohibidos, pero ella tiene algo, un encanto natural que los hace hablar. Algún día, pienso, será una gran investigadora. Está muy desaprovechada de uniforme, interrogando a borrachos pendencieros, por más que eso también se le dé de maravilla. Caliento mi desayuno, preparo el suyo y comemos juntas mientras los niños friegan sus platos y se retiran a sus leoneras. Me da la impresión de que Lanny quiere quedarse, pero le hago un gesto callado con la cabeza y se va.

—Tengo contactos —me dice Kezia en voz baja cuando estamos solas—. Puedo ponerlos a hacer averiguaciones sin que consten en ningún lado. Mi padre decía que ibas a tener problemas y, coño, esos vándalos no han tardado en echársete encima. Necesitarás protección.

—Lo sé. Estoy armada, pero…

—Pero una cosa es atacar y otra defenderse. A ver, tú conoces a Javier. Él es el otro motivo por el que he venido. Te tiene cariño. Todavía no está muy dispuesto a creer que seas inocente del todo, pero sí a ayudarte a mantener a raya a los lobos si tú estás de acuerdo.

Pienso en lo diferentes que podrían haber sido las cosas si hubiera podido cargar la furgoneta y salir de aquí la primera vez que sentí el impulso, irme a hacer puñetas, lejos de la ciudad, en vez de quedarme cruzada de brazos como la estúpida que no ve nada venir. Tenía mis razones, pero ahora mis razones sirven de bien poco. Parecen poco más que ilusiones. Ahora que he estrellado el Jeep no tengo nada que dar a cambio de esa furgoneta y, de todos modos, Javier no me la daría ya. Ninguno de los dos querrá papeles que nos vinculen.

—Si quiere estar pendiente de nosotros, a mí me parece bien —digo—, aunque me sentiría mejor si trajera con él al resto de su regimiento.

Kez levanta una ceja con gesto marcado.

—Más te vale aprovechar todo cuanto te ofrecen, porque solo te bastarán los dedos de la mano para contar a tus aliados.

Tiene razón, así que me limito a asentir en silencio.

—Yo me encargo de la mitad de la lista —le digo al fin—. Sé de alguien que podría querer ayudarnos con la investigación. —Absalón no va a hacerlo a cambio de nada, claro, pero en este instante sería suicida intentar buscar ayuda gratuita. Ya que no puedo correr, bien está que use mi dinero para salir a tijeretazos de la red que ha tejido Mel, porque no puede ser otro, a mi alrededor. Al fin y al cabo, entre rejas, no podría empezar una vida nueva, ni salvar a mi familia si me arrebatan a mis hijos y los envían a casas de acogida.

Kezia tiene razón: en este momento tengo que aprovechar a cualquier aliado con el que pueda contar.

Así que, cuando acabamos de desayunar, le doy las gracias y recibo a cambio su teléfono. Soy muy consciente de que, si he entendido mal sus intenciones, puede ser que todo lo que hemos hablado quede grabado y documentado en el expediente oficial de la policía de Norton... Sin embargo, dudo mucho que Prester sea capaz de usar una artimaña semejante.

Escribo a Absalón, que me contesta con un simple: «¿Cómo?», como si lo hubiese sorprendido a mitad de algo importante, y le explico en pocas palabras lo que necesito. Su respuesta es directa y muy oportuna:

¿No estabas detenida?

Respondo:

No culpable.

A esto sigue un silencio de todo un minuto antes de que él escriba un sencillo signo de interrogación, que sé que en su peculiar jerga taquigráfica significa: «¿Qué necesitas?».

Así que le hago una fotografía al papel en que Kezia ha tomado las notas con su caligrafía limpia y precisa y le digo qué nombres quiero que investigue. Él me escribe un precio en *bitcoins* que me produce una mueca de dolor, aunque sabe bien que se lo pagaré. De hecho, es lo que hago a continuación desde mi ordenador. No compruebo el correo electrónico. Ha llegado el momento de volver a destruir la cuenta, pues, aunque hubiese pistas ahí, no puedo seguir nadando en la corriente tóxica sin corromper al mismo tiempo mi alma. Lo dejo por el momento, emito la orden de transferencia y adjunto la misma fotografía de la lista, con los nombres marcados, en un correo que envío a la detective privada a la que ya he recurrido en otras ocasiones junto con su tarifa habitual.

Estoy orinando en el cuarto de baño cuando suena el teléfono desechable. Miro el número y, aunque no lo reconozco, pienso que podría ser Absalón. Me limpio y tiro de la cisterna rápidamente antes de pulsar el botón de respuesta y decir:

—¿Hola?

—Hola, Gina.

La voz me deja sin aliento. Es la misma que oigo dentro de mi cabeza, la que nunca logro exorcizar por más que rece. Dejo de sentirme los dedos y me apoyo en el lavabo mientras miro mi rostro aterrado y desolado en el espejo.

Melvin Royal está al teléfono conmigo. «¿Cómo es posible?»

—¿Gina? ¿Sigues ahí?

Quiero colgar. Mantener abierta la conexión es como sostener un saco lleno de arañas. Sin embargo, no sé cómo, me las compongo para decir:

—Sí, aquí sigo.

A Melvin le gusta presumir, saborear sus victorias. Si todo esto lo ha organizado él, no se lo va a callar y quizá, solo quizá, dejará caer algo a lo que pueda aferrarme.

«Tiene mi teléfono. ¿Cómo ha conseguido mi teléfono? ¿Cómo ha podido?» Kez. Acaba de entrar en mi vida, pero yo no se lo he dado. Sam. No, Sam no. Por favor, Sam no.

Un momento.

Había ido con mi teléfono a la cárcel. Tuve que dejarlo al entrar y recogerlo al salir. Si dentro hay alguien que se está encargando de hacer salir su correo, no es imposible que me hayan hackeado también el móvil. Desde luego, tuvieron tiempo para hacerlo. ¿Cómo no se me ha ocurrido antes?

Mel sigue hablando con voz artificialmente afable.

—Cariño, ¡qué semana tan mala estás pasando! ¿Es verdad que han encontrado otro cadáver?

—Sí y yo lo he visto.

—¿De qué color estaba?

Había esperado muchas reacciones, pero esta pregunta no.

—¿Perdona? —pregunto perpleja.

—Una vez hice una tabla de colores donde reflejaba el aspecto que presentaban sin piel según los diferentes estadios. ¿Dirías que tenía un tono más semejante al pollo crudo o se acercaba más bien a un marrón de lodo?

—Cállate.

—Haz tú que me calle, Gina. Solo tienes que colgarme. ¡Ah, no! ¡Espera! Si me cuelgas, nunca sabrás quién va a ir por ti.

—Te voy a matar.

—Deberías, sin duda, pero no te va a dar tiempo, te lo prometo.

Nunca me ha alterado menos. Su voz sigue sonando tan suya… Sensata, sosegada, medida…, racional, aunque nada de lo que dice lo sea en absoluto.

—Dímelo entonces y no pierdas más el tiempo.

—Supongo que ya sabes lo de tu amiguito Sam. ¡Qué mala suerte tienes siempre con los hombres! ¿Verdad? Apuesto a que estaba pensando en todo lo que planeaba hacerte. La expectación le provocaba orgasmos cada noche.

—¿Eso es lo que te los provoca a ti, Mel? Porque eso es todo lo que vas a tener. No vas a volver a verme en tu vida. No vas a tocarme. Y voy a salir de esta.

—Si ni siquiera sabes lo que te viene encima. No eres capaz de verlo.

—Pues dímelo tú. Dime qué es lo que me estoy perdiendo. Sé que te mueres por demostrarme lo estúpida que soy.

—Lo haré —responde él antes de cambiar de pronto el tono. Deja caer la máscara y oigo hablar al monstruo. Es muy diferente. Mucho. Ni siquiera suena a humano—. Quiero que sepas que, cuando llegue, cuando caiga todo, será por tu culpa, zorra estúpida e inútil. Tenía que haber empezado contigo. De todos modos, un día acabaré contigo. ¿Dices que no te voy a tocar? Claro que sí. De dentro afuera.

Me pone la carne de gallina. Me empuja hasta un rincón, como si, de un modo u otro, pudiese alargar el brazo y asirme por la línea telefónica. «No está aquí. Nunca estará aquí.» Sin embargo, esa voz…

—No vas a salir nunca de esa celda —consigo decir. Sé que ya no sueno a Gwen, sino a Gina. En este momento soy Gina.

—¡Ah! ¿No te has enterado? El abogado nuevo que me he buscado dice que cree que quizá se violaran mis derechos. Hasta podría conseguir que se desestimaran algunas pruebas. Tal vez se celebre otro juicio, Gina. ¿Tú qué crees? ¿Quieres volver a pasar por todo eso? ¿Querrás testificar esta vez?

La idea me pone enferma y siento que el ácido me quema la garganta en una oleada amarga. No respondo. «Cuelga —me grito a mí misma como si me encontrase fuera de mi propio cuerpo—. ¡Cuelga, cuelga, cuelga!» Es como estar atrapada en una pesadilla. Tengo la sensación de no poder moverme. Entonces tomo aire y logro salir de la parálisis. Acerco el dedo al botón de desconexión.

—He cambiado de opinión —dice, pero yo ya estoy pulsándolo—. Te voy a decir…

Clic. Lo he hecho. Se fue. Tengo la impresión de haber ganado un punto, pero ¿es así? ¿No habré huido más bien?

¡Oh, Dios! Si se han metido en mi teléfono, puede ser que hayan sacado más cosas de él. El número de los niños, el de Absalón… ¿Qué más tengo ahí dentro?

Me hundo hasta quedar en cuclillas con la espalda metida entre el lavabo y las bisagras de la puerta, dejo el teléfono con cuidado sobre el suelo y lo miro como si fuera a convertirse en carne podrida o en un hervidero de alacranes. Levanto la mano para hacerme con la toalla de mano y la muerdo con tanta fuerza que me duelen los músculos de la mandíbula. Entonces grito en su reconfortante tejido mullido.

Sigo así hasta tener la mente despejada de nuevo. Necesito un par de minutos. Finalmente, empiezo a ser capaz de abordar las preguntas inevitables. ¿Cómo es posible? Alguien del centro penitenciario tuvo que robarme el número durante la visita. Pero ¿cómo ha llamado? Melvin solo tiene derecho, y de manera restringida, a llamar a su abogado. No se le permite contactar con nadie más y yo figuro de forma explícita en la lista de las personas a las que no puede telefonear. Sin embargo, supongo que hasta en el corredor de la muerte es posible comprar tiempo con un móvil introducido de manera ilegal.

Espero que le cueste un ojo de la cara al muy hijo de perra.

No puedo quedarme en la casa. Me encuentro sin respiración, desesperada, furiosa. Me paso un rato dando vueltas por el salón y luego llamo al número que me ha dejado Kezia Claremont para pedirle, por el amor de Dios, que no pierda de vista a mis hijos.

—Mira por la ventana —me dice. Cuando aparto la cortina para hacerlo, veo que su coche sigue aparcado en el camino de entrada. Me saluda agitando el brazo—. ¿Qué pasa?

Le cuento lo de la llamada de Mel y ella pone enseguida manos a la obra. Anota el número que le leo —porque él ni siquiera se ha molestado en bloquearlo— y me asegura que lo investigará. Yo estoy convencida de que no va a servir de nada, porque, aunque encontrasen el teléfono, lo importante es que ha demostrado que puede alargar la mano por entre esos barrotes cada vez que lo desee. La próxima vez no será él, sino otro dispuesto a hacer lo que él le pida.

—Kezia —digo temblando por la tensión, enferma—, ¿puedes quedarte aquí y vigilar la casa una hora más o menos?

—Claro. Ni estoy de servicio ni tengo gran cosa que hacer. ¿Por qué? ¿Te ha hecho alguna amenaza concreta?

—No, pero… tengo que salir. Solo será un momento. —Me siento atrapada aquí dentro. Estoy al borde del colapso y lo sé. Necesito espacio, sentir que tengo cierto control—. Una hora como mucho. —Tengo que sacar de mi organismo el enfrentamiento con Mel antes de que se vuelva tóxico.

—Sin problema —me dice—. Mientras puedo hacer unas llamadas. Estaré aquí mismo.

Informo a los niños de que volveré enseguida y de que Kezia está fuera vigilando y les hago jurar que no le van a abrir la puerta a nadie mientras yo esté fuera. Repasamos el procedimiento de emergencia.

Los críos me observan en silencio. Saben que me pasa algo y están asustados. Lo percibo.

—Todo va a ir bien —les digo. Beso en la cabeza a Lanny y después a Connor y los dos se dejan en vez de zafarse de mi abrazo. Por eso sé que están preocupados.

Tomo un estuche para armas con el cierre de plástico y meto la pistola con el cargador quitado y la recámara descargada. Me dejo la pistolera puesta, pero vacía. La cubro con una sudadera con capucha y meto el estuche en una mochila pequeña.

¿Mamá? —Es Lanny. Me detengo con la mano puesta ya en el teclado numérico de la alarma, lista para desactivarla—. Te quiero.

Lo dice en voz baja, pero sus palabras me golpean como un tsunami y me dejan tumbada en el suelo por dentro, ahogada en una tromba de emociones tan violenta que me impide respirar. Los dedos me tiemblan en los botones y por un segundo me ciegan las lágrimas, aunque parpadeo para apartarlas y consigo sonreírle.

—Yo a ti también, cariño.

—No tardes. —La veo que va a la cocina y coge un cuchillo. Se da la vuelta y regresa a su dormitorio.

Siento ganas de gritar, pero sé que no puedo hacerlo aquí. Tecleo el código. Me confundo, pruebo otra vez y desactivo la alarma. La puerta se abre antes casi de que sea seguro, pero he calculado bien el tiempo, aunque por los pelos, y vuelvo a activarla al salir, antes de cerrar con llave. «Allá voy.» Mis hijos están a salvo, protegidos. Cuando paso al lado de Kezia, veo que está al teléfono. Me saluda con una inclinación de cabeza mientras toma notas en una libreta de espiral.

Echo a correr. No voy al trote, sino que salvo el camino de entrada al límite de mis fuerzas, de mi equilibrio, de mi control. Un mal movimiento podría hacerme caer y partirme quizá un hueso, pero no me importa. No me importa. Necesito sacar de mi organismo el veneno de Melvin Royal.

Corro como si estuviese envuelta en llamas.

Llego a la carretera y sigo corriendo pendiente arriba en el sentido de las agujas del reloj. Con la capucha puesta, soy solo una más de las personas que salen a hacer ejercicio al lago. Me cruzo con algunas que pasean y veo a otras en el embarcadero, pero apenas atraigo un par de miradas por la velocidad que llevo. Dejo la cabaña de Sam Cade a la derecha, pero no me detengo. Imprimo más energía a mis músculos, expulsando así la tensión, y recorro la distancia que me separa de la cima, donde el aparcamiento del campo de tiro me ofrece una superficie llana y amable por la que transitar. Relajo la marcha y camino para aplacar la quemazón de mis músculos. Ando describiendo círculos. Tengo la sudadera empapada, pesada, y sigo sintiendo la rabia dando alaridos en mi interior.

No pienso dejar ganar a Mel. Ni en sueños.

Me quito la capucha antes de abrir la puerta del campo, por simple educación, además de por precaución, y casi tropiezo al entrar con Javier, que está de espaldas, poniendo algo en el tablón de anuncios. Estamos en la zona de la tienda, donde venden municiones, equipos de cacería, material para caza con arco… y hasta palomitas de maíz con colores de camuflaje. La joven del mostrador se llama Sophie y su familia lleva en Norton siete generaciones. Lo sé porque me lo contó, con pelos y señales, el día que vine a inscribirme. Una chica parlanchina y muy amable.

Me ve entrar y su cara echa el cierre. Hoy no hay charla. Se acabó. Me mira con el gesto tenso y vidrioso de quien está dispuesto a sacar un arma de debajo del mostrador y descargarla al instante.

—Señor Esparza —digo y Javier acaba de poner la última chincheta del cartel y se vuelve hacia mí.

No parece sorprendido. Dada su excelente percepción espacial, estoy convencida de que me ha reconocido en el momento en que he abierto la puerta.

—Señora Proctor. —No se muestra hostil, como Sophie, pero sí mantiene una actitud educadamente neutra—. Espero que esa pistolera esté vacía. Ya conoce las normas.

Me bajo la cremallera para demostrarle que es así y, tras quitarme la mochila, le enseño el estuche. Lo veo vacilar. Podría negarme el acceso a las instalaciones, pues, como responsable del campo de tiro, tiene la facultad de hacerlo cuando quiera y por cualquier motivo. Sin embargo, asiente y me anuncia:

—El puesto número ocho, al fondo, está libre. Ya conoce el protocolo.

Claro que sí. Tomo un protector de oídos de donde están colocados y camino deprisa por detrás del resto de tiradores, todos de espaldas. Quizá no sea una coincidencia que las luces que hay sobre el puesto ocho parezcan más tenues que el resto. Yo suelo disparar en los que están más cerca de la puerta y este, según recuerdo, es el que estaba usando Carl Getts el día que lo echó Javi por no seguir las normas. Puede que sea el lugar donde pone a los parias.

Saco la pistola y los cargadores y me pongo los pesados auriculares. El alivio que me producen las explosiones constantes de los percutores es visceral y me lleva a cargar con movimientos tranquilos y suaves. Para mí, esta práctica se ha convertido en algo semejante a la meditación, en un espacio en el que dejar que se disipen las emociones hasta que no queda nada más que yo, el arma y el blanco.

Y Mel, de pie como un espectro delante de la diana. Cuando disparo, sé perfectamente a quién estoy matando.

Destrozo seis blancos antes de volver a sentirme limpia y vacía y entonces bajo la pistola, saco el cargador, despejo la recámara y dejo el arma con el expulsor hacia arriba y el cañón hacia el fondo, tal como hay que hacerlo.

Cuando acabo, me doy cuenta de que han cesado los disparos. En el campo de tiro reina el silencio, algo chocante y muy raro. Corro a quitarme los protectores.

Estoy sola. No queda un alma en los puestos. Solo está Javier, al lado de la puerta, observándome. Desde donde estoy no alcanzo a verle la cara con claridad. Está justo debajo de una de las luces, que le ilumina la parte alta de la cabeza y brilla en su pelo castaño cortado al rape dejando en sombras su expresión.

—Me parece que no le vengo muy bien al negocio —comento.

—Qué va. No sabe lo bien que le viene —responde—. Estos últimos días he vendido tanta munición que he tenido que renovar dos veces las existencias. Lástima, no ser dueño de una armería. Con las ganancias de esta semana habría tenido para jubilarme. No sabe lo que vende la paranoia.

Su voz suena normal, aunque solo en apariencia. Hay algo extraño en todo esto. Lo guardo todo en el estuche, lo cierro y estoy metiéndolo en la mochila cuando Javier da un paso adelante. Tiene los ojos… muertos. Resulta inquietante. No va armado, pero eso no lo hace menos inquietante.

—Me gustaría hacerle una pregunta —dice—. Es muy sencilla. ¿Lo sabía?

—¿Qué? —digo yo, aunque sé que solo puede estar refiriéndose a una cosa.

—Lo que estaba haciendo su marido.

—No. —Es la verdad, por más que no tenga ninguna esperanza de que me crea—. Mel no necesitaba ni quería mi ayuda. Soy mujer y la gente como él no considera que las mujeres seamos personas. —Cierro la cremallera de la mochila—. Si tiene planes de tomarse la justicia por su mano, hágalo ya. Estoy desarmada y, aunque tuviese a mano la pistola, no tendría nada que hacer contra usted. Los dos lo sabemos.

Él no hace un solo movimiento. No dice nada. Se limita a mirarme, a estudiarme y yo recuerdo que, igual que Mel, Javier sabe lo que es acabar con una vida. Sin embargo, a diferencia de él, su ira no es hija de la egolatría y el narcisismo. Javier se considera un valedor, alguien que lucha por la justicia.

Lo que en este momento no lo hace menos peligroso para mí.

Cuando al final se decide a hablar, la voz le sale suave, casi como un susurro.

—¿Cómo es que no me dijo nada?

—¿De Mel? ¿Tú que crees? Dejé todo eso atrás. Quería dejarlo atrás. ¿Tú no lo habrías hecho? —Suelto un suspiro—. Vamos, Javi. Por favor. Tengo que volver con mis hijos.

—Están bien. Los está vigilando Kez. —Hay algo en cómo dice el nombre de ella que me lo aclara todo. Kezia Claremont no ha aparecido solo porque su padre esté preocupado. A su padre solo lo he visto una vez y, aunque parecía un anciano muy agradable, hay algo que no me ha sonado sincero del todo. Ella ha mencionado a Javi de un modo más o menos indiferente, pero la manera en que se refiere Javier a ella resulta más reveladora. Enseguida entiendo la conexión. A él le gustan las mujeres fuertes y está claro que Kez lo es—. La cosa es que estuve a punto de ayudarla a salir de la ciudad justo después del primer asesinato. Eso no es propio de mí, Gwen. En absoluto. Estuvo sentada en mi cocina y bebió de mi cerveza y yo ahora pienso… ¿Y si lo sabía? ¿Y si en Kansas se quedaba también sentada en la cocina y escuchaba a esas mujeres gritar en el garaje mientras su marido les hacía aquello? ¿Acaso no le preocuparía?

—Sé que sí —le digo mientras me echo la mochila al hombro—. Nunca gritaban, Javier. No podían. Lo primero que hacía Mel cuando las raptaba era cortarle las cuerdas vocales. Tenía un cuchillo especial para eso. Me lo enseñó la policía. Nunca las oí gritar porque no podían gritar. Conque sí, preparaba el almuerzo en la cocina, les hacía de comer a mis hijos, desayunaba, comía y cenaba, mientras al otro lado de aquella puta pared morían mujeres. ¿De verdad no crees que me odio por no haber acabado con todo aquello? —He perdido la compostura al final de la frase y el eco de mi grito rebota como una ráfaga de proyectiles que me alcanza con fuerza. Cierro los ojos y respiro. Huele a pólvora quemada, a lubricante de armas y al sudor que he empezado a echar de pronto. Tengo en la boca un sabor amargo que ha agriado la sensación dulce que me había dejado el desayuno. Vuelvo a ver en un destello a aquella muchacha que cuelga despellejada y tengo que doblarme sobre mí misma y apoyar las manos en mis rodillas. El estuche de la pistola se desliza hacia delante y me golpea en la nuca, pero me da igual. Lo único que necesito es respirar.

Cuando me toca Javier doy un respingo. Él, sin embargo, se limita a ayudarme para que me enderece y me sostiene hasta que asiento con la cabeza y me aparto. Me avergüenzo de mí misma, de mi debilidad. Quiero gritar. Otra vez.

En lugar de eso, digo:

—He gastado toda la munición que traía. ¿Puedo comprar un par de cajas?

Él sale en silencio y vuelve para dejar dos cajas en el estante del puesto ocho. Se da la vuelta. Yo me quito la mochila y la dejo a mis pies. Me apoyo en la pared y digo:

—Gracias.

Él se aleja sin contestar.

Acabo con casi todas las balas que acabo de comprar y hago trizas un blanco tras otro: tronco, cabeza, tronco, cabeza y, de vez en cuando, para variar, apunto a las extremidades, hasta que me pitan los oídos pese a los cascos y consigo aplacar el ruido de mi interior. Entonces recojo mis cosas y me voy.

Javier no está en la tienda. Pago las municiones. Sophie lleva a cabo la transacción en un silencio insubordinado y me lanza el cambio al mostrador en lugar de dármelo en la mano, no quiera Dios que roce accidentalmente a la exmujer de un asesino y resulte ser contagioso.

Salgo, buscando aún a Javier, pero su camioneta no está allí. El aparcamiento, de hecho, está desierto a excepción del utilitario de Sophie, un Ford azul que ha dejado a la sombra.

Desando mis pasos para volver a casa, pero, al pasar por la de Sam Cade, veo que está sentado en el porche, tomando una taza de café, y pese al propósito consciente que me hago, reduzco el paso para mirarlo. Él me ve, deja el café y se levanta.

—Hola —dice. No es gran cosa, pero más de lo que me he llevado en el campo de tiro. Parece incómodo y un poco sonrojado, pero resuelto—. Deberíamos hablar, ¿no?

Fijo en él la vista un instante y pienso en echar a correr y alejarme de aquí a toda prisa, en emprender la retirada, pero todavía resuenan en mi cabeza dos cosas que me ha dicho Kezia: en primer lugar, Sam Cade tiene coartada para el día que desaparecieron las jóvenes, y, en segundo lugar, necesito aliados.

Miro hacia mi cabaña y veo que sigue allí el coche de la agente.

—Claro que sí —respondo mientras me acerco. Cuando subo los escalones del porche, se muestra un poco más tenso y yo también. Por unos instantes se hace un silencio tan hondo como el del campo de tiro—. Vamos, habla.

Baja la mirada hasta su taza de café y desde donde estoy veo que está vacía. Se encoge de hombros, abre con energía la puerta de la cabaña y entra en ella. Yo me detengo en el umbral un segundo, dos y luego paso.

Dentro hay muy poca luz y tengo que parpadear un par de veces cuando él enciende las luces tenues del techo y aparta una de las cortinas de cuadros que cubren las ventanas. Se va directo a la jarra de café para rellenar su taza y baja otra para llenarla hasta arriba sin miramientos. Me la tiende y hace lo mismo con el azúcar sin decir una palabra.

Deberíamos sentirnos cómodos, pero todo parece forzado, como si hubiera entre los dos una barra de acero que los dos nos afanamos en sortear. Doy un sorbo y recuerdo que a él le gusta mezclado con avellana, como a mí.

—Gracias —digo.

—Hueles a pólvora. ¿Has estado en el campo de tiro?

—Hasta que me lo prohíban pienso seguir yendo. Así que te han soltado.

—Eso parece. —Me estudia por encima de su taza, cauteloso y adoptando un gesto precavido con sus ojos oscuros—. A ti también.

—Porque no he sido yo, Sam, joder.

—Sí. —Bebe—. Eso es lo que dices tú, *Gwen*.

No sé cómo, pero consigo contenerme para no tirarle el café a la cara. Sobre todo porque lo único que conseguiría sería hacer que me detuviesen por agresión y, además, porque está demasiado frío para quemarlo. Entonces me pregunto por qué estoy tan furiosa. Tiene derecho a odiarme y yo, en cambio, no tengo derecho a sentir lo mismo por él. No tengo derecho a que me duela su decepción: a fin de cuentas, de los dos es el único que tiene motivos reales para estar resentido, es él quien sufre un dolor verdadero.

Me hundo en un sillón, extenuada de pronto, y apenas soy consciente de que sigo bebiendo café. Me he abismado en contemplarlo, en preguntarme, de pronto, quién es él en realidad. Quién soy yo en realidad. Cómo podemos volver a reconstruir relación alguna entre los dos.

—¿Por qué te mudaste aquí? —le pregunto—. Esta vez, de verdad.

Sam no cambia la mirada.

—No era mentira: sí estoy escribiendo un libro. Sobre el asesinato de mi hermana. Sí, te seguí. Le pedí el favor a un amigo de los servicios secretos del ejército, al que, por cierto, has dejado impresionadísimo con tus constantes desapariciones. Te perdí cuatro veces seguidas. Como esta vez habías comprado la casa, supuse que podía dar por seguro que te quedarías aquí.

Así que lo de que me estaban acechando no era cosa de mi imaginación. En absoluto.

—Me estás diciendo cómo, no por qué.

—Quería hacer que confesases lo que hiciste. —Parpadea como si le sorprendiera haberlo dicho en voz alta—. Eso era lo único en lo que pensaba. Te había convertido en… A ver, estaba convencido de que tenías algo que ver, de que lo sabías todo. Pensaba…

—Que era culpable —acabo por él la frase—. No eres el único. De hecho, ni siquiera sois minoría. —Bebo un sorbo de café sin notar siquiera el sabor—. No te lo reprocho. No. En tu situación, yo habría...

Yo habría hecho cualquier cosa para hacer justicia. Si hubiera sido el familiar de una víctima, habría matado a la mujer del asesino.

—Sí —dice en un suspiro—. El problema es que, cuando te conocí, hablé contigo y supe más de ti.... Vi algo muy distinto, a alguien que apenas había sobrevivido a lo que había tenido que sufrir y solo deseaba mantener a salvo a su familia. Tú no eras... ella.

—Gina tampoco es culpable. Solo fue una ingenua. Solo quería ser feliz y él supo aprovecharse de eso. —Se hace el silencio, que yo rompo diciendo—: A tu hermana la vi. Fue... fue la última y la vi el día que se estrelló aquel coche en nuestro garaje.

Sam se queda de piedra, solo unos instantes, y luego deja la taza de café de golpe. La taza da con más fuerza de la cuenta en la superficie de la mesa. Entre nosotros hay una extensión de madera tratada con barniz mate, una barrera visible que quizá resulta más conveniente que la otra, porque me permite tender un brazo hacia él. A él también, pero ninguno lo hace.

—Yo vi las fotos —me dice y recuerdo el momento en que me dijo que nunca dejara que mis hijos las vieran. Ahora sé por qué. No se trataba de un vago sentimiento de compasión ni de nada relacionado con lo que debió de ver en Afganistán—. Dudo que tampoco tú puedas haberlas olvidado.

—Así es. —Bebo café y aun así siento la boca seca. He ocupado el asiento más cercano a la ventana, que está abierta, y la luz cremosa lo ilumina de un modo a la vez amable y molesto. Revela sus patas de gallo y las finas arrugas que surcan las comisuras de su boca, así como una marca diminuta y peculiar al lado de la ceja izquierda, una telaraña pálida y casi invisible de cicatrices que va de debajo del arranque del pelo hasta la mejilla derecha, y arranca a sus ojos destellos de color que los hacen hipnóticos—. La veo a todas horas. En destellos. Cada vez que cierro los ojos, está allí.

—Se llamaba Callie —me dice él. Yo ya lo sé, pero, de un modo u otro, ha sido mucho más fácil pensar en ella como «el cadáver», «la joven» o «la víctima». Ponerle nombre, oírselo a él con esa mezcla de pena y de amor, resulta doloroso—. Le perdí la pista cuando nos separaron en el sistema de acogida, pero la encontré. En realidad, me encontró ella. Ella fue quien me escribió cuando estuve de servicio en el extranjero.

—Ni siquiera puedo soñar con imaginar cómo te sientes —le digo. Lo digo de corazón, pero él casi no me escucha.

Está pensando en la muchacha con vida, no en la que yo recuerdo.

—Hablaba conmigo a través de Skype siempre que podía. Acababa de matricularse en la universidad estatal de Wichita, aunque todavía no estaba cursando su especialidad, porque no sabía si escoger informática o arte y yo… yo le dije que fuese práctica y eligiera la primera. Probablemente tendría que haberle dicho que hiciese lo que la hacía feliz, pero pensé…

—Que ya tendría tiempo. —Rompo por él el silencio—. No me puedo hacer una idea, Sam, y lo siento tanto, lo siento… —Compruebo horrorizada que la voz se me parte en dos, se quiebra cuando intento acabar la frase. Por dentro, además, me estoy rompiendo en añicos. Hasta ahora no me había dado cuenta de que estoy hecha de cristal. Ahora siento que todo cede y se me llenan los ojos de lágrimas como jamás en la vida, con un tsunami de dolor, rabia, furia, traición y pavor, de culpa. Dejo el café en la mesa y me echo a sollozar tapándome la cara con las manos, como si mi corazón se hubiera roto con todo lo demás en mi interior.

Él no dice nada ni se mueve sino para acercarme, sin levantarlo de la mesa, un rollo de papel de cocina. Arranco un puñado y lo uso para amortiguar mi pena, mi culpa, el horrible dolor lacerante que he mantenido alejado durante mucho tiempo por no atreverme a afrontarlo.

No sé cuánto tiempo pasamos sentados. Lo bastante para empañar con mis lágrimas el puñado de papel de cocina, que cae sobre la madera con un ruido suave a mojado. Murmuro tiritando una disculpa y lo limpio antes de llevarlo todo a la basura. Cuando vuelvo, Sam dice:

—Cuando procesaron a tu marido, yo estaba en el extranjero, pero seguí el juicio a diario. Estaba convencido de que la culpa era tuya y, cuando te absolvieron, pensé… pensé que te habías salido con la tuya. Estaba convencido de que él había contado con tu ayuda.

Ahora ya no lo cree. Lo noto en el tono dolorido de su voz. No digo nada. Sé por qué me creyó culpable, por qué me creyeron culpable todos. ¿Qué clase de idiota hay que ser para tener algo así en su casa, en su cama, en su matrimonio y no ser partícipe de todo ello? Todavía me sigue sorprendiendo que llegaran a absolverme. Ni siquiera yo he logrado aún perdonar a Gina Royal.

Así que le digo:

—Tenía que haberlo sabido. Si le hubiese parado los pies…

—Ahora estarías muerta. Quizá tus hijos también —me dice sin sombra alguna de duda—. Fui a verlo, ¿sabes? A Melvin. Tenía que mirarlo a los ojos. Tenía que saber…

Me deja sin aliento imaginarlo sentado en aquella misma silla de la cárcel, mirando la cara de Melvin. Pienso en el terror corrosivo que despierta Mel en mí y no quiero imaginar cómo debió de sentirse Sam.

Por un impulso tiendo una mano y él me deja posarla en la suya. Nuestros dedos se tocan sin entrelazarse, sin pedir nada más que el contacto más ligero posible. Los dedos están temblando levemente, pero no alcanzo a distinguir si son los suyos o los míos. Solo percibo el movimiento.

Veo algo detrás de él, en la ventana. Es solo una forma, una sombra, y cuando mi cerebro lo identifica al fin como un ser humano, ha dejado de importar, porque es lo de menos en comparación con lo que lleva en las manos, con lo que está levantando para apuntar.

Es una escopeta y va dirigida a la nuca de Sam.

Sin pensar, lo agarro de la mano y tiro de él hacia un lado, con lo que hago que pierda el equilibrio al mismo tiempo que me arrojo yo también al suelo desde mi silla. Sam cae de bruces sobre la mesa, su asiento sale despedido y él acaba dando con fuerza de costado en el suelo en el instante mismo en que oigo una explosión tremebunda. Soy consciente de que la taza de café cae de la mesa, me golpea el muslo y derrama sobre mí su contenido, caliente como la sangre, tras lo cual recibo una lluvia de esquirlas de cristal que hace que me lleve las manos a la cara para evitar cortes.

Si no lo hubiera visto, si no hubiera reaccionado a tiempo, Sam tendría ahora el cogote hecho trizas. Habría muerto en un segundo.

Tumbado en el suelo junto a mí, se suelta y rueda sobre el cristal para gatear como un cangrejo con sorprendente velocidad en dirección a un rincón en el que descansa su propia escopeta, medio oculta entre las sombras. Rueda de nuevo para recogerla, se detiene con los codos apoyados en el suelo, la levanta y la apunta hacia la ventana antes de doblar las rodillas hacia delante e impulsarse hasta quedar en cuclillas. Yo no me muevo. Él se levanta poco a poco, preparado para echarse a un lado o lanzarse al suelo en caso necesario, pero, al no ver nada, gira sobre sus talones a fin de mirar hacia la puerta. Tiene razón: la siguiente amenaza podría aparecer por ahí.

Yo aprovecho la ocasión para llegar a cuatro manos hasta mi mochila, descorro la cremallera, abro el estuche, armo la pistola con movimientos rápidos y certeros, preparo una bala en la recámara y giro con los codos sobre el suelo. Sin necesidad de palabras hemos acordado que él cubre la parte alta y yo la baja.

Pero no hay nada. En el lago se oye gritar a alguien, como un simple borrón de sonido distante, y me digo: «Ha venido del lado de la casa que da a los árboles», que es el que peor se ve desde la carretera y desde el lago.

Lo único que estará en condiciones de decir un posible testigo es que han descargado un arma y que el ruido procedía de esta dirección. «Estoy cubierta de residuo de pólvora», pienso y me pregunto si eso no formará también parte de un plan. No me sorprendería. En absoluto. Con todo, las pruebas forenses son de una claridad meridiana y demostrarán que nosotros estábamos aquí, sentados a la mesa, cuando nos han disparado.

Oigo más gritos de la zona del lago, el chillido lejano de alguien que parece estar pidiendo que llamen a la policía, y Sam, en cuclillas, vuelve a levantarse. Sin bajar la escopeta, avanza hacia la puerta con precaución de militar, comprueba la ventana, abre de golpe la puerta y espera. Más allá se ven el lago y las embarcaciones que se apresuran en llegar a los amarraderos. Pacíficas, distantes, totalmente desacompasadas con la adrenalina que recorre mi cuerpo y me inunda con destellos de calor y frío que enmascaran cualquier herida que pueda tener.

No ocurre nada. Nadie dispara. Sam me hace una señal muda con la mirada y yo corro encorvada hasta llegar a su lado y pegarme a la pared. Cuando él sale, lo sigo sin dejar de observar a uno y otro lado mientras él apunta hacia delante.

Damos una vuelta completa a la casa.

Allí no hay nadie. Sam señala algunas huellas de botas de montaña, aunque borrosas e incompletas. Sin embargo, ponen de relieve la presencia de alguien que ha apuntado y disparado a la nuca de Sam, a quien acabo de salvar la vida.

Es ahora cuando empiezo a temblar. Me aseguro de tener el mayor cuidado posible de sacar la bala de la recámara y meto el arma en la pistolera. Sienta bien notar de nuevo su peso, por incómoda que resulte en la curva del busto. Me agacho para examinar más de cerca las huellas, pero no soy ninguna experta y no hay nada que llame la atención en particular.

—Más te vale volver a meter la Sig en el estuche —me dice Sam mientras se apoya la escopeta en el hombro—. Vamos, la policía estará de camino… otra vez.

Tiene razón. No he llegado a dispararla y, desde luego, tampoco quiero que me peguen un tiro «sin querer evitarlo» por llevar un arma legal.

Dentro de la cabaña, desmonto el arma y la guardo. Estoy metiendo de nuevo el estuche en la mochila cuando Sam apoya su escopeta en el rincón y abre la puerta para regalarme una vista perfecta de un coche que quema rueda en la carretera en dirección a nosotros.

No se trata del agente Graham, sino de Kezia Claremont, que sale del vehículo con el arma en una mano pegada a un costado.

—Señor Cade, me han informado de que se han producido disparos en su casa.

Carretera abajo, veo mi casa, que reposa en silencio al pie de la pendiente. «Acaba de dejarlos solos. No pasa nada.» Lo único que veo que pueda considerar ligeramente distinto es algo semejante a un todoterreno que desaparece al pasar al otro lado de la colina y que podrían ser los Johansen.

—Sí —responde él con la calma de quien acaba de tener un accidente de caza por la mala puntería de uno de los participantes—. Eche un vistazo. Me han dejado sin ventana y dentro también hay postas.

—Ha tenido una suerte de la leche —asevera Kezia mirándolo—. ¿Lo vio venir?

—No. Yo estaba de espaldas. —Me señala con la barbilla—. Fue ella la que lo vio.

Yo no dejo de mirar a mi cabaña, no vaya a ser que se acerque nadie a ella en mi ausencia. No se ve un alma. «Están bien. Están bien.»

—No he visto gran cosa —respondo—. Un borrón y poco más. Creo que era un hombre, pero tampoco pondría la mano en el fuego. Lo vi salir de debajo de la ventana. Para ser sincera, me centré sobre todo en la boca del cañón, que apuntaba hacia dentro, y en apartarme y apartar a Sam.

Kezia asiente.

—Está bien. Colocaos donde estabais sentados.

—Tengo que ir a casa —le digo.

—Un segundo solo. Siéntate, necesito verlo. —Su voz tiene un tono autoritario. Retrocedo sin dejar de mirar la cabaña y ocupo mi asiento ante la mesa.

Un instante después, Sam pone en pie su silla y se sienta. Cierra los puños que tiene apoyados en la mesa de un modo que revela que en este momento no se siente precisamente cómodo de espaldas a la ventana. Del borde de la mesa caen gotas de café que empapan el tejido de mis pantalones de hacer deporte.

Detesto estar en esta posición. Desde aquí veo la carretera, pero no la casa.

—¡Date prisa! —Kezia, sin embargo, ya ha salido y está dando la vuelta para llegar a la ventana.

Sam y yo nos miramos en silencio. Él está pálido y a la frente le han empezado a asomar perlas de sudor.

—Me estás guardando las espaldas, ¿verdad? —me pregunta.

Yo le digo que sí con la cabeza. Él se remueve un poco y hace que me pregunte qué clase de disciplina es necesaria para quedarse quieto donde está él, con una diana imaginaria puesta en la cabeza, qué trauma puede generar en su interior.

—Gracias, Gwen. De verdad. Yo ni me habría enterado.

—Ya se ha ido —le digo—. Estamos a salvo. —Me duele todo. Estoy surcada de cintas rojas de sangre por los trozos de cristal y creo que me he lesionado el hombro izquierdo. Y tengo que irme. Ya.

Aparece Kezia tras la ventana destrozada que tiene a sus espaldas Sam, cuyo sexto sentido entra en acción con un escalofrío repentino que yo no paso por alto. A golpe de fuerza de voluntad consigue no moverse.

—No pasa nada —le digo—. Es la agente Claremont. No te preocupes.

Se ha puesto muy blanco y por la mejilla le corre una gota de sudor. Sin embargo, sigue sin moverse.

Kezia, detrás de él, extiende los brazos como si llevara una escopeta.

—Tenía que ser igual de alto que yo o más —dice—. Se acercó muchísimo. Iba a dar. Yo me he colocado aquí al azar, pero sus huellas están un palmo más allá. El arma tenía que estar pegada casi al cristal. —Baja la escopeta imaginaria—. Un hijo de puta temerario. Estáis vivos de pura chiripa.

Tiene razón. He visto las postas que se han incrustado en la pared, justo detrás de donde estoy sentada. Los sesos de Sam habrían acabado ahí y por un instante la imagino pintada de rojo y de rosa pálido y decorada con esquirlas de hueso. Yo habría acabado empapada en su sangre y los trozos de su cráneo se habrían convertido en metralla.

—Voy adentro —anuncia Kezia y desaparece de la ventana.

Veo a Sam relajarse un poco. Se pone en pie y aparta su silla hacia un lado de la mesa, lejos de la ventana. Yo no me muevo. Supongo que es mejor que no la pierda de vista, porque parte de la paranoia de Sam ha ido a sustituir parte de la mía, aunque sea por un momento.

—¡Dios! —exclama él mientras tiende la mano hacia el rollo de papel de cocina, que, milagrosamente, sigue sobre la mesa, aunque con algún que otro agujero. Toma un puñado para limpiar el café derramado—. Ese cabrón se ha cargado mi taza favorita.

El comentario es tan inesperado que casi me echo a reír, pero sé que, si empiezo, voy a ser incapaz de dominarme, conque me contengo. Me pongo a recoger los trozos de taza que hay a mi alrededor cuando de pronto me doy cuenta de lo que estoy haciendo. De lo que estamos haciendo.

—Sam. —Le pongo la mano en el brazo y él da un respingo—. Para, que es el lugar de los hechos.

—Mierda. —Deja el papel de cocina, empapado ya de líquido marrón, sin vida en medio de la mesa—. Ya.

En ese momento vuelve Kezia, que toma notas en una libreta Moleskine.

—Bueno —dice al entrar—, pues ahora les voy a pedir, por favor, que salgan un momento. En cuanto llegue otra unidad haré que protejan el lugar de los hechos. Los inspectores vienen de camino.

Me pongo de pie y voy hacia la puerta, desde donde vuelvo a ver la cabaña sin obstáculos. No ha cambiado nada. Saco el teléfono del bolsillo.

—Has dejado la casa en el momento de venir aquí, ¿no?

—No —responde ella—. He tenido que responder a un aviso de agente abatido. Necesitaban a todos los efectivos disponibles. Estaba de vuelta cuando me han llamado para que viniese aquí. Lo siento. De todos modos, llamé a la puerta para decirles que me iba y tu hija me aseguró que estarían bien.

Siento una sacudida repentina y veo a Sam abrir también los ojos de par en par.

—¿Y era verdad que habían abatido a un agente? —pregunta él, que se me adelanta por una fracción de segundo.

Kez nos mira con un gesto inexpresivo que endurece al instante.

—No, no hemos encontrado nada.

En ese instante todos tenemos claro que el aviso y hasta la agresión que acabamos de sufrir… no eran más que señuelos para desviar la atención.

Sam se ha puesto en pie sin dudarlo y se ha hecho con su escopeta y mi mochila. Me lanza la bolsa sin detenerse siquiera, cuando yo he echado ya a correr, a correr como si me persiguiera el monstruo.

—¡Espera! —me grita Kezia.

No le hago caso. Corro más y más, sin poder parar. Oigo el rugido del motor a mis espaldas y me hago a un lado. La agente reduce la marcha y Sam abre la puerta y me indica que suba yo también. Yo me lanzo al interior y cierro con tal rapidez que a punto estoy de pillarme las piernas con la puerta. Ella tiene razón: así llegamos antes.

Observo la carretera deslizarse a nuestros pies. Kezia Claremont conduce como una puñetera lunática, pero no hay nadie en el camino y el trayecto es corto. Toma la curva para acceder al camino de entrada y derrapa sobre la gravilla antes de volver a acelerar para llevarnos de un empellón hasta la casa. La pintura roja nos observa desde el garaje, extendiéndose como una herida fresca aún sin restañar.

Al instante he salido del coche y corro hacia la puerta. Está cerrada y, cuando descorro los cerrojos y la abro, saltan los frenéticos pitidos de advertencia de la alarma. Introduzco el código y respiro hondo. «Gracias a Dios.» La alarma seguía conectada. Los niños no han ido a ninguna parte. «No pasa nada. Están a salvo.»

Lanzo la mochila al sofá y me dirijo al pasillo.

—¡Lanny! ¡Connor! ¿Dónde estáis?

No responden. No se oye nada. Sigo avanzando al mismo ritmo, aunque el tiempo parece ir más lento. El pasillo se hace más oscuro y las puertas cerradas de un lado y de otro, más grandes. Quiero volverme y esperar a Kezia y Sam, pero no me detengo. No puedo.

Abro de golpe la puerta de mi hija y veo un revoltijo de mantas en el suelo. Una de las esquinas de la sábana bajera se ha soltado y el otro ha quedado flojo. Su portátil está en el suelo, abierto y boca abajo describiendo un ángulo agudo. Lo recojo y lo miro. La colorida calavera del Día de Muertos que tiene de salvapantallas rebota alegre de un rincón a otro. Segundos después, se apaga el equipo. «Hace más de cinco minutos y menos de quince.» No ha sido ella. Ella nunca trataría así su portátil.

Lo dejo sobre el colchón y miro a mi alrededor. Abro el armario con miedo a lo que pueda encontrar. Miro debajo de la cama.

—Gwen… —Es la voz de Sam, que está a mi espalda.

Vuelvo solo la cabeza para mirarlo. Sam tiene la vista puesta en el cuarto de mi hijo. Su voz tiene cierto tono de quietud y, cuando me mira, veo que sus pupilas se han reducido a la mínima expresión, como si lo hubieran deslumbrado con una luz blanca y brillante. Camino hacia él y me detiene alargando la mano que tiene libre, como si quisiera protegerme de caer por un precipicio. Sin embargo, si de veras quiere que no avance, va a tener que usar la escopeta que lleva en la otra mano.

Lo esquivo y me aferro al marco de la puerta para impedir que me retenga.

Veo la sangre.

Una imagen sacada de una de mis pesadillas. Hay sangre manchando la tela retorcida de las sábanas celestes de Connor. Hay sangre formando oscuros regueros en el suelo. Hay un desgarrón alargado en un cojín del que salen puñados de plumas manchadas de sangre.

Mi hijo no está.

Mis hijos han desaparecido.

Siento que se me aflojan las rodillas y me agarro con fuerza a ambos lados del marco de la puerta. Sam me está diciendo algo con una mano apoyada en mi hombro, pero no puedo oírlo. Con todo, cuando me fallan las piernas y pierdo el equilibrio hacia delante, es Kezia Claremont la que me rodea la cintura con un brazo fuerte y me da la vuelta para apoyarme contra la pared. Vuelve a llevar el arma en la pistolera y sus ojos castaños me estudian con una autoritaria intensidad.

—Tienes que pensar, Gwen —me dice—. No puedes entrar ahí. —Saca el teléfono de un bolsillo y marca el número de un contacto. La respuesta es casi inmediata—. ¿Inspector? Lo necesito enseguida en casa de Gwen Proctor. Tenemos un posible secuestro infantil con varias víctimas. Traiga a todos los agentes. —Cuelga sin soltarme—. ¿Estás bien? ¿Gwen? ¡Gwen!

Consigo asentir. No estoy bien. ¿Cómo voy a estarlo? Pero no tiene sentido decir otra cosa y, además, no es eso lo que quiere saber. Quiere saber si puedo dominarme y puedo. Por lo menos, puedo intentarlo.

Sam también está a mi lado y hasta que lo miro a la cara, a su expresión trastornada, a la duda, no reparo en que esta escena podría significar dos cosas distintas. Una, la real: que han secuestrado a mis hijos. Otra, una mentira muy verosímil: que he sido yo quien les ha hecho algo antes de salir de casa. Alguien lo pensará. Kezia no puede: estaba ahí fuera, vigilando, y ha hablado con Lanny desde el otro lado de la puerta. De todos modos, su primer sospechoso voy a ser yo. Puede que el único, pese a lo que pueda decir ella.

—No. Kezia, ¡tú sabes que yo no he hecho esto!

—Lo sé, pero vamos a intentar no dejar indicios que puedan confundir a los investigadores —me dice antes de llevarme con soltura profesional al salón y sentarme en el sofá.

Los mandos de la consola están en medio y los recojo para cambiarlos de sitio con diligencia entumecida. Connor tiene la dichosa costumbre de dejarlos donde quiere. Entonces me viene a la cabeza que sus manos fueron las últimas que los tocaron y sostengo uno de ellos con mimo, como si pudieran romperse o desvanecerse, como si fuera posible que mi hijo no hubiese existido nunca más que en mi imaginación.

—Gwen. —Sam se ha puesto en cuclillas a mi lado y me mira fijamente—. Si lo que dices es verdad, alguien tenía que saber que ibas a estar fuera de casa. ¿A quién se lo has dicho?

—A nadie —respondo aturdida—. A ti. A los niños. Les dije a los niños que iba a volver. Estaban bien. —Es culpa mía. No tenía que haber salido. Nunca—. ¡Se suponía que tenías que vigilarlos! —Esto último se lo he espetado a Kezia.

Ella no responde, aunque se pone rígida y tengo la sensación de que le ha dolido, que sabe que ha fallado y que el precio... el precio podría ser más alto de lo que ninguno de nosotros quiere tener que afrontar.

—¿A quién han podido dejar entrar?

—¡A nadie! —Lo digo casi gritando, aunque al instante me doy cuenta de que no es cierto. Habrían podido abrirle la puerta a Sam Cade, pero Sam... ¿Habría podido tener tiempo Sam de hacer esto? Sí. Puede que me viera subir la colina. Eso le habría dado al menos una hora para venir aquí y... hacer ¿qué? ¿Convencerlos para que le abrieran y secuestrarlos sin recibir siquiera un rasguño? ¿Y adónde los habría llevado? No, no. No puedo creer que haya sido él. No tiene sentido, ni emocional ni lógicamente. Mis hijos se habrían revuelto como condenados y él no tenía una sola gota de sangre encima cuando llegué a su casa. Además, Kezia lo habría visto.

A no ser que estén conchabados.

Mientras, puedo notar que él está pensando lo mismo de mí, intentando figurarse cómo he podido hacerle algo así a mis dos hijos. Volvemos a desconfiar el uno del otro y eso mismo bien podría haber sido precisamente la intención de todo esto.

«¿Quién más? ¿Quién, además de Sam?» Dudo que mis hijos hubiesen dejado entrar a Kezia Claremont, por más que les caiga bien y lleve placa. ¿El inspector Prester? Quizá.

Entonces me asalta una oleada fría y pavorosa que me tensa la piel. He olvidado a alguien. A una persona en la que confían, a la que habrían dejado entrar sin pensarlo dos veces, por haber visto que era de mi confianza, que lo dejaba, de hecho, al cargo de su protección. Javier Esparza. Javier. Javier había desaparecido tras darme las dos cajas de balas.

Su camioneta no estaba en el aparcamiento del campo de tiro al salir yo. Puede que conociese el código del sistema de alarma. Me ha visto conectarla y desconectarla y a los niños también. Javier Esparza tiene adiestramiento militar. Tiene que saber cómo raptar a alguien de manera discreta.

Intento decirlo, pero no puedo articular palabra. Me duelen los pulmones. Intento llenarlos de aire a la carrera para apaciguarlos. El plástico del mando de Connor se me vuelve cálido entre las manos, como piel, y pienso: «La piel de Connor podría estar fría en este momento. Puede que esté…», pero mi cabeza se protege y no quiere decirme el resto. Javier habría tenido acceso a una de las escopetas del campo de tiro o a la de la ventanilla trasera de su camioneta. Javier, en quien confié para que vigilase a mis hijos. En quien ellos confiaban lo bastante para dejarlo entrar y desconectar la alarma. Que podría haber sabido por ellos el código para reactivarla al salir.

«Se te olvida una cosa», me susurra la voz de Mel. Doy un respingo porque no quiero oír esa voz, no quiero oírla en mi cabeza. Aun así, tengo que reconocer que Mel está en lo cierto. He pasado algo por alto…

—Voy a llamar a la empresa de seguridad —anuncia Kez—. Vas a tener que autorizarlos a hablar conmigo, ¿de acuerdo? Deberían tener registrada la hora a la que se ha desconectado la alarma.

—¡Las cámaras! —le espeto y me lanzo hacia donde había dejado cargándose la tableta. En ella se graban todas las imágenes y, por tanto, podré ver con exactitud lo que ha pasado.

Pero la tableta ha desaparecido. El cable sigue ahí, colgando como un muerto.

Tomo el extremo como si no pudiera creer que estuviese desconectado y miro sin palabras a Kezia, como si ella pudiera resolver por mí el misterio. Tiene la frente arrugada.

—¿Tienes cámaras? ¿Están conectadas al servicio de seguridad?

—No. No, son independientes. Traían una tableta… —No sé lo que hace que mi mente salte de una idea a otra, tan rápido que apenas es un borrón de pensamiento, algo sobre observar a mis hijos para asegurarme de que están a salvo, más que a salvo. Entonces me doy cuenta de qué es lo que he olvidado de verdad.

El refugio.

Me enderezo enseguida y corro a dar la vuelta a la barra de la cocina en dirección a la pared ante la mirada perpleja de los otros dos.

El refugio de esta casa, que construyeron sus antiguos propietarios, los ricos, está escondido cerca de la mesa del desayuno del rincón de la cocina, tras uno de los paneles de madera, dotado de bisagras. Aparto la mesa con tanta fuerza que casi la lanzo contra Kezia, que me ha seguido, y empujo frenética el panel. Debería soltarse con un resorte, pero permanece en su sitio. Tengo una extraña sensación, como si me viese actuar desde fuera de mi cuerpo o como si hubiese imaginado la existencia misma del cuarto. Como si la realidad que me rodea se hubiera transformado en una versión propia de casa de la risa de feria y el refugio se hubiese desvanecido junto con mis hijos. Vuelvo a empujar, una, dos y tres veces más hasta que, por fin, se abre con un chasquido uno de los lados. Lo agarro y tiro de él. Detrás hay una pesada puerta de acero con un teclado numérico.

Las teclas están manchadas de sangre. Dejo de respirar cuando lo veo, pero al mismo tiempo entiendo que eso quiere decir que están dentro, que están bien. No hay otra opción.

Tecleo la contraseña, pero los dedos me tiemblan demasiado y la introduzco mal. Respiro hondo y me obligo a calmarme. Seis dígitos. Esta vez lo hago bien. Oigo el tono correcto al mismo tiempo que se enciende una luz verde. Giro la manivela y antes aún de que se abra me veo gritando:

—¡Connor! ¡Lanny!

La sala acorazada está hecha un desastre. Hay agua embotellada por todo el suelo, caída del estante en la que se encontraba, y una caja de víveres de emergencia de alto contenido proteínico se ha volcado y ha esparcido por el suelo los paquetes que contenía. Algunos están aplastados por la refriega.

Hay sangre. Gotas y chorreones alargados, el escenario de un crimen. Cerca de un rincón se ha formado un charquito, bajo la señal amarilla en la que se lee: CUIDADO CON LOS ZOMBIS. La señal de Connor.

También hay en el suelo una ballesta rota. También es del pequeño, mi hijo adora al tipo ese de la serie de zombis. El teléfono, de línea fija, está arrancado de la pared y yace destrozado en la otra punta de la sala.

No dejo de mirar la sangre. Está fresca. Fresca y roja.

Mis hijos no están aquí.

Estoy tan segura que me paso unos instantes de pie, observándolo todo sin comprenderlo. Tienen que estar aquí. ¿Qué otra cosa puede tener sentido? Este es su santuario, su lugar seguro. Su evasión. Aquí no puede atraparlos nadie.

Sin embargo, alguien los ha atrapado. Han estado aquí. Se han resistido aquí. Han sangrado aquí.

Y ya no están.

Me abalanzo hacia el único escondite posible de la habitación, un aseo pequeño. Aunque está separado del resto por una sencilla puerta de cristal esmerilado que me permite comprobar a simple vista que no hay nadie dentro, la abro de golpe y me ahogo por el terror cuando veo el cuartillo vacío y limpio.

Me quedo pasmada, inmóvil, y el silencio de la sala me cala como agua fría. La ausencia de mis hijos es una herida abierta y la sangre es tan roja, tan fresca y brillante, que resulta cegadora.

Kezia me pone una mano en el hombro. La calidez de su tacto resulta estremecedora y me irradia el rostro. Me doy cuenta de que estoy helada. Es la conmoción. Estoy tiritando sin notarlo en realidad.

—Vamos —me dice—. Aquí no están. Vamos afuera.

No quiero. Siento que abandonar este santuario extraño y frío es reconocer algo tremendo, algo de lo que quiero esconderme como una niña que se tapa la cabeza con las mantas.

Por irracional que parezca, por desquiciado que sea, de pronto quiero tener a Mel. Me aterra, pero quiero al lado a alguien a quien acudir, alguien capaz de compartir esta sensación de vacío. Puede que no quiera tener a Mel, sino solo la idea de Mel, alguien que comparta mi dolor, mi miedo, nuestros hijos. *Quiero sentir que me rodea con sus brazos.* Que me diga que todo va a salir bien, aunque ese Mel sea mentira. Siempre ha sido mentira, hasta por aquel entonces.

Kezia me saca de la habitación secreta, que dejamos abierta, y me dejo caer en una de las sillas de la cocina, la que usa Lanny durante el desayuno. Todo tiene un recuerdo asociado: las huellas sobre la madera de la mesa, el salero casi vacío que pedí a Connor que rellenara, aunque él lo olvidó…

En el suelo, debajo de la silla, hay caída una de las pinzas del pelo de calaveras de mi hija con un único cabello sedoso asido todavía al resorte. La recojo y la sostengo en la mano. Al llevármela a la nariz, noto el olor de su pelo y se me empañan los ojos.

Sam está sentado ahora a mi lado y su mano cae inerte junto a la mía. Ni siquiera lo he visto tomar asiento. Es como si hubiese aparecido de pronto, como con un salto en el tiempo. La realidad vuelve a desplomarse. Aunque ahora todo parece distante, me llega el calor de su piel como la luz del sol, aunque esté a dos centímetros.

—Gwen.

Tras unos instantes en los que asumo que sí, que ese es mi nombre, el que he aprendido a tener como propio, levanto la cabeza y lo miro a los ojos. En su mirada hay algo que me estabiliza, que me saca una pizca de la oscuridad y me acerca a algo débilmente esperanzador.

—Gwen, vamos a encontrarlos. ¿De acuerdo? Vamos a encontrar a los críos. ¿Tienes la menor idea…?

Lo interrumpe el sonido de mi móvil. Lo busco con manos agitadas, casi convertidas en garras, y lo dejo con fuerza sobre la mesa para responder la llamada con el altavoz activado sin mirar siquiera quién es.

—¿Lanny? ¿Connor?

No reconozco la voz que responde. Es de hombre, creo, pero la han pasado por un programa de distorsión.

—¿Creías que no ibas a pagar por tus crímenes, zorra enferma? Puedes correr todo lo que quieras, pero no puedes esconderte y, cuando te atrapemos, vas a desear que tu puto marido te hubiese colgado para desollarte viva.

Eso me toma desprevenida y me deja sin aliento. Durante un segundo ni siquiera consigo moverme. Ni pensar. Sam está echado hacia atrás, como si le hubieran dado un puñetazo. Kezia, que se había inclinado para escuchar, retrocede. El ponzoñoso regodeo que impregna las palabras pese a la monotonía de esa voz procesada, resulta estremecedor.

Tras lo que percibo como media hora, aunque no ha podido ser más de un segundo, encuentro palabras para responder a gritos:

—¡Devuélveme a mis niños, hijo de puta!

En el otro lado del teléfono se hace el silencio. Como si lo hubiera descubierto, como si me hubiese salido del guion que ha elaborado. Entonces vuelve a sonar la voz de sintetizador, a la que el algoritmo encargado de mudarla ha desnudado de toda sorpresa:

—¿Qué coño…?

—¿Están bien? Si les has hecho daño a mis hijos, cabrón hijo de perra, pienso encontrarte y abrirte en canal… —Me he puesto de pie y estoy inclinada hacia delante con los brazos en tensión y apoyados en la mesa, y mi voz es tan aguda que podría cortar, tan alta que es capaz de hacer añicos.

—Si yo no he… Mmm… Mierda. —La llamada se corta con un chasquido y el apacible tono musical del teléfono me dice que se ha perdido la señal. Me desplomo en la silla, recojo el teléfono y busco la identificación de la llamada. Por supuesto, un número oculto.

—No tenía ni idea —digo—. Ni siquiera sabía que han desaparecido. —Tenía que haberlo previsto. Ahora sabe ya todo el mundo mi dirección. Alguien la ha filtrado y ha hecho fotos de la casa. Puede que Mel haya revelado también mi número. Puedo esperar todo un aluvión de llamadas como esta: gente que amenazará con matarme, con violarme, con matar a mis hijos y mis mascotas, con incendiar mi casa, con torturar a mis padres… Ya lo he vivido y ya no hay gran cosa que me espante después de lo que veo en el entorno de la Psicopatrulla. También sé, porque me lo recuerda la policía cada vez que informo al respecto, que la mayoría de esos mierdecillas enfermos nunca cumplirán sus violentas promesas. Disfrutan con hacer daño psicológico.

Este trol no ha colgado porque se sienta culpable de hacerme esto, sino que se ha visto pillado por sorpresa y tenía miedo de verse metido en una investigación por secuestro. Lo bueno es que no volverá a llamar.

Sin embargo, habrá otros mil haciendo cola detrás de él.

Kezia interrumpe mis pensamientos arrebatándome el móvil de las manos.

—Deja que responda yo —me dice— mientras decidimos cómo lo abordamos, ¿de acuerdo?

Y yo accedo aun sabiendo que se trata de una estratagema para quedarse con mi teléfono y usarlo de prueba. Sam evita mirarme como si sintiera vergüenza y me pregunto si no habrá dejado en el pasado algún que otro mensaje parecido en mi buzón de voz o me habrá enviado correos electrónicos iracundos desde una cuenta anónima. En su caso no habría sido ninguno de los de contenido sociopático, sino que habría estado cargado de dolor, de pérdida real y de rabia justificada.

Ahora deseo que hubiese usado su nombre, que hubiésemos sido sinceros, nos hubiésemos comprendido y hubiésemos podido *vernos* el uno al otro desde el principio.

La policía no tarda en llegar y la cabaña se convierte en un hervidero de actividad. Nos llevan afuera para registrar de arriba abajo la casa y empezar el proceso de investigación. Prester llega con otro inspector más joven —aparte de él, todos parecen demasiado jóvenes para tener mucha experiencia— y agita la cabeza cuando me ve con Kezia y Sam. La compañía de Sam lo lleva a levantar las cejas y lo veo recalculando la situación y revisando todos sus juicios y supuestos anteriores. Me pregunto si esto hará que nos meta a mí y a Sam en el mismo saco por conspiradores.

Hay que reconocer que esa hipótesis tiene visos horribles de autenticidad, porque los dos tenemos un pasado, por mucho que yo no fuera consciente del suyo. Nos conocemos y, ahora, nos gustamos, al menos en cierto sentido. Tratar de pensar como Prester hace que me duela la cabeza, pero empiezo a tener conciencia de que ya ha empezado a vernos desde una óptica diferente.

—Cuéntemelo todo —me dice el inspector.

Una vez que empiezo, no puedo parar.

CAPÍTULO 12

No quiero dejar la casa, pero tampoco quiero quedarme en ella. Ha dejado de ser un lugar seguro, nuestro refugio. Está echada a perder, abierta en canal como la de Wichita para revelar algo repugnante en el centro. Esta vez no se trata de la maldad de Mel. Ha dejado ya de ser una casa por la fría ausencia… de lo que hacía de ella un hogar para mí.

Me siento fuera, en el porche, con Prester, que nos interroga a Sam y a mí detenidamente. Kezia, a nuestro lado, va confirmando lo que declaramos cuando es necesario. Imagino la cronología que va trazando en su libreta. Me pregunto dónde aparecerá en esa libreta el punto fatídico, el momento en que vino alguien a mi casa para arrancarme de cuajo el corazón. También debe de creer que he podido hacerlo yo, aunque ahora eso es lo de menos. Hay que encontrarlos.

Tengo que creer que están bien, asustados, pero bien, que la sangre es falsa o es sangre de animal que han puesto ahí para aterrarme. Que llamarán para pedir un rescate. Que todo eso es verdadero. Todo menos la horrible realidad que me hace creer el instinto.

Le doy a Prester el número de teléfono de mis hijos y él se los da a Kezia, que vuelve a la media hora para anunciar:

—Los móviles están apagados y no aparecen en el GPS.

—Era de esperar —dice él—. Cualquier pardillo que vea la televisión sabe que hay que deshacerse del dichoso teléfono. —Menea la cabeza y cierra su liberta—. Tengo a todos los agentes del condado buscando a sus hijos, señora Proctor, pero, mientras, necesito que me cuente lo que ha pasado esta mañana después de que desayunara en su casa la agente Claremont.

—Ya se lo he contado.

—Pues cuéntemelo otra vez —insiste con ojos fríos e implacables y en este momento lo odio con una furia nítida y aguda, como si fuese él quien estuviera reteniendo a mis hijos, ocultándomelos—, porque necesito entender cómo ha ocurrido todo exactamente. ¿Qué hizo después de acompañarla a la puerta?

—Eché la llave y reactivé las alarmas. Fregué los platos. Recibí la llamada de Mel. Tomé la pistolera de hombro, el arma de su caja fuerte y el estuche para guardarla. Me puse la sudadera.

—¿Llamó a la puerta de los críos? ¿Les dijo adónde iba?

—Se lo dije a Lanny. Le dije que tardaría una hora más o menos. Luego le pedí a Kezia que le echase un vistazo a la casa.

Él asiente con un movimiento de cabeza y yo pienso: «Me está juzgando por dejarlos solos», pero estaban en una casa cerrada a cal y canto, fortificada y dotada de un refugio secreto. Además, tenían instrucciones precisas sobre lo que tenían que hacer en caso de que saliera mal algo, *cualquier cosa*, y tenían un coche de policía en la puerta. «¡Iba a ser una hora!» Al final ha sido más, veinte minutos más, porque me he parado a hablar con Sam y alguien ha intentado matarlo. Una hora y veinte minutos. Eso ha tardado mi vida en desmoronarse.

—Entonces diría que pasó… ¿cuánto, media hora desde que salió Kezia de su casa después del desayuno hasta que se fue usted para subir la colina?

—Yo la vi pasar en frente de mi casa —dice Sam sin que le pregunte nadie— y diría que sí, que desde que subió al campo de tiro hasta que bajó y la invité a pasar tuvo que pasar casi una hora.

Prester lo mira con los ojos entornados y él levanta las manos y se reclina en su asiento, pero tiene razón.

—Como mucho pasó media hora antes de que yo saliera de casa —respondo yo—. Entonces fue cuando me vio Sam por la carretera. Mire, todo esto es lo de menos. Pregúntele a Kezia, ella habló con mi hija.

—Ahora mismo me da igual lo que pueda decirme Kezia. Veamos. Entre la última vez que la agente Claremont ve a sus hijos y el momento en que la ven a usted sola de camino al campo de tiro pasa media hora. ¿No es así?

—¿Cree usted que en media hora me ha dado tiempo a matar a mis hijos y hacerlos desaparecer antes de irme a correr sin una sola mancha de sangre?

—Yo no he dicho eso.

—¡No hace falta que lo diga! —Me inclino hacia delante con las manos en las rodillas para mirarlo con toda la intensidad que me es posible. Sé que es mucha, pero Prester no recula—. Yo —digo recalcando cada palabra— nunca haría daño a mis hijos. —La voz se me quiebra al decir la última palabra y los ojos se me empañan, pero no dejo que eso me frene—. Yo no soy Melvin Royal. Ni siquiera soy ya Gina Royal. Soy la persona que he tenido que ser para salvar a mis hijos de la gente que quería, que quiere, hacerles daño. Si lo que quiere son sospechosos, le puedo dar mis archivos. ¡A lo mejor usted puede hacer algo útil con ellos para variar! —Me encantaría poder lanzarle todos los documentos: las imágenes repugnantes, las resmas de papel cargadas de palabras letales y violentas destinadas a matar mi esperanza y mi paz—. Lo tengo todo en mi despacho. Además, debería hablar con Melvin. Él sabe algo de todo esto. ¡Tiene que saber algo!

—¿Cree que ha escapado de un modo u otro del corredor de la muerte para salvar toda la distancia que lo separa de Stillhouse Lake sin que lo haya visto nadie?

—No, lo que creo es que Melvin tiene gente. Por lo que sé, quizá siempre haya contado con un cómplice. Intentaron hacer ver que fui yo, pero yo no fui. ¿Y si su verdadero cómplice…? —Me callo, porque hasta a mí me suena como si estuviese perdiendo los papeles. Melvin Royal no tuvo ningún cómplice. No lo necesitaba. Era el dueño y señor de aquel reino suyo diminuto y horrible y no puedo imaginármelo compartiéndolo con nadie más. Pero ¿seguidores? Sí, eso le encantaría. Se tenía por un hombre de personalidad arrolladora, influyente como el cabecilla de una secta. Si él no puede atormentarme directamente en este momento, tiene que estar encantado con hacer que alguien más actúe como marioneta suya.

Prester, sin embargo, ya está meneando la cabeza.

—He estado haciendo averiguaciones sobre su ex —me dice—. Al hombre lo tienen atado bien corto. No se le permite acceder a un ordenador. Le dejan leer unos cuantos libros al mes, reunirse con su abogado y enviar alguna que otra carta, pero siempre después de que las revisen los funcionarios de la prisión. Recibe correspondencia de lo que podríamos llamar admiradoras, de las de «no es malo, sino incomprendido». Una de ellas hasta quiere casarse con él. Dice que lo lleva planeando desde que, según dice ella, no yo, lo abandonó su mujer.

—¿Y puede comprobar…?

—Ya lo he hecho —me interrumpe—. La candidata a futura señora de Royal no ha salido de su casa, que se encuentra nada menos que en la región rural de Alaska. Cualquier movimiento suyo sería tan fácil de detectar como los de Melvin. Los agentes de la estatal de Kansas están comprobando ya la lista de sus corresponsales y no es muy larga.

—Pero es que hay cartas que se les escapan. No sé cómo hace salir las que me envía a mí, pero el caso es que lo consigue.

—Esto también lo estamos investigando. Como el ataque que han sufrido en la cabaña del señor Cade y el falso aviso de agente abatido. Y la llamada de teléfono que dice usted haber recibido. Son muchas cosas las que hay que comprobar y lo estamos haciendo con tanta rapidez como nos es posible. —Se inclina hacia adelante para apoyarse en sus codos—. También tengo a agentes preguntando a todos los amigos de sus hijos. No hemos encontrado gran cosa en las redes sociales…

—¡Se puede imaginar por qué!

—Sí, supongo. De todos modos, si se le ocurre alguien con quien deberíamos hablar, es el momento de decirlo, porque ahora mismo tenemos que estudiar todas las posibilidades.

Me doy cuenta, claro, de que no habla de probabilidades. La cruda verdad es que, si mis niños siguen vivos, lo más seguro es que no sea por mucho, sobre todo si quien se los ha llevado lo ha hecho por rencor hacia mí o hacia Mel, y el tiempo escasea más aún si ha sido el asesino de Stillhouse Lake. Vuelvo a recordar la sangre y me asfixia la idea de que podamos fracasar.

«Se me sigue olvidando algo.» No consigo averiguar qué es. Se trata de algo que he visto, algo que he pasado por alto, aunque en este momento no consigo frenar lo bastante mi cabeza para dar con ese detalle irritante, que parece llamarme en voz baja, pero se muestra esquivo. Es algo sobre Connor. Algo sobre Connor. Cierro los ojos y veo a mi hijo tal como estaba esta mañana: serio, tranquilo, reservado, con su encanto de cerebrito.

«De cerebrito.»

Intento aferrarme a esa idea, pero me es imposible, porque se hace añicos cuando me dice Prester:

—Voy a necesitar que venga a comisaría. Aquí hay muchísimo que hacer y no puede usted estar por medio. Señor Cade, me gustaría que usted se nos uniera, porque necesito información sobre el disparo de su cabaña.

Digo algo sin sentido, afirmo estar conforme con algo sin estarlo. Mi cabeza trabaja a gran velocidad, demasiado rápido, generando ideas que se desplicgan en mil direcciones distintas, ya nada tiene pies ni cabeza. Pero advierto que hay algo que sí puedo hacer. Una cosa solamente.

Pido que me devuelvan el teléfono y escribo a Absalón para decirle:

Alguien se ha llevado a mis hijos y no sé quién. Ayúdame, por favor.

Pulso *Enviar* sin saber si el mensaje partirá como una plegaria hacia la oscuridad o un grito de desesperación. No puedo enfadarme si decide no involucrarse. Absalón es una botella lanzada al océano vasto y tenebroso de Internet y, como bien he tenido ocasión de saber yo, Internet no es un lugar amable.

No llega respuesta alguna. Le pido a Prester que espere, cosa que él hace con gesto impaciente durante cinco minutos de reloj antes de recoger el teléfono y meterlo en una bolsa sellada de pruebas.

Si vuelve a sonar, desde luego, no voy a oírlo, porque la bolsa acaba en una caja de cartón marrón que formará parte del inventario de pruebas que se enviará a Norton procedente de la cabaña. El lugar que ya ha dejado de ser mi hogar para convertirse en un conjunto de ladrillos, madera y acero con una terraza a medio terminar. Me apena no haber concluido la obra y no haber salido a sentarme en ella, por lo menos una última vez, con Sam y los niños. Puede que así tuviera un último recuerdo feliz de este lugar.

Sam me ofrece la mano y yo la miro sin entender bien qué quiere hasta que me doy cuenta de que Prester aguarda al lado del sedán. Ha llegado el momento de marchar.

Nunca volveré aquí, pienso.

Sea como sea, ya no es mi hogar.

La sala de interrogatorios de la comisaría me resulta bastante familiar, hasta el trozo descascarillado que hay en un ángulo de la mesa. Lo rasco sin descanso con la uña mientras espero. A Sam lo han llevado a otra para tomarnos declaración por separado, por supuesto, y Kezia nos ha dejado para ponerse el uniforme y unirse al resto de las unidades que han salido a buscar a mis hijos. No tengo mucha fe en la policía, por más que Prester me ofrezca la clásica charla sosegada y lógica sobre controles de carretera, indagaciones entre los lugareños y el uso de algunos de los mejores perros rastreadores de las inmediaciones para que sigan el olor del cuarto de Connor.

Supongo que lo único que van a conseguir con todo esto es llegar al lugar en el que ha estado aparcado un coche, una camioneta o una furgoneta. Estacionada en el punto correcto, imagino, la furgoneta que quería venderme Javier sería perfecta para eso. Colocada en ángulo ante la entrada, pienso, la puerta corredera de detrás del asiento del conductor resulta que ni pintada para llevar desde la casa los cuerpos inconscientes de dos críos, cargarlos y atarlos en ella.

En un caso así, los perros no nos van a llevar a ellos, sino al lugar en el que estuvieron por última vez o quizá a la carretera.

No me había dado cuenta hasta el viaje en coche, pero el aire cargado y húmedo ha acabado por oscurecerse y las nubes forman volutas, se amontonan y se disponen en estratos. Mientras espero en la sala de interrogatorios, oigo el leve tamborileo del comienzo de la lluvia, de la lluvia que borrará los rastros de olor.

La lluvia que borrará pistas y pruebas y lo limpiará todo hasta que salgan lentamente a la superficie los cuerpos de mis hijos, hasta que afloren como pálidas burbujas de carne.

Hundo la cara en mis manos e intento no gritar. Por lo menos consigo reprimir el impulso, pero alguien abre la puerta y mira con ceño fruncido antes de volver a cerrar al ver que no estoy sangrando ni inconsciente. No sé cómo habrían tratado a los padres de cualquier otro niño desaparecido, pero ¿Gina Royal? Gina Royal es sospechosa desde el principio hasta el final. Siempre.

Prester se toma su tiempo antes de venir a verme. Cuando al fin lo hace, la lluvia se ha convertido en una tormenta que sisea sobre el tejado y, aunque no hay ventanas, oigo los bramidos distantes del trueno que rueda por las colinas. Aquí dentro hace más frío. Hay más humedad.

Está claro que ha estado bajo el aguacero, porque está usando una toalla de mano que antes ha tenido que estar en una percha de la sala de descanso para secarse la cara y el pelo y parte del agua que le empapa la chaqueta del traje. Las gotas, al caer, crean estrellas oscuras en el suelo y recuerdo las manchas de la habitación de Connor. Manchas, gotas que ahora serán marrones seguramente. Ya no se parecen a lo que espera la gente cuando piensa en sangre.

La de Connor tiene ya unas horas y yo sigo sentada en esta sala, fría, tiritando y desesperada, y Prester me dice que no los ha encontrado aún.

—Tampoco hemos dado con Javier Esparza —me cuenta—. Sophie, la empleada del campo de tiro, dice que ha salido unos días a pescar.

—Qué oportuno.

—Pero eso no es ningún delito, y menos aquí. No hay semana en la que no haya un diez por ciento de los habitantes de Norton acampando, pescando o cazando. De todos modos, estamos haciendo lo posible por encontrarlo. Hemos pedido la colaboración de las autoridades de caza y pesca, que están comprobando los distintos campamentos, y hemos pedido a Knoxville un helicóptero. Tardará un poco en estar libre, pero contaremos con él. —Me enseña en un mapa del área que rodea Stillhouse Lake los lugares en los que se han desplegado los equipos de búsqueda, los controles de carretera y las visitas que se han hecho a los residentes. Le hablo de los Johansen, que, subidos en su reluciente todoterreno, miraban a otro lugar mientras nos dejaban a merced de los que querían darnos una paliza o hacernos algo peor. Cierro los puños con fuerza y los aprieto contra la mesa. Advierto entonces que donde está descascarillado el borde de la madera, su superficie endurecida está un tanto levantada, un tanto afilada. Con paciencia, quien quisiera podría cortarse aquí la muñeca.

—¿Puedo irme? —pregunto con calma. Él me estudia por encima de las gafas de lectura que se ha puesto para estudiar el mapa. Parece un austero profesor universitario, como si el horrible secuestro de mis niños fuera una clase de rompecabezas académico—. Quiero buscar a mis hijos, por favor.

—Las condiciones no son las mejores —me dice—. Hay barro por todas partes y sigue lloviendo a mares. No se ve nada entre esos árboles. Es fácil despistarse y perderse, caerse y partirse algo o váyase a saber. En este momento es mejor dejarlo en manos de expertos. Mañana puede que sea otro día, más llevadero. Además, nos podrá ayudar el helicóptero.

Sinceramente, soy incapaz de determinar si está intentando ser amable o solo retenerme aquí el mayor tiempo posible por si encuentran cualquier prueba. Ahora llevo puesta otra ropa. Kezia ha ido a buscar un par de vaqueros y una camisa de mi armario. Con una precisión insólita, ha elegido lo que menos me gusta vestir. Las otras prendas —la sudadera con capucha, la camiseta, los pantalones deportivos, las zapatillas y los calcetines— las han enviado al laboratorio para que las analicen en busca, es de suponer, de rastros de sangre de mis hijos.

De nuevo me entran ganas de gritar, pero dudo que Prester lo entienda. Además, no iba a servir de nada. En todo caso, le daría pie a retenerme aquí más tiempo aún.

Por tanto, me limito a sostenerle la mirada y me resisto, no sé cómo, al deseo de pestañear. Él acaba por soltar un suspiro y reclinarse contra el respaldo. Se quita las gafas y las deja caer sobre el mapa para frotarse los ojos. Están cansados. Parece destrozado y tiene la carne caída, como si estos últimos días le hubiesen arrebatado varios kilos y otros tantos años. Sentiría lástima por él si yo no estuviese en peores condiciones.

—Puede irse —me dice—. No puedo retenerla aquí. No hay pruebas de nada excepto de que ha sido usted víctima no de un delito, sino de dos hoy. Lo siento, señora Proctor. Sé que no es mucho, pero se lo digo sinceramente. Yo no sé qué haría si mis hijas desapareciesen de este modo. —Ya me he levantado de la silla—. Espere un momento. Espere.

No quiero. Me pongo de pie, vibrando y dispuesta a salir de allí, pero Prester se levanta también y deja la sala. Cierra la puerta y oigo la llave. «¡Hijo de puta!» Estoy dispuesta a echarla abajo, pero él no tarda en volver. Además lleva… mi mochila. Y la bolsa de pruebas con mi teléfono.

—Aquí tiene —me dice—. Ya hemos comprobado su arma y su funcionamiento. Sophie ha confirmado la cronología de su declaración y el testimonio de la agente Claremont también coincide. Hemos clonado su teléfono.

No debería haberme dado todo esto, imagino. La policía no se deshace de las pruebas con tanta facilidad. Sin embargo, sus ojos cansados me dicen que está preocupado por mis hijos y por mí. Tiene motivos de sobra.

Cojo la mochila y me la cuelgo en el hombro antes de sacar el móvil de la bolsa de plástico y encenderlo. Todavía tengo bastante batería, lo que es una suerte teniendo en cuenta que no puedo volver a casa a buscar mi cargador. Lo meto en el bolsillo lateral de la mochila.

—Gracias —le digo mientras giro el pomo de la puerta, que se abre sin resistencia y, de hecho, el agente que pasa por delante en ese momento se limita a mirarme y seguir su camino. Nadie se detiene para cortarme el paso.

Me doy la vuelta para volver a observar a Prester, que parece derrotado, frustrado.

—Haga lijar ese extremo de la mesa —le indico—. Alguien podría abrirse las venas con eso.

Mira al punto que le estoy señalando y tiende la mano para pasar un dedo por la superficie.

Antes de que pueda decir algo, si es que esa es su intención, estoy ya cruzando el espacio común de la comisaría. Me dirijo al primer inspector que veo —el joven que sostenía esta mañana el café de Prester— y le pregunto dónde está Sam Cade. Me responde que ha salido con uno de los equipos de búsqueda y le hago saber que necesito que alguien me lleve allí. En su mirada veo que él no está aquí para hacerme de taxista.

—Yo la llevo —oigo decir a una voz a mis espaldas. Me vuelvo y veo que se trata de Lancel Graham. En lugar del uniforme lleva puesta una camisa ligera de franela, vaqueros desgastados y botas de senderismo. No se ha debido afeitar desde hace al menos un día, así lo revela su barba rubia y espesa. Parece un anuncio nórdico de turismo—. Iba a unirme también a ellos. Gwen, lo siento mucho. Estaba de acampada en el monte con mis críos cuando he sabido lo de tus hijos y he vuelto enseguida. ¿Estás bien?

Trago saliva y contesto que sí con la cabeza, desarmada de pronto por su compasión y la firmeza con la que me mira. La suya es una amabilidad inflexible. El inspector, que ni siquiera me mira, como si pudiese contagiarse de mi síndrome del familiar de asesino en serie, parece aliviado.

—Perfecto —dice a Graham—. Encárgate tú.

Noto enseguida que no son amigos ni van a serlo jamás. El agente ni siquiera mira al inspector. Sale del edificio por las puertas, protegidas por una marquesina, y de pronto me sorprende el frío. Mi aliento crea tenues vaharadas blancas.

La lluvia forma una cortina brillante de plata que solo mantiene a raya el alero que se extiende sobre nuestras cabezas para formar un cuadrado romo. A lo lejos veo semáforos en rojo y en verde y el brillo de las farolas que iluminan el aparcamiento, aunque los detalles están difuminados como en una acuarela.

—Espera aquí —me indica Graham, que se interna al trote en la lluvia. Apenas tarda un minuto en regresar al timón de un todoterreno de dimensiones colosales, uno que ha conocido carreteras con las que no ha podido siquiera el monzón que nos azota. El tono anaranjado de las farolas hace difícil determinar si es gris oscuro o negro.

Abre la puerta del copiloto y yo entro con rapidez, aunque no la suficiente para evitar un torrente de agua fría que me empapa el pelo y hace que me bajen por la espalda sus dedos helados. Dejo en el suelo la mochila, que va a mezclarse con la oscuridad que reina a los pies de mi asiento. Tiene encendida la calefacción y no dudo en calentarme las manos en el chorro de aire, agradecida por el detalle.

—¿Adónde vamos? —le pregunto.

Él pone en marcha el vehículo, cuyo sistema de cierre automático bloquea las puertas con un chasquido contundente. Me pongo el cinturón. Este coche es mucho más alto que el mío, tanto que tengo la impresión de viajar en un autobús de dos plantas. Con todo, tengo que admitir que va como la seda cuando Graham sale del aparcamiento y se interna en las calles anegadas y casi desiertas de Norton.

—Querías encontrar a Sam Cade, ¿no? Hace un rato lo he acompañado al terreno que hay en la colina de detrás de mi casa. De todos modos, aquella no es una zona fácil. Se iba a unir a la partida que avanza pendiente arriba. A estas alturas puede que no sea fácil alcanzarlo. ¿Estás segura de que eso es lo que quieres?

No tengo otro sitio al que ir ni, por supuesto, puedo volver a esa cabaña desfigurada y rota, desierta de mis seres queridos. No llevo ropa apropiada para el campo y menos aún con esta lluvia y este frío, pero me niego a ir a casa. Pienso en llamar a Sam, aunque con este ruido y al aire libre es muy probable que no lo oiga.

En ese instante noto en el pie la vibración de mi teléfono y durante un segundo no logro entender por qué, hasta que recuerdo que lo he puesto ahí para protegerlo de la lluvia. Me inclino hacia delante y lo saco. Se trata de un número oculto, pero no puedo permitirme rechazarlo, así que respondo. Es otro trol. Este se está masturbando mientras me asegura que va a desollarme. Cuelgo y, al hacerlo, veo que tengo dos mensajes de textos, ambos de números ocultos.

—¿Algo que pueda servirnos? —me pregunta Graham.

—No, un pervertido que se tocaba mientras me atormentaba. Es lo que tiene ser la exmujer de Melvin Royal. He dejado de ser una persona para convertirme en un simple blanco.

—Tiene que ser duro. Tengo que reconocer que tienes agallas. Lo de mantener unida a tu familia mientras intentas superarlo un día tras otro no debe de ser fácil.

—No —respondo. Ojalá estuviese unida mi familia. El dolor que me provoca la idea es tal que me resulta difícil tomar la siguiente bocanada de aire—. No es nada fácil.

—Me sorprende un poco que Prester te haya devuelto el teléfono. Lo normal es que quieran quedarse con él para supervisar las llamadas desde la comisaría. Imagino que tendrá algo que pueda rastrearse.

—Dice que lo han clonado. A ver si pueden dar con los gilipollas que me llaman.

Mientras digo eso, miro el primer mensaje. Es de Absalón, porque acaba con su firma peculiar. Dice:

Tienes a un poli de vecino. Lo he comprobado. Buen fichaje.

Qué raro. Absalón siempre aconseja desconfiar de una placa.

Lo borro. Deseaba con desesperación que tuviese algo sobre mis hijos en vez de una cosa que ya sé. Da la impresión de que se estuviera desentendiendo de nuestros problemas.

—Este tiempo es criminal para salir —me dice Graham—. Voy a dar la vuelta y llevarte a mi casa. Puedes quedarte a dormir en el sofá y unirte a la búsqueda en cuanto amanezca. ¿Qué te parece?

—No, tengo… tengo que seguir buscándolos. Si los equipos siguen ahí fuera, me las arreglaré.

Graham me mira arrugando una pizca el entrecejo.

—Con esa ropa, lo dudo. Las botas no están mal, pero con lo que llevas puesto y, encima, empapada como estás, no vas a durar ni una hora sin pillar una hipotermia. Hay un abrigo detrás de tu asiento. Póntelo.

Dejo el teléfono. Alargo la mano para palpar el suelo que tengo a mis espaldas y encuentro el tejido suave de un chaquetón de plumas que tiene la capucha con ribete de pieles. Lo atraigo hacia mí y al hacerlo paso el revés de la mano por algo que mancha la superficie de cuero del asiento de atrás en un punto bajo, cerca del suelo. Tiene un tacto pegajoso y un tanto húmedo. Paso el chaquetón a la parte delantera y, al ir a colocármelo en el regazo, veo que tengo los nudillos sucios de grasa o algo similar. Alargo la mano hacia la caja de pañuelos de papel que hay entre el asiento del conductor y el mío y, al hacerlo, pienso: «Esto no tiene el tacto de la grasa».

Cuando me lo acerco a la cara, noto un olor apagado a cobre que resulta inconfundible. La mancha no es grasa ni mucho menos.

Hemos salido ya de Norton y Graham está pisando con fuerza el acelerador hasta alcanzar una velocidad poco prudente en estas carreteras y con lluvia. La pendiente que lleva a Stillhouse Lake es poco más que una pantalla negra en la que los faros iluminan las gotas de agua y una faja gris e indistinta de carretera.

Tengo sangre en el revés de la mano.

La idea me barre por dentro. Me deja ingrávida, despejada, vacía, tanto que por un instante o dos temo ir a desmayarme ante una sensación tan abrumadora. Lancel Graham tiene sangre en su todoterreno. Y todo, todo, empieza a tener sentido, aunque no me atrevo a manifestarlo.

Acabo de limpiarme la mano y hago una pelota con el papel antes de metérmelo en el bolsillo mientras digo:

—¿Seguro que a Kyle no le importará dejármelo? —Debe de ser el chaquetón de su hijo, porque tiene ese olor peculiar a adolescente—. Me parece que ha derramado algo ahí atrás, por cierto.

—Sí, quería haberlo limpiado. Hemos atropellado a un ciervo y lo he echado ahí atrás para dejarlo en mi casa de camino a la comisaría. Lo siento. Por lo del chaquetón no te preocupes, a Kyle no le importará. Quédatelo todo el tiempo que lo necesites. Él tiene un montón.

Su voz es muy agradable. Llena de matices y amable. Tiene una explicación verosímil para lo de la sangre, pero ya no siento nada. Tengo el interior entumecido. Ya no estoy aquí. No soy más que un puñado de sesos que trata de hacer encajar las piezas de un rompecabezas y ha bloqueado toda emoción como se contrae un vaso sanguíneo para detener la pérdida de sangre. Estoy sufriendo una conmoción. Me doy cuenta de que estoy en estado de choque. Perfecto. Me puede ser útil.

Recuerdo la visita que nos hizo, hace ya lo que parece un siglo, para devolverme el teléfono de mi hijo… o uno que parecía idéntico y que podía ser otro aparato desechable configurado con todo lo que contenía el móvil de Connor. No debió de resultar difícil, ya que lo único que tenía en él eran números de teléfono y mensajes de texto. Pudieron clonarlo, como acaba de demostrar Prester, copiar todo su historial y hasta replicar el número.

De ese modo, lo que recuperamos pudo haber sido un teléfono diferente, programado para escucharnos y para vernos a través de la cámara. Pienso en el móvil puesto al lado de la cama de Connor, tomando nota de nuestras costumbres, nuestros patrones de conducta, la hora a la que se levantaba y se acostaba mi hijo y hasta los tonos y la configuración de la alarma.

Eso último, sin embargo, debió de ser lo más fácil de todo. El agente Graham solo necesitaba estar atento cuando volví a entrar en casa la noche de su primera visita.

Algo cruje en mi interior, solo un poco. Siento el primer latido violento de pánico cuando empieza a remitir la conmoción, cuando comienza la hemorragia. Cierro los ojos e intento seguir pensando, porque este…

Este es el momento más importante de mi vida.

El silencio pesa en el interior del todoterreno. La excelente insonorización del vehículo amortigua el estruendo de la lluvia hasta convertirlo en un siseo sordo y monótono, como el grito de una estrella distante. No hay más coches detrás de nosotros en la carretera, ni faros que se acerquen amables hacia nosotros. Podríamos ser las dos únicas personas que habitan la faz de la tierra.

El teléfono vuelve a vibrar. Coloco el chaquetón de manera que lo tape y leo el segundo mensaje:

Estamos en comisaría. ¿Y tú?

Es de Sam Cade, no está rastreando la montaña. Todo este viaje ha sido mentira.

Tengo el teléfono en silencio, de modo que no suena cuando tecleo lentamente y con cuidado mi respuesta:

Me tiene Graham.

Estoy pulsando el botón de enviar cuando la camioneta da un volantazo brutal. Solo tengo conciencia de haber golpeado con violencia la puerta del copiloto. El teléfono sale despedido por los aires sin dejarme ver siquiera si se ha enviado el texto. Alargo la mano para asirlo.

Graham hace lo mismo y, en el mismo movimiento, de forma, creo, deliberada, lo golpea con fuerza contra una de las barras de metal que hay bajo el asiento. El cristal se hace añicos y la pantalla queda en negro. El aparato se apaga con un chisporroteo.

—¡Mierda! —dice sosteniéndolo. Lo agita como si pudiera volver a encenderlo por arte de magia. Una representación excelente. Hasta parece preocupado. De hecho, si yo no estuviera tan aterrada, tan furiosa, me habría creído también esta actuación. Intento frenar la descarga de adrenalina que afluye a mi torrente sanguíneo, porque ahora no la necesito. Lo que tengo que hacer es pensar. Tengo que elaborar un plan antes de poder actuar. Que piense que me tiene engañada.

Tengo que matar a este hombre, pero antes tengo que averiguar dónde tiene a mis hijos. Lenta, muy lentamente, tiro hacia arriba de la mochila. El siseo de la lluvia y el ruido del motor tal vez disimulen el sonido de la cremallera. Las manos me tiemblan de un modo incontenible por el miedo y el pulso trepidante de mi corazón. Meto la mano por la abertura y palpo el plástico rugoso del estuche de la pistola.

Está del revés. Tengo que moverlo para acceder al cierre.

Lancel Graham está mirando el teléfono destrozado con gesto compungido.

—Joder, lo siento de verdad. De todos modos, lo más seguro es que en comisaría estén recibiendo copias de las llamadas si hay alguna. ¿Quieres que lo mire? —Sin esperar siquiera una respuesta, saca su propio móvil y finge llamar. La pantalla se ilumina. Parece real, aunque yo sé que está hablándole a una grabación—. Oye, Kez, acabo de cargarme el móvil de la señora Proctor. Sí, lo sé. Se me ha caído. Seré imbécil… Se ha quedado hecho mierda. Escucha, ¿estáis interceptando sus llamadas? ¿Habéis grabado alguna? —Me mira y me sonríe con un gesto que parece de verdadero alivio—. Qué bien. Perfecto. Gracias, Kez. —Cuelga con el pulgar—. No pasa nada. Están supervisando las llamadas. Kez se pondrá en contacto con nosotros si se sabe algo de tus hijos. ¿Bien?

Es todo puro teatro. Estoy convencida de que no ha llamado a comisaría.

El estuche de dentro de la mochila pesa demasiado. Si hago un movimiento demasiado evidente, me lo impedirá de un puñetazo y un golpe violento de alguien de su tamaño a esta distancia podría derribarme. Tengo que dominar el miedo. No hay más remedio.

Poco a poco, voy subiendo el estuche y girándolo hacia un lado. Parece una eternidad. No dejo de rezar para que Graham no se dé cuenta de lo que estoy haciendo. El interior de la camioneta está muy oscuro y en la carretera no se ve nada, pero alcanzo a distinguir que me está mirando.

He conseguido darle la vuelta, pero ahora lo tengo por el lado de las bisagras. Tengo que hacer dos giros más para llegar al cierre. Tengo ganas de gritar, tengo ganas de ponerme a chillar, de agarrar la mochila y estampársela en la cabeza, pero así no conseguiría nada, por lo menos en este momento y aquí, en esta carretera desierta, con esta oscuridad y esta lluvia. Estoy segura de que tiene que ir armado.

Estoy segura de que él tiene la pistola más a mano que yo la mía. Si no soy capaz de dominarme, si reacciono dejándome llevar por las emociones, perderé la partida.

Tengo que hacerlo mejor que un psicópata.

Damos la curva que lleva a Stillhouse Lake. Hoy no hay barcos en el lago. Casi todas las casas por las que pasamos tienen las luces encendidas para mantener a raya las tinieblas y a los monstruos. En el desvío de la casa de los Johansen, dobla a la izquierda para tomar la pendiente de la colina. Pasamos por delante del camino de entrada de su casa y veo al matrimonio en la cocina, con copas de vino tinto en la mano y charlando mientras llevan a la mesa los platos de la cena. La vida acogedora de perfectos desconocidos, una postal espeluznante que desaparece al segundo siguiente.

Seguimos avanzando. Veo la casa de Graham a la derecha, una auténtica construcción rural, amplia y de una sola planta, sin pretensiones alguna, al contrario de la moderna monstruosidad de cristal de aristas vivas que tienen los Johansen un poco más abajo. El cambio de color de los ladrillos pone de relieve las ampliaciones que ha conocido con el paso de una generación a otra.

Delante hay estacionado otro todoterreno, un par de bicicletas de montaña y un *quad*, además de un remolque con un bote de tamaño medio, listo para transportarlo a la orilla. Todo lo necesario para un hombre resuelto a llevar una vida de ensueño frente a un lago.

Rebasamos su casa y el camino se hace más irregular y la suspensión del vehículo no deja de botar y rebotar en los charcos a medida que desaparece la gravilla. He perdido mi oportunidad. Estaba convencida de que iba a detenerse en su casa y pensaba salir del todoterreno, perderme en la oscuridad y disparar una o dos veces hacia las cristaleras de los Johansen. Así, aunque no quisieran dejarme entrar, llamarían, seguro, a emergencias.

Sin embargo, Graham sigue adelante y yo vuelvo a girar el estuche de la pistola. Esta vez con más premura. Mis dedos vuelven a tocar otro lado sin cierre.

—A Sam lo dejé en lo alto de aquella cima —me dice el muy mentiroso—. La carretera llega hasta allí, pero después solo hay trochas de caza. Querías alcanzarlos, ¿no? Pues ese es el único modo de hacerlo. Siento mucho el viaje tan accidentado.

Soy muy consciente de que está jugando conmigo. Tiene la voz cálida y calmada y, aunque lo disimula bien, teñida de regocijo. Aunque el fulgor fantasmal del salpicadero no me deja confirmarlo, me da la impresión de que su victoria lo ha sonrojado. Está regodeándose, aunque hace lo posible por no demostrarlo. Este es el papel que le gusta, el papel que le da las riendas y lo pone al mando sin que su presa sea siquiera consciente aún de lo que se han torcido las cosas.

Yo, sin embargo, sí lo soy.

Estoy acabando de dar el último giro al estuche cuando damos de pronto contra un bache tremendo que hace que salte la mochila y se me escape el estuche por completo. «Dios. Oh, Dios, no.» Tengo un problema, un problema muy serio.

Lancel Graham se hace con la mochila, que ha quedado encajada entre los dos, y la arroja al asiento de atrás sin decir nada. La situación se ha puesto muy fea de pronto. Se me acaba el tiempo. Se me acaba el tiempo y estoy desarmada. Por Dios bendito. Nos va a matar a los niños y a mí sin que nadie pueda hacerle nada.

Tengo que actuar ya.

—¿Tienen radio los miembros del equipo de búsqueda? —le pregunto mientras tomo el transmisor de la policía, situado en el espacio que hay entre los dos—. Deberíamos averiguar dónde están exactamente….

Me agarra la mano y por un instante pienso: «Se acabó», y empiezo a buscar salidas. Hago mis cálculos en fracciones de segundo. Tiene una mano en el volante y con la otra me sujeta a mí la izquierda. Si me inclino hacia él, podría darle un puñetazo con todas mis fuerzas en las pelotas, porque tiene las piernas abiertas y relajadas. Eso me daría al menos un segundo o dos, pero ¿qué podría hacer después? Es un tipo corpulento y sospecho que también debe de ser rápido. No conozco la tolerancia que tiene al dolor, pero sí la que tengo yo. Si se propone detenerme, tendrá que emplear para ello todas sus fuerzas. Tengo que dejarlo sin capacidad de reacción el tiempo necesario para recuperar mi pistola de la mochila, armarla y dispararle hasta que me diga dónde tiene a mis hijos. Y luego volver a apretar el gatillo hasta borrarlo de la faz de la tierra.

Detrás, sujeta a unas abrazaderas, hay una escopeta. La veo con el rabillo del ojo como un largo signo de exclamación. También veo el candado que se agita con los botes de la camioneta. No puedo contar con ella.

Estoy a punto de moverme, de soltarme con todas mis fuerzas, cuando Graham me suelta la mano y dice:

—Lo siento, Gwen, esto es propiedad de la policía y no puedo dejar que lo uses a tu antojo.

Eso basta para detenerme. Introduce un código con el pulgar y enciende la radio. La pantalla se enciende con un azul fantasmal y Graham cambia a un canal que no alcanzo a ver.

—Equipo de búsqueda dos de la policía de Norton, ¿me reciben? Equipo de búsqueda dos de la policía de Norton, estamos buscando su ubicación. Por favor, denme sus coordenadas.

Resulta alarmante que todo esto sea una actuación. El miedo que me invade no desaparece, pero se tiñe de duda. No sé qué coño está haciendo. Pestañeo y me retiro con la adrenalina inundando inútil mis venas y vibrando en mis músculos. Suelta el botón y se detiene a escuchar. Nada: ruido blanco semejante a la lluvia. El todoterreno se mete en un tramo del camino lleno de barro y Graham me dedica una sonrisa culpable mientras suelta la radio para colocar las dos manos en el volante.

—A veces el mal tiempo vuelve locos estos trastos. Además, las montañas no son de lo mejor para las señales de radio. Si quieres intentarlo tú, adelante.

No dejo de mirarlo mientras tomo la radio, aprieto el botón y repito sus palabras:

—Equipo de búsqueda dos de la policía de Norton, ¿me reciben? Por favor, necesitamos las coordenadas de su ubicación.

Sé lo que está haciendo. Está jugando conmigo como hacía Mel con sus víctimas en su taller. Probándome. Haciéndome cortes pequeños para verme sangrar. Le resulta excitante.

Por supuesto, no recibo respuesta alguna. Solo ruido blanco. Observo la pantalla iluminada y luego miro por la ventanilla. Aunque la lluvia lo oscurece todo, consigo ver que estamos llegando al final de la carretera. Cuando lleguemos a la cima, estaremos lejos, muy lejos de cualquier ayuda. ¿Quién va a querer aparecer por allí, con esta lluvia y este barro?

Nada más y nada menos que como lo había planeado él.

No consigo averiguar qué le ha pasado a la radio. Puede ser, sin más, que esté en el canal incorrecto o que le haya hecho algo a la antena. Lo más seguro es que sea inútil siquiera intentar…

Mis pensamientos se ven interrumpidos por un cambio en la frecuencia del ruido y por una voz débil que dice:

—Aquí, equipo de búsqueda dos. Recibido. Nuestras coordenadas son… —La frase se pierde en otra oleada de ruido blanco antes de que pueda entender más allá de los dos primeros números.

Olvido mis planes y aprieto el botón.

—Repita, equipo de búsqueda dos. ¡Repita!

¿Es posible que, de un modo u otro, haya malinterpretado toda esta situación? ¿Que Graham esté diciendo la verdad? Yo diría que no, pero lo cierto es que estos días me he equivocado muchas veces.

Otra racha de ruido blanco. Esta vez no se distingue ninguna voz. Vuelvo a intentarlo varias veces y, cuando levanto la cabeza, ha cambiado la inclinación de la marcha. Estamos en la cima, al final de la carretera.

Graham detiene la camioneta bajo las ramas bajas de un árbol gigante. Las gotas que caen de ellas son más gruesas y contundentes que las de la lluvia que hay más allá. Suenan como martillazos en el techo, que oigo con claridad cuando él apaga el motor, echa el freno de mano y se vuelve hacia mí. Vuelvo a presionar el botón de la radio, pero él me la arrebata y la apaga para ponerla de nuevo en el hueco que se abre entre los dos.

—No sirve de nada —asegura—. Como te he dicho, aquí es difícil dar con la señal.

Parece divertido, luego no me equivocaba. No me equivocaba en absoluto, ni en lo de la sangre ni en lo que respecta a sus intenciones.

No me equivocaba con Lancel Graham.

En ningún momento he estado hablando con ninguna partida de búsqueda de la policía de Norton.

—Estamos solos aquí, Gina —me dice. Suena a incitación obscena.

Quiero gritar, darle un puñetazo en las bolas, pero es evidente que él está ya listo. No me cabe duda de que él está listo y yo no.

—No me llamo Gina, sino Gwen —respondo—. ¿Por dónde se ha ido Sam? He visto el mapa de Prester. ¿Ha tomado la ruta noreste? —Intento abrir mi puerta, pero, como temía, está bloqueada. No tiene sentido intentarlo. Algo se muere en mi interior, la última esperanza de retirada. No tengo ya más opción que luchar. Estoy aterrada, sola, desarmada y delante de un hombre mucho más grande que yo.

No puedo perder. Ni por un instante.

—No lo hagas —me dice—. Te vas a perder ahí fuera. ¿Y si te caes por un terraplén y te partes el cuello? Ya sé lo que vamos a hacer. Voy a llamar directamente a Sam. A lo mejor lo localizamos. —Él sigue jugando.

Yo no.

Agarro la radio y se la estampo contra la sien con tanta fuerza como me es posible en un espacio tan reducido. Alcanzo a oír el alarido que me desgarra el interior al salir por mi boca y que resulta ensordecedor dentro de la cabina. Este primer golpe le raja la piel y le hace sangrar. Lancel Graham grita e intenta hacerse con la radio cuando lo golpeo otra vez. Y otra vez. Estoy desatada, movida solamente por una furia pura y espectacular que me empuja a querer destruirlo. Al plástico del aparato se le desprende un trozo. De hecho, se le clava en la mejilla un fragmento grueso. Está aturdido. Me lanzo hacia su lado para pulsar el botón que abre las puertas y en el que he clavado la mirada hace rato, y oigo el pesado chasquido del desbloqueo. Al echarme hacia atrás, estrello el puño contra su entrepierna y lo veo quedar petrificado mientras lo atraviesa el dolor. Me mira fijamente mientras lo hago, pero al momento he retirado la mano, antes incluso de que él suelte su aullido.

Tomo la mochila del asiento de atrás.

Abro la puerta de un empellón y salgo de la camioneta agarrando con fuerza la bolsa y el chaquetón.

Él cierra el puño y consigue atrapar el extremo del abrigo, tira de él con fuerza y hace que me escurra sobre el barro y pierda el equilibrio. El pánico me atraviesa el cuerpo con chispas dolorosas. No puedo dejar que me ponga las manos encima. Suelto el chaquetón, me agarro al marco de la puerta y echo a correr.

Porque esta vez sé que voy a sentir el aliento del monstruo en la nuca.

CAPÍTULO 13

Una vez fuera, siento el golpe de la lluvia como un cuchillo frío que me raja de arriba abajo, pero no me detengo. Estoy jadeando, casi cegada por un terror que pese a su intensidad logro ignorar. Tengo que pensar.

He herido a Graham, pero no le he parado los pies. No sé qué armas tiene. Una escopeta, probablemente una pistola y sin duda algún cuchillo. Yo tengo la Sig Sauer y los escasos restos de la munición que compré esta mañana en el campo de tiro. Soy consciente de que la pérdida del chaquetón ha sido un error mortal. El frente frío que sufrimos ha hecho descender la temperatura por debajo de los cinco grados, quizá de los cuatro, y la humedad hace que haya empezado a sentir los mordiscos del frío, aunque el miedo y la ira me estén envolviendo en su propia calidez. El barro hace que el suelo resbale y sea inseguro y, además, no conozco este bosque. No soy de aquí ni tengo adiestramiento militar, como Sam, como Javier. Mi situación es desesperada.

Pero me importa una mierda. No voy a perder.

Me dirijo a la gruesa línea de maleza y me interno en ella con tanta rapidez como me es posible. Voy coleccionando cortes y arañazos. Tampoco ignoro que correr a oscuras es una soberana estupidez.

Reduzco la carrera para ver por dónde voy y evito quedar empalada en una rama rota y afilada. La palpo y, poniéndome en cuclillas, abro la mochila. Saco el estuche de la pistola y lo abro. Monto el arma a ciegas y compruebo el cargador. Está vacío. Busco las balas sobrantes en la mochila y me doy cuenta de que los cabrones de la comisaría las han gastado casi todas probándola.

Meto lo que queda en el cargador. Siete balas. Solo siete.

«Con una tengo bastante», me digo. Por supuesto, me estoy mintiendo y lo sé muy bien. La adrenalina mantiene a la gente en pie y hace que siga siendo peligrosa aun cuando esté en condiciones de caer al suelo.

Eso, sin embargo, también juega de mi parte, porque no pienso caer. No me rendiré. Ahora el pánico me está haciendo fuerte, me mantiene alerta y me afianza de un modo extraño.

En ese momento atraviesa la oscuridad un haz de luz cegadora y siento que me invade la piel una carga eléctrica que me pone el vello de punta. Entonces oigo el bramido ensordecedor del trueno. Ha caído en la colina adyacente, donde ha incendiado un pino cuya parte más alta se desprende envuelta en llamas.

La luz del relámpago me deja ver la figura oscura de Graham venir hacia mí a través de la maleza. Apenas está a tres metros de mí.

Tengo que irme de aquí, porque él también me ha tenido que ver.

El bosque es un paisaje de pesadilla iluminado por el árbol que arde a lo lejos: matorrales, tocones, lluvia, una capa gruesa de barro que hace que se escurran mis pasos y se aferra con fuerza a mis botas y a las perneras de mis vaqueros. Estoy helada, aunque casi no lo siento. No pienso en otra cosa que en correr, con tanto cuidado y tanta rapidez como me sea posible. No sé dónde está Graham ni puedo arriesgarme a disparar hasta tener una línea de fuego clara y despejada. Es una estupidez dejarse empujar por el miedo a la hora de descargar un arma.

Además, no puedo matarlo de forma accidental. Lo necesito con vida. Tengo que saber dónde están mis hijos.

Lo tengo mucho más difícil que él y, curiosamente, en este momento, me imagino a Mel susurrándome: «Tú puedes con esto. ¿No ves que yo te he hecho más fuerte?».

Detesto reconocerlo, pero tiene razón.

Estoy a mitad de una pista empinada y resbaladiza cuando siento el picotazo de un perdigón. Lo noto como un roción caliente en el brazo izquierdo, como si me hubieran dado con una manga de bomberos que lanzara agua hirviendo. El dolor me atenaza con rapidez y hace que pierda el equilibrio, me escurra y busque agarrarme a los árboles para no caer. El olor agudo y centelleante de la pólvora quemada atraviesa la lluvia y me hace pensar, con una sorpresa ingenua: «Me ha dado». La parte lógica de mi cerebro me dice que no es grave, que ha sido solo un roce y no toda la fuerza de la escopeta, lo que me habría arrancado el brazo de cuajo. Esto es… poco más que un inconveniente. Todavía puedo moverlo y asir cosas. Todo lo demás es secundario. El terror que me invade amenaza con hacer que me salga del sendero para buscar un escondite en el que acurrucarme y dejarme morir, así que no puedo permitir que se haga con el control.

Oigo algo por entre el rugido de la lluvia y el fragor distante de un trueno.

Es la risa de Graham.

Me oculto tras un árbol grueso parar recobrar el aliento y, al volver la vista, veo un relámpago misericordioso que ilumina el sendero. No está muy lejos y se lleva una mano a los ojos para protegerlos del fogonazo. Entonces veo que lleva gafas de visión nocturna.

Puede verme correr en las tinieblas.

Siento una oleada de desesperación. Tengo siete balas frente a su escopeta y en este infierno oscuro y empapado es imposible apuntar con precisión. Él, además, tiene un equipo de visión nocturna. Siento que todo se me escapa de las manos. No voy a encontrar nunca a mis hijos. Voy a morir aquí y a pudrirme en esta montaña sin que nadie sepa nunca quién me mató.

Lo que vuelve a darme fuerzas es la visión de lo que dirá al respecto la Psicopatrulla: «Se lo tenía merecido la muy zorra. Por fin se ha hecho justicia».

No pienso ser quien les dé la victoria. Jamás.

Espero mientras Graham reduce la distancia que nos separa. Si voy a disparar, quiero hacerlo bien. Puedo conseguirlo. Solo tengo que esperar a que vuelva a cegarlo un rayo, salir y hacer fuego. No es más que una diana del campo de tiro y *yo puedo lograrlo*.

Todo sucede a pedir de boca. El fogonazo cálido de color blanco azulado del relámpago lo ilumina a la perfección y me permite apuntar, tranquila y a placer, y en el instante mismo en que empiezo a apretar el gatillo siento con fuerza en la nuca la presión del cañón de una escopeta y oigo a Kyle Graham, el hijo mayor, gritar:

—¡La tengo, papá!

La sorpresa apaga la ola de pánico que me invadía, pero ni siquiera pienso: me limito a actuar.

Giro hacia la izquierda, con un movimiento grácil al que imprime velocidad el barro —que, por fin, me está siendo de ayuda— y aparto el cañón con el filo de la mano, que da la vuelta a medida que me muevo para aferrar con fuerza el metal y tirar de él. Al mismo tiempo le asesto un puntapié con fuerza en la entrepierna. En el último momento contengo la violencia al recordar que no estoy peleándome con un hombre, que Kyle es un niño, un niño de la edad de mi hija, que no tiene más culpa de que su padre sea un psicópata de primera que Lanny de ser hija de Mel.

Todo esto basta para aturdir a Kyle, que da un paso atrás sin respiración y suelta el arma. Su peso tira hacia debajo de mi brazo izquierdo herido. Me meto la pistola en el bolsillo de los vaqueros rezando a todo lo divino para que no se me dispare y le doy un empujón en la espalda al chiquillo.

—¡Corre o te mato! —le grito y el rayo siguiente me lo muestra cruzando agitado el matorral colina arriba. Me pregunto por qué no corre colina abajo, pero no tengo tiempo de pensar. Levanto la escopeta y giro sobre mí misma para apuntar donde calculo que debe de estar su padre y apretar el gatillo.

El retroceso del arma casi me tira de espaldas por lo resbaladizo del suelo, aunque consigo mantener el equilibrio agarrándome a la corteza gruesa y mojada de un pino. Puede que le haya dado un par de besos de postas para que se acuerde de mí.

—¡Serás puta! —grita Graham—. ¡Kyle! ¡Kyle!

—¡He dejado que se vaya! —respondo yo, también a gritos—. ¿Y mis hijos? ¿Qué les has hecho? —Me agacho bajo un árbol en la negrura.

—No vas a tardar en estar con ellos, cabrona hija de... —Aunque el trueno ahoga el ruido de la escopeta, siento que el árbol se estremece ligeramente al recibir sus perdigones. Me pregunto cuántas armas tendrá. Si consigo dejarlo sin municiones... No, Lancel Graham ha tenido que planear esto con tanta meticulosidad como todo lo demás. No puedo contar con algo tan simple.

A la luz de otro rayo descubro que no estoy lejos de otra pista, de una que sale hacia el oeste y parece seguir en esta dirección, diría que hacia abajo. El resplandor ha ganado fuerza y supongo que podría bastar para reducir la eficacia del equipo de visión nocturna de Graham, que tendrá dificultades para distinguirme con tanto destello.

Avanzo agachada con la esperanza de que, aun en caso de que me vea, pueda confundirme con un ciervo, y consigo llegar al punto en que la senda cambia de rasante en su descenso. Si consigo llegar al final de la carretera, cabe la esperanza de que el agente sea uno de esos insensatos que colocan una caja magnética con las llaves de repuesto en el guardabarros, lo que me permitiría robarle la camioneta y salir de aquí, buscar ayuda y encontrar a mis hijos. Debe de tener GPS y puede que este haya registrado el recorrido que ha hecho.

Resbalo, caigo en medio de la pista y me golpeo con violencia la cabeza contra una piedra. Veo saltar estrellas y siento una riada de dolor gélido y un hormigueo que lo hace todo extrañamente blando. Me quedo un instante tumbada bajo la fría lluvia, jadeando y escupiendo agua como un ahogado. Estoy aterida, tanto que, de pronto, me pregunto si voy a ser capaz de levantarme. Tengo una sensación extraña en el cráneo. No me gusta nada y sé que estoy sangrando mucho, noto la calidez de la sangre.

«No, no pienso morir aquí. Jamás.» No sé si Graham sigue dándome caza. Lo único que sé es que tengo que levantarme, con frío o sin él, herida o indemne. Tengo que llegar a la carretera y buscar ayuda como sea. Me da igual si para eso tengo que pegarle un tiro a una de las carísimas obras de los Johansen.

Avanzo a cuatro manos, escurriéndome, y recuerdo que tenía una escopeta, aunque ahora soy incapaz de encontrarla. Ha desaparecido. Al caerme la he arrojado sin querer a las tinieblas y sé que va a ser imposible recuperarla. Todavía tengo la pistola, que de milagro no me ha hecho un boquete en el muslo. La saco del bolsillo y me aferro a ella mientras me pongo de pie y descanso apoyada en la piedra. Tengo un lado de la cara cubierto de sangre, que cae tibia en un torrente que la lluvia diluye de forma casi instantánea.

Bajo por la pista reptando y buscando sitios donde asirme. Este descenso es una pesadilla de la que no puedo escapar y no dejo de imaginarme a Graham detrás de mí, riendo y mofándose de mi situación. Entonces, su figura se transforma en la de Mel, la del Mel de detrás del metacrilato de la sala de visitas de la cárcel, sonriéndome con dientes ensangrentados. La imagen resulta de un realismo escalofriante, pero cuando, al fin, consigo darme la vuelta sin aliento, descubro con el siguiente fogonazo que no hay nadie más en la senda.

Estoy sola.

Y estoy a punto de llegar a la cresta en la que desembocaba la carretera.

Cuando alcanzo el espeso matorral que delimita el lugar en que se despeja el bosque, algo hace que me detenga y me ponga de cuclillas para observar por entre las hojas. Soy consciente de que el corazón me late con rapidez, pero también lo noto perezoso y muy cansado, como si en cualquier momento fuese a echarse una cabezada. Debo de haber perdido más sangre de lo que pensaba y el frío está haciendo que mi cuerpo tenga que afanarse cada vez más. Estoy tiritando convulsivamente. Sé que es el último paso antes de empezar a sentir una falsa calidez y la necesidad de dormirme. No me queda mucho tiempo. Tengo que llegar a la camioneta y ponerme el chaquetón de Kyle. Eso me ayudará en la siguiente fase: la de echar a correr colina abajo. Lo quiera o no, dependo de la ayuda que puedan querer darme los Johansen.

Un leve movimiento, poco más que un parpadeo al lado del vehículo me deja paralizada. La lluvia está amainando una pizca, aunque el murmullo redondo de los truenos se ha vuelto casi continuo sobre mi cabeza. La cortina de agua ya no es tan intensa y puedo ver un elemento curvo que no debería estar ahí, asomado a un extremo de la camioneta y protegida por el muro sólido del bloque del motor. Es una cabeza, demasiado grande para ser la de Kyle, quien, además, ha echado a correr colina arriba.

Quien está tumbado al acecho es Lancel Graham, que ha adoptado una táctica de emboscada propia de depredador. Al verlo, recuerdo la tranquilidad con la que hablaba Melvin como si nada de su «proceso» en una entrevista concedida hace años, en la que explicaba que se agachaba al lado de un coche en ese preciso punto para esperar a que se acercase su víctima y atacarla como una mantis religiosa con una velocidad abrumadora. Casi siempre le funcionaba.

Graham es un fanático insuperable, pues conoce todos los hábitos, los movimientos y las estrategias de mi exmarido.

Pero está claro que a mí no me conoce, porque yo he sobrevivido a Melvin.

Y también voy a sobrevivir a este gilipollas.

No estoy lejos del primer sendero de subida que tomamos y que ahora bordeo con mucho cuidado para colocarme exactamente a la derecha.

Cuando estoy donde quería llegar, vacilo. Tengo frío, he perdido velocidad y estoy confundida por el golpe en la cabeza. «¿Y si no funciona? ¿Y si me pega un tiro?»

No. Si me ha dado caza es para capturarme, no para quitarse de en medio un problema. Con las gafas de visión nocturna podía haberme partido en dos hace un rato. Me quiere viva.

Le gusta el juego.

Está bien, Lance, pues vamos a jugar.

Rodeo un árbol cojeando y con movimientos lentos. Me aseguro de parecer por fuera tan maltrecha y abatida como me siento por dentro y, al llegar al claro, a la cabecera del sendero, me encojo y me arrojo al suelo de rodillas. Débil. Derrotada.

En el lugar preciso.

No levanto la mirada para ver dónde está él. Me limito a esperar respirando con fuerza. Intento levantarme, pero no con mucha decisión, y después me dejo caer sobre el costado derecho en el barro. He girado el cuerpo solo lo necesario para ocultar la pistola debajo, pero parece que estoy intentando reunir las fuerzas necesarias para levantarme.

Espero.

Aunque el repiqueteo continuo y cada vez más lento de la lluvia me impide oírlo. Al límite de mi consciencia, lo siento acercarse casi como una fuente de calor. Avanza con mucho cuidado, describiendo círculos a cierta distancia. Alcanzo a verlo vagamente por entre mis pestañas, borroso por el agua. Tiene la escopeta y cada vez está más cerca, cada vez más cerca.

Hasta que lo tengo al lado.

Veo la punta llena de barro de sus botas arrimarse poco a poco y hasta el dobladillo sucio de los vaqueros. El cañón de su arma no me apunta a mí, sino al suelo que hay entre los dos. Todavía puede matarme. Apenas necesita un movimiento imperceptible para apuntarme y disparar, pero está disfrutando con la escena. Le encanta verme vencida.

—¡Si serás estúpida! —me espeta—. Ya decía él que te encantaba esta mierda. —Su voz se hace más inflexible, más aguda—. Levanta ese culo despreciable si quieres que te lleve con tus hijos.

Me pregunto, por preguntarme algo, dónde estará la mujer de Graham. De pronto siento una compasión abrumadora por esos chiquillos, criados por semejante hombre. Sin embargo, es algo pasajero, porque, en el fondo, me siento tan fría e inexorable como el cañón de esa escopeta. Tanto como un arma.

Porque no pienso morir aquí.

Qué va.

No me muevo mucho, porque quiero mostrarme débil, temblorosa, como si estuviera intentando obedecer sus órdenes. Cambio de posición la mano derecha y me apoyo para ponerme de rodillas. Entonces, a la vez que me incorporo, levanto con calma la pistola.

Él se da cuenta de su error justo antes de que dispare.

Pongo la bala en el lugar preciso. No busco la cabeza ni tampoco siquiera el torso, sino el plexo braquial de su hombro derecho. Graham es diestro, como yo.

El proyectil, que deja un agujero limpio, va exactamente adonde yo quería. Casi puedo ver el camino que abre al avanzar como la hoja de una guadaña certera que le destrozará el hombro, le sajará los nervios y le partirá los huesos. Una herida en el arranque del brazo no es una lesión tan sencilla y pulcra como dan a entender en el cine y la televisión. Uno no sale de rositas de algo así. Bien hecha, puede inutilizar un brazo de por vida.

Y yo la he hecho muy bien.

El grito de Graham es breve y agudo. Se tambalea hacia atrás e intenta levantar su arma, cosa que le habría permitido la conmoción de no haber sido porque le he destrozado los nervios y los músculos necesarios para llevar a cabo esa labor física. Se deja caer e intenta asirla a tientas con dedos que ya son incapaces de recogerla. Está herido, malherido, pero hay una cosa sobre estos disparos en la que la gran pantalla sí tiene razón: lo más probable es que no sean mortales.

Por lo menos, no de inmediato.

Me pongo de pie. Ahora siento más calor. Me encuentro relajada y tranquila, como en el campo de tiro. Graham sigue intentado hacerse con la escopeta hasta que se la aparto de un puntapié y entonces me dedica una sonrisa extraña, cansada.

—Si serás puta —me dice—. Se suponía que eras una presa fácil.

—Gina Royal lo era. Dime dónde están.

—Que te den.

—He dejado escapar a tu crío cuando podría haberlo matado.

Eso ha calado, por lo menos un poco. Veo que algo cambia en su expresión. Solo es una mínima sacudida, pero es real.

—Te dejaré con vida si me dices dónde están mis hijos. No tengo intención de matarte.

—Que te follen. No son tuyos, son de él y él quiere que se los devuelvan. Los necesita. Esto no va contigo, Gina.

—Está bien —le digo. Doy un paso a la derecha y él, precavido, hace lo mismo para quedar siempre frente a mí. Repito la operación una y otra vez hasta ser yo quien está dando la espalda a la carretera y él quien da a la pista—. Probaremos por las malas.

No se espera que dé un paso al frente y lo empuje. La conmoción lo hace torpe, lento en reaccionar. Yo nunca lo habría intentado si él no hubiese estado ya herido, pero en su estado funciona a las mil maravillas. Da un paso atrás, trastabilla y grita. Los pies le fallan y cae de espaldas con todo su peso y veo la punta aguda y sangrienta de la rama en la que he estado a punto de empalarme yo misma hace un rato atravesarlo a la altura aproximada de su hígado. La herida no tiene por qué ser mortal enseguida, pero sí es grave. Muy grave. Se sacude y parte la rama. El barro no le hace ningún favor. Cae al suelo. Intenta agarrar el trozo de rama y sacárselo, pero no asoma demasiado. Además, su mano derecha no es la que era.

—¡Sácamelo! ¡Sácamelo! —Su voz suena aguda y desesperada—. ¡Joder, por Dios bendito!

La lluvia casi ha cesado. Él está retorciéndose en el barro mientras roza torpemente con los dedos esa punta horrible y afilada que ha empapado con su sangre y yo me pongo en cuclillas para ponerle la pistola en la cabeza.

—A Dios no le gusta que tomes su nombre en vano —le digo— y eso no ha sonado precisamente a una oración. Dime dónde están mis hijos y te buscaré ayuda. Si no, te dejo donde estás. En estos montes hay de todo: osos negros, pumas, jabalíes… y no tardarán en encontrarte.

El brazo ha empezado a dolerme mucho, como si le hubieran metido fuego. Pese a todo, lo mantengo firme, porque no tengo otro remedio. Cualquier asomo de debilidad sería mi perdición.

Tiene la cara tan pálida que casi brilla en la oscuridad. Tomo las llaves de la camioneta de su bolsillo. Tiene un machete de caza metido en su vaina y también me lo quedo. Busco también su teléfono. Se desbloquea con la huella del pulgar, conque le sostengo la mano derecha, que no deja de temblarle con violencia, y lo coloco en su lugar. Aunque fallan los dos primeros intentos, porque él trata de apartar la mano, al final está listo para ser usado.

—Última oportunidad —le digo recogiendo también la escopeta—. Dime dónde están y dejaré que te salven la vida.

Abre la boca y por un instante tengo la impresión de que me lo va a decir. De pronto parece aterrado, vulnerable. Sin embargo, vuelve a cerrarla sin decir nada y puedo imaginar lo que le asusta tanto. ¿Yo? Qué va.

Melvin.

—A Mel le da igual que mueras o sigas con vida —le digo y lo siento casi con compasión—. Cuéntamelo, porque yo puedo salvarte.

Veo el momento preciso en que se desploma, el momento en que desaparecen sus fantasías y se ven desplazadas por la fría realidad de su situación. Melvin Royal no va a venir en su auxilio. Ni él ni nadie. Si lo dejo aquí, morirá desangrado y lo despedazarán los animales, siempre que no se invierta el orden de esta secuencia. La naturaleza es así de brutal.

Yo también, cuando no tengo más remedio.

—Hay una cabaña de caza —me dice— montaña arriba. Era de mi abuelo. Están allí. —Se lame los labios descoloridos—. Mis chicos los están vigilando.

—Serás hijo de puta… Pero si son críos.

No responde a eso y yo siento una acometida de rabia y cansancio. Solo pienso en acabar con esto. Me doy la vuelta y me dirijo con dificultad sobre el barro a la camioneta. Él, por su puesto, intenta levantarse, pero entre la herida del hombro y la del hígado no irá a ninguna parte. El frío lo mantendrá vivo por el momento y frenará un tanto la pérdida de sangre. Sin embargo, al subir al vehículo y arrancarlo, busco en el historial de llamadas el número de Kezia Claremont.

Me detengo en la *A*, porque al principio mismo hay uno que reconozco. No es frecuente. Yo, al menos, solo lo había visto antes en la Biblia.

Absalón.

Advierto, de golpe, la magnitud del engaño. Del juego. Absalón, el trol que se ha convertido en mi aliado constante. Absalón, que acepta mi dinero y me busca identidades nuevas, que puede localizarme con chasquear los dedos sin importar adónde pueda huir yo, que, de hecho, puede dirigirme adonde él desee que yo vaya.

Eso explica por qué hemos estado buscando siempre en el lugar equivocado. La familia de Lancel Graham lleva varias generaciones aquí. La casa que tienen en Stillhouse Lake es una hacienda familiar y por eso Kezia y yo lo habíamos eliminado de inmediato de la lista de sospechosos. Coño, si yo hasta le envié los nombres para que los investigara. Se ha tenido que reír mucho conmigo.

Nunca me ha ayudado. Durante todo este tiempo ha estado con Melvin, moviéndome de un lado a otro como una pieza de ajedrez y haciéndome caer.

Trayéndome a vivir al lado mismo del fanático que aspiraba a copiarlo.

Tengo que cerrar los ojos un instante para contener la rabia incandescente que me quema todo el cuerpo, pero a continuación sigo recorriendo la lista, doy con el número de Kezia y lo marco.

Se establece la conexión, aunque tengo solo dos rayas de cobertura. Está en un coche, porque alcanzo a oír el ruido del motor poco antes de que diga con gran cuidado:

—¿Lance? Escúchame, Lance. Tienes que soltar a esa mujer ahora mismo y decirme dónde estás. Lance, por favor, escúchame. Esto se puede arreglar. Sabes que hay que hacerlo. Dime algo.

He llegado a temer que ella estuviese también de su lado, pero percibo la tensa ira de su voz, por más que esté tratando de disimularla con la intención de convencerlo.

Con la intención de salvarme.

—Soy yo —anuncio—, Gwen.

—¡Dios mío! —Oigo un ruido confuso, como si hubiese estado a punto de dejar caer el teléfono. También oigo otra voz, de hombre, aunque no consigo distinguir lo que dice—. Dios mío, Gwen, ¿dónde estás? ¿Dónde leche estás?

—En la cresta que hay detrás de la casa de Graham. Necesitamos una ambulancia. Tiene un disparo y una herida punzante en el costado. También necesito a la policía, porque me ha dicho que mis hijos están en la cabaña de su abuelo. ¿Sabes dónde está?

Estoy temblando tanto que me castañetean los dientes. El motor de la camioneta se ha calentado un poco y el chorro de aire de la calefacción me sienta de maravilla. Recupero el chaquetón de Kyle y me lo echo por los hombros. Todavía me arde el brazo izquierdo, pero cuando enciendo la luz del techo y me lo miro veo que las postas no han penetrado tanto como para ser peligrosas. La herida de la cabeza, sin embargo… Me siento débil, enferma, mareada. No he dejado de sangrar. Levanto una mano y siento el latido de la sangre caliente y aguada que sale de la herida que tengo en el cuero cabelludo. Busco pañuelos de papel para hacer presión y a punto estoy de no oír la respuesta de Kezia.

No, no es ella, sino Sam, que va con ella en el coche.

—Gwen, ¿estás bien? ¿Gwen?

—Estoy bien —miento—. Mis hijos. Los de Graham están también en la cabaña. No sé si estarán armados, pero…

—No te preocupes por eso. Vamos a recogerte enseguida, ¿de acuerdo?

—Graham necesita una ambulancia.

—Que le den a Graham. —Su voz se tiñe de cierto tono violento—. ¿Y tú?

Los pañuelos con que me estoy presionando la herida se han empapado y están hechos un desastre.

—Puede que necesite puntos —respondo—. ¿Sam?

—Estoy aquí.

—Por favor. Por favor, ayúdame a recuperar a mis niños.

—Ya verás como están bien. Vamos a salvarlos. Tú, quédate ahí. Espera. Kez tiene la ubicación de la cabaña. Vamos a por ti. De hecho, ya estamos llegando.

Kezia va al volante y yo ya he ido con ella en el coche. Usará tácticas policiales, conducirá con una furia controlada y a una velocidad brutal. Miro por el retrovisor y veo los faros de un coche patrulla que acelera al tomar la carretera principal y gira luego al llegar al atajo de los Johansen.

Sam sigue hablando, pero estoy demasiado cansada. El teléfono descansa sobre mi pierna y ni siquiera estoy segura de cuándo lo he soltado. La cabeza, que tengo apoyada en el cristal de la ventanilla, me sigue dando punzadas de dolor, aunque ya he dejado de tiritar.

No sé si digo «Salvad a mis hijos» o solo lo pienso antes de que todo se vuelva oscuro, muy oscuro.

CAPÍTULO 14

—¿Gwen? Por Dios bendito.

Abro los ojos. Sam está agachado a mi lado y tiene un aspecto… raro. Se vuelve y dice:

—¡Necesitamos el botiquín!

Kezia, que está justo detrás de él, deja a su lado una bolsa roja de gran tamaño. Abre la tapa de velcro con decisión y busca en el interior.

—¿Qué estás haciendo? —le pregunto a Sam. No estoy bien, eso salta a la vista, pero ya no me duele casi nada. Es increíble lo que puede hacer una cabezada—. Estoy bien.

—No, no estás bien. Tranquila. —Toma un montón de gasas y las aprieta con fuerza contra mi cabeza. Entonces vuelve el dolor con un hosco rugido—. ¿Puedes sujetar esto? Sujétalo. —Coloca mi mano sobre las gasas para que las presione y consigo obedecerle mientras él abre paquetes de vendas y me envuelve la cabeza—. ¿Cuánta sangre has perdido?

—Mucha, pero eso es lo de menos. ¿Dónde está la cabaña?

—Tú no vas a ir a la cabaña. —Al verme buscar a tientas la pistola, la aparta sin esfuerzo, vacía la recámara y saca el cargador con un solo movimiento antes de lanzarlo todo a la parte de atrás del todoterreno—. Vas a ir al hospital y punto. Te tienen que hacer una radiografía de cráneo. No me gusta la pinta que tiene esto. Podría haber una fractura grave.

—Me da igual. Pienso ir. —Y lo voy a hacer, pero en cuanto pase un minuto. Me supone un esfuerzo monumental salir de la camioneta ahora mismo—. ¿Recibiste mi mensaje?

Él me mira con gesto extrañado.

—¿Cuándo?

—Da igual. —Eso sí lo ha conseguido Graham. Se las ingenió para romperme el teléfono antes de que enviara el texto—. ¿Cómo habéis averiguado que era de los malos?

—No se presentó para hacer la batida. —Sam está concentrado mirándome las pupilas con una linterna. Molesta y duele mucho, así que intento apartarle la mano—. Kez investigó un poco. Resulta que se tomó libres todos los días en que se produjeron las desapariciones y también aquellos en los que calculamos que se deshizo de los cadáveres. Llevaba tiempo sospechando de él y cuando supimos que se había presentado en comisaría y se había ofrecido a traerte...

—Gracias —le digo.

Parece triste y enfadado.

—No hay de qué, porque ni siquiera hemos llegado a tiempo para evitar que te hicieran daño.

Tomo la mano con la que sigue palpándome el cuello para ver si tengo heridas y no la suelto.

—Sam, gracias.

Nos miramos unos segundos, tras los cuales él asiente con un movimiento de cabeza y prosigue su reconocimiento.

Kezia ha ido a ver cómo está Graham. Vuelve para llevarse el botiquín y poco después veo las luces de la ambulancia. Aquí, en los montes, los vehículos de emergencia tienen tracción en las cuatro ruedas, lo que le permite rebasar a la camioneta y llegar hasta el comienzo de la pista, donde los faros nos permiten ver a Kezia atendiendo al herido.

—¿Sabes dónde está la cabaña? —pregunto a Sam, que acaba de encontrar los perdigones—. Por favor, tengo que saberlo. Déjalo, Sam, que estoy bien.

—No, no estás bien.

—¡Sam!

Suspira y se reclina con las manos sobre los muslos.

—Todavía queda un buen trecho cuesta arriba y tú no estás en condiciones de ir.

—Ya te he dicho que no me pasa nada. Mira. —Hago de tripas corazón y me obligo a salir de la camioneta. Me tengo en pie sin problemas. Extiendo los brazos y no tiemblo—. ¿Ves?

Me choca un poco cuando me abraza, pero sienta muy bien. Me da seguridad. He confiado en la gente equivocada y he apartado de mi lado a los buenos, lo que pone patas arriba todo lo que creía saber de mí misma.

—No estás bien, pero sé que tienes que hacer esto. Y sé que, si no, lo harás sin mí.

—No te quepa la menor duda. Devuélveme la pistola.

No le hace gracia. Me da un beso en la frente, en el sitio justo en que me ha puesto las vendas, y comprueba que estén en su sitio. Entonces se agacha para entrar a la parte de atrás, coloca en el cargador la única bala que me queda, monta la Sig y me la da. Yo la guardo en el bolsillo.

El personal médico está tratando a Lancel Graham, Kezia los ha dejado hacer su trabajo y vuelve con nosotros. Lleva el uniforme bajo un abrigo grueso y la pistola a la cintura. Sigue caminando hasta su vehículo. Abre el maletero y saca dos chalecos antibalas. Se pone uno por la cabeza y nos da a nosotros el otro. Se lo entrega a Sam.

Él me lo coloca a mí y, cuando empiezo a protestar, me dice.

—No. Ni lo intentes.

Cedo. Kez y él sacan escopetas del coche y ella se hace también con una bolsa que se echa al hombro a modo de bandolera. Apuesto lo que sea a que la tiene llena de municiones y equipo de supervivencia.

Kezia vuelve para hablar con los sanitarios de la ambulancia y, a continuación, saca el teléfono y hace una llamada. Cuando vuelve adonde la esperamos, nos dice:

—Prester ha enviado refuerzos, pero los equipos de búsqueda van a tardar en bajar y llegar hasta aquí.

—¿Te ha dicho que nos adelantemos nosotros?

Kezia lo mira con las cejas arqueadas.

—Pues ¡claro que no! Me ha dicho que esperemos, pero ¿vosotros queréis esperar?

Sam niega con la cabeza.

—¿Por dónde es? —pregunto yo.

Sam tenía razón al decir que no estoy en condiciones, pero eso da igual. No voy a dejar que el mareo me retrase, aunque él no deja de mirar cómo me encuentro. Me siento asfixiada por el peso del chaleco antibalas bajo el chaquetón. Tengo calor y me he puesto a sudar muchísimo. La noche sigue siendo fría. Mi cuerpo apenas resiste para mantenerme en marcha colina arriba.

Kezia abre la marcha con el paso firme propio de un puma. No es la senda que he tomado yo al principio, sino la que he usado para bajar. Pasamos por la piedra contra la que me he descalabrado y su linterna ilumina la mancha roja, reluciente y húmeda de mi sangre. Hay mucha, pero ella no dice nada. Sam tampoco, aunque se acerca un paso más a mí.

La pista gira hacia el noroeste sin dejar de ascender. Ya no hay rayos ni tampoco lluvia, pero entre los árboles se ha levantado un viento que hincha los pinos y los hace bailar entre siseos por encima de nuestras cabezas. Me sorprendo ansiosa por querer mirar atrás por si me sigue en silencio Lancel Graham. «Graham está en el hospital. Tendrá suerte si consigue salvar ese dichoso hígado.» De todos modos, este convencimiento no me impide imaginar la horrible escena. De hecho, hasta llego a verlo una vez.

Estoy empezando a sufrir alucinaciones. Alcanzo a oír gritar a alguien. Es Lanny. Estoy oyendo gritar a mi hija y eso me revuelve las tripas. Me vuelvo hacia Sam y a punto estoy de preguntarle si él también lo ha oído, pero sé que no. Estoy perdiendo los nervios.

Media hora más tarde llegamos a un saliente delgado en el que no hay árboles. Vemos una casucha diminuta sobre una cornisa que sobresale de un afloramiento rocoso. Desde arriba sería casi invisible. Es necesario saber que está ahí para dar con ella. Es vieja. Aunque le han hecho reparaciones, no ha perdido su aire añoso.

Kezia la ilumina con el haz blanco azulado de su linterna.

—¡Kyle y Lee Graham! ¡Salid de ahí ahora mismo! Soy la agente Claremont. —Tiene la voz autoritaria de una maestra que reprende a sus alumnos por mal comportamiento y lo cierto es que creo que conmigo habría funcionado a esa edad.

En una ventana protegida con cortinas se ve movimiento. Entonces se abre un dedo o dos la puerta y se oye gritar a un crío:

—¿Dónde está mi padre?

Kezia da un paso adelante y nos hace una señal para que nos quedemos donde estamos.

—¿Lee? Lee, tú sabes quien soy. Tu padre está bien. Lo están llevando al hospital, pero tú tienes que salir ahora. Mira, voy a soltar mi pistola. ¿De acuerdo? Vamos, sal.

El más joven de los Graham obedece. Lleva puesto un abrigo que le queda demasiado grande, está pálido y parece asustado.

—Yo no quería —asegura con gesto apurado—. ¡De verdad! No quiero meterme en líos.

—Tranquilo, cariño, no te va a pasar nada. Ven aquí. —Kezia lo alienta a acercarse a ella y, en cuanto lo tiene a su lado, hace un gesto a Sam, que se adelanta, lo toma del codo y lo lleva medio a rastras adonde estoy yo. Lee abre la boca para protestar y yo le pongo una mano en el hombro y me pongo en cuclillas para mirarlo a los ojos.

—¿Están ahí dentro mis niños? —le pregunto.

Él acaba por asentir.

—No ha sido culpa mía —me dice—. Le dije a Kyle que no estaba bien, pero…

—Pero no puedes decirle que no a tu padre —le digo y veo la expresión de alivio que se apodera de su cara. Está traumatizado y, aunque se ha interpuesto entre mis hijos y yo, siento ganas de abrazarlo. No lo hago, pero siento que está muy perdido—. Te entiendo. Tranquilo, que no va a pasar nada. Quédate aquí, siéntate y no te muevas.

Kezia se ha acercado un poco más.

—¡Kyle! Kyle, tienes que salir. ¿Me oyes? ¿Kyle?

Me vuelvo hacia Lee, que está encorvado sobre sí mismo y no mira hacia la cabaña ni a ningún otro lado.

—Lee, ¿está armado tu hermano?

—Tiene una carabina. ¡No le hagáis daño! Solo está haciendo lo que le ha pedido mi padre.

Creo que es más que eso. Lancel Graham ha confiado en él para que me aceche en la oscuridad y me pregunto si no habrá ayudado en algo más a su padre. Es un muchacho corpulento para su edad y es muy atractivo. Puede haber sido de gran utilidad a la hora de distraer a una joven antes de raptarla. Me lo imagino acercándose a la muchacha del aparcamiento de la pastelería y llevándola hasta el todoterreno de su padre.

La idea me provoca un espasmo de repugnancia tan fuerte que resulta nauseabundo.

Advierto a Kezia de que Kyle tiene una carabina y ella inclina la cabeza con gesto lúgubre. Ha sacado ya el arma de la pistolera.

—Que Sam vaya por detrás. No quiero dejar a Kyle ninguna salida. Tú, quédate ahí con el pequeño.

Veo que Sam ya ha puesto manos a la obra. Rodea la cabaña, lo que lo sitúa entre esta y la pared de roca. Espero que por ahí no haya serpientes durmiendo ni nada peor. Al ver que no vuelve, doy por hecho que hay una puerta y que debe de estar cubriéndola.

Anuncio a Kezia:

—Voy a entrar.

—Ni se te ocurra —me dice con firmeza y extiende el brazo para subrayar la prohibición, pero yo ya he echado a andar y me dirijo a la puerta.

Veo moverse la cortina. Sé que Kyle me está observando. Me pongo a calcular con espíritu académico si una bala de carabina atravesará el chaleco que llevo puesto. A esta distancia es muy probable. Depende del calibre y de las postas.

He sacado la Sig del bolsillo y la empuño con la mano bajada y el dedo fuera del gatillo mientras pruebo a abrir la puerta. Cede. Se ve que Kyle no ha caído en cerrarla después de que saliera su hermano.

Dentro reina la oscuridad, despejada apenas por una única vela chorreante de cera colocada en una mesa tosca situada al fondo de la sala. La luz incierta y acre ilumina parpadeante a Kyle, sentado en una litera que se encuentra cerca de la ventana. Me está apuntando con el arma.

No hay nadie más en la cabaña. Nadie. Está claro que se trata de una trampa.

Me doy la vuelta y lanzo un grito mientras me aparto de la puerta. El disparo de Kyle se retrasa solo una fracción de segundo. Me dirijo hacia Kezia y, a sus espaldas, veo que Lee se ha levantado de donde lo dejé sentado, en la arboleda. Ahora está de pie y ha adoptado una posición de tirador muy bien aprendida. Tiene una pistola que ha sacado del bolsillo, porque yo, al considerar que era solo un crío, no lo he registrado. Está apuntando a la espalda de Kezia.

—¡Lee! —grito levantando mi arma—. ¡No lo hagas!

Eso lo sobresalta y lo lleva a errar el tiro. Por poco. Hace añicos la ventana de la cabaña y Kezia se agacha y se vuelve con gran rapidez.

Avanza hacia él con una serie de gritos imponentes que le piden que tire el arma, que tire el arma, cosa que él hace con un movimiento convulso. Yo doy la vuelta y voy otra vez hacia la cabina, porque Kyle sigue allí, armado. Dónde están mis niños. Dios mío, por favor…

El mayor abre la puerta y me apunta directamente a la cara con la carabina. Me da tiempo a reaccionar, a dispararle, pero no lo hago. No puedo. Es solo un chiquillo. Un chiquillo perverso y de mente atrofiada, pero no puedo.

Sam lo derriba desde atrás y lo lanza de boca al suelo lodoso. La carabina se le escapa de las manos y Kyle grita y forcejea por recuperarla. Kezia le ha colocado las esposas a su hermano y lo obliga a sentarse mientras saca otro par. Suelta un chiflido agudo y Sam levanta la vista. Entonces se las lanza y él las atrapa en el aire y apresa al muchacho antes de incorporarlo y hacerlo arrodillarse con la cara contra la fachada de la cabaña.

Me cuesta respirar por el terror que palpita en todo mi ser. No por lo cerca que he estado de la muerte, ni por Kyle y Lee.

Mis hijos tienen que estar aquí. *Tienen que estar aquí.*

Vuelvo corriendo a la cabaña. Es diminuta. Apenas caben en ella un camastro, una mesita y una zalea a modo de alfombra. La puerta trasera, abierta…

Aparto la alfombra de una patada y descubro una trampilla.

Tomo la vela de encima de la mesa y tiro del asa de la trampilla. El aire frío y húmedo que sale de ella hace que la llama tiemble inestable. Pienso en la potente linterna de Kezia, aunque al segundo siguiente ya no la echo de menos. Hay una escalerilla de madera que desciende.

Entro.

Mi brazo se resiente de la presión, aunque ahora apenas noto ya el dolor. Sigo teniendo náuseas y sintiéndome mareada, pero eso es lo de menos. Lo único importante es lo que voy a encontrar aquí, bajo la tierra.

Y lo que encuentro no es otra cosa que el infierno.

Es como acceder al pasado.

Ante mí, no bien me doy la vuelta al pie de la escalerilla, hay un pie de metal con un cabrestante. El grueso cable que cuelga de él acaba en una gaza.

Un nudo corredizo.

Es el mismo que había en el garaje de Melvin, pero no es solo eso. Reconozco los estantes de herramientas de la derecha, llenos de recambios, taladros, gatos... Los cajones rojos dispuestos en hilera en la parte alta de un banco de carpintero.

Al volverme hacia la escalerilla, reconozco el tablero para disponer las herramientas que han instalado detrás, cargado de sierras, cuchillas, destornilladores y martillos. Al lado hay una bandeja con material quirúrgico y otra con los útiles que usan los cazadores para desollar a sus presas.

Entonces, mi mirada se posa en el último de aquellos detalles perfectos: la alfombra es del mismo estilo que la que colocaba Melvin debajo justo de sus víctimas, un elemento propio de la clase media que resultaba incongruente en medio de una cámara de tortura.

Graham ha recreado el matadero de mi exmarido hasta el último pormenor de un modo obsesivo.

El olor de este lugar hace que me tambalee y tenga que apoyar los hombros contra la escalera al reconocerlo. El olor a carne en descomposición y sangre vieja, el hedor metálico del terror, han salido de mi antiguo garaje de Wichita para venir a visitarme aquí. Es exactamente la misma fetidez.

No puedo evitarlo. Me pongo a gritar. Grito los nombres de mis hijos mientras se me parte el corazón y me estalla la mente y lo único que deseo es morirme.

Graham no había pensado en ningún momento dejarlos con vida. Lo único que quería era que yo viese *esto*.

Sigo aferrada a la Sig y por un instante terrible y hermoso de nitidez pienso en lo perfecto que resulta que yo haya venido a morir aquí, del modo exacto como se marchitó y pereció Gina Royal, contemplando los mismos horrores y abrumada por la misma sensación de pérdida total.

Entonces oigo a mi hijo decir:

—¿Mamá?

Es un susurro, pero suena tan fuerte como un grito y me hace soltar la pistola como si estuviera ardiendo. Me lanzo de rodillas y voy a cuatro patas hacia la alfombra que rodea el horror descomunal del cabrestante y detrás, *detrás*, veo la reja que se abre en la pared falsa. Está cerrada con candado. Voy dando tumbos al tablero de las herramientas y arranco de él una palanca, con tanta violencia que derribo con estruendo metálico otros instrumentos. Corro hacia la reja, meto un extremo de la palanca bajo el pasador y hago fuerza. Saltan astillas de madera y el conjunto cede. El pasador queda suelto.

Uso la palanca para abrir la puerta y dentro veo a Connor, veo a Lanny. Están vivos, *vivos*, y en ese momento me abandonan las fuerzas y me desplomo de rodillas mientras ellos corren a lanzarse hacia mí como si quisieran desaparecer en mi interior.

¡Oh, Dios! Es tan hermoso… El alivio resulta doloroso, pero es el dolor de la herida cauterizada que ha dejado de sangrar.

Todavía estoy acunando a mis hijos sobre el suelo de este infierno cuando me encuentran Kezia y Sam. Los dos están sin aliento y se han preparado para lo peor. Veo la cara de Sam y pienso «Dios mío», porque acaba de atravesar un santuario para internarse en el lugar en que sufrió y murió su hermana y apenas alcanzo a imaginar lo duro que debe de ser dar los pocos pasos que separan el cabrestante del lugar en que estamos nosotros.

Pero estamos vivos.

Todos estamos vivos.

CAPÍTULO 15

La sangre que había en mi casa, descubro por fin, era de Kyle y quien lo había herido había sido Lanny.

—Los oí pelearse —me cuenta una vez que volvemos al aire limpio de la noche. Kyle y Lee Graham están bien esposados y Kezia los ha prendido a un gancho situado en la pared de la cabaña. No logro imaginar para qué es. No quiero—. Cogí un cuchillo, entré y lo ataqué. A Kyle quiero decir. Le habría dado su merecido si no hubiese estado con él su dichoso padre. Corrí con Connor al refugio como nos has dicho tú siempre, pero se sabía el código. Lo siento, mamá. Te he fallado.

—No, fui yo. —La voz de Connor es poco más que un susurro que el viento está a punto de arrastrar—. Tenía el código apuntado en mi teléfono. Te lo tendría que haber dicho para que lo cambiases.

Ahora encaja todo. El teléfono que le quitaron los hijos de Graham. Recuerdo ver vacilar a Connor cuando el agente me lo devolvió. Recuerdo que había estado *a punto* de decirme algo importante. No había querido enfadarme, porque les había repetido una y mil veces que no apuntaran las contraseñas.

No puedo dejar que crea que esto es culpa suya. Jamás.

—No, cielo —le digo con un beso en la frente—. Eso es lo de menos. Estoy orgullosísima de vosotros. Habéis sabido manteneros con vida y eso es lo importante. ¿De acuerdo? Estamos vivos.

Kezia saca mantas isotérmicas de su equipo de supervivencia y envuelvo con ellas a mis niños para mantener su calor corporal. Están magullados. En el forcejeo recibieron varios golpes. Les pregunto si quieren contarme algo de lo que pasó en la cabaña. Lanny dice que no hay nada que contar y Connor guarda silencio.

Me pregunto si no me estará engañando mi hija.

Nos sentamos en el claro hasta que, por fin, llegan los refuerzos en forma de riada de uniformes de la comisaría de Norton y veo entre ellos a Javier Esparza. Me saluda inclinando la cabeza y yo respondo del mismo modo. He dudado de él cuando no debía haberlo hecho.

Entre quienes han subido hasta aquí se encuentra el mismísimo inspector Prester. Tiene puesto un traje que no va a sobrevivir a este barro, pero sobre él se ha colocado un chaquetón de marinero. Enseguida se acerca a nosotros y veo en su cara algo nuevo.

Respeto.

—Le debo una disculpa de tres pares de narices, señora Proctor —me dice y mirando a mis niños añade—: ¿Están bien?

—El tiempo lo dirá. Supongo que sí. —No lo sé, pero tengo que creer que así es. Será muy duro. Tendrán preguntas que hacer. No puedo ni imaginar lo que les habrá contado Graham de su padre. Creo que es eso, más que ningún otro trauma, lo que ha dejado mudo a mi hijo.

Prester asiente y suelta un suspiro. No da la impresión de tener muchas ganas de bajar a ese sótano, aunque supongo que ha tenido que ver cosas peores.

—Kezia dice que tiene usted el teléfono de Graham. Lo necesitaré como prueba, igual que todo lo demás que tenga suyo.

—Casi todo lo he dejado en su camioneta —respondo—. El arma es mía. —La he recogido del suelo del sótano. Ya tengo bastantes complicaciones—. Aquí tiene —digo sacando el teléfono de mi bolsillo.

Está encendido. Le he dado al botón sin querer. Es solo la pantalla de bloqueo y sin el pulgar de Graham ni la clave no puedo ir más allá. Sin embargo, el mensaje de texto que aparece me ha paralizado.

Es de Absalón y dice solo:

Quiere saber qué está pasando.

Se lo enseño a Prester, que no parece sorprendido.

—¿Quién es Absalón?

Le hablo del pirata informático, mi benefactor y aliado, que ha estado vendiéndome todo este tiempo. No sé cómo dar con él y también se lo comunico. Cuando le tiendo el teléfono, le digo:

—Me toca. ¿De quién cree que está hablando Absalón?

Prester saca del bolsillo una bolsa de pruebas y yo pongo dentro el móvil. La sella antes de responder:

—Supongo que usted se hace una idea.

Yo tampoco quiero pronunciar su nombre. Es casi como pronunciar el nombre del demonio. Tengo miedo de que aparezca.

La expresión del inspector se ha vuelto más sombría y no me gusta su manera de mirarme, vacilante y pensativa, como si estuviese tratando de decidir si soy lo bastante fuerte para soportar lo que tiene en la cabeza.

Así que le digo:

—Tiene que contarme algo. —Ya no le temo a nada. Mis hijos están conmigo y están a salvo. Lancel Graham no va a ir a ninguna parte. Es posible que sus hijos puedan salvarse, a menos que su psicopatía sea hereditaria.

Prester me indica con un gesto que me aparte con él y yo, aunque no quiero soltar a Lanny y a Connor, me alejo unos pasos y me coloco sin perderlos de vista. Sé que se trata de algo que no quiere que escuchen.

Pero sigo sin tener miedo.

—Ha habido una fuga bien organizada en El Dorado. Diecisiete presos. Nueve de ellos están ya detenidos, pero…

Ni siquiera tiene que acabar la frase. Sé, con la enfermiza certeza del destino, lo que me va a decir.

—Pero Melvin Royal anda suelto —digo.

Prester aparta la mirada. No sé lo que estoy sintiendo ni lo que él debe de estar viendo en mí, pero sí tengo clara una cosa.

Ya no le tengo miedo a Mel.

Voy a matarlo. De un modo u otro, todo acabará como empezó hace ya mucho: con nosotros dos.

Los Royal.

BANDA SONORA

Elijo música para cada libro que escribo con el fin de ayudarme a superar un proceso tan intenso y *La cabaña del lago* me ha brindado un ejercicio interesante a la hora de encontrar el ritmo adecuado para impulsar a Gwen a lo largo de la tensión de esta historia.

Espero que el lector disfrute tanto como yo de la experiencia musical y que recuerde, por favor, que la piratería hace mucho daño a los músicos y que las plataformas de reproducción no suelen dar de comer a los músicos. La compra directa de la canción o del disco sigue siendo la mejor muestra de devoción y el mejor modo de ayudar a los artistas a seguir creando.

«I Don't Care Anymore», de Hellyeah

«Ballad of a Prodigal Son», de Lincoln Durham

«Battleflag», de Lo Fidelity Allstars

«How You Like Me Now (Raffertie Remix)», de The Heavy

«Black Honey», de Thrice

«Bourbon Street», de Jeff Tuohy

«Cellophane», de Sara Jackson-Holman

«Drive», de Joe Bonamassa

«Fake It», de Bastille

«Heathens», de Twenty One Pilots

«Jekyll and Hyde», de Five Finger Death Punch

«Lovers End», de The Birthday Massacre

«Meth Lab Zoso Sticker», de 7Horse

«Bad Reputation», de Joan Jett

«Peace», de Apocalyptica

«Send Them Off!», de Bastille

«Tainted Love», de Marilyn Manson

«Take It All», de Pop Evil

AGRADECIMIENTOS

Como de costumbre, este libro no habría sido posible sin el apoyo de mi marido, R. Cat Conrad; mi maravillosa asistente, Sarah Weiss-Simpson, lectora siempre pendiente de mi cordura, y mis excelentes editoras, Tiffany Marin y Liz Pearsons, que tanto tiempo llevan sufriéndome.

Un reconocimiento especial a mi amiga Kelley y al resto de las Giratiempos por no dejar nunca de alentarme ni apoyarme.